골든 프린트

——

3

골든 프린트 3

지은이 은재
펴낸이 임상진
펴낸곳 (주)넥서스

초판1쇄 발행 2020년 10월 5일
초판2쇄 발행 2020년 10월 10일

출판신고 1992년 4월 3일 제311-2002-2호
10880 경기도 파주시 지목로 5
Tel (02)330-5500 Fax (02)330-5555

ISBN 979-11-90927-59-8 04810

이 도서의 국립중앙도서관 출판예정도서목록(CIP)은 서지정보유통지원시스템
홈페이지(http://seoji.nl.go.kr)와 국가자료공동목록시스템(http://www.nl.go.kr/
kolisnet)에서 이용하실 수 있습니다. (CIP제어번호 : CIP2020038563)

www.nexusbook.com

은재 지음

출사표

골든 프린트

G O L D E N | P R I N T

3

——— 디자인을 완성시킬 단 하나의 선, Golden Print ———

차례

첫 방영

일요일 저녁의 호프집은 꽤나 한산한 편이었다. 월요일에 수업이 없는 대학생이라든가 혹은 하루 앞으로 다가온 월요일을 격렬히 부정하고 싶은 미몽에 빠진 사람들이라든가. 그런 일부 케이스를 제외한다면 일요일 저녁은 술을 마시기에 그리 좋은 시기가 아니었으니 말이다. 그리고 K대학교 영상디자인과 1학년 세영은 그중 월요일이 공강인 케이스였다.

"역시 공강은 월공강이 꿀이지!"

"목요일엔 금공강이 부럽다며."

"어쨌든! 금요일이나 월요일이나. 주말에 붙어있는 공강이 꿀인 것이야."

짱-!

오랜만에 학교 인근 맥줏집에서 친구들과 만난 세영은 기분 좋게 맥주잔을 부딪치며 안주로 나온 코다리를 한입 베어 물었다. 남들 다 일할 때 노는 것이 두 배는 즐거운 휴식인 법. 결국 조삼모사나 다름없는 이야기였지만 세영은 행복하게 맥주를 들이켰다.

"캬-!"

"세영이, 너 요즘 왜 이렇게 보기가 힘들어?"

"그야, 바쁘니까 그렇지….'"

"아직 시험 기간도 아닌데, 바쁠 일이 있어?"

"그러니까 말이야. 세영이는 왜 이렇게 학교에서 사는 거야?"

"맞아, 술집도 굳이 K대 앞으로 골라서 오라고 하고."

"디자인과가 원래 그래."

"슬픈 얘기군."

"술맛 떨어지게 자꾸 학교 얘기할래?"

학교 앞에 모인 친구들 중 K대 디자인학부에 다니는 사람은 세영뿐이었다. 다른 친구 중에도 K대학생이 하나 있긴 했지만, 그녀의 전공은 일반적인 인문계열. 디자인학부와 일반 인문계 사이에는 겪어보지 않으면 알 수 없는 괴리감이 존재했기에, 친구들이 세영의 사정을 이해하지 못하는 것은 당연했다.

"그나저나 우리, 이번 겨울에 다 같이 여행 가기로 했잖아."

"맞아, 맞아."

"수다는 조금 있다가 떨고 그거 계획부터 먼저 세우는 게 어때?"

"옳소. 이러다가 오늘도 또 아무 계획 못 세우고 흩어지면, 겨울 계획은 완전히 나가리야, 나가리!"

이미 작년 겨울, 올해 여름까지 단 한 번도 여행계획을 성공시킨 적 없는 그녀들이었지만, 오늘도 신나서 코다리를 뜯으며 계획을 짜기 시작하였다. 이제 갓 스무 살이 된 그녀들은 친구들끼리만의 여행에 어떤 로망이 있을 만한 시기였다.

한참을 비현실적인 여행계획에 열을 올리던 세영의 눈에 문득 조금 전부터 아무 말 없이 다른 곳을 보고 있는 친구 인영의 모습이 들어왔다. 그녀는 이 무리 안에서 유일하게 자신과 같은 K대학교에 재학 중인 친구였다.

"야, 인영! 뭐해?"

"아, 어어. 응?"

세영의 부름에도 멍한 표정으로 계속 어딘가를 응시하던 인영은 화들짝 놀라 고개를 돌리며 대답하였다.

"지금 여행계획 짜는데, 너 혼자 뭘 보고 있는 거야?"

"아, 그게…."

인영은 멋쩍은 표정이 되어 방금 전까지 보고 있던 방향을 턱짓으로 가리켰다.

"아무 생각 없이 잠깐 TV 봤다가, 예능이 너무 재밌어서 계속 보고 있었어."

"예능?"

이번에 대답한 것은 세영이 아닌 다른 친구였다. 세영과 인영의 대화에 호기심이 생긴 것인지 친구 다섯 명은 전부 TV를 향해 시선을 돌린 상태였다.

"저거, 무슨 예능인데?"

"〈우리 집에 왜 왔니?〉"

"뭐지? 제목 좀 신선한데?"

방금 전까지 진지하게 여행계획을 짜고 있던 사람들이 맞는지, 소녀들의 관심은 순식간에 예능으로 넘어와 버렸고 먼저 그 예능을 보고 있던 인영이 신이 나서 설명하기 시작하였다.

"이거 오늘이 첫 방인가 봐."

"우와, 그래?"

"아직 정확히 뭐 하는 건지는 모르겠는데, 윤재엽 진짜 개 웃겨. 대박."

떠오르는 예능의 블루칩인 윤재엽의 등장만으로도 소녀들의 관심을 끌기에는 충분한 소스였다. 때문에 그녀들은 어느새 집중해서 예능을 시청하기 시작했고 갈수록 점점 더 빠져들었다.

"오, 윤재엽 압구정 살았어?"

"우와, 저기 인영이네 바로 옆집이잖아?"

"무슨 말도 안 되는 소리야. 최소 두 블록은 차이 나겠구먼."

"그 정도면 옆집이지. 지구촌이 얼마나 넓은데."

"헛소리 마셔, 유세영."

"맞아, 이상한 소리 할 거면 조용히 좀 해. 소리 안 들리잖아."

호프집은 평소보다 훨씬 조용한 편이었다. 애초에 손님이 많지 않기도 했지만 몇몇 테이블을 채운 손님들도 전부 TV를 시청하고 있었으니 말이다. 때문에 세영은 〈우리 집에 왜 왔니〉라는 이 예능이 꽤 재밌나 보다 생각하였다. 호프집 한쪽 벽면에 보기 좋게 스크린 TV가 설치되어 있기도 했지만, 예능이 재미없었다면 벌써 다들 관심을 돌렸을 게 분명하였으니 말이다.

"와, 윤재엽 집 엄청 넓어."

"50평대라잖아."

〈우리 집에 왜 왔니〉 시즌1의 첫 장면은 바로 메인 MC인 윤새엽의 집이었다. 압구정동의 낡은 아파트에서 혼자 살고 있는 그의 집에 유리아가 놀러 가는 장면이 1회분에 방영되는 첫 장면이었던 것이다.

[와, 오빠. 집 진짜 잘해놨네.]

[다 쓰러져 가는 집에 이렇게라도 해놔야 덜 우울하지.]

그리고 윤재엽의 집값이 떨어진 것은 사실 첫 장면부터 그가 써먹은 개그 소재였다. 조금 슬프게도 말이다.

[뭐야, 갑자기 표정 왜 그렇게 침울해.]

[이 집 사기 전으로 돌아가고 싶어서.]

[갑자기…?]

[야, 네가 떨어진 집값을 마주한 하우스푸어의 심정을 알아?]

물론 재엽과 리아의 케미가 상황이나 개그와 잘 맞아떨어졌기에 시청 중이던 호프집 손님들은 다들 낄낄거리며 웃고 있었다.

"뭐야, 윤재엽 자학개그 왜 이렇게 웃겨?"

"아니, 왜 예능까지 나와서 자기 집값 떨어진 걸 홍보하고 있냐고."

하지만 재엽의 집이 배경이 된 그 장면 자체는 그리 길게 이어지지 않았다. 재엽과 유리아의 잡담에 이어 가벼운 집 소개로 금세 첫 신이 마무리되었고 두 사람이 한 팀이라는 것을 제작진에게 듣게 됨과 동시에, 바로 미션을 받았으니 말이다. 그것은 바로 제작진이 섭외한 몇몇 전문가들의 명단과 함께(명단은 시청자들에게 공개되지 않았다) 그들 중 한 사람을 팀원으로 섭외하라는 미션.

해서 그다음에 곧바로 이어진 장면은 어느 설계사무소를 찾은 윤재엽과 유리아의 모습이었다. 명단으로 받은 전문가들 중 두 사람 모두 이름을 알고 있던 유학파 인테리어 전문가 김기성이 있었고, 그 김기성의 설계사무소에 윤재엽과 유리아가 찾아간 것이다.

[선생님 사무실, 여기 맞지?]

[그렇대도? 내가 확실히 검색했어. 들어가 보자.]

하지만 두 사람은 거기서, 김기성을 섭외하는 데 실패하고 만다. 윤재엽의 상대팀인 MC 박두영이 이미 김기성의 사무실에 먼저 와 그를 섭외하고 있었기 때문이다.

[와, 두영이 형! 뭐 이렇게 행동이 빨라?]

[내가 날렵한 게 아니고, 재엽이 네가 배가 부른 거지.]

[뭐?]

[여튼, 이미 김 쌤은 내가 침 발랐어. 그러니까 다른 데 알아보셔!]

물론 이것은 전부 대본에 의한 전개지만, 윤재엽은 크게 실망하며 우울한 표정으로 유리아와 함께 고민한다. 김기성은 이미 대중에 알려져 있을 만큼 유명한 인기 디자이너였으므로, 윤재엽과 박두영이 경쟁적으로 그를 섭외하려 했던 구도였으니 말이다. 둘이 카페에 앉아 고민하던 그때 돌연 유리아의 휴대폰이 울리기 시작한다.

[어? 수하 언니! 웬일이에요?]

유리아에게 갑자기 걸려온 전화는 다름 아닌 임수하로부터 온 것. 한창 집중해서 시청 중이던 세영의 친구 중 한 명이 반색하며 아는 척을 시작하였다.

"우와! 임수하 배우님이 나온다고? 예능에?"

"그게 누군데?"

"있어, 내가 진짜 좋아하는 영화배우."

"이름 보면, 여배우?"

"맞아, 연기 진짜 잘하고 얼굴도 짱 예쁜 배우님!"

소녀들은 다시 TV에 집중하기 시작했고, 스크린에선 리아와 수하의 통화가 계속해서 이어졌다. 일단 처음 통화내용은 수하가 재엽 팀에 합류한다는 이야기. 그런데 잠시 후 수하가 추천할 만한 전문가가 있다는 이야기를 꺼냈을 때, 집중해서 보던 세영과 친구들은 순간 자리에서 벌떡 일어날 뻔했다. 통화내용 안에 그녀들이 너무 잘 아는 키워드가 등장했기 때문이었다.

[언니, 그래서 어디로 가면 그분을 찾을 수 있는데?]

[K대 캠퍼스?]

[응? 거기 대학교잖아?]

[나도 더는 잘 몰라.]

[왜! 지인이라며!]

[지인이긴 한데, 그냥 아주 조금 아는 정도라서. 사실 K대 가면 만날 수 있을 거란 것도 제작진이 알려준 거야.]

지금 그녀들이 TV를 보고 있는 이 호프집이 애초에 K대 인근에 있는 술집이었고 다섯 명의 무리 중 두 명이나 K대의 신입생이었으니 생각지도 못했던 K대의 언급에 놀랄 수밖에 없었다.

"대박! K대래!"

"미친! 얼마 전에 디자인학부에서 찍었다는 예능이 이거였구나!"

K대라는 단어에 호기심과 기대감이 충만해진 세영과 친구들은 더욱 집중해서 스크린을 시청하기 시작하였다. 심지어 바로 이어진 신이 리아와 재엽이 K대의 캠퍼스로 향하는 장면이었으니 그녀들은 더욱 흥분하기 시작하였다.

"세영이 너 혹시 찍힌 거 아냐?"

"그건 아닐 거야. 방학 때 촬영 팀 왔다 갔다는 얘길 들었는데, 난 방학 시즌에 절대 학교에 가지 않거든."

"저 날은 좀 가지 그랬냐."

"그러게, 흑흑."

그녀들이 신이 나서 떠드는 동안 〈우리 집에 왜 왔니〉는 더욱 흥미롭게 전개되기 시작하였다. 재엽과 리아를 알아보고 우르르 몰려드는 인파를 뚫으면서 두 사람은 '우진'을 찾기 위해 고군분투하기 시작했으니 말이다.

[인테리어 전문가라고 했으니까, 건축과에 있겠지?]

[아냐, 오빠. 디자인과에 있을지도 몰라. K대는 디자인학부가 유명하거든.]

K대는 디자인학부가 유명하다는 말에 저도 모르게 흐뭇한 미소를 띠는 세영. 그런 그녀의 표정을 발견한 친구들이 실실 웃으며 놀리기 시작하였다.

"쟤, 썩소 짓는 것 봐."

"좋단다, 유세영."

하지만 친구들이 비난하든 말든, 세영은 더욱 예능에 빨려 들어가고 있었다. 그녀는 지금 그 '우진'이라는 사람이 디자인학부 어디에서 나타날지 몹시 궁금했으니 말이다.

'인테리어가 콘텐츠인 것 같으니까… 우진이라는 사람은 공간 디자인과에 있겠지? 혜진이한테 전화해서 물어보면 알려나?'

그런데 이런저런 생각을 떠올리던 그때 세영은 문득 알 수 없는 위화감을 느끼기 시작하였다. 갑자기 '우진'이라는 이름이 낯익게 느껴지기 시작했으니 말이다.

'뭐지? 난 공디 쪽 수업 들은 적이 없는데… 우진이라는 이름을 어디서 봤더라? 그냥 흔한 이름이라 그런가?'

하지만 아무리 생각해도 뭔가 떠오르는 건 없었고, 그러는 사이 예능 속의 재엽과 리아는 디자인학부 건물을 이 잡듯 뒤지고 있었다. 물론 계속해서 허탕을 치고 있었지만 말이다.

[우, 우와! 리아 언니다!]

[대박! 어떡해! 재엽 오빠도 있어!]

[하, 하하. 안녕하세요, 사실 저희가 지금 〈우리 집에 왜 왔니〉라는 예능 프로그램을 촬영 중인데요.]

[오와…! 예능 재밌겠다!]

[지금 저희가 사람을 좀 찾고 있거든요.]

[사람이요?]

[혹시 두 분, 디자인학부 학생이신가요?]

[네, 언니! 맞아요! 저희 디자인과 2학년이에요!]

재엽과 리아가 계속 허탕만 치는 이유는 간단했다. 물론 대본과 설정의 일환이기는 하지만, 그들은 K대에서 '교수 서우진'을 찾았던 것.

[그럼 혹시… 서우진 교수님 혹시 아세요?]

[음, 아… 뇨? 혹시 어떤 과 교수님이신데요?]

[리아 바보야. 디자인 학부 안에도 과가 엄청 많잖아. 그걸 먼저 물어봐야지.]

[아, 맞다!]

그리고 이때까지만 해도, 세영 또한 서우진 교수가 누군지 계속해서 골똘히 고민 중이었다. 하지만 마지막 장면이 이어진 순간 세영은 너무 당황하여 뒤로 자빠질 뻔하였다. '우진'을 찾던 재엽과 리아는 결국 공간디자인과의 교수님 하나를 찾아 질문하기에 이르렀고,

[하하하, 두 분께서 번지수를 잘못 찾으셨군요.]

[예?]

[그게 무슨 말씀이신지… 설마 서우진 선생님이 공간디자인과

의 교수님도 아니라는 말씀이십니까?]

자신을 공간디자인과의 학과장이라 소개한 '윤치형' 교수로부터 드디어 우진이라는 전문가의 정체가 밝혀졌으니 말이다. 서글서글한 눈매의 호남형인 윤치형 교수는 껄껄 웃으며 우진에 대해 이야기해주었으며….

[우진이가 저희 과 소속인 건 맞는데… 교수는 아니니 말입니다.]

[그럼…?]

[우진이는 자랑스러운 저희 과, 10학번 신입생이지요.]

[시, 신입생이요?]

[아마 저희 과에서 요즘, 가장 유명인사가 아닌가 싶습니다. 하하핫.]

그 말을 들은 순간, 세영은 OT 날 아침 혜진과 함께 지하철에서 만났던 한 명의 신입생이 떠오른 것이다.

'그래, 왠지 익숙한 이름이다 했더니!'

K대에서의 촬영신은 여기서 마무리되었고, 다시 카메라 시점은 '두영' 팀에게로 넘어갔다. 그리고 세영은 꽤 큰 충격을 받은 것인지, 잠시 멍한 표성이 되어 있었다.

"잠깐. 나, 당장 전화 좀 해봐야겠어."

"야! 어디 가, 유세영!"

"혜진이랑 통화 좀 하고 올게."

"갑자기?"

"저 서우진이라는 사람, 누군지 알 것 같단 말이야!"

예능 자체가 너무 재밌어서 다 같이 몰입해서 보고 있던 세영의 친구들도 우진을 알 것 같다는 그녀의 말에 적잖이 놀란 표정이 되었다.

"정말?"

"오오!"

하지만 그것도 잠시, 예능에서 눈을 떼지 못한 그녀들은 다시 TV에 집중하기 시작했고 세영이 혜진과 통화하러 나간 사이 〈우리 집에 왜 왔니〉의 첫 방영은 마무리되었다. 1화의 마지막 장면은 다시 재엽과 리아가 우진이 있다는 현장으로 향하는 장면. 그리고 2화의 내용이 맛보기로 나오는 예고편이 바로, 수하와 우진을 포함한 네 사람이 전부 모이는, '카페 프레스코' 신이었다.

— * —

KBC의 예능2국 국장 유인식은 여느 주말 밤과 다를 바 없이 오늘도 TV 앞에 앉아있었다. 그가 이 시간이면 항상 시청하는 것은 예능 프로그램. 하지만 어쩐 일인지 오늘은 스크린에 닿아있는 그의 눈빛에서 유독 긴장감이 느껴지고 있었다. 그 이유는 당연히 오늘이 〈우리 집에 왜 왔니〉의 첫 방영날이기 때문이었다.

'제발 평타만 치자, 평타만!'

국장으로 부임한 뒤 유인식에게 생긴 유일한 오점이 바로 일요일 9시 예능이었다. 물론 예상치 못하게 출연진들이 거하게 사고를 치긴 했지만, 차마 입에 담을 수조차 없을 만큼 처참한 성적의 연속이었으니 말이다.

하지만 반대로 이 일요일 9시 예능만 괜찮은 성적으로 틀어막는다면 유인식의 전반적인 평가는 확 올라갈 수밖에 없을 것이다. 이 시간대의 예능을 제외하고는 거의 모든 예능에서 평타 이상을 친

유인식이었으니 말이다.

'신출내기 PD라 조금 불안하긴 한데… 그래도 내 눈이 크게 틀리지는 않았겠지.'

유인식은 〈우리 집에 왜 왔니〉를 기획, 제작한 공진영 PD에게 그렇게 큰 기대를 하고 있지는 않았다. 애초에 검증되지 않은, 경험이 부족한 PD이기도 했거니와 사정상 무척이나 촉박한 일정 안에 제작되어, 예정보다 두 달이나 빠르게 방영된 예능이었으니 말이다. 유인식은 이 〈우리 집에 왜 왔니〉가 평범하게 4~5퍼센트 정도의 시청률만 기록해도 웃으며 공 PD를 칭찬할 용의가 충분히 있었다.

"시작한다…!"

올해 고3인 딸내미가 방 안에서 공부 중이기에 두 주먹을 불끈 쥐며, 소심한 목소리로 파이팅을 외치는 유인식. 그는 이번 〈우리 집에 왜 왔니〉의 촬영 필름을 단 한 번도 사전에 본 적 없었고, 그렇기 때문에 더욱 손에 땀을 쥘 수밖에 없었다.

'일단, 시작은 좋고.'

항상 어떤 예능이든 최종 편집 전에 필름을 한번 확인하는 유인식이었지만, 이번 〈우리 집에 왜 왔니〉를 미리 보지 않은 이유는 다른 것이 아니었다. 어차피 방영까지 시간이 너무 촉박해서 재촬영이나 재편집 같은 것은 불가능했으니 굳이 미리 촬영분을 봐서 제작진에게 태클을 걸고 싶지 않았던 것이다. 어차피 미리 봐도 바꿀 수 있는 게 없다면 사전 정보 하나 없이 완전한 시청자의 마음으로 보는 게 객관적인 판단에 더 큰 도움이 될 것이라는 판단이기도 하였다.

"크, 역시 재엽이가 진행은 잘한단 말이야."

"여보! 민지 공부하잖아요."

"아…! 미안, 미안. 조용히 볼게."

아내의 핀잔에 멋쩍은 표정이 된 인식은 다시 〈우리 집에 왜 왔니〉의 내용에 집중하기 시작하였다. 그렇게 시간이 좀 더 지나자 인식은 완전히 예능 안으로 빨려 들어가듯 몰입하기 시작하였다.

"크, 크크큭."

"조용히 좀 보라니까요?"

"프하핫!"

"아니, 당신 진짜!"

"아빠!"

방 안에서 공부하던 딸내미가 짜증 가득한 표정으로 튀어나오기까지 했지만 인식은 도무지 TV를 끌 수가 없었다. 자신의 실적 때문에라도 어떻게든 오늘 이 예능은 끝날 때까지 봐야 했으며, 그것과 별개로 예능 자체가 너무 재밌었으니 말이다.

'공 PD가 포맷을 이렇게 깔끔하게 짤 줄 알았나?'

'카메라 워킹도 그렇고, 시점연출도 그렇고… 이거 진짜, 공 PD가 자신감 가질 만했는데?'

인식은 소파 구석에 앉아 웃음을 참느라 끅끅거리며, 강제로 리모컨을 뺏기는 일 없이 무사히 〈우리 집에 왜 왔니〉를 끝까지 시청하였다. 그리고 마지막 예고편까지 꼼꼼히 시청한 그는 엔딩 크레딧이 나올 즈음, 두 주먹을 다시 불끈 쥘 수 있었다.

'됐다, 이건 된다. 무조건 평타 이상이야!'

인식은 자신의 예능 보는 눈이, 제법 괜찮다고 자부하는 편이었다. 나이를 먹으면서도 어떻게든 감을 잃지 않기 위해 부단히 노력하는 노력파였으니 말이다. 물론 〈만 번의 법칙〉이 거하게 망하긴 했지만 그것도 어쨌든 처음에는 평타 정도의 성적을 보여줬던 예능이었다.

"휴우."

"이제 끝났어요?"

"끝났어."

"그럼 당장 방으로 들어가욧!"

"아, 알겠어. 알겠다고."

아내의 성화에 못 이겨 안방으로 들어간 인식은 침대에 누우면서도 한 손으로 휴대폰을 꼭 쥐고 있었다. 그가 휴대폰을 쥐고 있는 이유는 간단했다. 잠시 후 걸려올 전화. 그것을 받기 전까지는, 절대로 잠이 올 리 없었으니 말이다.

'재미는 확실히 있었는데… 시청률 몇 퍼 찍혔을까?'

'소재가 좀 마이너하니까, 7퍼센트? 아니면 6퍼? 5… 퍼센트는 넘었겠지?'

아무리 확실한 재미를 느꼈다고 해도, 결과를 완벽히 확신할 수는 없었다. 대중성이라는 것은 본디 개인의 눈으로 완벽히 재단할 수 없는 성질을 가지고 있었으니 말이다. 때문에 휴대폰이 울리기 시작했을 때

우우웅-!

인식은 다시 한번 심호흡할 수밖에 없었다. 잠시 후 알게 될 결과로 인해, 어떤 방향으로든 너무 큰 충격을 받지 않기 위해서 말이다. 하지만 다음 순간,

"여보세요."

[국장님, 접니다.]

"몇 퍼야?"

[아, 왜 이렇게 급하십니까?]

"그래서 몇 퍼냐고."

충격받지 않겠다던 인식의 다짐은 그대로 무너지고 말았다.

[국장님, 아무래도 대박 난 것 같습니다.]

"응…?"

[최고 시청률, 14퍼 찍었습니다!]

"뭐라고?"

[최고 시청률 14, 평균 시청률 12… 이탈도 거의 없는 것 같고, 진짜 미쳤습니다!]

우당탕-!

너무 비현실적인 수치를 들은 나머지, 벌떡 일어서려다 발을 헛디뎌 침대 옆으로 넘어지고 만 것이다.

"아으으…!"

"여보! 오늘 진짜 왜 이렇게 시끄러워요?!"

방문을 확 열고 들어온 아내의 잔소리가 다시 쏟아졌으며, 서랍장에 부딪친 옆구리에는 아무래도 피멍이 든 것 같았지만 인식은 아무래도 좋았다.

"미안, 미안. 이제 진짜로 조용히 잘게."

지금 이 순간 그의 기분은 2010년도 들어서 그 어느 때보다도 좋았으니 말이다.

'됐어! 됐다고!'

매번 〈만 번의 법칙〉 이야기를 꺼내며 그를 비꼬던 예능1국장의 콧대를 눌러줄 생각에, 벌써 내일 아침이 기대되는 인식이었다.

— ＊ —

월요일 아침. 인터넷 곳곳에서 차례로 기사가 쏟아지기 시작하였다.

[KBC 새 예능 〈우리 집에 왜 왔니〉 최고 시청률 14.7% 기록!]

[〈우리 집에 왜 왔니〉 윤재엽&유리아&박두영! 일요일 저녁 예능, 지각 변동 시작!]

[이제는 먹방, 쿡방에 이어, 집방이다? 공진영 PD의 야심 찬 출사표.]

[명품배우 임수하의 변신? 좀 더 친근한 이미지로 다가가고파.]

…후략…

2010년만 해도 '주거'라는 소재는 예능에서 거의 다뤄진 적 없던 신선한 소재였다. 그리고 신선하다는 말은 곧 아직 검증되지 않은, 리스크가 있는 소재라는 뜻. 게다가 공진영 PD 또한 그리 인지도 있는 PD가 아니었기 때문에, 사실 〈우리 집에 왜 왔니〉의 대중적 기대는 그리 크지 않던 상황이었다.

그나마 윤재엽과 유리아의 유명세 덕에 회제성이 좀 생겼던 정도였으니 말이다. 하지만 막상 첫 번째 방영이 끝나고 다음 날이 되자, 인터넷은 뜨겁게 달아오르고 있었다. 일단 TV프로가 가진 재미의 척도나 다름없는 지표인 시청률부터가 모두의 예상을 깨고 두 자릿수를 기록했으니 말이었다.

└ 와, 이거 뭔데 이렇게 기사가 계속 뜨나? 집 짓는 예능임?

└ 집을 짓는다기보단, 리모델링 쪽에 가까운 소재인 것 같던데….

22

ㄴ토막영상 봤는데, 윤재엽, 유리아 케미 터진다 진짜ㅋㅋㅋ

ㄴKBC에서 또 대충 이상한 거 땜빵할 줄 알았더니 이번에는 제대로 준비했나 본데?

ㄴ믿고 거르는 KBC. 알바들은 갑자기 어디서 이렇게 다 튀어나온 거냐?

사실 시청률 12퍼센트라는 결과는, 막 초대박을 논할 정도의 수치는 아니라고 할 수 있었다. 2010년 기준 최고 시청률을 보이는 예능은 20퍼센트를 넘는 경우도 종종 있었으며, 지난 몇 주 동안 KBC 홍보팀에서 푸시한 수준까지 생각하면….

첫 방영인 것을 감안했을 때 중박 정도라는 평가가 더 맞다고 할 수 있었다. 하지만 담당 PD가 신출내기라는 점과 이전 프로가 워낙 망했다는 상황의 특수성 때문인지 〈우리 집에 왜 왔니〉의 화제성은 어지간한 대박 예능만큼이나 아침부터 활활 불타오르고 있었다.

"흐흐. 역시, 첫 방부터 시작이 좋네."

조금 일찍 학교에 나와 노트북을 편 우진은 가장 먼저 〈우리 집에 왜 왔니〉와 관련된 기사들을 찾아보고는 무척이나 흡족한 표정이 되어 고개를 끄덕이고 있었다. 사실 처음부터 대박 예능이라는 사실을 알고 시작한 우진에게 12퍼센트라는 시청률이 그렇게 만족스러운 수준은 아니었다. 하지만 어차피 첫 방영분에는 우진도 제대로 등장하지 않는 데다, 〈우리 집에 왜 왔니〉 포맷상 내용도 맛보기에 불과한 수준이었으니 2, 3화가 방영되면 시청률이 점점 더 크게 상승할 것이라고 우진은 확신하고 있었다.

'제일 중요한 건 2화지만… 1화 반응 보니 크게 걱정할 건 없겠

어.'

기사를 찾아보며 마우스를 딸깍거리던 우진은 일 잘하는 KBC 홍보팀에 박수라도 쳐주고 싶은 심정이었다. 정말 물 들어올 때 노 젓는 게 뭔지 보여주기라도 하듯 우진이 인터넷 서핑 중인 이 아침 시간에도 〈우리 집에 왜 왔니〉와 관련된 기사들이 우후죽순처럼 계속해서 솟아나고 있었으니 말이다. 이것은 단순히 방송이 재밌 다고 해서 되는 일이 아니었다. 홍보팀의 역량이 따라주지 않는다 면 화제성을 제대로 살리지 못하는 케이스도 비일비재했으니 말 이다.

'2화에선 리아 누나 미니홈피랑 같이, 카페 프레스코 화제성이 빵빵 터져서… 바퀴벌레처럼 가맹점이나 미친 듯이 증식됐으면 좋겠네.'

그런데 그렇게 신나서 관련 기사들을 검색하던 우진은 잠시 후 낯 뜨거워지는 기사 제목들을 하나둘 발견하기 시작하였다.

[K대학교 신입생, 떠오르는 건축계의 루키 디자이너 서우진은 누구?]

[스타 디자이너 김기성 그리고 K대학교의 신입생 서우진?]

재엽과 리아가 K대 캠퍼스에서 우진을 찾던 내용 때문인지 우진 의 정체와 관련된 기사들도, 심심찮게 지면을 장식하는 것을 볼 수 있었던 것이다.

'이건 좀 낯간지러운데….'

사실 우진은 별생각 없었지만 대중의 관심이 이렇게 흘러가는 것은 어찌 보면 당연한 수순이었다. 낯 뜨거운 멘트들이야 KBC 홍 보팀의 작품일 확률이 높았지만, 화제성을 위해서는 당연한 작업 인 것. 애초에 대중들에게는 신입생이면서 전문가의 포지션에 섭외된 우진이라는 존재 자체가 궁금증을 유발할 수밖에 없었다.

게다가 리아, 재엽의 홈페이지에는 우진이 포함된 〈우리 집에 왜 왔니〉 출연진들의 단체 사진이 게시되기까지 했으니 이런 소스들이 하나씩 모여 우진에 대한 화제성이 자연스레 생겨났던 것이다. 물론 이렇게 화젯거리가 되고 유명해지는 것이 우진이 방송에 뛰어들었던 근본적인 이유라고 할 수 있었지만, 그래도 얼굴이 화끈거리는 것은 어쩔 수 없는 노릇이었다.

'이것도 뭐… 적응되려나?'

몇몇 기사에 WJ 스튜디오라는 이름까지 살짝 언급된 것을 확인한 우진은 더욱 흡족한 표정이 되어 노트북에 띄워져 있던 기사들을 하나둘 끄기 시작하였다. 사실 오늘 학교에 일찍 온 이유는 기사를 확인하기 위함이 아니었으니 말이다.

'자, 그럼 이제, 과제를 해볼까…?'

수업 전까지 제출해야 할 과제를 벼락치기하기 위해 일부러 수업시간이 되기 두 시간 전쯤, 미리 과실에 도착해 노트북을 폈던 것. 하지만 30분이나 기사를 구경하는 데 시간을 날려버린 우진은 결국 그 야심 찬 계획을 실패할 수밖에 없었다. 시간이 조금 더 지나자 과실에는 동기들이 들어서기 시작하였고,

"앗! 우진 오빠다!"

"우와아! 연예인이다아…!!"

시끌벅적 떠들며 우진에게 다가오는 동기들 덕에 도무지 과제를 할 수 있는 분위기가 만들어지지 않았으니 말이다.

"저리 가! 연예인은 무슨…! 형 과제해야 해."

"아, 그러지 말고 형. 〈우리 집에 왜 왔니〉 촬영 썰 좀 풀어줘 봐요."

"맞아, 맞아. 2화나 3화는 벌써 찍었을 것 아냐?"

"그렇지!"

"유리아 어때요, 형? 진짜 화면에서 보는 것만큼 예뻐요?"

때문에 우진은 한숨을 푹 쉰 뒤, 노트북을 조용히 덮을 수밖에 없었다. 아무래도 미리 과실에 온 것은 완전히 잘못된 선택이었던 것 같다고 속으로 중얼거리면서 말이다.

출사표

학교에서 오전 내내 시달린 우진은 수업이 끝난 뒤 진이 다 빠진 채 사무실로 출근 중이었다.

'으, 뭐 한 것도 없는데 벌써 피곤하네.'

동기들부터 시작해서 선배들, 게다가 수업에 들어오는 교수님까지 어제 방영된 〈우리 집에 왜 왔니〉를 다들 시청한 것인지 만나는 사람마다 우진을 붙잡고 놓아주지 않았던 것이다. 물론 시청한 사람이 많으면 많을수록 좋은 것이긴 했지만, 그렇다고 해서 물리적인 피로가 사라지는 것은 아니었다.

"휴우."

운전대를 잡은 채 한숨을 푹 쉬는 우진을 보며, 조수석에 앉은 소연이 키득거리며 웃었다.

"그러다 땅 꺼지겠어, 오빠."

"이게 연예인들의 고충이겠지?"

"연예인은 무슨. 오버하지 말고."

"쳇."

소연이 우진의 옆자리에 앉아있는 이유는 간단했다. 우진의 사무실이 곧 소연의 집 바로 옆이나 다름없었으니 겸사겸사 우진의 출근길에 소연도 얹혀가는 것이다. 덕분에 요즘 하교 시간이 1학기보다 훨씬 빨라진 소연이었다. 그리고 우진의 차 뒷좌석에는 시끄러운 영국인도 한 명 앉아있었는데, 그는 뭐가 그렇게 불만인지 계속 투덜거리는 중이었다.

"아무래도 우진은 연예인 병에 걸린 것 같아, 소연."

"그러게."

"멍청한 KBC에서는 대체 왜 이 제이든 님을 두고 우진을 섭외한 거지?"

아마도 학교 모든 사람의 관심이 우진에게만 쏠린 게, 불만의 원인으로 추정되었다.

"제이든, 넌 대체 왜 내 차에 탄 거야?"

"그야 난, WJ 스튜디오의 넘버3이니까."

"넘버1이랑 2는 누군데?"

"우진, 석현. 바로 다음이 나지."

"진태 형은?"

"오우, Shit! 생각해보니 숫자를 잘못 세었어."

"진태 형한테 말해줘야겠군."

"그러지 마, 우진. 의리 없게 그럴 거야?"

제이든의 집은 용산구지만, 어쩐 일인지 항상 하교 시간만 되면 우진의 차를 타려고 하였다. 개강 이후에는 딱히 WJ 스튜디오에서 알바를 하는 것도 아니었는데, 굳이 성수동에 왔다가는 제이든이었다. 한번은 매일 WJ 스튜디오에 출석 도장을 찍는 것이 귀찮지는 않은지 물어본 적이 있었는데 그때 제이든은 이렇게 대답했다.

[WJ 스튜디오는 이 제이든 님이 없으면 굴러가지 않지.]

[그러니까, 이제 알겠지? 이 제이든 님이 얼마나 자비로운지 말이야.]

제이든의 그 대답을 문득 떠올린 우진은 운전을 하다가 또다시 한숨을 푹 쉴 수밖에 없었다. 헛소리도 이 정도 창의적이면 하나의 경지로 인정해줘야 할 것 같았다.

끼이익-!

성수동에 도착한 우진은 사무실 건물에 가기 전 소연의 집 근처 대로에 잠깐 멈춰 섰다.

"소연이는 여기서 내리지?"

하지만 어쩐 일인지 소연은 고개를 절레절레 저었다.

"아니, 오늘은 오랜만에 나도 사무실 가볼래."

"그래? 뭐 하러?"

"그냥. 할 게 좀 있어서."

"음…?"

우진은 조금 의아했지만, 고개를 끄덕이며 다시 사무실로 향했다. 사무실에 이제 아는 사람도 많으니, 인사라도 하러 가려나 보다 한 것이다.

'어차피 다들 바빠서 인사도 제대로 못 받아줄 텐데….'

하여 사무실 주차장에 차를 댄 우진은 소연과 제이든을 데리고 14층으로 올라갔다.

— * —

WJ 스튜디오는 설립된 이후로 단 한 번도 한가했던 적이 없다. 대표인 우진이 쉴 새 없이 일을 물어다 가져오니, 한가하려야 한가

할 수가 없었던 것이다. 하지만 그렇다고 해도 요즘은 지금까지와 비교조차 되지 않을 정도로 바쁜 일정이라 할 수 있었다. 어느 정도 안정화된 모형 파트보다, 최근 들어 일이 쏟아지는 시공 파트의 직원들이 더욱 바빴고 말이다.

"어, 진태 형! 미팅 잘 다녀왔어?"

"물론. 생각보다 수월하게 잘 풀려서…."

우진의 뒤에 딸려 들어온 두 혹을 발견한 진태가 말을 하다 말고 피식 웃으며 아는 척을 했다.

"여, 제이든! 소연이도 왔네?"

"요 Bro! 오늘도 이 제이든 님을 기다리고 있었군?"

"안녕하세요, 오빠. 오랜만에 왔죠?"

"제이든, 너는 금요일에도 왔으면서 오늘은 왜 또 왔냐?"

"이 제이든 님이 없으면 진태 형이 슬퍼하니까."

"헛소리는 달나라 가서 하라고 했지?"

"젠장, 진태 형은 제이든의 가치를 몰라."

진태의 구박이 시작되자, 제이든은 슬쩍 시선을 돌리며 딴청을 피웠다. WJ 스튜디오에서 제이든의 유일한 천적이 바로 진태였다. 웃으며 그 모습을 보던 우진이 코트를 옷걸이에 설면서 신태를 향해 입을 열었다.

"그럼 형, 나 숨 좀 돌리고 우리 회의 시작할까?"

"다들 이미 준비는 다 됐어. 회의실 세팅해둘 테니, 5분 뒤에 그쪽으로 넘어와."

"오케이!"

우진에게 오더를 받은 진태는 바로 회의실로 넘어가 회의 자료들을 준비하기 시작하였다. 그리고 제이든과 소연 또한 약속이라도 한 듯 같이 우진의 집무실을 나갔다.

"너희는 모형 파트 쪽 가려고?"

우진의 물음에 소연이 먼저 답했다.

"아니, 안 갈 건데?"

우진은 의아한 표정이 되었다.

"안 간다고? 그럼 여기서 뭐하게?"

우진의 반문은 당연한 것이었다.

어차피 5분 뒤 회의에 들어가면 시공 파트 모든 직원이 자리를 비울 텐데 다들 회의하는 동안 빈 사무실에서 두 사람이 뭘 하려는 건지 이해할 수 없었으니 말이다. 하지만 제이든과 소연은 당연하다는 듯 고개를 끄덕였고 이어서 아주 자리를 잡으려는지 각자 노트북까지 펴서 코드를 연결하였다.

두 사람이 자리를 펼친 곳은 멋지게 꾸며진 로비의 바 테이블. 그제야 우진은 깨달을 수 있었다. 전공 수업 하나를 같이 듣는 소연과 제이든이 WJ 스튜디오의 로비를 호화로운 팀플 장소로 결정했다는 것을 말이다.

"뭐야, 니들 여기 과제하러 온 거였어?"

우진의 물음에, 제이든이 아주 당당한 표정으로 고개를 끄덕였다.

"아무도 쓰지 않는 이 휑한 로비를 이 제이든 님이 특별히 써주는 거야."

"…."

"맞아, 오빠. 이렇게 비싼 돈 주고 해둔 인테리어가 매번 비어있으면 아깝잖아?"

할 말을 잃은 우진은 고개를 절레절레 저으며, 주섬주섬 탁자 위의 서류들을 챙겼다. 생각해보면 조용하고 쾌적한 이 로비가 어지간한 카페나 비즈니스룸보다 과제하기 쾌적한 장소였다. 로비에 아주 짐을 싹 다 펼쳐두는 것을 보면 아무래도 회의가 끝날 때까지도 여기 있을 모양인 두 사람. 그런 둘의 모습에 피식 웃은 우진은 회의서류들을 들고 그들의 옆을 지나쳤다.

"그래. 뭐, 니들이 쓴다고 닳는 것도 아니고… 있다가 저녁에 밥이나 같이 먹자."

제이든이 반색하며 되물었다.

"우진, 당연히 법카겠지?"

"맞아, 법카야. 너만 빼고 다 같이 먹을 예정이지."

"Holly shit!"

제이든이 뒤에서 구시렁거렸지만, 우진은 신경 쓰지 않고 회의실로 향했다.

— * —

회의실에 들어온 우진의 손에 한가득 들려있는 것은 인쇄된 도면들이었다.

"와, 이제 우리 회의실도 사람 꽤나 북적북적하네요."

회의실에 앉아있는 열 명 정도의 인원을 확인한 우진은 뿌듯한 표정이 되어 자신의 자리에 앉았다. 그러자 우진의 옆자리인 진태가 웃으며 얘기했다.

"다음 달부터는 아마 다섯 명 정도 더 늘어날 겁니다, 대표님."

"괜찮은 사람들로 뽑았나요?"

"네, 다들 의욕도 있고 경력도 좋고… 신입도 둘 정도 있는데, 확실히 괜찮은 사람들로 뽑힌 것 같아요."

방금 전까지 편하게 대화하던 우진과 진태는 서로 존댓말로 대화를 나누었지만 그럼에도 불구하고 두 사람의 대화는 무척 자연스러웠다. 물론 처음부터 자연스러웠던 것은 아니다. 처음 진태가 직원들 앞에서는 존대해야 한다며 대표님이라 부를 때는 우진도 몹시 어색했었으니까.

하지만 지나고 보니 회사를 키워나가야 하는 장기적인 관점에서 볼 때 진태의 이야기가 맞다는 것을 최근 들어 느끼고 있었다. 우진의 실제 정신연령이 어떻든 지금 스물두 살인 것은 부인할 수 없는 사실이었고 이런 상황에서 진태가 업무 중에 우진을 편하게 대한다면 직원들도 무의식중에 우진이 어리다는 사실을 의식하게 됐을 터였다.

하지만 항상 직원이 있을 때는 깍듯하게 대해 준 진태 덕분에, WJ 스튜디오의 직원들은 누구도 우진이 어리다는 생각을 하지 않았다. 우진은 WJ 스튜디오의 직원들에게 능력 좋은 대표님일 뿐이었다.

"다들 오늘 회의 안건은 잘 알고 계시죠?"

"네, 대표님!"

"물론입니다!"

다들 초롱초롱한 눈으로 우진을 바라보았고, 우진은 들고 들어온 도안들을 직원들에게 나눠주었다. 도면은 당연히 전부 같은 것이었고 그 구석에는 〈청담 선영아파트 재건축 설계〉라는 프로젝트 네임이 명시되어 있었다. 그리고 회의가 시작되자 우진의 눈빛은 그 어느 때보다 날카로워졌다. 소연이나 제이든과 농담 따먹기를 할 때와는 아예 다른 사람이라고 느껴질 정도로 말이다.

"제가 지난주에도 회의 때 말씀드렸지만… 저희가 이번에 제안

해야 할 설계는 말 그대로 고급화의 끝이어야 합니다."

지금 시점에서 우진이 가장 중요하게 생각하는 프로젝트. 그리고 성공시킬 수만 있다면 WJ 스튜디오의 설계·시공 파트를 한 단계 껑충 성장시켜줄 수 있는 계기가 될 커다란 프로젝트. 오늘 WJ 스튜디오의 회의에서 다뤄질 것은 바로 재건축될 청담 선영아파트의 설계와 디자인에 관련된 것들이었다. 우진이 진태를 응시하며 다시 입을 열었다.

"김 실장님."

"예, 대표님."

"아파트의 고급화를 생각할 때, 가장 크게 고려해야 할 부분이 뭐라고 생각하십니까?"

우진의 말에 진태는 잠시 생각에 잠겼고, 다른 직원들도 각자 골똘히 고민하기 시작했다. 하지만 우진은 그들에게 진짜 완벽한 대답을 기대한 것이 아니었다. 아직 WJ 스튜디오 시공 파트의 직원들은 현장업무에 특화된 인원들로 이루어져 있었기 때문에 디자인이나 설계의 방향성에 대한 부분들은 거의 우진의 디렉팅에 의존할 수밖에 없었으니까. 그것은 진태라고 해서 다른 직원들과 다를 게 없었다. 해서 진태의 대답이 나오기 전에 우진의 말이 먼저 이어졌다.

"물론 고급화라는 카테고리 안에 들어갈 키워드는 수없이 많습니다."

"주거의 고급화를 위해선, 생각해야 할 요소가 한두 가지가 아니니까요."

"하지만 저는 그 대부분의 것을 아우를 수 있는 두 가지의 단어가 바로 '배려'와 '과시'라고 생각합니다."

우진의 말이 이어지는 동안 회의실은 쥐 죽은 듯 조용했다. 그의 말에 담긴 내용들에 대해 생각이 필요하기도 했으며, 어떤 말이 이어질지 궁금하기도 했으니 말이다. 잠시 말을 멈춘 우진은 직원들의 표정을 살펴보았다. 우진이 하고자 하는 이야기에 대해 어느 정도 이해한 표정인 직원도 있었으며, 어렵다는 표정으로 뒷머리를 긁적이는 사람도 있었다. 우진의 말이 다시 이어졌다.

"일단 '배려'라는 키워드부터 한번 이야기를 해볼까요?"

"이건 제가 일전에 클리오 브랜드 홍보관 시공 때도 언급했던 적 있는 말인데…."

우진은 탁자 위에 올려 있던 오렌지 주스를 한 모금 홀짝였다.

"고급화, 그러니까 '프리미엄화'라는 것은 결국 유저가 자신을 특별한 사람이라고 느끼게 만드는 겁니다."

"그리고 '이런 것까지?'라는 의문이 들 정도로 과도한 배려들이 담긴 설계는 유저들을 특별한 사람으로 만들어줄 수 있습니다."

회의실의 분위기는 점점 더 달아오르기 시작하였다.

— * —

언제나 그랬듯 우진의 이야기는 청자로 하여금 빠져들게 하는 매력이 있다. 묘하게 확신에 찬 어조부터 시작해서 말 한마디 한마디에 들어간 단단한 주관까지, 정신없이 우진의 이야기를 듣다 보면 어느새 고개를 끄덕이고 있는 자신을 발견하게 되는 것이다. 그리고 지금 회의실에 앉은 WJ 스튜디오의 직원들이 바로 그러하였다. 주거설계의 고급화에 대해 열변을 토하는 우진의 목소리, 그 목소리에 빨려 들어가기라도 할 듯 집중하고 있는 것이다.

"그렇다면 그 '배려'라는 것은 어디부터 시작해야 하는 것일까요?"

"그 시발점은 바로 불편함에 대한 고찰입니다."

"우리들이 아파트라는 주거공간에 살면서 조금이라도 불편함을 느꼈던 모든 것들에 대한 고찰."

"예를 들면 엘리베이터를 기다리는 시간이 너무 아까운데⋯ 어떻게 이 시간을 최소화할 수 있을까?"

"현관에서 나갈 때 집 안의 모든 불을 버튼 하나로 끌 수 있으면 좋지 않을까?"

"집안에 평소 쓰지는 않지만 한 번씩 필요해서 버릴 수는 없는 물건들이 너무 많은 공간을 차지하는데 이런 것들을 집 밖에 보관해둘 공간이 세대별로 따로 있으면 좋지 않을까?"

"번거롭고 귀찮은 음식물 쓰레기의 처리. 그냥 주방에서 전부 다 해결해버릴 수는 없을까?"

그리고 우진의 이야기가 설득력 있는 이유는 그것이 전생에서부터 수십 년간 이어져온 건축에 대한 고민의 결과물이기 때문이었다. 전생의 우진은 항상 디렉팅을 받는 입장이었으며, 그래서 매번 시키는 것을 해야 하는 입장이었지만 그럼에도 우진은 한순간도 꿈을 놓은 적이 없었고 언제나 질문을 던지곤 했었다.

상급자에게.

유명한 건축물에게.

눈앞의 설계 도면에게.

멋지게 디자인된 공간에게.

그리고 나 자신에게.

물론 그렇게 던진 모든 질문들의 답을 얻어낸 것은 아니었다. 하지만 그 사고의 과정들은 전부 우진의 내면에 쌓였고 그것이 한데 모여 건축과 디자인에 대한 통찰력을 만들어주었다.

"이런 귀찮음을 해결해줄 수 있는 배려가 하나둘 쌓일 때마다, 거주자들은 자신이 특별한 사람이며 이 아파트가 특별한 공간이라고 느낄 수 있게 되겠지요."

"하지만."

탁-

우진이 탁자 위에 놓여있던 마우스를 클릭하자, 화면이 바뀌며 다음 키워드에 대한 이야기들이 명시되었다. 누구를 설득하기 위한 프레젠테이션이 아닌 원활한 회의를 위한 마인드맵 같은 것이었기에 화면에 떠오른 이미지는 우진이 흰 종이 위에 써 내려간 아이디어 스케치 같은 느낌이었다.

"이러한 배려들이 '고급화'와 '프리미엄'이라는 가치를 전부 담을 수는 없습니다."

"그 이유는 바로 '편리'를 추구하는 인간의 욕심에는 상한선이 없기 때문이죠."

"아무리 편리한 설계가 나와도 그 안에서 결국 인간은 또 다른 불편함을 찾아낼 것이고."

"그 '배려'에 완벽히 적응하고 난 뒤에는 또 다른 특별함이 필요하기 때문입니다."

우진이 레이저 포인트로 스크린 위에 떠올라 있는 가장 큰 단어를 가리켰다. 그것은 바로 '과시'였다.

"남에게 과시할 수 있는 특별한 무언가가 말이지요."

'과시'란 사전적 의미로 '남에게 자랑하여 보인다'는 의미다. 그리고 자랑하여 보일 만한 무언가는 당연히 특별할 수밖에 없다.

"지난여름, 천웅건설의 새 브랜드 '클리오'가 성공한 이유가 여기에 있습니다."

"마포 클리오. 프레스티지에서 메인 디자인으로 밀었던 특화 설계… 동과 동 사이를 잇는 스카이 브릿지(Sky Bridge)."

"지인들이 하룻밤 묵어갈 수 있도록 공용시설로 설계해둔 프리미엄 게스트 하우스."

"이것들이 과연 주거의 편리를 위해 꼭 필요한 시설들일까요?"

우진의 질문에 직원들은 대번에 고개를 저었다. 스카이 브릿지는 사실 멋진 외관을 위한 디자인적 구조물일 뿐, 편의성 차원에서 꼭 필요한 공간이 아니다. 굳이 다른 동과 동 사이를 고층에서 직접 움직일 이유가 없으니까. 공사비용과 시공 난이도를 생각한다면, 선택하지 않는 것이 합리적인 디자인인 것이다.

그렇다면 프리미엄 게스트 하우스는 또 어떠한가. 굳이 거주민들이 자신들의 관리비를 들여가며 게스트 하우스를 운영할 이유는 없다. 물론 필연적으로 손님들이 묵어가야 할 때 집 대신 독립된 공간을 내어줄 수 있다는 부분은 편리하지만…. 사실 손님은 외부의 숙박 시설에 묵어도 전혀 관계가 없으니까. 다만 단지 내 게스트 하우스가 있다면, 그들에게 과시할 수 있다.

'내가 이렇게 좋은 집에 산다'는 것을 말이다.

"오늘의 회의에서 저는 바로 이런 관점에서 여러분들의 의견을 듣고자 합니다."

"정말 비현실적으로 보이는 아이디어라도 상관없습니다."

"일단 싹 다 꺼내놓고 실현 가능성은 그다음에 따지도록 하죠."

말을 마친 우진은 남아있던 주스를 벌컥벌컥 들이켰다. 쉬지 않고 말을 이은 탓에 적잖이 목이 마른 것이다. 그리고 우진의 이야기가 끝난 이 순간을 기점으로 WJ 스튜디오의 본격적인 회의가 시작되었다.

— * —

　종각역 천웅건설 사옥의 최상층엔 일반 사원들은 거의 걸음 할 일 없는 프라이빗한 공간들이 있다. 협력업체의 VIP들이 방문했을 때나, 중요한 임원 회의가 있는 날이라거나 그럴 때가 아니면 잘 쓰이지 않는 특별한 공간 말이다. 그리고 오늘 박경완은 꽤 오랜만에 이곳에 올라왔다. 그를 부른 사람은 바로 천종걸 대표이사. 경완은 근 십 년 동안 천종걸 대표이사와의 독대가 처음이었다.

　또르륵-

　두 개의 찻잔이 맑은 찻물로 채워지자 직원이 가볍게 목례한 후 룸에서 나갔다. 서울 도심 시가지가 훤히 내려다보이는 천웅건설의 종각역 사옥 최상층. 창가의 넓은 방 가운데는 고급스럽고 작은 탁자가 하나 놓여있었고 그 탁자를 사이에 두고 두 사람은 마주 앉았다. 먼저 찻잔을 든 천종걸이 경완을 향해 입을 열었다.

　"오랜만일세, 박 부장."

　"예, 대표님."

　"지난번에 봤던 게 아마… 올해 시무식(始務式) 때였지?"

　"그랬던 것 같습니다."

　천종걸의 나이는 50대 후반이다.

　하지만 머리를 새하얗게 염색해서인지, 멀리서 보면 그 나이를 가늠하기가 힘든 외모를 가지고 있었다. 떡 벌어진 어깨에 다부진 덩치. 항상 깔끔한 수트를 입고 다니는 그의 체격이 하얀 머리와 대비되면서 나이를 짐작하기 힘들게 하는 것이다. 하지만 그 외모 덕에 천종걸은 어떤 자리에서도 눈에 띄었는데, 신입사원조차도 그를 처음 본 순간 대부분 알아볼 정도라고 하였다.

"하하, 자네와는 언젠가 이 자리에 마주 앉게 될 줄 알았지."

"좋게 봐주셔서 감사합니다."

"하지만 이렇게 빨리 그날이 올 줄은 몰랐어."

"…."

"내가 아무래도 자네를 과소평가했던 모양이야."

천웅건설의 대표이사인 천종걸은 천웅그룹의 회장이자 창업주인 천명철의 장남이다. 하지만 천명철은 이미 일선에서 물러난 지 오래였고 사실상 천웅그룹 전체의 실질적인 1인자가 바로 천종걸이었다. 그리고 박경완이 신입사원이던 시절 천종걸은 그가 근무하던 부서의 팀장으로 일하고 있었다.

물론 그것은 후계자 수업의 일환일 뿐이었지만 말이다. 어쨌든 박경완은 신입사원 때부터 천종걸과 거의 5년 정도를 함께 일했고, 천종걸이 박경완의 얼굴을 정확하게 기억하고 있는 이유가 바로 그 때문이었다.

탁−

찻잔을 들어 맛을 잠시 음미한 천종걸은 곧 다시 경완과 눈을 마주쳤다. 오늘 그가 경완을 이곳에 부른 이유는 바로 경완의 임원승진 때문. 천웅그룹은 임원승진심사가 있을 때 항상 계열사의 대표이사가 사전에 대상자와 독대를 하는 문화가 있었는데 이것은 심사 대상자에게 무척이나 중요한 행사라고 할 수 있었다.

어쩌면 승진심사의 등락에 가장 큰 영향을 미치는 것이 이 오너와의 독대일 수도 있기 때문이다. 그래서 경완은 긴장하지 않으려야 않을 수가 없었다. 천웅건설에서 잔뼈가 굵은 그에게도 천종걸은 어려운 인물이었다. 잠시 심호흡을 한 박경완이 담담한 어조로 말을 시작했다.

"운이 좋았습니다. 그걸 부인할 생각은 없습니다, 대표님."

"운이라…."

"제게 실적을 쌓을 수 있는 기회들이 이래도 되나 싶을 정도로 계속 찾아왔으니… 그게 운이 아닐 수는 없겠죠."

"하하."

천종걸의 낮은 웃음소리에 박경완의 표정이 조금 더 진지해졌다.

"하지만 그 모든 기회를 전부 제 것으로 만든 건 오롯이 제 실력이라고 자부합니다."

천종걸이 순순히 고개를 끄덕이며 인정했다.

"그렇겠지. 준비되지 않은 얼간이들은 보통 기회가 온 것조차 모르고 지나가니 말이야."

원래 기업의 임원진은 주주총회나 이사회에 의해 선출된다. 그리고 그러한 선출방식은 천웅건설이라 하여 다르지 않다. 다만 천웅건설의 지분구조는 천명철과 천종걸이 거의 다 틀어쥐고 있었기 때문에 사실상 천종걸의 의지가 곧 임원승진으로 이어지는 것일 뿐이었다.

"좋아, 오랜만에 자네와 이야기를 나누니 옛날 생각도 나는구먼 그래."

천종걸은 기분 좋은 표정으로 경완과 이런저런 담소를 나누었다. 회사일과는 크게 관련 없는 이런저런 사소한 이야기들. 하지만 결국 마지막에는 다시 본론으로 돌아갈 수밖에 없었다. 천종걸에게는 오늘 경완에게 하고 싶었던 얘기가 명확히 있었으니 말이다.

"자네가 임 전무에게 출사표를 던졌다고 들었네. 맞나?"

종걸의 입에서 나온 '출사표'란 얼마 전 경완이 제출했던 3분기 보고서를 의미했다. 정확히는 그 안에 담겨 있던 '청담 선영아파트 재건축 사업장'의 수주와 관련된 제안서들. 그리고 경완은 이 제안서를 쓸 때 확실히 한 가지를 알고 있었다. 만약 이 사업장을 따내는 데 성공한다면 그것으로 자신의 임원승진이 확정될 것임을 말이다.

그래서 이것은 출사표였다. 이사진도 바보가 아니었기 때문에 경완의 그러한 생각과 의도를 정확히 알아챌 테니까. 때문에 경완은 오늘 종걸에게 불려온 순간 이 말이 나올 것도 이미 예상하고 있었다. 그래서 그는 한 치 망설임 없이 고개를 끄덕이며 대답할 수 있었다. 그것이 정말 출사표가 맞냐는 대표이사 천종걸의 확인 질문에 말이다.

"맞습니다, 대표님."

종걸이 흥미롭다는 듯한 표정으로 다시 입을 열었다.

"무려 청담동 알짜배기 사업장이야. 너무 무리한 출사표는 아니겠나?"

경완은 거침없이 대답했다.

"시기상 가능하다고 판단했습니다."

"그래도 제운이나 SH물산을 눌러야 한다는 건 변함없는 사실이지."

종걸은 검지손가락을 들어 탁자를 가볍게 두들겼다. 이것은 그가 기분이 좋을 때 한 번씩 나오는 습관이었다. 잠시 뜸을 들인 경완이 천천히 다시 입을 열었다.

"임 전무가 총력을 다해 지원하겠다 하였습니다."

"회사에서 지원할 수 있는 건 재무 상황이 허락하는 한도 내에서의 금전적인 지원일 뿐이네."

"그 말씀은…."

"결국 조합의 마음을 움직여야 하는 건 그 지원을 바탕으로 운전대를 잡을 자네라는 말이지."

원론적인 얘기다. 이야기를 하는 종걸도 그것을 듣는 경완도 이미 모두 알고 있는 이야기라는 뜻이다. 그러니 이것은 종걸의 마지막 질문이었다. 정말 해보겠느냐. 그렇다면 모든 지원을 아끼지 않을 것이다, 라는. 그리고 종걸이 이렇게까지 말했다는 것은 실패에 대한 책임도 분명히 물을 것이라는 뜻이었다.

'후우.'

하지만 이미 경완은 기호지세. 여기서 물러선다면 처음부터 칼을 뽑아 들지 않은 것만 못한 결과가 만들어질 것이다. 그래서 그는 더욱 확고하게 대답하였다.

"결과로 보여드리겠습니다."

"그래?"

"내년 이맘때쯤엔 청담동 한복판에 제 삽을 꽂아 넣고 오겠습니다."

건설업계에선 공사의 시작인 착공을 '삽을 뜬다'는 은어로 많이 표현한다. 때문에 청담동에 자신의 삽을 꽂아 넣겠다는 말은 그때쯤엔 공사를 시작하겠다는 뜻. 그 말을 들은 종걸은 아주 호쾌하게 웃어 젖혔다.

"으하하핫."

경완이 발을 빼리라는 생각은 처음부터 하지 않았지만 그래도 이 정도로 확신 있게 이야기할 줄은 몰랐으니 말이다.

"좋아. 박경완이, 그럼 자네를 한번 믿어보도록 하지."

종걸의 주름진 눈에 깊은 안광이 내려앉았다. 그는 경완의 '자신감'이 마음에 들었지만, 그보다 '책임감'을 더 중요하게 생각하는 사람이었다.

— * —

천웅건설은 아직 객관적으로 업계 최상위에 자리 잡고 있는 제운건설이나 SH물산, 명성건설 등과 덩치 차이가 크다. 1위인 제운건설을 기준으로 놓고 비교하면 시공능력 평가액이 거의 두 배 정도 차이 나는 수준이니 말이다. 그래서 완전히 같은 조건에서 3사와 함께 총력으로 경쟁한다면 천웅이 이길 확률은 높게 잡아줘야 5% 미만이다. 그리고 경완은 이러한 사실을 아주 잘 알고 있었다.

'특히 제운이나 명성에서 더럽게 나오기 시작하면… 답이 없긴 하지.'

때문에 경완이 이번 '청담 선영아파트 재건축 사업'에 출사표를 던진 데에는 나름대로의 계산과 근거가 있었다. 전체적인 업계의 흐름과 최상위권 건설사들의 상황, 현재 순풍에 돛 단 듯 쭉쭉 성장하고 있는 천웅건설의 상승세까지. 이 모든 상황적 조건을 고려한다면 가능성이 몇 배 이상 올라가니 말이다.

"부장님, 진짜 괜찮으시겠습니까?"

부하직원 우재준의 물음에, 경완이 피식 웃으며 답하였다.

"괜찮아. 충분히 할 수 있다니까?"

"가만히 계셔도 요즘 같은 흐름이면 몇 년 안엔 임원 다실 것 같은데… 이거 괜히 너무 무리하시는 건 아닙니까?"

"천웅 최연소 임원 타이틀 한번 달아보려고 그런다, 왜."

"임원 빨리 달아서 뭐합니까. 임원 되면 언제 잘릴지 모르는데…."

"악담을 해라, 악담을."

"임원이 원래, 임시직원 줄임말인 것 모르세요?"

임원은 사원과 달리 계약직이다. 1년 단위로 연봉을 재협상하며, 실적이 안 좋으면 언제든 목이 떨어질 수 있는 계약직. 재준은 그 이야기를 하는 것이지만 경완은 코웃음 칠 뿐이었다.

"잘하는데 자르겠냐? 5년 내로 연봉 다섯 배쯤 튀겨서 너한테 자랑할 거니까 배 아플 준비나 해."

"어우, 욕심쟁이…."

"뭐, 인마?"

경완의 나이는 올해로 마흔둘이다. 그러니까 이번 프로젝트 수주로 임원 진급이 확정되면, 마흔셋으로 넘어가는 2011년의 인사 이동에 임원 타이틀을 다는 것이다. 오너 일가를 제외한다면, 역대 천웅건설 최연소 상무가 마흔다섯이었으니….

내년에 상무를 달 수 있다면 말 그대로 최연소 타이틀을 빼앗아 오는 것. 하지만 경완이 정말 그 최연소 타이틀에 눈이 멀어 무리하는 것은 아니었다. 이번에 경완이 움직인 것은 그의 눈에 보이는 가능성에 대한 순수한 열정 때문이었다.

"그나저나 진짜 가능하긴 한 겁니까?"

여느 때처럼 자판기 우유를 뽑아 든 경완이 재준을 향해 다시 입을 열었다.

"야, 생각해봐."

"뭘 말입니까?"

"지금 제운이랑 SH물산, 죄다 중동으로 파견 나가 있지?"

"음, 그렇긴 한데… 거기 쫄딱 망해서 이제 싹 다 들어오지 않습니까?"

"들어온다고 누가 그래."

"두바이월드에서 작년 말에 모라토리엄* 선언하면서… 국내 건설사 전부 다 발 뺀 것 아니었습니까?"

한때 중동의 허브로 발돋움하며 건설업계에서 '약속의 땅'이라고 불리기까지 했던 곳인 아랍에미리트(UAE) 두바이. 하지만 해외 자본의 의존도가 높았던 두바이는 미국발 경제위기(서브 프라임 모기지 사태)와 함께 몰락의 길을 걸었고 급속도로 개발되는 두바이 부동산에 뛰어들었던 국내 건설사들은 썰물처럼 두바이 사업장에서 빠져나왔다.

한창 두바이에 건설사들이 뛰어들 당시 역량이 부족했던 천웅건설이 합류하지 못했던 것이 다행일 정도. 이 사실은 업계 관계자라면 거의 다 아는 사실이었고, 그래서 재준이 이런 질문을 한 것이다.

하지만 경완은 고개를 저으며 다시 입을 열었다.

"두바이가 망한 거지, 오일 머니(Oil money)가 망한 건 아냐."

"그게 무슨…?"

"너 작년에 제운건설 베이스캠프, 아부다비로 옮긴 것 모르냐?"

"베이스캠프라면, UAE지사 말씀이세요?"

"그래."

---

* 국가적 차원에서 긴급 사태가 발생한 경우에, 국가 권력의 발동에 의하여 일정 기간 금전 채무의 이행을 연장시키는 일(채무지불유예).

"으음⋯."

"SH물산도 마찬가지고⋯ 모르긴 몰라도, 명성건설도 다를 바 없을 거야."

"그렇군요."

"그러니까 이게, 첫 번째 근거."

"천웅이 수주전 이길 수 있다는 근거 말입니까?"

"그렇지."

국내외로 천웅보다 훨씬 더 많은 사업장에 힘을 쏟고 있는 경쟁사들. 반면에 지난달을 기점으로 거의 모든 수주전이 마무리된 천웅. 여러 사냥감을 한 번에 노리려는 호랑이보다, 단 하나의 목표물을 정확히 노리려는 승냥이의 사냥 성공률이 더 높은 것은 결코 이상한 일이 아니다. 그래서 경완이 볼 때 지금 이 시기는 이럴 수 있나 싶을 정도로 절묘한 타이밍이었다.

"그럼 두 번째 근거도 있는 겁니까?"

흥미로운 표정으로 묻는 재준을 향해, 경완이 고개를 끄덕였다.

"물론."

따뜻한 우유를 한 모금 홀짝인 경완은 다시 말을 이었다.

"너 혹시 월말 결산 회의 참석했었냐?"

"했었죠."

"그럼 그때, 클리오 브랜드 결산보고서 봤어?"

"음, 보긴 했는데⋯."

경완은 말꼬리를 흐리는 재준을 향해, 장난스럽게 주먹을 들어 보이며 핀잔을 주었다.

"야 씨, 일 제대로 안 하냐, 우재준."

"부장님, 이거 사내 폭력입니다!"

"내가 때렸냐? 때렸냐고!"

"위협을 느꼈지 말입니다!"

"휴우."

고개를 절레절레 저은 박경완이 한숨을 푹 쉬며 말했다.

"어쨌든 그 결산보고서 보면 알 수 있을 건데, 브랜드 인지도 성장세가 미친 수준이야."

"미친 수준요? 그 정돕니까?"

"그래, 리서칭 결과가 완벽히 정확하진 않겠지만 벌써 CW 턱밑까지 쫓아왔어."

"네…?"

경완의 말에 재준의 두 눈이 휘둥그레졌다. CW는 천웅이 십 년 넘게 키워온 브랜드였고, Clio는 이제 론칭한 지 세 달도 채 되지 않은 브랜드였건만 브랜드 인지도 평가 점수가 벌써 그 수준까지 올라왔다는 것이 믿어지지 않았으니 말이다.

'물론 기존 CW의 인지도를 등에 업고 있긴 하겠지만….'

그리고 현재의 인지도 점수보다 더 중요한 것은 상승세. 세 달 만에 인지도 7위급인 CW의 턱밑까지 따라붙었다는 것은 다음 달이나 그다음 달이면 최상위권까지 뚫고 올라가도 이상하지 않다는 소리였다.

"너도 알다시피 우리 9월 말부터 딱히 수주전이 없었어."

"예, 부장님."

"그런데도 마케팅 팀에서 브랜드 홍보에 태우는 비용을 오히려 늘린 이유가 뭐겠냐. 돈이 썩어나는 것도 아니고."

"진짜 미쳤네요. 이 정도일 줄은…."

솔직히 경완이 첫 번째 이유를 들었을 때만 해도 재준은 반신반의 했었다. 물론 경완의 분석은 충분히 유의미한 것이었지만, 그게 수주전에서 승리하기 위한 결정적인 근거가 될 수는 없었으니 말이다. 하지만 브랜드 인지도는 다르다.

실제 건설사 도급순위나 규모가 어떻든 소비자들이 보는 것은 결국 브랜드였고. 그 인지도 측면에서 제운건설의 더빌리지(The Village)나 SH물산의 아르티아(ArtiA)와 비슷한 수준까지 올라설 수 있다면….

'정말 될 수도 있겠는데?'

경완의 출사표가 더 이상 무모한 도전으로 보이지 않았으니 말이다.

"크으…! 맛 좋다."

자판기 우유를 홀짝이면서 마치 맥주라도 마신 듯 오버하는 경완을 보며 재준이 은근한 목소리로 다시 물었다.

"그럼 세 번째 근거는 뭡니까?"

"뭐? 세 번째?"

"설마 두 번째가 끝이었던 겁니까?"

재준의 물음에 어이없다는 표정으로 손가락을 슬쩍 구부렸고.

"마지막 근거는 나야, 인마."

"네?"

"이 박경완이가 곧 근거라고."

경완의 그 농담 아닌 농담에 재준은 진저리를 치며 대답했다.

"아, 제발. 부장님."

"왜, 뭐."

"자기애가 너무 넘치시는 것 아닙니까."

경완은 말없이 종이컵에 들어있던 우유를 전부 다 입에 털어 넣은 뒤, 휘적휘적 걸어갔다. 이어서 뒤로 재준이 따라오자, 한마디를 덧붙였다.

"짜식아, 이거면 충분해. 뭘 더 바래?"

"잘 되시겠죠, 뭐. 이렇게까지 자신감 넘치시는데."

"그래, 그러니까 설계 마감 끝나면 발바닥에 불나도록 뛰어다닐 준비나 해."

"예, 예. 물론입죠."

너스레를 떠는 재준을 보며 경완은 한 번 더 피식 웃을 수밖에 없었다. 그에게 이거면 충분하다는 이야기를 했지만, 사실 경완에게는 한 가지 더 믿는 구석이 있었다. 아니, 정확히는 믿는 구석이라기보다, 은근히 기대하는 구석.

'서우진, 요놈도 슬슬 연락이 올 때가 됐는데….'

경완의 머릿속에는 얼마 전 설계는 걱정 말라며 자신만만하게 이야기하던 우진의 모습이 떠올라 있었다.

— * —

10월도 슬슬 중순에 접어들었다. 천고마비의 계절이라는 표현이 무색할 정도로, 새파랗고 투명한 하늘. 따뜻한 가을 햇살이 쏟아지는 수요일 오전, KBC의 촬영팀은 바쁘게 어디론가 향하고 있었다.

"오늘 촬영은 을지로라고 하셨죠, PD님?"

"네, 재한 님. 시간 좀 남았으니까, 너무 서두르지는 않으셔도 돼요."

"옙, 알겠습니다!"

햇살은 촬영팀의 차량 창문 안으로도 기분 좋게 내리쬐고 있었으며, 오늘 공 PD의 표정은 그 햇살만큼이나 무척 밝았다. 〈우리 집에 왜 왔니〉 제작기간에는 결코 볼 수 없었던 화사한 표정. 오늘 공 PD의 표정이 이렇게 밝은 것은 사실 너무 당연한 것이었다. 그녀가 모든 것을 갈아 넣는다는 각오로 촬영한 〈우리 집에 왜 왔니〉가 기대했던 것 이상의 성적을 보여주었으며 오늘은 그 기분 좋은 첫 방영 이후, 처음 있는 촬영 날이었으니 말이다.

"오늘은 촬영 끝나면 회식인 것 알죠?"

"오, 진짜요?"

"'오늘은'이라뇨, PD님. 우리, 지난번에도 회식했잖아요?"

"그땐 출연진 다 모인 기념 회식이었고 오늘은 첫 방 대박 기념 회식이고!"

"오오!"

"국장님이 법카 주셨으니까, 다들 쓸데없이 군것질은 삼가시길!"

"법카! 법카!"

"소고기! 소고기!"

법카라는 단어가 대체 왜 소고기로 치환됐는지는 모를 일이지만, 덕분에 촬영팀의 사기는 하늘을 찌르기 시작했다. 그리고 이 기분 좋은 분위기 속에서, 촬영팀은 금세 목적지에 도착할 수 있었다.

"근데 오늘 을지로에서 대체 무슨 촬영하는 거예요, PD님?"

옆에 앉아있던 촬영보조의 질문에 공 PD가 웃으며 대답하였다.

"말했잖아요. A팀 인테리어 준비과정 촬영한다고요."

촬영팀 내부에서는, 재엽 팀을 A팀, 두영 팀을 B팀이라고 부른

다.

"A팀 인테리어 준비라기에 압구정으로 가는 줄 알았는데, 을지로로 오니까 이상해서요."

A팀이 인테리어 공사를 할 곳은 팀장인 재엽의 집. 재엽의 집은 압구정에 있었으니, 촬영보조가 이상하게 생각하는 것도 당연했다.

'뭐, 나도 오늘 무슨 그림이 나올지는 감이 잘 안 오니까….'

하지만 공 PD는 구체적인 대답 대신 웃으며 둘러말했다.

"뭐, 곧 보시면 알 거예요."

"음…."

"재한 님! 여기 이쪽 공영주차장에 차 대죠. 안쪽으로 걸어서 들어가야 해요."

"네, PD님! 알겠습니다!"

차량을 대고 촬영 장비를 전부 꺼낸 〈우리 집에 왜 왔니〉 촬영팀은 곧 장비들을 가지고 을지로 골목길로 들어섰다. 이어서 차도 다니지 못할 정도로 좁은 골목길을 십 분이 넘게 걸어 들어간 촬영팀은 허름한 공장 같은 비주얼의 컨테이너 건물 앞에 멈춰 섰다. 제법 넓은 부지 위에 지어져 있음에도 불구하고 제대로 된 간판 하나 붙어있지 않은 오래된 건물.

드르륵- 드르륵-

쿵-!

묵직하고 요란한 소리가 나는 그 건물 안으로, 촬영팀은 조심히 들어가기 시작하였다.

전생에 목수였습니다만?

수요일 아침. 우진은 홀로 을지로로 향했다.

[뭐? 오늘 학교 안 온다고?]

"응, 오늘은 어쩔 수 없이 자체휴강."

[오늘은 같은 소리 하네. 누가 들으면 정말 오늘만 빠지는 줄 알겠다. 수업 빠지는 거 하루 이틀도 아니면서.]

"그러니까 부탁해, 소연 님."

[뭘 부탁한다는 거야? 난 모르겠는데?]

"저… 그러니까. 있잖아, 그거."

[그게 뭔데?]

"대출… 이랄까."

[빌려드릴 돈 없습니다, 고갱님.]

"치사하게 자꾸 그럴래?"

[쳇, 알겠어. 그래도 이번이 진짜 마지막이야. 교수님께 걸리면 나도 학점 깎인다고!]

"알겠어, 알겠어. 진짜 마지막!"

소연에게 은밀한 부탁까지 완료한 우진은 가벼운 마음으로 촬영장에 도착했다. 아직 출연진은 물론 촬영팀조차 아무도 도착하지 않았지만, 사실 그것은 당연한 것이었다. 우진은 약속 시간보다 거의 두 시간이나 일찍 도착한 것이었으니 말이다.

"여, 서 대표, 왔나?"

"예, 반장님!"

"일찍 왔구먼, 그래?"

"제가 미리 와서 준비 좀 해야죠."

"하하, 지난주에 방송은 잘 봤다고."

"오, 본방 보셨어요?"

"그럼, 그럼. 우리 서 대표님이 방송 타셨는데 궁금해서라도 봐야지."

"지난 방송 때는 저 안 나왔는데요?"

"그러게, 서 대표 없어도 재밌더만."

"저 나오면 더 재밌을 겁니다."

"하하하, 기대함세."

오늘 〈우리 집에 왜 왔니〉 재엽 팀의 촬영장은 을지로 깊숙한 곳에 있는 목공방이었다. WJ 스튜디오의 단골 거래처이기도 하면서 우진과 개인적인 친분도 있는 목수 고재성이 운영하는 목공방. 고재성은 우진이 전생에 친분이 있었던 인물은 아니었지만 꽤 유명해서 들어 알고 있던 인물이었다. 그래서 거래를 틀 때 우선적으로 찾아갔던 인물이었고 그 다리를 놔준 것은 진태였다. 고재성은 진태가 목공을 배우면서 모셨던 스승 중 한 명이었다.

"근데 대체 뭘 만들려고 나무를 이렇게 많이 사다 놓은 거야?"

"이것저것이요. 책장도 만들어야 하고, 선반도 만들어야 하고…."

"그걸 자네가 혼자 다?"

"뭐, 혼자는 아닙니다. 방송 보셨으면 아시겠지만 팀원들이 있다고요, 하하."

"설마 자네와 같은 팀이 될 거라던 그 연예인들?"

"네, 당연하죠."

"팀원은 무슨… 짐짝만 주렁주렁 달고 작업하겠구먼."

고재성은 고개를 절레절레 저으며 껄껄 웃었다. 사실 연장 한번 제대로 만져보지 못한 일반인들은 조수 역할도 제대로 못 할 테니 말이다. 하물며 그중 가녀린 여자 연예인들도 섞여 있으니 사실상 우진 혼자 싹 다 작업해야 하는 것이다. 물론 우진은 팀원들을 어떻게든 써먹을 생각이었지만 말이다.

'나 혼자 다 해서는, 방송 분량 안 뽑힐 테니까.'

퉁- 퉁-!

외투를 벗어 구석에 걸어 둔 우진은 고재성이 빌려준 연장들을 하나씩 점검하기 시작하였다. 그리고 그런 우진의 근처에 앉은 재성은 흥미로운 표정으로 우진이 하는 양을 지켜보았다.

"그나저나 자네, 목공은 얼마나 두들겨 본 거야?"

우진이 웃으며 대답했다.

"글쎄요. 대충 21년?"

목소리 자체는 농담조였지만, 결코 농담 아닌 우진의 대답. 하지만 당연히 농담으로 받아들인 재성은 껄껄 웃을 수밖에 없었다.

"걸음마 시작하자마자 망치부터 잡은 게로군."

"망치는 돌잡이 때 잡았고… 아마 두 돌 때는 타카질 시작한 것 같은데요."

"크하핫, 볼 때마다 느끼는 건데 서 대표 진짜 재밌다니까."

재성은 우진의 실력에 대해 어느 정도 알고 있다. 하지만 직접 우진이 목공 치는 것을 본 적이 있는 것은 아니다. 다만 친한 목수 몇 명과 그의 제자나 다름없는 진태로부터 우진의 실력을 귀에 못이 박히도록 들어왔을 뿐이다.

'뭐, 진태가 그만큼이나 칭찬할 정도면… 어지간히 잘하기야 하겠지만.'

그래서 재성은 우진이 실제로 목공 하는 것을 눈앞에서 한번 보고 싶었다. 진태를 비롯한 다른 목수들의 말을 못 믿는 것은 아니었지만, 그것과 호기심은 별개였으니 말이다.

툭- 툭- 툭-!

꼼꼼히 연장들을 점검하는 우진을 지켜보며 재성의 기대감이 좀 더 커졌다.

'일단 기본은 된 것 같고….'

하지만 다음 순간, 우진이 본격적으로 재단 작업을 시작하자,

지이이잉-!

단순히 흥미만 담겨 있던 재성의 두 눈이 점점 더 크게 확대되기 시작하였다.

지이잉- 툭-!

지이이잉-! 툭-!

공방 한편에 설치된 슬라이딩 테이블 소(Sliding Table saw)* 위로, 능숙하게 목재들을 올려서 슥슥 잘라내는 우진의 모습. 커다란 판재들을 손쉽게 테이블 위로 올리고, 우진이 그것을 쭉쭉 밀어 넣을 때마다 오차 하나 없이 정확히 재단된 일정한 크기의 나무판들

---

* 테이블 위에 목재를 올려놓고 재단할 수 있도록 날카로운 원형 전동톱날이 테이블 가운데 설치되어 있는 목공기계.

이 우진의 옆으로 툭툭 떨어져 쌓였으니 말이다.

'저거 지금, 제대로 도면은 보면서 자르는 거야?'

사실 테이블 소를 사용해서 목재를 자르는 것은 숙련자가 아니더라도 그리 어려운 일이 아니다. 워낙 기계들의 성능도 좋아졌고 사용법도 간단한 편이다 보니 말 그대로 정확한 위치에 가져다 대기만 하면 쓱 잘려나가는 것이다. 하지만 그 간단한 작업이라 하더라도 최소한의 조작과 움직임으로 정확한 크기의 나무판들을 순식간에 만들어내는 것은 목공만 수십 년 한 고재성이 보기에도 감탄스러울 만한 숙련도였다.

'나라고 못 할 건 아니지만….'

시작부터 기대 이상의 실력을 보여주는 우진의 모습에, 묘한 호승심마저 생기는 고재성. 하지만 그의 감탄은 이제 시작일 뿐이었다.

"흠. 300에 600짜리는 이 정도면 충분하고… 이제 본격적으로 구조를 짜볼까?"

돌연 작업을 멈춘 뒤 재단이 끝난 판자를 세어본 우진이 테이블 소의 세팅을 별안간 바꾸기 시작한 것이다.

드륵- 탁-!

드르륵-!

오늘 재성의 목공방에서는 처음 작업하는 것임에도 불구하고, 마치 제 연장들을 만지는 것처럼 능숙하게 세팅을 바꾸는 우진. 이어서 우진은 또다시 목재들을 재단하기 시작했고, 이번에야말로 '묘기'라고 할 만한 작업이 시작되었다.

지이이잉-!

맹렬히 회전하는 톱날 위로, 쉴 새 없이 빨려 들어가는 우진의 목재들.

"…!"

처음에는 별생각 없이 그 광경을 보던 재성은 잠시 후 경악할 수밖에 없었다. 우진이 잘라내는 목재들의 사이즈가 전부 제각각이었으니 말이다.

'뭐, 뭐 하는 거지?'

테이블 소에 한번 사이즈를 세팅해두면 보통 한 가지 사이즈의 판재만 연속해서 재단해내는 것이 보통이다. 아무리 숙련된 실력자라 해도 테이블 위에 세팅된 자의 도움 없이 정확한 재단을 하는 것은 불가능하니 말이다. 하지만 우진은 분명 여러 가지 사이즈의 판재들을 연속해서 뽑아내고 있었다.

당연히 자를 대지 않고 자르는 것은 아니다. 테이블 소 위에 세팅해 놓은 설정값들은 최대한 활용하되, 그 안에서 만들어낼 수 있는 다양한 비율과 크기를 응용해서 만들어내고 있는 것이었으니 말이다. 그래서 자세히 보면 우진이 만들어내는 판재들의 크기에는 일정한 패턴이 있었고, 금세 그것을 알아챈 재성은 혀를 내두를 수밖에 없었다.

'처음부터 재단계획을 짜서 이렇게 작업한 거라면… 정말 보통 숙련공이 아닌데.'

우진의 작업방식은 놀랍도록 깔끔했으며, 그만큼 효율적이었으니까. 재성은 우진의 실력보다도 영리함에 더욱 놀랐다.

"자네, 도면은 다 외워서 작업하는 건가?"

작업을 잠시 멈춘 우진이 어깨를 으쓱하며 대답했다.

"네, 뭐… 어차피 제가 짠 도면이니까, 사이즈는 다 기억하고 있어서요."

"역시 젊음이 좋구먼."

"네? 갑자기 젊음은 왜…."

"나는 늙어서 그런지, 1분 전에 확인한 사이즈도 매번 까먹거든."

"하하, 제가 기억력이 좀 좋긴 합니다."

"그나저나 진태 녀석이 칭찬하기에 잘할 줄은 알았지만… 내가 기대했던 것보다 훨씬 더 실력이 깔끔하구먼, 그래."

"감사합니다."

"허구한 날 술 퍼마시는 아들놈 대신에 내 공방이라도 물려주고 싶을 정도야."

"흐흐, 마음만 받을게요, 마음만."

재성의 칭찬에 기분 좋은 표정이 된 우진은 다음 작업을 위해 목재들을 한 번 정리하였다.

'생각해보면 내가 전생에서부터… 기억력 하나는 꽤 좋았단 말이지?'

우진은 손재주가 좋다. 하지만 우진의 목공작업을 보며 다른 목수들이 항상 가장 감탄하던 부분은 다름 아닌 우진의 어마어마한 작업속도였다. 남들이 5 정도 작업할 때, 혼자서 10 이상을 뚝딱 해치워버리는 미친 속도. 심지어 5 이하를 하는 사람들보다 정확도도 훨씬 더 좋았으니 감탄스럽지 않을 수 없는 것이다.

그리고 이 '미친' 속도의 근원은 우진의 타고난 공간지각능력과 기억력이었다. 한번 본 공간을 순식간에 도면으로 풀어내는 능력, 도면을 몇 번 보지 않고도 연속해서 작업을 해낼 수 있는 기억력. 어쩌면 도면을 볼 때 극대화되는 우진의 이 기억력은 타고난 공간 감각으로부터 만들어진 것인지도 몰랐다.

삼차원 공간 자체를 정확하게 머릿속으로 이해하고 기억할수록 그 부속품이나 다름없는 치수들도 더 손쉽게 외워질 테니 말이다.

어쨌든 남들이 도면과 작업물을 대조하며 치수를 두 번 세 번 확인하는 동안 우진은 거침없이 작업을 속행할 수 있었고, 지금 재성의 앞에서 우진이 보여주는 놀라운 속도의 목공작업 또한 같은 맥락이었다.

지이이이잉-!

그런데 한참 동안 멍한 표정으로 우진의 작업을 지켜보던 재성은 문득 뭔가를 깨달았는지 의아한 표정이 되었다.

'그나저나 이 친구, 언제까지 재단만 할 셈이지?'

이미 우진의 옆에는 각종 사이즈로 재단된 목재들이 수북하게 쌓여 있었고 재성이 볼 때 이 정도의 양이면 이미 가구 하나 정도는 충분히 만들어내고 남을 정도였다. 그런데 계속해서 테이블 소 위에 나무판자만 밀어 대고 있으니 본격적인 가구 제작을 위한 작업들은 언제부터 할 생각인지 궁금했던 것이다. 그래서 재성은 우진에게 물어보았다.

"대체 무슨 가구를 만들려고 이렇게 어마어마한 양을 자르는 건가?"

그 질문에 우진은 대수롭지 않은 표정으로 대답하였다.

"한 개 만들 분량이 아니니까 그렇죠."

"으음?"

"오늘 만들 가구가 총 다섯 개 정도 되는데, 그거 싹 다 재단부터 해두려고 그럽니다."

"굳이…?"

우진의 말을 들은 재성은 더욱 의아한 표정이 될 수밖에 없었다. 하나의 작업물을 위한 자재들을 미리 다 잘라놓는 것은 효율 측면에서도 분명히 좋은 것이었지만 이렇게 한 번에 여러 작업물의 재료를 미리 재단해 두는 것은 오히려 작업에 혼동을 불러일으킬 수도 있었으니 말이다. 효율을 추구하다가 오히려 역효과를 만들어낼 수 있는 것. 우진도 그 부분을 당연히 알고 있었고, 때문에 이러한 작업방식에는 분명한 이유가 있었다.

"방송에서 이렇게 지루한 장면들만 찍어갈 수는 없잖아요."

"뭐…?"

"미리 싹 다 잘라놓고 촬영 때는 재밌는 작업들만 보여줘야 방송이 살 것 아니에요."

"…"

우진에게 그 이유를 들은 재성은 아예 할 말을 잃어버리고 말았다.

'뭐 이런 놈이 다 있어?'

재성이 보기에는 그냥 우진이 나무 자르는 것만 찍어도 재밌을 것 같았으니 말이다. 거의 한 시간 가깝게 멍한 표정으로 우진의 작업만을 지켜보고 있었던 자신이 바로 그 증거.

'지금도 재미있다고, 이 괴물 같은 놈아!'

하지만 우진은 재성의 표정이 어떻게 변하든, 본인의 작업에 더욱 열을 올릴 뿐이었다.

위이잉- 지이이잉-!

하여 그렇게 삼십여 분 정도가 더 지났을 무렵. 〈우리 집에 왜 왔니〉의 촬영팀이 하나둘 공방에 모습을 드러내기 시작하였다.

— * —

우진의 목공작업은 마치 목공모형 패키지의 부품들을 제작하는 작업과 같은 것이었다. 머릿속에 디자인되어 있는 가구의 각 부위들을 미리 만들어 두고 실제 촬영 때는 그것들을 빠르게 조립해서 순식간에 가구를 완성시키려는 생각. 본래 목공가구를 제작하는 것은 긴 시간과 인내 그리고 세심한 작업들이 필요한 과정이다.

하지만 그 모든 과정을 영상에 그대로 담는다면 다큐가 될 뿐이고, 예능에서 시청자들에게 보여줘야 할 부분은 '흥미로운' 장면들이다. 보는 것만으로 어떻게 가구가 만들어지는지, 직관적으로 알 수 있고 감탄할 수 있는 부분들. 그런 의미에서 공 PD는 우진의 이야기에 감탄할 수밖에 없었다.

"우진 씨."

"네?"

"혹시 연출 공부한 적 있는 건 아니죠?"

"뜬금없이 그게 무슨….."

"아니면 제 머릿속에 들어왔다 나갔다든가….."

"칭찬이죠?"

"당연하죠. 우진 씨 덕에 오늘 촬영, 제 생각보다 두 배는 빨리 끝날 것 같거든요."

우진이 준비해둔 자재들과 작업 과정에 대한 설명을 들은 공 PD는 촬영이 시작되기 전부터 요란스럽게 감탄하고 있었다. 그의 설명만 들어도 오늘 촬영분을 어떻게 편집해서 만들어야 할지, 머릿속에 그려질 정도였으니 말이다. 하지만 촬영이 빨리 끝날 것 같다는 공 PD의 말에 우진은 웃을 수밖에 없었다.

'호호, 가구가 그렇게 뚝딱 만들어지는 건 줄 아시나.'

우진이 사전작업을 아무리 기가 막히게 해뒀다고 한들, 아직도 해야 할 공정이 태산같이 남아있었으니까. 아마 우진이 생각한 모든 가구들을 전부 완성하려면 새벽까지 꼬박 촬영해야 할지도 모

62

를 일이었다.

'뭐, 이틀로 나눠서 촬영하는 게 나을지도.'

그래서 우진은 촬영팀이 전부 모이자, 곧바로 공 PD를 독촉할 수밖에 없었다.

"오늘 할 거 진짜 많거든요, PD님."

"그냥 뚝딱뚝딱 조립하면 끝 아녜요?"

"…아뇨. 절대 그렇지 않으니까, 빨리 시작하셔야 할 겁니다."

"음….'"

"그럼 뭐부터 시작할까요?"

"일단 제가 재단 작업 일부러 좀 남겨뒀거든요."

"재단이라면, 나무 자르는 거요?"

"네, 뭐. 그런 거."

팔을 다시 걷어붙인 우진이 목공용 장갑을 끼며 말을 이었다.

"제가 팀원들에게 나무 재단을 가르쳐주는 것부터 시작하면, 그림이 괜찮겠죠?"

"오호, 좋아요. 그렇게 시작하죠, 그럼."

우진과 공 PD가 대화하는 사이 촬영 준비를 마친 출연진들이 두 사람의 옆으로 다가왔다. 두 사람의 대화를 대충 들어서인지 재엽을 비롯한 출연진들은 재밌겠다는 표정을 짓고 있었다. 우진의 옆에 다가온 재엽이 흥미진진한 목소리로 물었다.

"야, 오늘 우리가 진짜 가구를 직접 만드는 거야?"

"그렇다니까요, 형."

이어서 다가온 수하 또한, 눈을 초롱초롱 빛내며 입을 열었다.

"이거 무슨 목공 원데이클래스 같아."

"원데이클래스요?"

이번에는 리아가 거들었다.

"막 있잖아. 취미로 배우는 만들기 수업 같은 거."

그녀 또한 목재가구를 제작한다는 콘텐츠 자체가 재밌어 보이는지, 무척이나 의욕 넘치는 표정. 그에 우진은 웃으며 대답하였다.

"하하, 뭐. 틀린 말은 아니네요. 정말 재단부터 시작해서 마감 공정까지, 하루 만에 싹 다 가르쳐드릴 예정이니까요."

우진은 겉으로는 가볍게 웃고 있었지만, 속으로는 아주 음흉한 미소를 짓고 있었다. 신기하다는 듯 공방을 둘러보기 시작하는 출연진들이 다가올 어두운 미래를 알지 못하는 어린 양들처럼 느껴졌으니 말이다.

'딱 두 시간만 지나면 제발 쉬자고 할 것 같은데…'

하지만 의욕 넘치는 팀원들의 사기를 미리부터 꺾어놓을 필요는 없는 것.

"자, 그럼 재단은 누구부터 배워보실래요? 역시 팀장인 재엽이 형부터?"

출연진들이 대화하는 사이, 촬영 팀의 카메라들은 자연스레 켜졌고, 그것을 아는 우진은 본격적으로 작업을 시작하였다.

"좋아! 내가 또 한 손재주 하지."

"거짓말. 오빠 말대로면 못하는 게 대체 뭐야?"

"재엽 오빠? 원래 저 오빠 웃기는 것 빼고 다 잘해, 언니."

"아하."

"조용조용!"

세 사람이 티격태격하는 것을 보며 피식 웃은 우진은 천천히 다시 입을 열었다.

"자, 우선 세 분 다 보세요. 제가 먼저 시범을 보일 테니까요."

그리고 다음 순간.

"…!"

우진을 제외한 모든 출연진과 촬영팀들은 정확히 한 시간 전까지 재성이 짓고 있던 표정과 똑같은 표정이 되었다.

— ＊ —

수하는 오늘 자신의 코디를 원망할 수밖에 없었다.

'으, 언니는 왜 이렇게 하늘하늘한 옷을 입혀놔서.'

단순히 예능 촬영이라고 생각하고 코디를 부탁했던 게 문제였다. 수하의 코디는 오늘 그녀가 무슨 노가다를 하게 될지 당연히 알 리 없었고, 최대한 여성스럽고 예쁜 여배우의 이미지를 살리기 위한 옷차림과 메이크업을 해줬던 것이다. 여느 때와 다를 바 없이 말이다. 하지만 그 덕에 수하는 적잖이 고전해야 했다.

"여기서 이렇게 밀어 넣으라고?"

"아니, 누나. 그렇게 허리 뒤로 쑥 빼고 밀면 힘이 안 들어가잖아."

"그럼?"

"테이블에 딱 붙어서 정확히 맞춰서 밀어야지."

"으, 으으…! 원피스에 톱밥 다 묻는데….”

"그러니까 오늘 가구 만든다는데 이런 옷을 입고 오면 어떡해?"

원래부터 편한 추리닝 복장을 하고 왔던 재엽과 그나마 편한 면바지에 후드를 입고 온 리아는 상황이 좀 나았다. 하지만 수하의 원피스는 더러워지는 것을 떠나서 몸을 움직이는 것도 불편한 복장이었고, 그래서 그녀는 열불이 나기 시작했다.

'아으, 몸 사리는 거 별로 안 좋아하는데.'

사실 대외적으로는 알려지지 않았지만, 수하는 괄괄한 성격이었다. 평소에 운동도 즐겨 하고, 몸 쓰는 일도 딱히 싫어하지 않는. 오히려 매번 이렇게 여성스러운 복장을 코디 받는 것도 그런 수하의 성향을 아는 소속사의 주문 때문이었다. 수하의 외모가 워낙 여성스러워서인지, 소속사에서는 처음부터 그런 이미지로 대중들에게 다가가길 원했던 것이다.

물론 수하가 싫다는데 소속사가 억지로 강요한 것은 아니다. 다만 그녀 또한 오랜 무명시절을 어떻게든 벗어나고 싶었고, 그래서 오히려 소속사에게 더 부탁했던 것뿐. 하지만 결국 몸에 맞지 않는 옷을 고집하는 건 그녀의 성향과 잘 맞지 않는 일이었다.

"저, PD님."

"네?"

"옷 좀 갈아입고 와서 다시 촬영해도 될까요?"

"옷을… 갈아입으시겠다고요?"

수하의 발언에 가장 놀란 것은 매니저인 송지호였지만, 다른 출연진들도 조금은 당황하였다. 어차피 공 PD도 여배우인 수하에게 그렇게까지 리얼한 목공작업을 원한 것은 아니었는데 옷까지 갈아입고 오겠다는 열정적인 태도를 보여주니 말이다.

"구, 굳이 그렇게까지는 안 하셔도 되는데….'

하지만 수하는 생각을 바꿀 마음이 없었다.

"으, 제가 너무 불편해서 그래요. 옷 갈아입고 오면 더 잘할 수 있어요."

"뭐… 알겠어요. 갈아입으실 옷은 있어요?"

"네."

후다닥 목공방 밖으로 튀어 나갔다.

"야, 임수하. 뭘 입으려는 거야. 너 편한 옷 따로 챙겨온 거 없어."

촬영장에서 같이 튀어나온 송지호는 허둥지둥한 표정으로 얘기했지만, 수하는 이미 생각해 둔 옷이 있었다.

"편한 옷이 왜 없어. 나 만날 입는 그거 있잖아."

"뭐? 설마…."

"시청자들도 열심히 하는 모습을 더 좋아할 거야. 몸 사리면 이미지만 나빠진다고."

"아니, 그냥 그 원피스 입고 열심히 하면 안 돼?"

"더러워지잖아."

"더러워져도 돼. 그거 협찬받은 옷도 아니고 그렇게 비싸지도 않아."

"싫어, 불편해."

"야, 임수하!"

벤으로 뛰어 들어간 수하는 후다닥 추리닝으로 갈아입었다. 심지어 그 추리닝은 수하가 정말 편한 복장으로 막 입기 위해 장만해 놓은 헐렁한 운동복. 그 모습을 확인한 지호는 저도 모르게 이마를 탁 짚을 수밖에 없었다.

"야, 차라리 내가 빨리 튀어 나가서 제대로 된 트레이닝복이라도 사 올게."

"됐어, 운동복이 다 거기서 거기지, 뭐."

"리아 씨 입고 온 스포츠웨어 못 봤어? 차라리 그런 거라도….."

"됐어, 나 때문에 촬영 지연되는 건 싫어."

"아으, 진짜!"

말릴 새도 없이 후다닥 다시 공방으로 뛰어 들어가는 수하를 보며, 지호는 땅이 꺼져라 한숨을 푹 쉴 수밖에 없었다.

"후-우-우-우… 임수하 저거 진짜…."

최근 유명세를 조금씩 얻으면서 수하의 성격이 많이 온순해졌다고 생각했건만 오랜만에 컨트롤되지 않는 본색이 나오니, 매니저로서는 절로 한숨이 나오는 것이다.

"에라, 모르겠다. 실장님께 내가 좀 깨지면 되지 뭐."

하지만 이때만 해도 송지호는 알 수 없었다. 수하의 이 선택과 오늘 보여줄 그녀의 열정적인 모습이 앞으로 그녀의 이미지에 어떤 영향을 줄지 말이다.

— * —

"제이든."

"응?"

"대출 좀 부탁해."

"대출? Oh. 나 돈 없쒀, 소연."

"아니, 그 대출 말고. 대리출석."

"What? 내가 소연의 대리출석을 어떻게 해. 내 목소리는 굵고 아름답다고."

"후우…."

우진에게 대리출석을 부탁받은 소연은 그 임무를 제이든에게 떠넘길 수밖에 없었다. 여자인 그녀의 목소리로 우진의 대리출석을 한다는 건 애초에 어불성설이었고, 같이 수업을 듣는 친구들 중 우진과 가장 친한 남학생이 제이든이었으니 말이다. 물론 제이든의 한국어에 약간의 혀 굴림 발음이 들어가긴 하지만, '네!'라는 한 단어 정도는 문제없을 것이라 생각했다.

"나 말고. 네 보스가 대리출석을 부탁했어."

"Boss? 누가 내 Boss인데?"

"모른 척하지 마, 제이든. 우진이지 누구겠어."

"Oh, Shit! 이런 악덕 업주! 프롤레타리아의 노동력을 정말 뼛속까지 빨아먹는군!"

"너처럼 건방진 프롤레타리아가 어디 있나?"

"후우, 이런 Cheating은 정직한 제이든과 어울리지 않는데…."

볼을 잔뜩 부풀린 제이든을 향해, 소연이 한마디를 추가로 던졌다.

"오빠가 저녁에 마장동 데려간대."

그러자 제이든의 표정은 완전히 달라질 수밖에 없었다.

"Bloody Hell! 이 제이든에게 맡겨달라고!"

마장동에는 서울 최대 규모의 축산시장이 있다. 때문에 축산시장의 정육식당에서 파는 한우들은 값싸고 맛있기로 유명하다. WJ 스튜디오가 있는 성수동과 무척이나 가깝기 때문에, 회사 회식으로 종종 가는 곳. 그래서 못마땅한 표정이던 제이든은 곧바로 의욕 넘치기 시작했다. 고기 마니아인 소연과 친하게 지내서인지 최근 제이든의 한우 사랑도 남다른 수준이었다.

"제이든, 오버하지 말고, 대답만 해야 해. 알지?"

"물론이지, 제이든은 연기파 디자이너라고."

"…."

어쨌든 두 사람이 대화하는 동안 교수님이 강의실에 들어왔고, 여느 때처럼 앞 번호부터 하나씩 출석을 부르기 시작하였다.

"김지현!"

"네!"

"나유진."

"네에!"

그리고 마장동이라는 단어에 잔뜩 흥분한 제이든은 눈까지 반짝이며 우진의 차례가 오길 기다렸다. 대리출석 한 번으로 최상급 한우를 얻어먹을 수 있다면, 이건 남는 장사였다. 하지만 그렇게 기다렸던 서우진의 출석 차례가 왔을 때,

"서우진!"

제이든은 너무 흥분한 나머지, 큰 실수를 해버리고 말았다.

"Yes, Sir!"

덩치 큰 동기의 뒤에서 고개를 푹 숙인 것까진 좋았지만, 완벽한 원어민 발음으로 예썰을 외쳐버린 것이다. 장내에는 당연히 정적이 흐를 수밖에 없었다.

"…."

잠시 후 교수님의 나직한 목소리가 강의실에 울려 퍼졌다.

"제이든, 나와."

— * —

시중에서 판매하는 목재가구의 종류는 무척이나 다양하다. 수많은 메이저 가구회사에서 나오는 기성품들부터 시작해서 가격 대비 성능이 좋은 조립식 D.I.Y(do-it-yourself) 가구들까지. 가구들의 가격은 그야말로 천차만별인데, 특히 목수들이 만든 수제 원목 가구의 가격은 나무에 금칠이라도 한 게 아닌가 싶을 정도로 비싼 경우가 많다.

값싼 D.I.Y 가구들과 비교한다면, 열 배 이상 가격 차이가 나는 경우도 있을 정도였으니 말이다. 하지만 당연하게도 그런 비싼 가격의 원인이 나무에 금칠을 해서는 아니다. 물론 자재로 들어간 목재 품질 차이의 영향도 크지만 가장 큰 영향을 주는 것은 바로 목수의 정성과 땀이 깃든 무형적 가치였으니까. 그만큼 수제가구에 들어가는 목수들의 노력은 생각보다 엄청난 것이었다.

"재엽이 형."

"응?"

"고급스런 수제가구의 가장 큰 특징이 뭔 줄 알아요?"

"음… 그게 뭔데?"

"사람의 손이 닿거나 시선이 닿는 부분에, 못이 박힌 자국이나 철제 질감이 하나도 드러나지 않는 것."

"으음…?"

"그러니까 예를 들어 책상을 만든다고 칠 때, 책상다리와 상판이 만나려면 보통 못을 박는다고 생각하잖아요?"

"응."

"그럼 자국이 남겠죠?"

"그렇겠지?"

"그런 자국들이 하나도 없어야 한다는 거예요."

"뭐? 어떻게?"

일반적으로 목재와 목재를 이어 붙일 때, 보통 사람들은 당연히 망치로 못을 박는다고 생각할 것이다. 하지만 목공 실력이 뛰어난 목수들은 수제가구를 제작할 때, 못이나 타카 같은 재료를 최대한 사용하지 않는다. 그렇다면 나무와 나무를 어떻게 이어 붙이느냐?

"그럼 본드로 붙여?"

"목공 본드를 쓰긴 하지만, 그거로만 붙일 순 없죠."

"그럼?"

"이렇게 이어붙일 구조목(構造木)의 이음새를 따로 설계해서….”

지이이잉-!

드르르르륵-!

"마치 퍼즐 맞추듯, 끼울 수 있는 구조를 만드는 겁니다."

지금 우진이 보여주는 목공은 일반적으로 '짜임목공'이라고 부르는 공법이었다. 가구를 구성하는 모든 목재에 짜임새를 설계하고 만들어서, 못을 박지 않고 오로지 나무만으로 튼튼하고 고급스러운 가구를 만들어내는 작업.

불가피하게 못질을 해야 한다고 할지라도 나무를 깎아 만든 나무못을 박아 철제의 사용을 최소화하면 오히려 가구의 내구성도 올라가고 외부에서 보이는 고급감도 확 살아나게 되는 것이다.

"우, 우와…!"

그리고 지금 우진이 출연진 앞에서 보여준 것은 가장 기본적인 짜임목공 기술 중 하나인 이방연귀*작업이었다.

"수하 누나, 리아 누나. 이쪽으로 와봐요."

"으응?"

"여기 각자 모서리를 잡고 이렇게 딱 끼우면….”

툭-!

"오오!"

"대박!"

"딱 맞아떨어지죠?"

---

* 사방탁자 등 각재를 사용해 제작하는 가구에서 마감 부분에 삼면이 만날 때 적용할 수 있는 짜임구조.

"와, 이거 진짜 신기하다."

출연진들은 신기하다는 표정으로 제각각 출싹댔다. 제대로 된 목공작업을 처음 보는 그들로서는 우진이 보여주는 기술들이 신기할 수밖에 없는 것이다.

"이방연귀는 탁자처럼 구조체 위에 판재를 또 올릴 때 많이 사용해요. 위에 이렇게 네모나게 파인 이음새를 판재로 가릴 수 있으니까요. 아예 판재에 홈까지 파서 끼우거나."

이방연귀의 기법으로 세 축을 연결하면, 아래에서 위쪽으로 끼운 부분의 이음새가 드러난다. 우진은 이 부분을 말하는 것이었지만 출연진들은 혀를 내두를 수밖에 없었다.

"야, 이 정도 드러나면 어때."

"완전 깔끔하고 예쁜데, 이것보다 더 깔끔할 수가 있다고?"

우진은 고개를 끄덕이며 웃었다.

"물론이죠. 그러려고 삼방연귀 공법이 있는 건데요."

"삼방연귀? 그런 것도 있어?"

수하의 질문에, 우진은 대답 대신 직접 이음새를 파내기 시작하였다.

드륵- 드르륵-!

마치 두부 썰 듯 슥슥 나무를 파내며, 정교한 구조체를 뚝딱 만들어내는 우진의 모습. 출연진을 비롯해 촬영팀들까지도 모두 홀리기라도 한 듯 그 광경에서 눈을 떼지 못하였고, 그렇게 만들어진 세 축의 목재를 우진은 그 자리에서 끼워 보였다.

탁-!

이어서 세 목재가 이어져 만들어진 각진 모서리는 놀랍게도 이음새가 외부로 전혀 드러나지 않는 모습이었다. 이어 붙인 자리에 대각선으로 남은 실선 정도만 살짝 보이는 정도.

"진짜 대박."

"와, 난 그냥 본드로 붙이면 되는 건 줄 알았어."

"가구 제작이 이렇게 어려운 거구나."

그리고 제각각 감탄하는 출연진들을 향해, 우진이 웃으며 설명을 더 했다.

"그렇다고 삼방연귀가 꼭 더 좋은 건 아니에요. 결구(結句)*의 흔적이 없는 대신, 다른 결구 방식보다 덜 튼튼하거든요."

이어서 씨익 웃은 우진은 각재를 하나씩 내밀었다. 사실 목공에 대해 설명하려면 끝도 없이 더 이야기할 수 있지만, 이 이상 설명이 길어지면 지루해질 것 같았기 때문이다.

"자, 이제 세 분도 하나씩 받으세요."

"응?"

"왜…?"

"제가 하는 것 보셨으니, 이제 직접 만들어봐야죠."

"헉…!"

우진의 말에 세 출연진들은 경악한 표정이 되었다. 오밀조밀 정교한 이음새의 모습은 찰흙을 빚어 만들라고 해도 어려워 보이는 형태였는데 나무를 직접 가공하여 그것을 만들라니, 기겁을 할 수밖에 없던 것이다.

우진은 지난번 유통시장에서 매입했던 목재 대신 공방에 굴러다니던 각목을 몇 개 주웠다. 우진이 유통시장에서 샀던 목재들은 하드 우드이기 때문에 가공난이도가 더 어려웠고, 그래서 더 싸고 가

_____

* 모서리 마감.

공이 쉬운 목재를 골라 연습용으로 준 것이다.

"반장님! 이거 좀 써도 되죠?"

"그려, 뭐 그쯤이야."

공방의 주인인 고재성의 허락까지 떨어지자 우진의 본격적인 목공 강의가 시작되었다. 하지만 우진이 정말 세 사람에게 여기서 제대로 된 목공을 가르칠 생각은 아니었다. 다만 우진 혼자서 다 하는 그림보다 출연진들이 열정적으로 배워서 함께하는 그림이 예능에선 더 좋을 수밖에 없고, 그 때문에 공 PD가 미리 부탁을 했던 것이다.

'뭐, 대충 그럴듯한 그림만 뽑아내고, 다음 과정으로 넘어가면 되겠지.'

하지만 이음새 작업을 위한 목공장비 작동법을 본격적으로 가르치기 시작했을 때 우진은 뭔가 이상함을 느낄 수 있었다.

"야, 우진아. 여기서 이 부분 이렇게 사선으로 자르면 되는 거지?"

"네, 맞아요."

"나도 좀 봐줘. 여기는 홈 이렇게 파면 돼?"

"어… 그게, 맞기는 한데…."

재엽은 물론 수하와 리아까지, 생각보다 너무 열심히 실습에 참여하기 시작한 것이다.

'이게 아닌데….'

오늘 예능 촬영을 온 건지, 목공 실습을 온 건지, 카메라가 찍고 있다는 사실은 잊어버린 게 아닌가 싶을 만큼 열정적으로 연장을 두들기기 시작한 세 사람. 그래서 조금 당황한 우진은 고개를 슬쩍 돌려 공 PD를 응시했다. 그리고 입 모양으로 물었다.

'이래도 되는 거예요?'

그가 생각할 땐 이렇게 촬영하다가는, 정말 오늘 새벽까지 촬영만 해야 할 것 같았으니 말이다. 제대로 목공을 가르치며 모든 작업 과정을 다 보여주면 우진이 생각했던 것보다 훨씬 더 진도가 느려질 터. 하지만 공 PD는 고개를 끄덕이며 작게 입을 뻐끔거릴 뿐이었다.

'괜찮아요.'

"…."

공방 벽에 걸린 시계를 슬쩍 본 우진은 저도 모르게 작게 한숨을 쉬었다.

"휴우."

공 PD가 무슨 생각을 하고 있는지는 모르겠지만, 아무래도 오늘 촬영은 마라톤이 될 것 같은 느낌이었다.

— * —

목공 실습으로 하나가 된 출연진들이 무아지경으로 나무를 썰고 있던 그때. 공 PD를 비롯한 촬영팀은 바쁘게 그 주변을 움직이고 있었다.

"감독님! 앵글 뒤로 좀 더 빼주시고요."

"약간 다큐 찍듯이 관조하는 느낌으로다가…!"

"혜영 씨 카메라는 우진 씨 계속 따라붙고."

"좋아요, 이 구도로 제가 사인 낼 때까지 진행!"

너무 당연한 얘기겠지만 처음 우진에게 대략적인 작업계획에 대해 브리핑 받았을 때, 공 PD는 나름대로 촬영 계획을 세워뒀다.

'전문성이 돋보이는 목공 기술들 위주로 편집하고… 우진 씨가 만든 자재들로 가구 조립하는 신에서 출연진들의 역할 비중을 보여주면, 전반적으로 괜찮게 그림이 나오겠지.'

하지만 그런 그녀의 계획은 촬영이 시작된 지 30분이 지났을 시점부터 조금씩 틀어지지 시작했다. 갑자기 수하가 벤으로 뛰어가서 허름한 추리닝으로 갈아입고 오던 바로 그 시점부터 말이다.

'응? 굳이 저렇게까지 할 필요는 없는데….'

추리닝으로 갈아입고 온 수하는 누구보다 열정적으로 목공 노가다를 시작했으며 그런 그녀에게 자극받았는지 재엽과 리아도 더욱 열심히 연장을 두들기기 시작했다. 우진이 난이도 높은 목공작업을 보여주는 초반 촬영 부분에서는 출연진의 비중을 줄일 생각이었는데, 대충 봐도 어려워 보이는 이 작업을 세 사람이 이렇게 열정적으로 할 줄은 공진영도 몰랐던 것이다.

'음… 이렇게 되면 다 편집해버리기 너무 아까운데….'

〈우리 집에 왜 왔니〉는 예능이다. 하지만 공진영이 생각하는 〈우리 집에 왜 왔니〉는 단순히 단발성 재미를 추구하는 예능이 아니었다. 물론 단발성 재미가 나쁘다는 건 아니다. 하지만 그녀가 기획한 〈우리 집에 왜 왔니〉만의 색깔을 살리기 위해선 '인테리어'라는 콘텐츠를 더욱 심도 있게 다룰 필요도 있었다.

우리네 생활에 그 어떤 콘텐츠보다 밀접한 영향을 주는 주거. 그 친근함 속에, 우리가 알지 못했던 유용하고 신기한 콘텐츠들. 출연진들을 빌려 이 정보들을 전달하고 또 그 과정 속에서 시청자들의 대리만족을 유발하는 것이 공 PD가 생각하는 〈우리 집에 왜 왔니〉만의 특별한 색깔이었던 것이다.

그리고 그녀가 생각하는 바로 이 측면에서 연예인 출연진들의 적극적인 목공 참여는 아주 바람직한 전개였다. 당연히 우진이 보여주는 놀라운 퍼포먼스와 목공 기술들도 흥미를 끌어줄 만한 요소였지만 시청자들이 더욱 몰입할 수 있는 대상은 우진보단 다른 연예인들이었으니까.

우진의 목공작업이 단순히 전문가가 보여주는 신기한 기술이라면 '목공' 분야에서만큼은 시청자들과 다를 바 없는 일반인인 세 연예인들의 작업 과정은, 더 현실적으로 와닿고 몰입할 수 있는 콘텐츠가 되는 것이다.

'최대한 지루하지 않게 편집하는 건 내 역량이고… 일단 통짜로 찍어서 편집실로 들고 가봐야지.'

물론 이런 작업을 한 번도 해보지 못한 사람들인 만큼, 세 연예인들의 목공은 실수의 연속이었다.

"으앗!"

"모서리 깨졌어! 어떡해!"

"괜찮아요, 누나. 어차피 이건 연습용 자재야."

"아으, 그래도 잘 만들 수 있었는데… 아깝다."

하지만 그런 장면들도 공 PD의 눈에는 충분히 재밌게 느껴졌고, 그녀는 자신의 감을 믿기로 하였다.

'원래대로라면 오늘 촬영분으로 딱 한 편만 만들려고 했었는데… 쪼개서 다음 편까지 이어봐?'

그리고 촬영이 이어질수록, 공 PD는 더욱 확신을 가질 수 있었다. 처음에는 정말 다큐라도 찍을 생각인지 작업에만 몰입했던 출연진들이 슬슬 입담도 살려내기 시작했으니 말이다.

"야, 우진아. 방금 내가 만든 나무 혼합물은 아무래도 연습용 목재가 아니었던 것 같은데…."

"괜찮아요, 형. 형 출연료로 메우면 돼."

"야이 씨, 나쁜 놈아!"

게다가 한 가지 더. 생각지도 못했던 포인트에서 임수하의 캐릭터가 살아나고 있었다.

"누나! 아까 잘라낸 피스 있죠?"

"응, 있지."

"그거 세 개만 만들어서 갖다 줘요."

"알겠어! 맡겨만 달라고!"

이제까지는 아무래도 재엽이나 리아에 묻히는 느낌이 있던 수하의 캐릭터가 생각지도 못했던 포인트에서 살아나기 시작한 것이다.

"수하는 진짜 우진이 수하 같은데?"

"응…? 그게 무슨 말?"

"왜 있잖아. 무협지나 사극 보면, 아랫사람들을 수하라고 그러잖아."

"하아아…."

"아, 진짜. 오빠, 제발… 아재 개그 좀 어떻게 해봐!"

"내추럴 본 아재인데 어떡함."

촬영 초반만 해도 하늘하늘한 원피스를 입은 여성스러운 여배우였던 수하가 남자인 재엽보다도 오히려 놀라운 실력을 발휘하며 우진의 조수 역할을 제대로 하기 시작한 것. 때문에 오늘도 촬영의 흐름은 무척이나 순조로웠다.

가장 고무적인 것은 촬영에 임하는 출연진들도 시간 가는 줄 모르고 재밌게 촬영 중이라는 것이었다. 예상보다 길어진 촬영 시간 덕에 다들 육체적으로는 힘들었지만 그것과 별개로 누구 한 사람

불평 없는 즐거운 촬영. 그래서 공 PD는 웃을 수 있었다. 오늘 촬영분을 가지고 편집실에 들어가면, 며칠 밤을 통째로 갈아 넣어야 할 게 눈에 훤히 보였음에도 말이다.

'괜찮아. 시청률만 유지할 수 있다면…!'

잠시 편집에 대한 생각을 하던 공 PD의 시선이 문득 촬영장의 중앙으로 향했다. 그곳에서 분주히 움직이고 있는 건, 이 모든 상황을 제안하고 또 만들어낸 장본인인 우진. 그를 응시하는 공 PD의 입가엔 어느새 흐뭇한 미소가 걸려 있었다.

두 번째 방송

을지로 목공방에서 시작된 오늘의 촬영은 오전 열한 시부터 시작됐다. 그리고 지금 공방의 벽걸이 시계가 가리키고 있는 시간은 그로부터 정확히 열 시간 뒤인 저녁 아홉 시. 그 열 시간 사이 출연진들과 제작진은 전부 녹초가 되어버렸다. 오늘 촬영은 단순히 열 시간 촬영이 아닌, 저녁 식사 한 시간을 제외하면 쉴 틈이 없던 강행군이었으니까. 하지만 그럼에도 불구하고, 아직 우진은 원래 계획했던 분량의 절반도 채 끝내지 못한 상황이었다.

'아니, 절반은커녕… 이제 하나 완성인가?'

오늘 완성된 그 하나의 가구는 재엽의 서재에 들어가게 될 책장이었다. 따로 장식이 들어가지 않는 깔끔한 격자 구조의 모던하고 심플한 디자인으로 설계된 나무책장. 만약 우진이 혼자 빠르게 제작했다면 아마 서너 시간이면 충분히 만들었을 가구였다. 하지만 출연진들에게 모든 과정을 가르치며 작업하다 보니, 하루 종일 이 책장 하나만 만들게 되었다.

'그래도 뭐, 결과적으론 나쁘지 않네.'

처음 예상했던 것과는 조금 다른 전개였지만, 우진은 진심으로 만족했다. 시간이 오래 걸린 대신, 말 그대로 모두의 정성이 들어 갔으니 말이다. 촬영을 위한 보여주기식 작업이 아닌, 진짜 팀원들의 피땀으로 만들어진 가구가 탄생한 것. 때문에 마지막 피스까지 끼워 넣은 순간, 출연진들은 전부 감격할 수밖에 없었다. 그것은 항상 촐싹거리던 재엽이 기름기 싹 빠진 담백한 어조로 탄성을 터뜨리는 것만 봐도 알 수 있는 사실이었다.

"이야… 이걸 정말 우리가 만들었다고?"

재엽의 감탄사에 이어, 그렁그렁한 눈망울의 수하와 리아가 연달아 입을 열기 시작했다.

"와, 진짜 예쁘다."

"우리 집에도 하나 가져다놓고 싶어."

제 손으로 완성해낸 가구의 모습이 적잖이 마음에 들었는지, 책장의 자태에서 눈을 떼지 못하는 두 사람.

"언니, 우리 시간 날 때 같이 사이즈 작은 책장이라도 만들어서 하나씩 소장할까?"

"진짜 그럴까? 솔직히 사는 것보다 더 예쁜 것 같아."

황홀한 표정으로 연신 감탄하는 두 사람을 보며 우진은 속으로 웃을 수밖에 없었다.

'이럴 때 보면, 진짜 순수한 누나들이라니까.'

저렇게 진심 어린 표정으로 대화하는 모습을 보고 있자니, 닳고 닳은 목수 입장에선 귀엽다는 생각이 든 것이다. 게다가 말이 누나지, 회귀 이전의 기억들을 고스란히 갖고 있는 우진에겐 그냥 귀여운 동생들처럼 보일 때도 많은 수하와 리아였다.

'하긴 뭐. 하드 우드로 깔끔하게 만든 이 정도 크기의 책장이면… 시중에서 구하려 해도 일이백만 원 정도는 족히 줘야 할 수준

이지.'

시선을 다시 책장으로 돌린 우진은 잠시 흐뭇한 표정이 되었다. 목공 입문자들의 손때가 여기저기 묻긴 했지만, 그래도 마감 작업은 거의 숙련공인 우진의 손을 탔다. 객관적으로 봐도 충분히 고급스럽고 훌륭한 가구가 맞았다.

'여기 들어간 멀바우 집성목 가격이, 다 합해봐야 이십만 원도 안 되는 수준이니까….'

우진의 인건비를 생각하면 별로 남는 장사는 아니었지만, 〈우리 집에 왜 왔니〉의 인테리어 예산 세이브 차원에서는 아주 훌륭한 성과. 머릿속으로 계산을 마친 우진은 씨익 웃었고, 제작진이 책장 구석구석을 카메라에 영상으로 담는 동안 출연진들은 잠시 뒤로 빠져 휴식을 취했다. 그리고 촬영이 어느 정도 일단락되자, 재엽이 먼저 일어서며 입을 열었다.

"자, PD님. 그럼 오늘 촬영은 여기서 마무리합니까?"

재엽의 물음에, 공 PD가 짓궂은 표정으로 대답했다.

"오늘 가구 다섯 개 다 만드는 거 아니었어요?"

이번에는 수하와 리아가 동시에 소리쳤다.

"네?"

"뭐라고요?"

생각지도 못했던 PD의 말에 진심으로 기겁한 표정. 아무리 촬영이 즐거워도 그것은 움직일 힘이 남아 있을 때의 이야기였다. 책장을 완성하자마자 긴장이 탁 풀린 출연진들은 손 하나 까딱할 힘도 남아 있지 않았다.

"하하, 농담이에요. 여기서 촬영 더 하자고 하면 아마 촬영 감독님부터 보이콧 선언하실 걸요."

그렇지 않아도 따가운 촬영팀의 눈초리를 확인한 공 PD가 어색하게 웃으며 머리를 긁적였다.

"그러니까 오늘은 여기까지. 나머지 촬영을 어떻게 할지는 내일 회의에서 영상 보면서 결정합니다."

"와아앗…!"

"수고하셨습니다!"

그 어느 때보다 열정적이었던 재엽 팀의 촬영은 오늘도 그렇게 순조로이 마무리되었고,

"시간이 늦었으니까, 회식은 올 사람만 오세요!"

그날 회식에는, 모든 출연진과 제작진이 단 한 사람도 빠짐없이 모두 참석하였다.

— * —

하루 종일 톱밥 날리는 공방에 박혀있던 수요일이 지나고, 목요일, 금요일이 지나는 것까지도 그야말로 순식간이었다. 학교 수업과 업체 미팅 그리고 남는 시간에는 청담동 재건축 설계에 온 시간을 쏟다 보니 정말 시간이 화살처럼 빠르게 지나가버린 것이다.

하지만 그렇게 일에 파묻힌 채 주간을 보냈음에도 불구하고 할일이 태산처럼 쌓여있는 우진은 토요일 오전에도 사무실에 출석 도장을 찍을 수밖에 없었다. 자신의 사업을 한다는 건 본래 삶과일의 경계가 사라짐을 의미하는 것. 오늘도 우진이 작업 중인 건, 청담동 재건축 디자인 제안을 위한 설계도였다.

"후우, 오늘은 초안 작업 무조건 끝내야지."

우진은 손으로 그려둔 도면들을 책상에 펼쳐둔 채, 쉴 새 없이 마

우스를 움직이고 키보드를 두들겼다. 무아지경 속에서 우진의 손이 움직일 때마다, 캐드 안에는 새하얀 선들이 빼곡히 들어차고 있었다. 스케치에 가깝던 그림들을, 제도 프로그램인 캐드를 통해 구체적인 도면으로 만들어내는 작업.

사실 도면을 그리는 것은 어느 정도 숙련도만 생기면 단순 노가다 작업에 가까운 일이다. 하지만 우진은 있는 도면을 그냥 베끼는 게 아니었기에, 완전히 기계처럼 노가다를 하는 상황은 아니었다. 종이 위에 러프하게 따놓은 공간구획들을, 실제 시공이 가능할 정도로 구체화해야 했으니까. 대략적으로 그려뒀을 땐 괜찮은 것 같다가도, 막상 구체적으로 풀어두면 어색할 때가 많은 것이 설계도면이었다.

'분명 청담동 조합원들이라면 특화 설계에 매력을 느낄 거야. 마포 클리오에서 성공했던 스카이브릿지나 커튼월 룩*을… 클리오 브랜드의 시그니처 디자인으로 발전시켜야 해.'

아파트 단지 하나를 온전히 설계하기 위해서는, 백 장 단위가 훌쩍 넘는 막대한 양의 도면이 필요하다. 그래서 그 모든 도면을 우진이 전부 작업하는 것은 아니었다. 특화 설계가 들어가는 부분과 전반적인 단지 배치 그리고 콘셉트 디자인 등 가장 핵심적인 부분 위주로 우진이 작업한 뒤, 설계팀이 달라붙어서 완성시키는 방식이었다.

그리고 이번 프로젝트에 한해서는 이 중간 단계부터 천웅과 협업을 진행하기로 하였다. 원래대로라면 공모에 참가하는 WJ 스튜디오의 인력만으로 1차 설계까지는 전부 완성해서 제출하는 게 맞

---

* 하중을 지지하고 있지 않는 칸막이 구실의 유리외벽을 커튼월(curtain wall)이라고 하며, 커튼월처럼 보이도록 설계된 외관을 '커튼월 룩'이라고 한다.

앴지만 아직 인프라가 부족한 WJ 스튜디오를 위해 박경완이 조금 배려를 해준 것이다. 물론 우진이 경완에게 보여줬던 콘셉트 디자인 안이 아주 훌륭했기에 가능한 배려였지만 말이다.

'으, 진짜… 다음 달 내로는 설계전문팀을 한 팀 꾸려야겠어. 혼자 다 하려니까 죽겠네.'

우진은 지난 반년 동안 사업체를 운영하면서 절실히 깨달은 게 몇 가지 있었다. 회사가 굴러가기 위해 필요한 것들은 생각했던 것보다 훨씬 더 다양하고 많다는 사실과 그 모든 것을 혼자 다 하려 했다가는 회사가 굴러가기 전에 과로사로 대표부터 사망할 수 있겠다는 사실이다.

'사람 잘 쓰는 것도 능력이라는 말이 어떤 의미인지 이제 확실히 알겠어.'

어쨌든 속으로는 구시렁거리면서도, 우진의 손은 미친 듯이 키보드 위에서 춤추고 있었다. 어쨌든 인력이 부족한 건 지금 당장 어쩔 수 있는 부분이 아니었고, 우진의 노동력으로 때워야 했으니 말이다. 하여 그렇게 점심마저 거르면서 일한 끝에 대략 오후 네시 정도가 됐을 즈음, 우진은 목표했던 분량을 완성할 수 있었다.

"됐다! 이 정도면…!"

사실은 목요일이나 금요일 안에 다 하려고 했던 분량을 토요일 한나절까지 들여서 끝낸 것이지만 아무렴 어떠랴. 일단 만족스럽게 마무리했다는 사실이 중요한 거다. 시계를 힐끔 본 우진이 책상을 정리하기 시작했다.

'다행히 여유는 좀 있고….'

도면 파일을 깔끔하게 정리해 저장해 둔 우진은 코트를 입고 가방을 메었다. 그가 이렇게 서둘러 사무실을 나서는 이유는 저녁 약속이 있기 때문이었다.

덜컹-!

대표실 문을 열고 나간 우진은 홀로 사무실에 앉아있는 진태를 힐끔 보았다. 진태도 다음 주 초에 있는 미팅 건 때문인지, 토요일임에도 출근해 있었다.

"형, 퇴근 안 해?"

"제안서 다 써야 퇴근하지."

"나 먼저 간다, 그럼."

"그래, 고생했다."

가볍게 손을 흔들어 보인 우진은 성큼성큼 걸음을 옮기다가 잠깐 멈췄다. 그리고 다시 진태를 돌아보며 한마디 덧붙였다.

"형, 일요일엔 나 찾지 마!"

"야! 그거 내가 할 소리야, 인마."

"무튼, 내일 하루는 푹 쉬고 충전해서 월요일에 출근하자고."

"제발 그러자, 대표님."

"그럼, 이제 진짜 간다!"

후다닥 사무실을 나선 우진은 곧바로 주차장으로 향했다. 오늘 저녁 약속은 중요한 사람과의 약속이었다. 어쩌면 우진에게 세상에서 가장 중요한 존재인지도 모르는 사람.

'지금 출발하면 시간 딱 맞겠지?'

오늘은 오랜만에, 어머니 이주희와의 저녁 외식약속이 잡혀있는 날이었던 것이다.

"영동대로가 좀 막힐 것 같긴 한데…."

차에 탄 우진은 코트 주머니에 넣어뒀던 종이봉투를 꺼내어 대시보드 위에 올려두었다. 그것은 얼마 전 강석중으로부터 받은 고급 외식 쿠폰이었다.

[우진이 너, 여자친구는 있지?]

[왜 그렇게 당연하다는 듯 얘기하시는 건데요?]

[뭐야, 파릇파릇한 대학교 1학년이 여자친구도 안 사귀고 지금까지 뭐했어?]

[그러게요….]

[너희 과 미대니까, 여자도 엄청 많을 것 아냐.]

[여자는 많아도 그중에 제 여친은 없습니다.]

[흠. 그럼 이 쿠폰은 아우에게 쓸모가 없겠군.]

[…! 뭔데요 형님?]

석중은 무려 대한민국 요식업계 톱클래스 대기업인 NA그룹의 재벌 3세다. NA그룹에는 프리미엄 외식 브랜드도 많았고, 그가 우진에게 준 것은 얼마 전 NA그룹에서 론칭한 고급 한식 레스토랑 브랜드의 할인쿠폰. 할인율이 무려 85%나 되는 특별쿠폰이었기 때문에 우진은 그것을 냉큼 받아 가져왔다.

[여친도 없다며, 누구랑 먹으려고.]

[어머니 모시고 갈 겁니다.]

[오…! 우리 아우님 효자였잖아?]

쿠폰을 다시 한번 확인한 우진은 더욱 기분 좋은 표정이 되었다. 원래 같은 밥을 먹어도 싸게 먹으면 맛도 더 좋고 기분도 더 좋은 법이다.

부르릉-

어머니와 맛있는 식사를 할 생각에 기분이 좋아진 우진은 콧노래까지 흥얼거리며 액셀을 밟았다. 우진의 우려와 달리 차는 그리 밀리지 않았다. 저녁 시간이라기엔 조금 애매한 시간대라 그런지,

강남으로 진입하는 구간도 나름 수월하게 통과한 것이다. 덕분에 약속시간보다 조금 일찍 도착한 우진은 상가에 차를 대고 어머니의 수제비 칼국수 집으로 걸어 올라갔다.

— * —

본격적으로 바빠진 이후, 우진이 어머니의 가게에 걸음 하는 것은 정말 오랜만이었다.

'어휴, 이 엘리베이터도 없는 상가에서 진짜 오래도 장사하신단 말이지.'

가게의 앞에 도착하자, 유리 벽 너머로 열심히 칼국수를 말고 계시는 어머니의 모습이 보였다. 지난 세월과 다를 바 없이 여전히 열심히 땀 흘려 일하시는 어머니의 모습. 그런 그녀의 모습에 우진은 쓴웃음을 지을 수밖에 없었다. 이제 일 그만하셔도 된다고 최소 열 번 이상은 말했건만 십 년 이상 해온 장사를 쉽게 그만두지 못하시는 어머니였다.

[아들이 땀 흘려 번 돈을 엄마가 어떻게 놀면서 쓰겠니.]

[진짜 괜찮아요, 엄마. 이 정도면 일은 정말 할 만큼 하신 거예요.]

[할 만큼 하기는… 엄마 아직 젊어. 그리고 우진아, 네 사업도 이제 시작이잖니. 지금 조금 잘된다고 방심하면 안 된다, 아들.]

우진의 사업이 망할 일은 없다. 어디서 거하게 사기라도 당하지 않는 한, 이미 확보해놓은 인프라와 자원만 가지고도 최소 십 년 이상은 해먹을 수 있었으니 말이다.

'카페 프레스코 프랜차이즈 공사만 해도 뭐….'

게다가 매입해둔 지식산업센터에서 나오는 월세만 해도, 이자에 세금까지 제하고 한 달에 오백만 원 이상이 고정적으로 나온다. 우진이 결혼해서 가정이 있는 것도 아니고, 조촐한 두 가족 먹여 살리는 정도는 우진의 능력으로 충분하다는 말이다. 하지만 우진이 이런 설명을 아무리 해봐야 자식이 걱정되는 어머니의 마음은 원래 이성적인 판단에 의거한 감정이 아니었다.

"오! 아들 왔어?"

"차가 생각보다 덜 밀렸네. 천천히 정리하세요."

"그래, 거의 다 했으니까 거기 앉아서 조금만 기다려라."

원래대로라면 토요일 저녁 시간대는 주희의 가게에 사람이 바글바글한 타이밍이다. 하지만 오늘은 오래전부터 아들과 약속을 잡아놨기 때문에 저녁 장사를 쉰다고 가게 앞에 알림판을 세워 둔 상태였다. 하여 주희가 가게를 전부 다 정리하고 나온 시간은 저녁 다섯 시 삼십 분.

드르륵- 탁-!

가장 바쁠 시간대에 셔터를 내리는 것이 어색한지, 주희는 헛웃음을 지었다.

"아들 덕에 이 시간대에 퇴근도 다 해보고. 엄마가 호강하네, 호강해."

"조기 퇴근이 아니라, 아예 닫으셔도 된다니까요?"

"또, 또 그런다. 그 얘기는 나중에 다시 하기로 했잖아?"

주희가 내린 셔터를 자물쇠로 잠근 우진은 기분 좋게 대화를 나누며 주차장으로 내려왔다. 이제는 회귀 이후 적응이 되어서인지, '어머니'가 아닌 '엄마'라는 호칭도 전혀 어색하지 않았다.

"아들, 근데 운전은 언제 이렇게 배웠대?"

"언제 배우긴요. 저 군대 가기 전에 면허 딴 거 아시잖아요."

"면허야 땄지. 장롱이었잖아?"

"에이, 스틱도 아니고 오토 운전하는 게 뭐 어렵다고요. 오른쪽 밟으면 나가고 왼쪽 밟으면 서는데."

끼익-

어머니를 조수석에 태우고 음식점 앞에 도착한 우진은 주차 발렛을 맡기며 엉뚱한 생각을 했다.

'엄마 앞에서는 운전도 일부러 좀 어설프게 해야 하나…'

이어서 음직점 안으로 들어가려는데, 어머니의 발걸음이 멈칫하는 게 느껴졌다.

"우진아."

"네?"

"여기… 너무 비싼 곳 온 거 아니니?"

주희는 우진에게 단지 저녁 식사를 같이하자는 이야기를 들었을 뿐, 뭘 먹는지 이야기는 들은 적이 없었다. 그런데 막상 아들의 차를 타고 도착하고 보니 너무 고급스런 음식점에 도착한 것이다. 주차도 발렛 요원이 나와 친절하게 해주는 것을 보니 그녀로서는 식대부터 걱정될 수밖에 없던 것. 그에 우진은 웃으며 미리 준비해뒀던 쿠폰을 꺼내 보였다.

"짠."

"이게 뭐야?"

"아는 형님이 주신 쿠폰이에요."

"아는 형님?"

"외식업 쪽에서 일하시는 형님이 한 분 계시거든요."

우진에게 석중은 아는 형님이 맞다. 그리고 그가 일하는 업종이 외식업인 것도 맞는 말이다. 다만 재벌 3세라는 조금 특별한 배경이 있을 뿐.

"여기, 85퍼센트 할인 보이시죠?"

"그… 러네."

"인당 30만 원어치 먹어도, 9만 원이면 된다고요. 그러니까 부담 갖지 말고 들어오세요."

눈치 빠른 아들의 이야기에 주희는 멋쩍은 표정이 되어 음식점 안으로 들어섰다. 코스로 하나씩 준비되는 음식들은 당연히 전부 맛있었고 어머니와 함께하는 식사시간은 그 어느 때보다 즐거웠다.

— ＊ —

올해 부장직급을 끝으로 SH그룹에서 정년이 된 유준모는 50대 후반의 전형적인 대한민국 가장이었다. 올해 대학교 2학년인 딸과 얼마 전 첫 직장에 취직한 아들을 둔 한 가정의 아버지. SH그룹은 대기업이었고, 때문에 모아둔 돈도 제법 많은 준모였지만 그래도 정년이 눈앞으로 다가오니 앞이 캄캄한 것은 어쩔 수 없었다.

많이 모았다고 해봐야 월세가 따박따박 나오는 건물주도 아니었거니와 요즘 같은 100세 시대에는 50대라고 해도 아직 앞길이 구만리 같았으니 말이다. 얼마가 될지 모를 긴 여생 동안 노후를 즐기며 살기엔 준모가 모아둔 돈은 턱없이 부족했다.

'휴우. 임원승진까지는 바라지도 않았지만… 정년까지 한 2년만 더 있었어도….'

그래서 일요일 저녁 안락한 소파 위에 축 늘어져 있음에도 불구하고, 그는 그리 행복하지 않았다. 요즘 준모의 머릿속에는 내년부터 뭘 준비해야 할지에 대한 고민으로 가득했으니 말이다.

'요즘 너도나도 치킨 튀기러 간다는데… 역시 치킨이나 피자가 제일 만만할까?'

딱 십 년만 더 젊었어도 뭔가 새로운 사업이라도 구상해보겠건만 곧 60대를 바라보는 준모는 도무지 새로운 도전에 대한 엄두가 나지 않았다. 그래서 결국 선택지는 프랜차이즈 음식점같이 남이 닦아놓은 길로 좁혀졌고 그와 동시에 불안한 것은 남들 다 하는 사업을 해서 밥 벌어 먹고살 수 있겠냐는 것이었다.

그나마 다행인 건, 숨이 턱 막힐 정도로 비싼 아들 대학원 등록금까지는 회사 돈으로 전부 해결할 수 있었다는 점. 원래는 2년 더 다녀서 딸내미 대학 등록금도 전부 해결하는 게 목표였지만, 이미 확정된 정년을 일개 직원인 그의 힘으로 어찌할 수 있을 리 없었다.

'하청 업체 바지사장 자리라도, 어디서 제안 들어올 일 없으려나….'

노후에 대한 이런저런 고민 때문인지, 가만히 있어도 절로 한숨이 나오는 준모. 멍한 표정으로 TV를 보고 있는 그의 앞으로 과일 접시 하나가 슥 밀려 나왔다. 그가 좋아하는 딸기와 사과가 수북이 쌓여있는 접시였다.

"여보, 너무 걱정하지 말라니까요?"

"그… 렇게 티 났어?"

"아주 얼굴이 까맣게 죽어가지고는….."

"휴우, 답이 안 나오니까 그러지 뭐."

"그렇게 죽상 짓고 있는다고 답 나오는 것도 아니니까, 좋아하는 과일이나 드세요."

"그럴까?"

준모가 포크로 찍어 사과 하나를 집어 드는 사이, 아내는 리모컨을 들어 TV 채널을 돌리기 시작했다. 딱히 보려고 기다렸던 프로는 없었지만 일요일 저녁은 재밌는 예능이 많은 시간대였고, 예능이야말로 마음 비우고 아무 생각 없이 킬링타임 하기 좋은 프로그램이었다. 어느새 사과를 한입 베어 먹은 준모가 아내를 향해 다시 입을 열었다.

"지난주에 박두영 나오는 예능 뭐, 새로 시작한 거 하나 있지 않나?"

"박두영이요?"

"왜, 있잖아. 박두영이랑 윤재엽 나와서 자기 집 자랑하던 프로그램."

"아…!"

"그거 이름이 뭐였지?"

"잠깐만요. 이름은 기억 안 나는데, KBC에서 했던 것 같아."

아내가 채널을 돌리자 곧바로 윤재엽의 얼굴이 화면 정중앙에 떠올랐다. 이어서 화면 구석에 박혀있는 〈우리 집에 왜 왔니〉의 로고를 확인한 준모는, 고개를 끄덕이며 중얼거렸다.

"그래, 이거 맞아. 우리 집에 왜 왔니."

"우리 이거, 지난주에 뒤에만 잠깐 봤었죠?"

"맞아, 잠깐 봤는데 박두영이 웃기더라고."

"어휴, 그 아저씨는 이제 너무 오래 봐서 진부하더라."

"반대로 박두영이만큼 롱런하는 개그맨도 잘 없잖아."

"음… 그건 그래요."

두 내외가 〈우리 집에 왜 왔니〉를 튼 것은 단지 지난주에 우연히 봤던 웃긴 장면 때문이었다. 하지만 예능이라는 것이 원래 그런 소소한 재미 때문에 찾는 것이었고, 그래서 〈우리 집에 왜 왔니〉를 튼 두 사람 또한 대충 그런 재미를 기대한 것이었다.

시간은 9시 20분 정도였기에 시작하자마자 보는 것은 아니었다. 하지만 드라마도 아니고 예능을 꼭 처음부터 봐야 할 필요는 없었다. 그런데 잠깐 TV 화면을 응시하던 준모는 조금 의아한 표정으로 중얼거릴 수밖에 없었다.

"음…? 연예인들 집들이하는 프로그램인 줄 알았더니, 오늘은 좀 다르네?"

단순히 출연진들이 서로의 집에 놀러 다니는 예능으로 알았던 〈우리 집에 왜 왔니〉에서 웬 커다란 교외의 카페가 등장했으니 말이다. TV에서는 요란스런 유리아의 목소리가 흘러나오고 있었다.

[엄청나! 대박이야! 우리 동네에도 드디어 이런 갬성 커피집이 생기다니!]

하지만 예상 밖의 장면이었다고 해서, 흥미가 동하지 않는 것은 아니었다.

[갬성이 뭐냐, 갬성이. 이상한 단어 좀 쓰지 마.]

[노인네! 쓸데없이 트집 잡지 말고, 여기 인테리어 좀 봐. 나 이제 앞으로 여기만 올 거야. 다른 데 못 가!]

유리아와 윤재엽이 티격태격하는 모습에서 일단 피식피식 웃음이 새어 나왔으며,

[커피 맛도 안 보고, 그렇게 결정해버린다고?]

[딱 보면 모르냐?]

[뭘?]

[여기 커피가 맛이 없을 것 같아?]

[…?]

[인테리어를 이렇게 해놓고 커피가 맛없으면, 그건 사기야! 사기!]

두 사람의 추임새가 전혀 어색하지 않을 만큼, 시청자인 준모가 보기에도 카페의 인테리어가 꽤 훌륭해 보였으니 말이다.

'오, 잘 모르는 내가 봐도 멋진데?'

하지만 준모가 살짝 흥미가 동한 정도였다면 옆에 앉아있던 아내는 훨씬 더 격한 반응을 보이고 있었다.

"와…! 여보, 여보! 저기 어딘지 빨리 좀 검색해봐요."

"응? 왜 그래, 당신?"

"왜 그러냐니! 저기 완전히 외국 같지 않아요?"

"음… 좀 멋있기는 한데….“

"지난주에 갔던 남양주 쪽 카페보다 저기가 훨씬 멋지잖아요."

"에이, 거기보다야 당연히 낫지."

"당신 감성이 메말라서 그렇지, 거기도 엄청 유명한 곳이었다고요."

"그래?"

"저기 오늘 방송 타고 나면, 정말 난리 날 것 같은데….“

아내의 격한 반응을 본 준모는, 조금 더 관심이 가기 시작하였다.

'한번 검색이나 해볼까…?'

마침 탁자 위에 노트북이 놓여있었기에 크게 귀찮지도 않았고 말이다. 카페 이름이 방송에 공개되지는 않고 있었지만, 그래도 검색하는 것은 어렵지 않았다. 검색창에 '우리 집에 왜 왔니'라고 친 순간, 이미 관련 기사나 내용들이 우후죽순처럼 쏟아졌으니 말이다.

[〈우리 집에 왜 왔니〉, 유리아가 감탄한 카페는 어디?]

['모던 빈티지'의 끝판왕! '카페 프레스코'를 디자인한 서우진은 누구?]

[방송 이전부터 이미 '핫 플레이스!' 삼송역의 명물 '카페 프레스코'!]

인터넷을 검색해본 준모는 점점 더 눈동자가 커지기 시작하였다. '카페 프레스코'라는 상호를 가진 저 TV 속 카페에 대한 사람들의 반응이 아내보다 더 격했으면 격했지 결코 덜하지 않았으니 말이다.

'뭐야. 저 카페 디자인이… 그렇게 대단한 거였어?'

원래 사람의 심리라는 것은 다수 의견의 영향을 받기 마련이다. 게다가 바로 옆에 앉아있는 아내까지 이렇게 난리였으니 크게 감흥 없던 진모의 생각도 점점 더 달라질 수밖에 없었다. 괜히 색감 하나하나가 고급스러워 보이고, 인테리어 소품이나 마감 같은 것도 좀 더 세련되어 보이기 시작한 것이다. 뒤에서 진모가 검색하던 화면을 같이 보던 아내가 다시 입을 열었다.

"여보, 저기 커피도 엄청 맛있나 봐!"

"그, 그러게."

"다음 주중에 자기, 연차 한 번 쓴다고 했죠?"

"응? 으응, 그랬지."

"그날같이 저기나 한번 가 봐요."

"평일에?"

"응, 주말에 가 봐야 사람 미어터질 거야."

아내의 호들갑에 얼떨결에 고개를 끄덕인 진모는 이제 다시 TV 화면으로 시선을 돌렸다. 〈카페 프레스코〉에 대한 기사들도 흥미롭기는 했지만, 그보다는 예능이 좀 더 재밌었으니 말이다. 하여 노트북 화면을 덮고 TV에 조금 더 집중하려던 그때,

"음…?"

화면 한쪽에 떠 있던 기사 제목 하나가 노트북을 끄려던 진모의 눈에 들어왔다.

[새로운 카페 프랜차이즈의 붐? 〈카페 프레스코〉의 대표, '강석중'은 누구?]

그리고 그 제목을 확인한 진모는 뭐에 홀리기라도 한 듯 기사를 클릭해서 눌러볼 수밖에 없었다.

'프랜차이즈였어?'

그러잖아도 괜찮은 프랜차이즈의 가맹점을 고민하고 있던 진모에게는 관심이 가지 않을 수 없는 기사 제목이었으니 말이다.

— * —

〈우리 집에 왜 왔니〉의 두 번째 편은 우진도 가장 기대했던 파트였다. 본격적으로 우진이 등장하게 되는 분량이면서 동시에 그가 디자인한 '카페 프레스코'를 수없이 많은 대중들에게 보이게 되는 편일 테니 말이다. 그래서 우진은 어지간하면 집에서 본방으로 시청하려고 했었다. 이번 주만큼은 말이다.

하지만 쉬려고 했던 일요일에 급하게 잡힌 미팅은 결국 우진을 출근하게 만들었고, 심지어 〈우리 집에 왜 왔니〉의 방영시간을 따로 생각하거나 체크할 정신도 없이 저녁까지 미팅이 길게 이어져 버렸다. 하지만 그렇다고 해서 불만스러운 것은 아니었다. 지금 우진의 눈앞에 있는 이 사업주는 장기적으로 꽤 중요한 고객이었으

니까. 카페 프레스코의 창업주 강석중만큼은 아닐지라도 말이다.

"오늘 대표님 만나 뵙길 정말 잘한 것 같네요."

"하하, 별말씀을요. 저도 즐거운 시간이었습니다."

"솔직히 리아가 추천해줘서 한번 와본 거였는데… 이렇게 꼼꼼하게 신경 써주실 줄은 몰랐어요."

"제 일인데요. 할 수 있다면 더 잘해드려야지요."

"후훗, 이거 몸 둘 바를 모르겠네요."

"그럼 조심히 들어가세요, 한 대표님!"

"서 대표님도 조심히 들어가세요! 주말에 실례 많았습니다."

　

　오늘 우진이 만난 사람은 유리아로부터 소개받은 한 여자였다. 정확히는 유리아가 신인 시절부터 관리를 받아왔던, 그녀가 단골로 찾는 미용실의 원장. '한선아'라는 이름을 가진 그녀는 '서나헤어'라는 상호를 가진 헤어숍 브랜드의 창업주였다. 그리고 한 가지 더, '서나헤어'는 '카페 프레스코'처럼 우진이 전생에서부터 알고 있는 또 다른 우량브랜드 중 하나였다.

　'역시, 사업은 인맥이 제일 중요하다니까.'

　2010년인 지금 시점에서, 서나헤어는 아직 크게 알려지지 않은 브랜드였다. 연예인들 사이에서는 머리 잘하는 전문 숍으로 알음알음 소문이 나 있었지만 여의도 KBC 근처에 있는 평범한 매장 하나만 한선아가 직접 운영하고 있을 뿐, 가맹점 하나 없었으니 말이다. 그렇다면 우진이 '서나헤어'의 원장과 미팅할 수 있었던 것이 완전히 우연이냐?

　그건 당연히 아니었다. 우진은 '서나헤어'라는 브랜드가 연예인 전문 숍으로 시작해서 유명해졌다는 기사를 본 적이 있었고, 그래서 방송을 통해 친분이 생긴 연예인들에게 한 번씩 슬쩍 물어봤었으니 말이다. 수하나 재엽 등은 서나헤어에 대해 몰랐지만 리아는 마침 이 가게가 생길 때부터 숍을 애용했던 단골이었고, 덕분에 오늘 이렇게 미팅을 가질 수 있었던 것이다.

'그게 갑자기 오늘이 될 줄은 몰랐지만 말이지.'

사실 우진이 서나헤어에 대해 알았다고 한들, 다짜고짜 서나헤어의 인테리어를 하고 싶다며 얘기를 꺼낼 수는 없었다. 서나헤어 대표가 인테리어를 필요로 하는 게 어떤지도 모르는 상황에서 그런 얘기부터 꺼내는 것은 말이 안 되는 것이었으니까. 그래서 기회가 올 때마다 한 번씩 떡밥을 뿌려두기만 하고, 서나헤어가 본격적으로 확장할 시기를 기다리고 있었다. 머리해야 할 일이 생기면 한 번 정도 손님으로 가봐야겠다는 생각도 하면서 말이다.

'결국 손님으로 만나러 가기 전에, 사업주로 만나게 됐지만….'

결과적으로는 우진의 그 작은 노력들이 이렇게 우량 사업주와의 인연을 또 만들어주었다. 오늘 미팅은 이렇게 아주 훌륭하게 마무리되었고 말이다.

[다음 주에 계약서 들고 매장으로 한 번 찾아가겠습니다!]

[좋아요! 그럼 그때 뵙겠습니다.]

한선아 대표로부터 답신 온 문자를 확인한 우진의 입가에 옅은 웃음이 떠올랐다. 아무래도 '서나헤어'의 새 매장은 WJ 스튜디오에서 인테리어하는 게 거의 확실해진 것 같았다. 남은 것은 이제 계약서에 도장 찍는 것뿐이었으니까.

'좋았어.'

하지만 한 가지 아쉬운 점도 있었다. 그것은 바로 서나헤어와의 계약이 아직 프랜차이즈 수준은 아니라는 점. 우진이 예상했던 것과 달리 이번에 한선아가 우진을 찾아온 것은 단순히 더 넓은 위치로 매장을 옮기기 위함일 뿐이었다.

'뭐, 어차피 한선아는 유명한 뷰티 셀럽이 될 예정이고, 조만간 서나헤어는 프랜차이즈가 될 테니… 급하게 마음먹을 필요 없지.'

집으로 향하는 도로 위에서도 우진은 오늘 미팅에서 오고 간 이야기들을 머릿속으로 정리하기 바빴다. 그래서 우진은 오늘 아침까지만 해도 생각하고 있던 〈우리 집에 왜 왔니〉 2회분 본방을 까맣게 잊어버리고 있었다. 원래 우진은 중요한 일에 정신을 집중하면 사소한 것들을 잘 잊어버리는 타입이었고, 갑작스레 잡힌 한선아와의 미팅은 적어도 방송 본방을 챙겨보는 것보다는 훨씬 더 중요한 일이었으니까.

"흐아, 오늘도 결국 하루 종일 일했네. 얼른 자야겠다."

열 시가 넘어서 집에 들어온 우진은 곧바로 씻고 잠을 청했다. 급하게 미팅을 준비하고 이야기를 나누느라, 녹초가 된 상태. 우진은 침대에 눕자마자 그대로 기절해버렸고, 그렇게 〈우리 집에 왜 왔니〉 2회분 본방은 우진의 기억 속에서 쥐도 새도 모르게 사라졌다.

— * —

우진의 머릿속에 〈우리 집에 왜 왔니〉에 대한 생각이 떠오른 것은 다음 날 아침이었다.

부릉- 부르릉-!

학교에 가기 위해 차에 시동을 건 우진에게 이른 오전부터 걸려온 한 통의 전화.

"응? 석중 형님은 아침부터 어쩐 일이시지?"

그 전화가 바로, 우진이 잊었던 것을 상기시켜준 전화였다.

[우진아.]

"네, 형님. 어쩐 일이세요?"

[어쩐 일이긴 인마. 너, 잠깐 통화 가능해?]

"옙. 말씀하세요, 형님."

[아무래도 우리, 다음 달부터 좀 많이 바빠질 것 같다.]

"저, 지금도 충분히 바빠요, 형. 대체 또 무슨 일이에요?"

[너, 어제 방송 안 봤어?]

석중의 목소리를 들은 순간, 우진은 잠시 말을 잃을 수밖에 없었다. 본인이 방송 시청을 잊고 있었다는 사실이, 그제야 기억났으니 말이다.

"아…? 방송…?!"

[하, 이놈 진짜 정신없이 사네. 넌 어째 마흔이 다 돼가는 형보다 더 정신이 없냐?]

"그러게요, 그걸 깜빡하고 못 봤네."

물론 방송을 못 본 게 그리 큰일은 아니었지만, 그것과 별개로 우진은 어이가 없었다.

'어차피 그 시간대에 미팅 중이어서 못 봤겠지만… 그래도 정신을 진짜 어디에 놓고 다니는 거야, 서우진.'

최소한 미팅이 끝나고 집에 들어와서 방송이 나간 뒤의 반응이라도 한 번 확인했어야 맞는 것이었으니 말이다.

[여하튼, 어제 방송 나간 것 때문인지… 지금 우리 사무실 전화기에 불나고 있다, 야.]

그리고 그 어이없음이 가신 뒤에는 의아함이 밀려왔다.

"카페가 아니고, 사무실이요?"

〈우리 집에 왜 왔니〉에 카페 프레스코가 소개된 뒤, 석중이 바빠질 것이야 당연히 예상했던 거지만. 갑자기 왜 자신까지 바빠질 것이라는 건지는 순간적으로 이해되지 않았으니 말이다. 하지만 다음 순간, 석중의 목소리가 다시 휴대폰 너머에서부터 들려왔을 때.

[그래, 사무실. 지금 프랜차이즈 가맹 문의가 미친 듯이 쏟아지고 있어.]

"예…?"

우진은 석중이 무슨 얘기를 하려는 것인지, 비로소 깨달을 수 있었다.

'방송이 나간 뒤에, 가맹점 문의가 엄청나게 붙기 시작한 모양이구나.'

손님이 아니라 가맹 문의가 늘어난 것이라면, 업장 인테리어를 독점으로 수주한 WJ 스튜디오도 함께 바빠지는 게 당연했으니 말이다. 그래서 우진은 좀 놀란 표정이 되었으며, 어제 보지 못한 방영분이 더욱 궁금해질 수밖에 없었다. 방송이 얼마나 잘 빠졌기에 카페 손님이 늘어난 것도 아니고 가맹점 문의가 폭주한 것인지, 무척이나 신기했으니까. 그런데 우진의 놀람은 거기서 끝이 아니었다.

[당장 이번 주에만, 가맹 미팅이 세 곳이나 잡혔어.]

"뭐라고요?"

[이슈화되기 시작하니까, 조금이라도 먼저 입점하려고 경쟁이라도 붙은 모양새더라니까? 하하.]

석중에게 걸려온 전화들은 단순한 문의를 넘어 벌써 실질적인 컨택으로 이어지고 있었으니 말이다.

"허… 방송에 대체 뭐가 나간 거지? 재방이라도 바로 돌려봐야겠는데요?"

[그래, 이놈아. 어떻게 방송 처음 나오는 놈이 자기 나오는 부분도 까먹고 안 볼 수가 있어?]

"으으. 그러게요."

우진은 진심으로 놀랐다. 원래 가맹 문의라는 것이 많이 들어올 순 있어도, 실제로 그 문의가 가맹계약으로 이어지는 비율은 그리 높지 않다. 가맹점을 차려 점주가 된다는 것도 어쨌든 창업의 일환이었고, 때문에 그것을 결정하는 데까지는 많은 고민과 시간이 필요하니 말이다. 그런데 방송이 나간 바로 다음 날, 계약 미팅 건이 세 개나 잡혔다? 이건 정말 어마어마한 파급력이라고밖에 표현할 수 없었다.

"형님, 가맹 원한다고 해서 넙죽 다 받아주시면 안 돼요. 아시죠?"

[응? 그건 또 무슨 말이야?]

"상권 분석 꼼꼼하게 해서 가게가 제대로 자리 잡을 수 있는 위치에만 가맹을 내어줘야 한다는 말이에요."

[음… 그런 생각은 안 해봤는데….]

"당장이야 가맹점이 늘어나는 게 무조건 본사 차원에서는 이득이겠지만, 장기적인 이미지도 생각해야죠."

[장기적인 이미지라….]

"잘 안 돼서 망하는 업장이 하나 늘어날 때마다, 브랜드 가치가 조금씩 떨어진다고 생각하셔야 해요."

[반대로 잘되는 업장이 많을수록, 브랜드 가치가 올라갈 테고?]

"그렇죠."

우진의 이야기를 들은 석중은 꽤 놀란 눈치였다. 사실 인테리어를 담당하는 WJ 스튜디오야말로 가맹이 무조건 많이 늘어나길 바랄 텐데, 오히려 자신보다 더 신중한 접근을 하며 조언을 해주고 있었으니 말이다.

[이 부분에 대해선, 한번 나랑 다시 얘기해보자.]

"언제요?"

[미팅 전에 봐야지.]

그리고 석중의 목소리를 들은 우진은 절로 한숨이 새어 나올 수밖에 없었다.

"형님… 미팅 이번 주라면서요."

[목요일에 두 건, 금요일에 한 건이야. 전부 본사로 찾아오기로 했어.]

"으으, 시간 없는데."

[내가 너희 사무실로 갈게. 그러면 되겠어?]

"알겠어요, 형님. 내일이나 모레 중으로 시간 한 번 잡아주세요."

[흐흐. 그래, 고맙다. 그럼 일단 끊는다?]

"예엡."

뚝-

석중과의 통화가 끝난 우진은 이어폰을 조수석에 내려놓으며 다시 한숨을 크게 쉬었다.

"휴우."

뭔가 끊이지 않고 회사가 굴러가는 것은 사업가의 입장에서 아주 고무적인 일이었지만, 이러다가는 정말 몸이 남아나질 않겠다는 생각이 들었으니 말이다.

'하아, 하루가 딱 10시간만 더 있었으면 좋겠다….'

석중과 통화 후 이런저런 생각을 하던 사이 우진은 어느새 학교

주차장에 도착하였다. 오늘은 전공 수업 하나밖에 없는 날이었지만, 수업이 끝나면 곧장 사무실로 돌아가서 회의를 해야 한다.

'그리고 그 회의가 끝나면 수정 설계안을 다시 잡아야겠지.'

10월이 시작된 것이 바로 엊그제 같건만, 날짜는 벌써 중순에 접어든 지 오래다. 그리고 이 10월이 전부 끝나갈 즈음에는 드디어 청담 선영아파트 사업장의 설계 공모 결과도 결정될 것이다.

'그때쯤은 돼야, 한숨 돌릴 수 있으려나.'

한번 살았던 시간을 다시 살아서일까? 우진의 시간은 남들보다 좀 더 빠르게 흐르는 것 같았다.

성장을 위한 밑그림

우진이 바빴다는 것은 그만큼 WJ 스튜디오도 성장했다는 얘기다. 그러니까 우진이 숨 막힐 정도로 바빴다는 것은 WJ 스튜디오도 눈부시게 성장했다는 말과 일맥상통했다.

"이야, 지난달 매출. 거의 열 장이네?"

우진이 출근하자마자 대표실에 들어온 진태는 싱글벙글한 표정으로 월말 결산표를 들고 들어왔다. 진태의 '열 장'이라는 소리는 10억이라는 이야기. 9월 한 달간의 매출에 대한 결산표가 이제 정리되었고, 그 한 달 동안 WJ 스튜디오의 매출이 무려 10억이 넘은 것이다. 이것은 8월 달 매출에 비해 두 배가 넘게 성장한 것이고, 더욱 고무적인 것은 9월보다 10월의 매출이 최소 1.5배 이상 더 많을 예정이라는 점이었다. 현재의 추세를 놓고 봤을 때 말이다.

"좋네, 좋아."

다소 담담한 우진의 반응에, 진태가 조금 의아한 표정으로 물었다.

"뭐야, 별로 안 좋아하는 눈친데?"

"안 좋다기보단, 이미 예상했던 액수라서 그래."

"아하."

"나야 계속 돈을 굴려야 하는 입장이니까, 러프하게는 계속 체크하고 있었지."

진태는 피식 웃으며 우진의 책상 앞쪽에 붙어있는 회의 테이블 옆에 앉았다. 이럴 때 보면 우진은 정말 닳고 닳은 사업가 같았다.

'거죽만 팽팽하지 아마 저 안에는 50살 먹은 아저씨가 들어앉아 있을 거야.'

만약 우진이 들었다면, 적잖이 억울했을 만한 이야기. 자체적으로 우진의 실제 나이보다도 10살이나 더 부풀려진 평가를 내린 진태는 회사 재무표를 확인하며 천천히 다시 입을 열었다.

"매출도 매출이지만, 9월은 이익률이 엄청 높네."

"영업이익 말하는 거지?"

"그래."

"그럴 수밖에. 8월은 지출도 많았고 회사 덩치도 확 커졌던 달이라 남은 게 없었지만… 9월 유지비는 크게 늘어난 게 없잖아?"

"하긴."

"오히려 사무실 인테리어같이 목돈 나갈 일은 더 적었을 테니…."

WJ 스튜디오의 8월 매출은 당연히 6월이나 7월보다 훨씬 더 높았다. 7월에는 겨우 2억 정도를 넘었던 수준이었지만, 8월의 매출은 대략 4억 5천 정도였으니 말이다. 하지만 두 배 이상 차이 나는 매출에도 불구하고 8월의 영업이익은 7월보다 오히려 낮았다. 8월 매출 중 4억 초반이 지출로 빠져나갔으니, 실질적으로 번 돈은 3천만 원이 안 되었던 것이다.

하지만 9월은 8월과 양상이 완전히 달랐다. 매출의 성장세가 두 배 정도인 것은 비슷했지만, 지출의 증가폭이 20퍼센트 정도밖에 되지 않은 것이다. 해서 9월 한 달, 순수하게 WJ 스튜디오에 남은 돈은 약 4억. 보통 대형 건설사의 영업이익률이 5%남짓만 되어도 훌륭하다고 평가되는 것을 생각해보면, 40%에 육박하는 영업이익률은 정말 대단한 것이었다. 물론 WJ 스튜디오는 모형파트와 인테리어, 설계 쪽의 비중이 꽤 높았기에 건설사 카테고리에 놓고 보기는 좀 애매한 회사였지만 말이다.

'게다가 업체 덩치가 커질수록 영업이익률이 줄어드는 건 당연하고… 우리 회사는 아직 영세하니까 단순 비교는 어렵겠지.'

진태에게 재무표를 받아든 우진은 현재 법인통장에 남아 있는 잔고를 확인해보았다. 통장에 남아 있는 돈은 대략 6억 초반 정도. 이제 슬슬, 좀 더 큰 건을 해볼 수 있을 만한 목돈이 모여가는 느낌이었다.

'딱 2~3억만 더 확보되면, 한번 크게 질러볼 수 있을 것 같네.'

재무표를 덮은 우진이 건너편에 앉아있는 진태를 향해 다시 입을 열었다. 10월 매출까지 정산되면 못해도 10억 이상의 잔고가 모일 것 같았으니 이쯤 됐으면 이제 생각해뒀던 빌드 업을 하나씩 시작할 때가 되었다.

"진태 형."

"응?"

"다음 주부터 형이 알아봐줘야 할 게 하나 있는데…."

"흠, 뭔데?"

의미심장한 우진의 표정에서 뭔가 심상찮음을 느낀 진태는 의자를 좀 더 가까이 당겨 앉았다. 그리고 그런 그를 향해 우진이 천천히 다시 입을 열었다.

"형, 혹시… 회사 인수합병에 대해서 좀 알아?"

생각지도 못했던 우진의 이야기에 진태의 두 눈은 휘둥그레질 수밖에 없었다.

— * —

당연한 얘기겠지만 건설업을 하려면 면허가 필요하다. 아무 업체나 시공허가가 쉽게 나버리면, 큰돈이 오가는 시공계약 특성상 사기를 비롯하여 여러 가지 문제가 생길 수 있으니 말이다. 물론 우진이 지금 주로 하고 있는 인테리어 시공도 실내건축공사업에 대한 면허가 필요한 것은 마찬가지다.

인테리어도 1,500만 원 이상의 규모로 넘어가면 면허 없이 시공하는 것은 불법이었으니까. 하지만 몇 가지 조건만 충족되면 비교적 쉽게 딸 수 있는 실내건축업 면허와 달리 지금 우진에게 필요한 건축공사업 면허는 훨씬 더 어렵고 까다로운 절차가 필요했다.

자본금을 충분히 확보하는 것은 물론, 일부를 출자하여 건설공제조합에서 보증도 받아야 하며 분야별로 각종 건축기술을 보유한 전문가가 업체에 정직원으로 등록되어 있어야 하는 등 조건도 까다로운 데다 면허 발급까지 시간도 꽤 필요했으니 말이다. 게다가 좀 더 장기적으로 보자면 우진에게 필요한 것은 건축공사업을 포함한 '종합건설업'에 대한 면허였다.

우진은 기왕지사 페이퍼 워크(Paper Work)를 해야 하는 김에 이모든 면허를 한 번에 취득하고 싶었다. 그러기 위해 생각한 방법이 바로 기존에 면허를 가진 회사를 인수합병하는 방법이었다. 회사를 인수하면 그 회사가 가지고 있던 면허도 같이 흡수할 수 있으니까.

'이거만큼 쉬운 방법도 없지.'

회사 간의 인수합병이라면 뭔가 거창해 보이지만, 사실 그렇게 까지 어려운 문제도 아니다. 어쨌든 그 회사가 가진 가치를 돈을 지불하고 사는 개념인 것은 일반적인 거래와 다를 바 없었으니 말이다. 진태에게 인수합병 이야기를 꺼낸 이유가 바로 여기에 있었다.

"야, 목수가 인수합병인지 뭔지 그런 어려운 걸 어떻게 알아."

"몰랐어도 이제부터 알면 돼."

"대체 또 무슨 짓을 하려는 건데?"

"그야 당연히 회사 인수지."

"어떤 회사를 인수하려고?"

하지만 인수합병의 개념 자체를 너무 어렵게 생각할 것 없다고 해서, 인수할 회사를 고르는 것까지 쉽게 생각할 수 있는 문제는 아니다. 원래 기업을 인수합병하는 과정에서 가장 까다로운 것은 인수할 기업의 정확한 가치를 판단하는 작업이었으니 말이다.

'삼켜도 탈나지 않을 알짜배기 회사를 고르는 게, 가장 어렵고 중요한 일이지.'

그래서 보통 건설업체의 양도 양수는 법률사무소나 건설업 전문 컨설팅 업체를 통해 진행된다. 전문가를 통해 꼼꼼히 재무상황과 법리를 따져봐야 해당 기업의 정확한 가치와 문제점을 알 수 있으니 말이다. 하지만 이렇게 전문가의 힘을 빌리는 것보다 더 좋은 방법은 바로 '잘 아는 회사'를 인수하는 것.

재무구조부터 시작해서 지배구조까지, 아주 뼛속까지 잘 알고 있는 회사를 인수하는 것이다. 그래서 정확한 가치를 책정할 수 있으며, 썩은 부분을 도려내고 알짜만 저렴하고 깔끔하게 집어삼킬 수 있는 회사. 그런 회사와 M&A를 체결하는 것이 가장 확실하고 이상적인 선택이었다.

'건설면허도 한 방에 해결하면서 그에 더해 누적된 실적까지도 고스란히 꿀꺽… 회사 덩치 키우는 데 이만한 선택지도 없지.'

물론 그렇게 잘 아는 회사를 인수한다는 것은 사실 불가능에 가까울 정도로 어렵다. 내부자가 아니고서는 회사의 구체적인 사정까지 빠삭하게 알기 힘드니까. 하지만 우진은 일반적인 규격으로 재단할 수 없는 특별한 종류의 경험을 가지고 있었고, 때문에 그런 완벽한 조건을 가진 회사를 하나 알고 있었다. 내부자 이상으로 아주 빠삭하게 말이다.

"형, 혹시 성진건설이라고 알아?"

"성진… 건설?"

"응."

"처음 듣는데, 거긴 왜?"

"올 연말이나 내년 초쯤, 거길 한번 먹어볼까 하거든."

"뭐야, 벌써 구체적인 계획까지 있었어…?"

"흠, 구체적이라기보단… 무튼 이건 대외비야."

"그런데 대체, 갑자기 왜?"

"꿩 먹고 알 먹고."

"음…?"

"회사 규모도 키우고, 건설면허도 챙기고. 거기에 부족한 건설시공 실적이나 전문 인력도 추가로 확보하고."

"…!"

우진의 이야기를 듣던 진태는 적잖이 혼란스러운 표정이었다. 너무 갑작스럽기도 했고, 단 한 번도 생각해보지 못한 분야였으니 말이다. 우진이 한마디 덧붙였다.

"꼭 성진건설이 아니라도 어디든 괜찮은 건설사를 하나 인수해 보려고 해."

"우리 자본으로 가능할까?"

"충분히 가능해. 필요한 부분만 분할 인수하는 방법도 있으니까."

"으음…."

말꼬리를 흐린 진태는 다시 한번 생각에 잠겼다. 우진이 지금 하는 이야기를 절반 정도밖에 이해하지 못했으니 말이다. 건설면허 확보를 위해 기존 건설사를 인수하는 방식을 전에 못 본 것은 아니었으나 그냥 그런 케이스가 있다는 정도를 알고 있었을 뿐, 실제로 경험해본 적은 한 번도 없었으니까. 게다가 우진이 그리는 그림은 단순한 면허확보보다도 좀 더 큰 그림으로 보였으니 진태의 입장에선 생각할 게 많은 것이다.

'점점 더 스케일 커지네, 이거.'

하지만 이런 혼란스러운 감정 속에서도 놀라운 것은 우진이 이렇게 큰일을 벌이려 하고 있음에도 불구하고 딱히 걱정되거나 하지 않는다는 점이었다. 어찌 보면 이제 설립 반년 차의, 새싹이나 다름없는 회사인 WJ 스튜디오. 그런 초짜 회사가 다른 건설사를 인수합병할 생각을 하고 있음에도, 진태는 그게 결코 불가능해 보이지 않았던 것이다.

물론 WJ 스튜디오의 성장세가 워낙 대단했으며, 확보된 매출도 이미 새싹 수준을 넘기는 하였다. 하지만 진태가 걱정하지 않는 가장 큰 이유는 하나는 바로 WJ 스튜디오의 대표인 우진의 존재였다. 지금까지 우진이 보여준 능력과 치밀함은 진태에게 무한한 신뢰를 안겨주기 충분한 수준이었다.

"좋아, 한번 알아볼게."

"오케이, 급할 필요는 없으니까 짬 날 때마다 천천히 알아봐줘."

"법률사무소 쪽도 미리 컨택해놓을까?"

"그건 내가 할게."

"알겠어."

그리고 한 가지 더, 진태는 우진과 함께 일하기 시작한 뒤로 내면에 자신도 모르게 갖고 있던 야망을 깨닫는 중이었다. 프리랜서로 일하며 작은 울타리 안에 있을 때는 느끼지 못했던 무한한 가능성을 마주한 지금에서야 비로소 느낄 수 있게 된 커다란 웅심을 말이다.

그래서 우진으로부터 이런 새로운 사업적 방향성을 들을 때마다 진태는 미지의 것에 대한 어떤 두려움보다 기대감이 먼저 떠오르게 되었다. 그리고 진태가 생각할 때 이것은 분명 긍정적인 방향이었다.

'한 번 사는 인생. 망치만 두들기다 가는 것보다는 낫잖아?'

물론 인생을 두 번째 사는 우진 덕에 WJ 스튜디오의 이런 비상식적인 성장이 가능했던 것이지만 그런 것은 진태로서 알 수도, 알 필요도 없는 사실이었다. 지금 그의 눈앞에 있는 우진은 다른 모든 부분들을 떠나서 그에게 이런 큰 그림을 그릴 수 있게 해준 훌륭한 리더일 뿐이었다.

"본격적인 작업은 그럼, 내년 초부터라고 생각하면 되는 거지?"

진태의 물음에 우진이 고개를 끄덕이며 대답했다.

"맞아, 이르면 봄, 늦어도 여름 전엔 싹 다 마무리해서 가져올 거야."

진태는 기분 좋게 웃었다.

"알겠어, 기대되네."

"뭐가?"

"우리 회사, 내년엔 어떤 모습일지 말이야."

진태의 그 진심 어린 이야기를 들은 우진은 기분 좋은 표정으로 마주 웃을 수밖에 없었다. 진태는 지금 사실상 WJ 스튜디오에서 가장 큰 축을 담당해주고 있는 사람이었고 그런 그의 태도에서 이렇게 진심 어린 애사심이 느껴진다는 것은 오너인 우진의 입장에서 기꺼운 일이었으니 말이다.

'후후.'

그래서 우진은 대답했다.

"걱정하지 마, 형."

"뭘?"

"형이 뭘 얼마나 기대하든, 그 이상일 테니 말이야."

그가 생각하는 오너의 역할은 올바른 방향을 제시해주는 것임과 동시에, 그 길에 대한 확신을 심어주는 것이었다.

— * —

다시 목요일이 되었다. 어쩌다 보니 이번 주 목요일도 〈우리 집에 왜 왔니〉의 촬영이 있는 날이었다. 그래도 다행인 것은 오늘 촬영의 내용이 지난 촬영보다 훨씬 더 수월한 내용이라는 점이었다.

"이야, 우진 씨. 못 본 새에 신수가 더 훤해지셨네."

"거짓말 마시죠. 지금 다크서클 턱 밑까지 흘러 내려온 거 다 아니까."

"앗…! 빈말이긴 한데, 그냥 모른 척해주면 안 돼요?"

오늘도 〈우리 집에 왜 왔니〉의 촬영 현장은 무척이나 분위기가 좋았다. 그도 그럴 것이 지난 일요일 2화 방영 이후로 〈우리 집에 왜 왔니〉의 상승 기세가 더 무섭게 불타올랐던 것이다. 2화의 평균 시청률은 1화보다 더 높아진 13.6퍼센트였고, 순간 최고 시청률은 아예 18%를 넘어서면서, 말 그대로 기염을 토했으니 말이다.

게다가 고무적인 지표는 시청률뿐만이 아니었다. 지난 화를 시청할 수 있는 유료 다시 보기 횟수가 2화 방영을 기점으로 폭발적으로 증가하고 있었으니까. 그래서 〈우리 집에 왜 왔니〉 제작진은 요즘 축제 분위기일 수밖에 없었다. 요즘 공 PD는 피곤해서 뻗고 싶을 때마다 인터넷을 열어 '우리 집에 왜 왔니'를 검색해본다고 할 정도였다.

"진짜, 검색 한번 해보면, 바로 힐링이 된다니까?"

"그 정도예요?"

"설마 2화 방영 이후로 검색 한 번도 안 해본 거예요, 우진 씨?"

"아니, 하긴 했죠. 그런데 제가 바빠서…."

"와, 완전 서운해! 난 하루에도 오십 번 정도 검색하는데!"

너스레를 떠는 공 PD의 옆으로 다가온 촬영감독이 한마디 슬쩍 끼어들었다.

"거짓말 마세요, PD님."

"예?"

"PD님 하루에 오백 번 정돈 검색하시잖아요. 다 알아요."

옆에 있던 보조 PD도 불쑥 끼어들었다.

"아닐걸요? 제가 볼 땐 최소 천 번?"

"…."

공 PD의 멋쩍은 표정을 보며, 우진은 피식 웃을 수밖에 없었다. 사실 우진도 검색을 조금 한 것은 아니다. 방영 바로 다음 날인 월요일에는 생각날 때마다 수시로 인터넷을 들락거렸으니 말이다. 다만 공 PD와 검색의 포커스가 달랐을 뿐이었다.

공 PD를 비롯한 다른 제작진들은 방송에 대한 시청자 반응과 콘텐츠 평가 위주로 검색했다면 우진의 관심사는 오로지 카페 프레스코의 화제성이었으니 말이다. 물론 방송이 잘되는 것도 중요하다. 하지만 자신의 디자인이 얼마나 스포트라이트를 받았느냐가 우진에겐 더 중요한 문제였다.

"여튼. 이제 슬슬 촬영 시작하죠, PD님?"

"그러죠."

촬영감독의 말에 공 PD가 고개를 끄덕였고, 옆에 있던 우진은 조금 의아한 표정이 되었다.

"네? 아직 저 말고 아무도 안 왔는데요?"

우진이 당황한 것은 당연했다. 지금 촬영장에는 우진을 제외한 나머지 출연진이 아무도 안 온 상황이었으니 말이다. 하지만 공 PD는 웃으며 대답하였다.

"다른 분들은 3시에서 4시 사이에 오실 거예요."

"네?"

"오늘 촬영 절반은 우진 씨 혼자 할 예정이니까요."

"…?"

지난주 촬영과 마찬가지로 이번 주 촬영도 을지로의 목공방에서 진행된다. 콘텐츠도 지난번과 마찬가지로 재엽의 집 인테리어에 들어갈 가구를 제작하는 내용. 하지만 지난주와 다른 점은 오늘은 가구 제작을 거의 우진 혼자 진행한다는 점이었다. 물론 다른 출연진들도 거들긴 하지만 지난번처럼 모든 과정에 참여하는 것은 아니다.

재엽과 수하 그리고 리아의 진정성 넘치는 목공작업은 지난주에 이미 넘치도록 분량이 뽑혔으니 오늘은 그냥 우진 혼자서 최대한 빠르게 나머지 가구들을 제작하고 그 과정 위주로 카메라에 담기로 한 것이다. 나머지 출연진들이 좀 늦게 합류하는 것이 바로 그런 이유. 수하나 리아는 오늘도 지난번처럼 작업에 참여하고 싶어 했지만, 최대한 효율적인 촬영을 위해서 어쩔 수 없는 선택이었다.

촬영 시간이 늘어나면 그게 다 제작비가 되는 것이었고 무엇보다 지금 〈우리 집에 왜 왔니〉 제작진에게는 비축 영상이 많지 않았다. 이미 〈우리 집에 왜 왔니〉는 2회분까지 방영이 된 상황이었는데, 공 PD가 어제까지 편집 작업하던 영상이 고작 4화에 불과했으니까.

그래서 공 PD는 오늘 우진의 가구 제작 영상을 위주로 최대한 효율적인 촬영을 해서, 이것으로 6화 분량까지 뽑아낼 예정이었다. 그러기 위해선 오늘 남은 가구들을 전부 다 완성해야 했고, 그것이 우진 혼자 최대한 효율적으로 작업해야 하는 이유였다.

"우진 씨 가구 다 만들려면, 시간 얼마나 필요할 것 같아요?"

"음⋯."

"대충 저녁 10시? 11시? 다 완성하려면 그쯤은 되어야겠죠?"

공 PD의 물음에, 우진은 고개를 절레절레 저었다.

"아뇨."

"그럼⋯? 혹시 새벽까지 촬영해야 할까요?"

공 PD의 물음에, 촬영감독의 표정이 사색이 되었다. 야근을 넘어 새벽 근무를 좋아하는 직장인은 어디에도 없을 것이었다.

"하하. 걱정 마세요, PD님. 제가 오후 5시 안에 끝내드릴게요."

"네? 그게 가능해요?"

"저도 빨리 촬영 끝내고 집에 가고 싶다고요. 뭐 하러 거짓말을 하겠습니까."

우진은 오늘 촬영을 위해 남은 자재들을 사전에 싹 다 손질해놓은 상태였다. 직접 한 것도 아니었다. 바빠서 그럴 시간적 여유는 없었으니까. 다만 고재성에게 소정의 수고비를 입금하여, 시간을 아낀 것일 뿐. 공 PD에게는 굳이 말하지 않았다. 어차피 고재성이 큰돈을 받은 것도 아니었고, 괜히 이런 이야기를 하면, 예산을 떼어주겠다며 국장에게 보고를 올리러 갈 사람이었으니까. 어쨌든 그런 이유로 우진은 남은 가구들을 전부 다 완성하는 데까지, 대충 다섯 시간 정도면 충분할 것이라 판단하였다.

"자, 그럼 시작하면 되죠?"

우진이 다시 입을 열자, 공 PD가 조금 당황한 표정으로 고개를 끄덕였다.

"무, 물론이에요. 세팅은 돼있으니까요."

우진이 고개를 갸웃하며 다시 물었다.

"그런데, 무슨 문제라도…?"

"아주 사소한 문제가 있긴 해요."

"어떤 문젠데요?"

"우진 씨 말대로 그렇게 일찍 끝나면, 출연진 세 분을 좀 더 일찍 불러야 하니까요."

"아…."

잠깐의 혼란이 있었지만, 촬영 준비는 금방 되었다. 이어서 작업복으로 갈아입은 우진은 본격적으로 장비를 점검하기 시작하였고,

"적당히 설명 정도만 곁들이시면서, 작업은 최대한 효율적으로 해주세요."

"넵."

"촬영 팀이 알아서 다각도로 촬영할 테니까, 오늘은 촬영 편의 봐주실 필요 없어요."

"그럼 제가 설명하는 목소리가 그대로 방영되어 나가나요?"

"그건 아직 모르겠어요. 아마 내레이션 처리를 할 것 같은데, 우진 씨 목소리가 직접 나갈 수도 있고, 다른 목소리로 나갈 수도 있고요."

그렇게 우진의 〈우리 집에 왜 왔니〉 5번째 촬영이 시작되었다.

— * —

탕- 탕- 탕-

지이이잉-!

공방은 조용했다. 촬영 때문에 거의 스무 명에 가까운 사람이 들어와 있음에도 불구하고 공방 안에서는, 우진의 뚝딱거리는 소리 외에 아무 소리도 나지 않았다.

'이거, 예능 촬영 맞아?'

그리고 카메라에 시선을 고정시키고 있던 촬영감독은 속으로 헛웃음을 지을 수밖에 없었다. 오늘 찍는 것이 작업 과정을 빠르게 보여줄 짜깁기 영상의 소재라고는 하지만 다큐를 촬영할 때에도, 이렇게까지 정적으로 촬영하는 일은 드물었으니 말이다.

게다가 한 가지 더. 이 상황이 뭔가 아이러니한 이유는 조용한 가운데도 모든 제작진이 우진의 움직임에 집중하고 있다는 점이었다. 촬영을 잘하기 위한 집중이 아니었다. 그냥 우진이 뚝딱거릴 때마다 뭐가 하나씩 만들어지고, 또 그 부위들이 모여 가구가 완성 되니 그 광경이 신기한 나머지 다들 입을 반쯤 벌리고 구경 중이었 던 것이다.

마치 신들리기라도 한 듯 뚝딱뚝딱 목공작업을 하는 우진의 모 습은 목공에 대해 잘 모르는 사람이 봐도 경외감이 느껴지는 수준. 아마 짜깁기 편집이 아니라 그냥 쭉 이어서 방송에 내보내도, 시청 자들이 멍하니 구경할 수밖에 없을 것 같았다.

'진짜 목수들은 대단하구나.'

우진을 가만히 지켜보던 공 PD는 속으로 적잖이 감탄하고 있었 다. 이 영상이 아무리 훌륭해도 프로그램의 포맷상 전부 내보낼 수 는 없겠지만, 그래도 기존에 계획했던 분량보다는 더 많은 분량을 담게 될 것 같은 예감이 들었다. 그리고 제작진이 저마다 우진의 작업을 멍하니 구경하고 있던 사이 재엽과 리아, 그리고 수하가 차 례로 촬영장에 모습을 드러내었다. 공 PD가 전화를 돌린 뒤, 정확 히 두 시간 만에 도착한 것이다.

"지금 우진이 먼저 촬영 중인 거죠, PD님?"

"오, 다들 일찍 오셨네요."

공 PD의 말에, 재엽이 웃으며 대답했다.

"오늘 촬영 빨리 끝날 수 있겠다고, 빨리 오라 하셨잖아요."

"맞아요."

"그래서 셋 다 부리나케 달려왔죠."

"하하."

제작진과 인사를 나눈 세 사람은 촬영장 구석에 쓱 들어가서 우 진의 작업을 구경하기 시작했다. 세 사람이 촬영에 투입되는 것은 지금 촬영 중인 파트가 끝난 뒤였으니, 일단은 그들도 구경하는 것이다. 그리고 세 사람은 지금까지 제작진이 그랬던 것처럼 최면이라도 걸린 듯 우진의 작업을 지켜보기 시작하였다.

"와… 뭐 저렇게 작업속도가 빨라?"

"지난주에 우리랑 템포 맞춘다고 정말 속 터졌겠네, 우진이."

"그러게, 저기 뒤에 저 탁자는 뭐지?"

"헛…! 우리 오기 전에 벌써 탁자랑 의자는 완성한 것 같은데?"

"우와…!"

출연진들이 구경을 시작한 시점, 우진이 제작에 들어간 가구는 재엽의 집 거실과 부엌 사이에 놓이게 될 아트 월(Art wall)이었다. 직접 제작되어 들어갈 가구들 중 우진이 가장 디자인에 공을 많이 들일 가구이자 마지막으로 제작하는 가구. 그래서 도착한 출연진들을 발견한 우진은 공 PD에게 사인을 보냈다. 여기서 촬영을 한번 끊고 출연진들과 함께 작업하기 위해서 말이다.

"PD님, 여기서 한번 끊을까요?"

"나쁘지 않죠."

그가 디자인한 아트 월은 디자인에 공을 많이 들인 것과 별개로 작업 난이도는 가장 쉬운 가구였다. 작업량은 많았지만, 거의 단순 노가다에 가까운 것들. 그래서 우진이 생각하기에 이 마지막 가구들만큼은 혼자 작업하는 것보다 출연진들과 함께하는 게 오히려 더 속도가 빠를 것 같았다. 편집해서 내보낼 촬영 소스가 많아지는 것은 덤이었다.

"여기부턴 같이 작업할까?"

"오, 그래도 돼?"

"정말?"

우진의 부름에 출연진 세 사람이 신나서 촬영장 안으로 들어오자, 우진은 웃으며 작업 설명을 시작하였다. 카메라는 한 번 꺼진 적 없이 계속해서 촬영 중이었지만, 어차피 공 PD의 오케이 사인이 떨어졌으니 상관없었다.

"재엽이 형, 혹시, '스크랩우드'라고 들어봤어?"

"스크랩… 우드?"

"아트 월 마감재로 스크랩우드 느낌 나는 처리를 할 건데, 미리 설명을 좀 해야 할 것 같아서."

스크랩우드(Scrap Wood)란 목재를 스크랩(Scrap)한다는 의미에서 만들어진 디자인 용어다. 네덜란드의 산업디자이너들이 폐목재, 철재 등을 활용하여 업사이클링(Upcycling)* 디자인을 한 것에서 시작된 것으로 낡은 페인트 질감, 다양한 무늬와 색상의 나무 재질 등 여러 가지 목재들을 한데 스크랩하여, 빈티지한 분위기를 연출하는 데에 쓰이는 스타일리시한 마감재라 할 수 있었다.

하지만 지금 우진이 작업할 스크랩우드 방식의 마감은 업사이클링과 거리가 있었다. 여러 가지 목재들을 한데 스크랩한다는 개념은 같았지만, 그것이 결코 폐목재나 재활용품은 아니었으니 말이다. 우진은 네모난 각재들을 일정한 두께로 썰어서, 그것을 정해둔 패턴에 맞춰 이어붙일 생각이었다. 우진의 설명을 들은 재엽이 두 눈을 반짝이며 다시 입을 열었다.

"그러니까 우리는 썰고, 네가 이어 붙인다는 거지?"

"그런 셈이지."

수하가 팔을 걷어붙이며 다가왔다.

---

* 재활용품을 활용하여, 기존보다 가치가 더 높은 새 제품을 재생산하는 과정.

"그럼 한번 시작해볼까?"

이어서 공방 구석에 있던 커다란 톱을 들고 오는 리아. 리아를 발견한 우진이 기겁을 하며 그녀를 제지했다.

"아 누나, 진정해, 제발. 그거 아니야."

"왜? 썰어야 된다며. 톱으로 써는 거 아냐?"

"그 무식한 거로 언제 썰어… 기계로 하면 되니까 그건 내려놓고 오시죠."

오늘도 촬영은 유쾌했다. 다들 기분 좋은 가운데, 그림이 예쁘게 나오지 않을 이유는 없었다.

— * —

하루가 지나 금요일이 되었다. 우진은 학교에서 나와 신사동 가로수길로 향하는 중이었다. 물론 단순히 놀러 나온 것은 아니다. 다만 오늘 잡힌 미팅의 약속장소가 바로 이곳 가로수길이었을 뿐이다.

'흐음, 가로수길이라. 진짜 오랜만에 가보네, 여긴.'

하지만 일하러 나온 것임에도 불구하고 오늘은 아주 가벼운 마음으로 나온 우진이었다. 우선 미팅에서 만나기로 되어 있는 상대가 특별한 격식을 차릴 필요 없는 아주 편한 사람이었으며, 오늘 오전 학교에서 아주 기분 좋은 일이 있었으니 말이다.

'갑자기 교수님이 그런 제안을 해주실 줄은 몰랐지.'

우진은 사실 오늘 전공 수업이 하나도 없었다. 오전 교양수업만 제외하면 아무 수업도 없는 날이었던 것이다. 때문에 원래대로라면 학과장이자 건축조형 수업의 교수인 윤치형 교수를 만날 일은

없었다. 교양수업이 끝나고 주차장으로 향하는 길에 조교의 전화
가 오지만 않았더라도 말이다.

[서우진 학생 전화번호 맞죠?]

[네, 조교님. 어쩐 일이세요?]

[다름이 아니고 혹시 지금 학교에 있나요?]

[네, 방금 수업 막 마쳤습니다.]

[윤치형 교수님께서 찾으시는데, 잠깐 시간 내줄 수 있어요?]

[윤 교수님… 께서요?]

우진은 무슨 일인지 전혀 감도 오지 않았지만, 일단 학과장실로
향할 수밖에 없었다. 약속시간까지는 어차피 넉넉하게 시간이 남
아있었으니, 가지 않을 이유도 없었고 말이다. 그래서 도착한 학과
장실에서 우진은 윤 교수로부터 재밌는 제안을 받게 되었다.

"서우진이."

"예, 교수님."

"요즘 학교생활 힘들지?"

"네? 딱히 그렇지는…."

"수업 들어올 때마다 얼굴 누렇게 떠 있으면서."

"제가… 그랬나요?"

"회사 일 때문에 바쁜 거 다 아니까, 아닌 척하지 않아도 돼."

"…!"

윤 교수는 그동안, 우진의 회사에 대해 제법 알아본 모양이었다.
물론 지금 내부적으로 진행 중인 프로젝트들까진 알지 못했지만,
카페 프레스코부터 시작해서 WJ 스튜디오의 꽤 많은 포트폴리오
에 대해 알고 있었던 것이다. 그래서인지, 윤 교수는 우진에게 궁
금한 것이 무척 많아 보였다.

"사실 이해하기 힘든 부분이 많기는 한데… 자네 혹시 학부 생활 전에 해외에서 따로 건축학교라도 다닌 적이 있나?"

"그런 건 아니고, 현장에서 일을 좀 하긴 했습니다."

"무슨 일?"

"잡다하게요. 설계도 해봤고 시공도 해봤고, 감리도… 메인은 목공이었습니다."

"…."

윤 교수와 우진은 제법 긴 시간 동안 이야기를 나눴다. 궁금한 게 많은 윤 교수의 일방적인 질문들에 가까웠지만, 그래도 대화는 꽤 훈훈한 분위기 속에서 이어졌다. 윤치형 교수는 시종일관 우진의 작업물들에 대한 칭찬을 늘어놓았으니 말이다.

"카페 프레스코, 나도 주말에 한번 가봤다네."

"헛, 정말이세요?"

"와이프랑 드라이브할 겸 교외로 바람이나 좀 쐬러 나갈 겸 해서 말이야."

"드라이브하기에는 차가 좀 많이 막히셨을 텐데…."

"하하, 그래서 가는 길에는 조금 후회했네만… 괜찮네. 도착해서는 스트레스가 싹 다 날아갔으니까."

사실 우진에게 얘기하진 않았지만 치형은 〈우리 집에 왜 왔니〉도 첫 방송부터 빠짐없이 챙겨보는 중이었다. 물론 처음 보기 시작한 이유는 잠깐이나마 자신이 등장한다는 사실 때문이었지만 말이다.

"디자인은 좀 마음에 드셨나요?"

"마음에 들었냐고? 그런 생각은 해본 적 없네."

"네…?"

"그냥 감탄하기 바빴지. 아니, 놀라기 바빴다는 말이 더 정확한 표현이겠군. 솔직히 그냥 디자인만으로도 충격을 받았으니까."

"교수님 그건….."

"난 없는 말을 하지 않는다네. 그러니까 앞으로도 일 열심히 해. 학교 눈치 너무 보지 말고."

"그렇게 말씀해주시니… 감사합니다."

우진은 윤치형의 이야기가 진심으로 고마울 수밖에 없었다. 사실 학과장인 그의 입장에서는 요즘 들어 수업에 불성실한 우진의 모습이 얼마든지 고까울 수도 있었을 텐데 우진에게 눈치를 주기는커녕, 진심으로 응원해주는 느낌을 받았으니 말이다. 하지만 윤치형이 단지 우진을 칭찬하기 위해 학과장실까지 부른 것은 아니었고, 그렇게 기분 좋은 대화의 끝에서 치형은 본론을 꺼내놓았다.

"오늘 자네를 보자 한 것도 사실 그 때문이야."

"그건 무슨 말씀이십니까?"

"솔직히 지금 자네한테 1학년 전공 수업 절반은 의미 없지 않나?"

"…!"

"내가 학과장으로서 자네랑 딜을 하나 해볼까 하는데."

윤치형의 제안은 다른 것이 아니었다. 우진이 출석 여부와 관계없이 학사경고를 면하게 해주겠다는 것. 그러니까 시험만 나쁘지 않게 보면, 최소 D 이상의 학점을 보장해주겠다는 것이다. K대학교의 학칙상 C등급부터는 인원이 정해져 있는 상대평가였지만, D~F까지의 학점은 교수 재량으로 절대평가가 가능하다.

다른 학생에게 피해 주지 않고도 교수가 보장해줄 수 있는 학점이라는 이야기. 그리고 이 제안은 우진에게 혹할 수밖에 없는 것이었다. 어차피 자기 사업체를 운영하는 우진의 입장에서 딱히 학점은 필요하지 않았고, 졸업할 때까지 모든 수업을 정상적으로 이수할 수 있기만 하면 됐으니 말이다.

우진이 학교에서 얻고자 하는 것은 현장에서 배울 수 없었던 각종 디자인 툴들과 학문적인 지식들. 그러니까 윤치형의 제안대로라면 우진은 이제 듣고 싶은 수업만 들으면 되는 것이다. 덤으로 졸업장까지 무리 없이 받을 수 있을 테니 우진은 아쉬울 게 없었다.

"저야 그럼 너무 감사한데….."

"물론 그냥 해주겠다는 건 아니야. 그건 형평성에 어긋나는 일이니까."

"그렇겠죠."

세상에 공짜는 없다. 때문에 우진은 윤 교수가 어떤 것을 원할지 조금 긴장했다. 이 정도의 특전이라면 꽤 곤란한 부탁을 할지도 모른다고 생각했으니까. 그런데 윤 교수의 말이 점점 더 이어질수록 우진은 점점 더 눈이 휘둥그레질 수밖에 없었다. 앞서 얘기해준 특전만 해도 우진은 감지덕지했는데, 윤 교수가 대가로 바라는 부분마저 우진에게 전혀 손해될 것이 없는 내용이었으니 말이다. 윤 교수의 제안은 바로 다음과 같았다.

[자네, 혹시 우리 학교에 있는, 산학협력이라는 제도에 대해 아는가?]

[네? 잘 모르겠습니다.]

[모르는 게 당연하겠지. 작년에 처음 생긴 제도라, 모르는 교수들도 많으니까.]

산학협력이란, 기업과 교육기관 사이의 제휴와 협력을 의미한다. 교육이나 연구 활동 등에서 생산성의 향상을 위해 상부상조하는 것이다. 그리고 이번에 생긴 K대의 산학협력제도란 제휴된 회사에서의 활동을 수업으로 대체하여 그것을 학점으로 인정해주는 방식의 제도였다.

각 학과의 분야와 관련된 수업을 현장에서의 실습으로 대체하는 개념인 것이다. 학생의 입장에서는 학교에서 경험하기 힘든 현장 경험을 얻을 수 있어 좋았고 학교의 입장에서는 교육에 필요한 인적자원을 아낄 수 있어서 좋았으며 기업의 입장에서는 낮은 비용으로 인력을 수급할 수 있어 좋은, 그런 제도. 그리고 이 제도 안에서 윤치형 교수가 우진에게 제안한 것은 바로 WJ 스튜디오와 K대 공간디자인학과 간의 산학협력이었다.

"사실 작년에 생긴 제도지만, 아직까지 유명무실하다네."

"되게 괜찮은 제도인 것 같은데, 어째서 그럴까요?"

"아직 학생들의 입장에서 생소하기도 하고, 기업들의 입장에서도 조금 회의적으로 느껴지는 모양이야."

"음…."

"학부생들을 데려다 쓰면 일단 가르치기부터 해야 할 텐데, 그렇다고 해서 애들이 풀타임으로 회사에 근무할 수도 없는 노릇이잖아?"

"아무래도 그렇죠. 수업을 들어야 하니…."

"가르치다가 끝날 것 같은 거지. 제대로 써먹어보지도 못하고."

윤 교수의 입장에서는 신생이지만 가능성이 무궁무진해 보이는 우진의 회사가, 이 제도와 함께 성장해나가기 적합해 보였던 것이다. 이것은 우진을 '학부생'이라는 색안경 없이 봤기에 가능한 판단이었다.

"하지만 시스템을 한번 잘 갖춰놓으면, 장기적으로 아주 괜찮은 제도가 될 것이라 생각하네."

"저도 그렇습니다."

"해서 자네도 이 시스템을 만드는 데… 한 손 보태주는 건 어떻겠는가?"

윤 교수의 말에 의하면, 지금도 제휴되어 있는 회사가 없는 것은 아니었다. K대 디자인과의 교수들은 다들 기업과의 연결고리도 적지 않은 사람들이었으니 말이다. 하지만 큰 기업들은 컨트롤하기도 쉽지 않았고 자세도 워낙 고압적이다 보니 학과장인 윤치형 교수의 입장에서는 스트레스였던 것 같았다. 심지어 담당자조차 제대로 배정해주지 않는 기업들도 많았으니까.

"저도 분명 해보고 싶고, 좋은 제도라고 생각하긴 하는데….''

우진은 여기까지 들었을 때도, 치형의 이야기가 분명히 좋은 제안이라 생각했었다. 하지만 한 가지, 부담스러운 부분이 있었다.

'다 좋은데… 일 학년인 내가 선배들을 데려다 써야 하잖아?'

물론 이미 자신보다 나이 많은 직원들을 잘만 부리고 있는 우진이다. 하지만 첫 만남 때부터 상하 관계인 직원들과 이미 학교에서 선후배 사이로 만난 선배들은 나이를 떠나 조금 다른 문제라고 할 수 있었다. 신입생인 우진의 입장에선 꺼림칙할 수밖에 없는 것. 그러나 다행히도 치형의 이야기는 여기서 끝이 아니었다. 우진이 뭐 때문에 망설이는지 정확히 짚어낸 것이다.

"하하, 자네가 뭘 고민하는지 아네."

"예?"

"하지만 걱정할 필요 없어. 당장 학생들을 데려다가 쓰라는 것은 아니니까."

"그럼요?"

"일단 이번에는 제휴만 하고, 본격적인 산학협력 진행은 내후년부터 시작하면 어떤가? 이제 1학년인 자네의 입장에선, 사실 좀 난감할 수 있다는 걸 나도 알고 있거든."

그래서 결론적으로 윤 교수의 제안은 무척이나 합리적인 것이었다.

"해서 만약 자네가 이 제안을 받아들인다면… 일단 내년까지 WJ 스튜디오와 우리 공간디자인과의 산학협력을 통해 학점을 이수하는 학생은 자네 하나뿐일 예정이라네."

"…!"

"그럼 자네는 2학년 1학기부터, 6학점 정도를 덜 들어도 되겠지."

"그게 정말입니까?"

"대신 자네가 3학년이 된 뒤에는 적극적으로 이 산학협력에 협조해줘야 하네. 어떤가?"

대표이기는 하지만, 어쨌든 우진도 WJ 스튜디오의 임직원 중 한 명이다. 때문에 우진이 산학협력을 이행하는 학생이라고 해도 제도상 전혀 문제 될 것이 없었다. 그리고 이렇게 되면 회사에서 일하는 것으로 전공 수업 두 개 이상을 때울 수 있는 셈이었으니 우진의 입장에서는 거절할 이유가 없는 것이다.

'오히려 내가 꼭 좀 해달라고 부탁드려야 될 수준이었지.'

게다가 '산학협력'이라는 제도의 취지와 가능성 또한, WJ 스튜디오의 미래에 보탬이 될 만한 것.

'내후년부터는 윤 교수님께 적극 협조해드려야겠지만… 그것도 회사 차원에서 나쁠 게 없는 일이고.'

K대 디자인학부 학생들은 디자인이라는 카테고리 안에서 놓고 보면 한국 최고의 엘리트들이다. 산학협력을 진행한다면, 그런 재원들을 낮은 비용으로 데려다 쓰며 회사에 맞는 인재들을 미리 선점할 수 있는 것이다. 해서 우진은 윤 교수가 내민 손을 넙죽 붙잡을 수밖에 없었다.

"제안 주셔서 감사합니다."

"그럼, 하는 거지?"

"당연합니다. 교수님도 어차피 제가 할 거라고 생각하신 것 아닙니까?"

"하하, 그야 그렇지."

"다음 주에 바로 담당자 한 명 배정해서 과 사무실로 연락드리도록 하겠습니다."

"좋아, 좋아. 역시 서우진이, 빠릿빠릿해서 좋구먼."

운전 중에 윤치형 교수와의 대화를 복기한 우진은 절로 기분 좋은 표정이 되었다.

"진짜 이게, 웬 떡이냐."

생각하면 생각할수록, 우진의 장기적인 플랜에 너무 도움 되는 제안이었으니 말이다. 최근 시간과 일에 쫓겨 숨 막힌 일상을 보내던 우진에게 말 그대로 숨통을 트여주는 제안이라고 해야 할까.

"호호."

때문에 신사동으로 진입하는 한남대교가 꽉 막혀있음에도 불구하고, 우진은 콧노래를 흥얼거릴 수 있었다.

"어디 보자, 약속시간도 대충 맞게 도착한 것 같고…."

밀리는 대로를 뚫고 가로수길 공영주차장을 찾아 들어간 우진은 차를 대고 약속장소로 걸어 들어가기 시작하였다. 평일 대낮임에도 불구하고, 가로수길은 꽤 많은 인파로 북적이고 있었다.

'자, 어디 보자… 지도상으로 이쪽이었던 것 같은데.'

그렇게 차를 댄 뒤 5분 정도 걸었을까? 우진의 귓전으로 익숙한 목소리가 들려왔다.

"어, 우진! 여기, 여기!"

"뭐야, 누나 빨리 왔네?"

목소리의 주인공은 다름 아닌 유리아. 오늘 우진과 미팅이 잡혀 있던 클라이언트는 바로 가로수길 건물주 유리아였던 것이다.

피날레 Finale

우진과 유리아는 이제 꽤나 친해진 상태였다. 워낙 바쁘다 보니 촬영 때가 아니면 자주 만나지는 못했지만, 카페 프레스코 가맹과 관련된 일 때문에 종종 개인적인 연락도 주고받으면서 금세 친해진 것이다. 하지만 그것과 별개로 이렇게 둘이서만 따로 만난 것은 처음이었다. 어차피 오늘의 만남도 일 때문이기는 했지만 말이다.

"이야, 이 건물이야, 누나?"

"맞아, 이면도로 안쪽이라 조금 아쉽긴 한데 상권 괜찮은 구역의 코너 라인이라서 눈 딱 감고 질렀어."

우진과 리아가 만난 약속장소는 그녀가 가로수 길에 매입했다는 건물의 바로 앞이었다. 그리고 건물 앞에 도착하자마자 우진은 본능적으로 주변을 살피고 있었다. 부동산의 가치를 분석하는 것은 그의 오랜 직업병 같은 것이었다.

'오, 직접 임장(臨場)* 와보니까 더 좋은데?'

---

* 현장에 직접 나와 봄.

부동산을 분석할 때에는, 지도로 보이지 않는 부분들이 있다. 기본적으로 상권이 그러했고 지형이나 건물의 노후도가 그러했다. 물론 몇 년만 지나도 로드뷰나 항공뷰가 기가 막히게 이미지로 보여주면서 사이버 임장으로 볼 수 있는 정보량이 많아지게 되지만, 적어도 2010년에는 아직 시간이 좀 더 필요한 일이었다.

　'진짜 제대로 샀네. 어지간한 대로변 건물보다 수익성 좋을 것 같은데?'

　언제나처럼 후드를 깊게 눌러 쓴 리아를 따라, 우진은 건물 안으로 들어섰다. 건물은 외관 공사만 끝난 상태여서 내부가 휑했지만, 두 사람 마주 앉을 탁자와 의자 정도는 놓여있었다. 이전에 건물을 사용하던 업장에서 남겨놓고 간 낡은 가구들. 아마 외관 리모델링 공사하던 인부들이 쉬는 시간에 썼던 모양이었다.

　"여기 너무 누추한가? 인근 카페라도 갈까?"

　리아의 말에 우진은 고개를 절레절레 저었다. 그녀가 이 안으로 들어온 이유를 잘 알고 있었으니 말이다.

　"누추하다니, 수십억 넘을 가로수길 건물인데."

　"수십억이든 수백억이든. 지금은 누추하지, 뭐."

　"괜찮아, 누나. 나도 사람 없는 여기가 얘기하기 편해. 가로수길 카페는 조용한 데가 없더라고."

　아무리 후드를 눌러 쓰고 있어도, 오랜 시간 한자리에서 미팅하다 보면 어쩔 수 없이 리아를 알아보는 사람들이 생기게 된다. 그리고 현재 연예계 최고 주가를 달리고 있는 그녀의 얼굴이 드러나면 너무 많은 사람들이 몰리게 될 게 뻔했다. 그럼 일 얘기 같은 것은 할 수 없게 될 게 분명했다.

　"그나저나 이 건물은 부동산 컨설턴트가 알아봐준 거야?"

리아가 고개를 끄덕이며 대답했다.

"뭐, 비슷해. 물건 한 다섯 개 정도 브리핑받았는데, 내 눈에는 여기가 제일 마음에 들더라고."

우진은 고개를 끄덕였다. 우진도 돈만 있었다면 바로 지르고 싶을 정도로 탐나는 위치의 탐나는 건물이었으니까. 게다가 그는 리아가 이 건물을 얼마에 매입했는지도 대략 알고 있었는데, 값도 아주 합리적인 수준이었다.

'나도 조만간….'

그리고 이런 생각을 함과 동시에, 우진은 유리아의 보는 눈이 제법 괜찮다는 생각을 했다. 아무리 부동산 컨설턴트가 매물을 물어다 준다고 해도, 이렇게 괜찮은 물건을 고르는 안목은 본인이 가지고 있어야 했으니까. 애초에 안목이 없다면 눈탱이 맞기 정말 쉬운 게 부동산이었다.

'이런 게 감이겠지? 돈 되는 자리를 찾아가는 감.'

하지만 아무리 감이 좋다고 해도, 감에만 의존하는 투자에는 한계가 있다. 그래서 우진은 슬쩍 한 가지 팁을 알려주기로 했다.

"누나."

"응?"

"나중에 여유 좀 생기면, 이 반대편 대로변 건물도 하나 사봐."

"대로변?"

"응, 이 건물이랑 등 맞대고 있는 거."

"야, 대로변은 넘사벽이야 넘사벽. 여기랑 가격대가 또 틀려."

그 말이 장난이라 생각했는지, 리아가 너스레를 떨었지만 우진은 결코 그냥 한 말이 아니었다. 그래서 그는 설명을 좀 더 덧붙였다.

"대로변에 이만한 사이즈로 사면, 당연히 세 배는 비싸지."

"그럼?"

"내가 오면서 봤는데, 대지 40평 정도밖에 안 되는 작은 건물이 누나 건물이랑 붙어있더라고."

"그래? 그걸 사라고?"

"응. 아마 면적이 좁아서, 누나 건물보다도 더 쌀 거야."

"그렇긴 하겠지만… 대체 왜?"

우진은 펜을 꺼내어, 탁자 위에 놓여있던 이면지 위에 그림을 그리기 시작했다. 기왕 하나 알려주기로 한 거, 좀 더 자세히 알려줄 요량이었다.

"이게 누나 건물이고, 이게 대로변 작은 건물이야."

"흠…?"

"만약 누나가 이 작은 물건을 사서, 같이 허물고 'ㄱ'자로 생긴 건물을 짓는다고 쳐."

"응?"

우진이 작은 건물을 그린 대로변 방향에 화살표를 하나 추가로 그렸다.

"그리고 정문을 대로변 쪽으로 내면…."

"…?!"

"이제 좀 감이 와?"

우진의 말을 듣던 리아의 두 눈이 휘둥그레 커졌다. 그림으로 보는 순간 아리송하던 우진의 이야기들이 확 이해되었으니 말이다.

"이렇게 연결하면… 누나 건물은 더 이상 이면도로 건물이 아니야. 입구만 대로변에 뚫려 있으면, 그게 바로 대로변 건물이니까."

생각지도 못했던 우진의 이야기에 리아는 충격받은 표정이 되었다. 우진의 말대로 정말 대로변 건물을 사다가 하나의 건물로 합쳐 짓는다면 건물 가치가 엄청나게 상승할 테니 말이다. 이건 부동산에 빠삭하지 않은 리아가 보기에도 너무 당연한 이치였다. 리아가 놀라는 동안 우진의 말이 다시 이어졌다.

"누나 건물은 대지가 넓은데 이면도로라서 가격이 쌌고, 내가 말한 저 건물은 대로변이지만 면적이 워낙 좁아서 쌀 거야. 위치가 아무리 좋다고 해도, 저 면적에 입점할 수 있는 업종이 거의 없으니까."

리아가 미리 가져다 놓은 캔커피를 따서 한 모금 마신 우진이 천천히 다시 말을 이었다.

"만약 내가 말한 대로 되기만 하면… 누나가 들인 돈의 세 배 정도까지도 건물 값이 올라갈걸? 이것도 아주 보수적으로 책정한 값이야. 물론 확실한 투자인 것과 별개로, 쉬운 일은 아니지. 일단 저 건물 주인이 팔려고 할지도 모르는 데다, 누나 생각을 알면 후려치려 할 수도 있으니까. 순조롭게 산다고 해도, 입점 중인 세입자들 명도(明渡)*하는 데도 꽤 시간이 필요할 테고."

우진의 말은 여기서 끝났다.

리아가 부동산에 대한 지식이 아예 없는 것도 아니었으니, 이 정도 풀어서 설명했으면 이해했을 것이라 생각한 것이다. 그리고 우진의 생각처럼 그의 말을 전부 이해한 리아는 곧 탄성을 터뜨릴 수밖에 없었다.

"진짜 미쳤다. 이런 생각은 어떻게 하는 거야 대체?"

리아의 감탄에 우진은 웃으며 고개를 저었다.

---

* 토지, 건물 등을 점유하고 있는 자가 그 점유를 타인의 지배하에 옮기는 것.

"누가 들으면 나만 아는 건 줄 알겠다."

"그럼, 다들 알아? 이런걸?"

우진이 고개를 끄덕였다.

"당연하지. 누나한테 건물 소개해 준 컨설턴트도 이 정도는 알고 있을걸?"

"그 사람이야 전문가잖아."

"나도 전문간데?"

"하, 할 말 없게 만드네."

우진과 리아는 각자 커피 캔을 한 모금씩 들이마시며 기분 좋게 이야기를 나눴다. 시작은 리아의 건물에 대한 이야기로 했지만 일상부터 시작해서 촬영 얘기까지, 사소한 대화를 나누며 웃고 떠든 것이다. 하지만 결국 두 사람의 이야기는 다시 일 얘기로 돌아올 수밖에 없었다. 시간 내서 만나 잡담만 떠들다 헤어지기엔 둘 모두 바쁜 사람들이었으니 말이다.

"그래서, 직접 와보니까 어때?"

"어떻긴, 좋다니까?"

"아니, 디자인하셔야 할 것 아닙니까요, 대표님. 삼송역 1호점처럼, 감성 터지게 만들어줄 수 있겠어?"

리아의 이야기를 듣던 우진은 헛웃음을 지었다. 두 눈을 반짝이며 얘기하는 모습에서 그녀의 적지 않은 기대가 느껴졌으니 말이다.

"물론이야. 솔직히 내가 생각했던 것보다, 건물 컨디션이 더 좋아."

"그래?"

"연식이 한 20년 됐다고 해서, 건물 자체에는 사실 별 기대 안 했거든."

"내가 리모델링 공사한다고 했잖아."

"놉, 내가 말하는 건 구조적인 부분을 말하는 거야."

"구조?"

"리모델링한다고 해도, 뼈대가 바뀌는 건 아니잖아."

"아하."

"옛날 건물이라 구조가 나쁜 줄 알았어."

"그런데, 괜찮아?"

"응, 솔직히 10년 안 된 건물이라고 해도 믿을 정도야."

우진은 리아에게 빈말을 한 게 아니었다.

실제로 이 이야기를 하면서도 계속 메모장에 뭔가를 적어 넣고 있었으니 말이다.

"공사는 얼마 정도 걸리겠어?"

"한… 한 달?"

"삼송 쪽은 3주 만에 했다며."

"누나 건물은 층이 높잖아."

"음… 그런가?"

"5층까지 싹 다 하려면, 한 달은 잡아줘야 해."

우진은 건물 여기저기 살피며 계속해서 메모를 했다. 그리고 디자인 방향성에 대해, 리아에게 의견도 종종 물어보았다.

"물주님, 루프탑은 어쩌시렵니까."

"루프탑?"

"옥상 말하는 거야."

"음…."

"선택지가 두 개 있어."

"뭔데?"

"하나는 조경 좀 넣어서 정원처럼 꾸미는 거고 하나는 위에 절반쯤 가림막 쳐서, 자릿수를 더 늘리는 거야. 반 정도 야외 느낌 나는 테라스가 되는 거지."

우진은 디자인 제시를 할 때면, 미리 가져온 레퍼런스 이미지들을 리아에게 꼼꼼히 보여주었다. 그리고 그런 우진의 태도에, 리아는 적잖이 만족하였다. 친분이 있는 사이라고 해서 프로페셔널함을 잃지 않았으니 말이다.

"와, 이거 선택 장애 오네. 루프탑 테라스도 좋은데, 정원도 좀 끌려."

"사실 실용성으로 따지면 정원보단 테라스야."

"왜?"

"일단 자리가 늘고… 정원에 비해 관리도 편하지."

"자리는 이미 충분하지 않을까? 5층까지 있는데?"

"누나, 삼송역 1호점 못 봤어?"

"하긴…."

"게다가 여긴 가로수길이야. 모르긴 몰라도, 삼송보다 더 많이 몰릴걸?"

우진은 리아를 데리고 건물 옥상부터 1층까지 차례대로 이동하며, 꼼꼼히 디자인에 대한 브리핑을 하였다. 그리고 우진의 얘기가 전부 끝났을 때, 어느새 바깥은 조금씩 어둑해지고 있었다. 날이 쌀쌀해지면서 해가 짧아진 탓도 있었지만 우진과 벌써 네 시간이 넘게 미팅을 한 것이다.

"그럼, 이걸로 마무리?"

"오케이, 충분해."

"1호점보다 더 예쁘게, 알겠지?"

"아까는 1호점만큼만 해달라며."

"생각이 바뀌었어."

"흐흐, 알았어. 최대한 노력해볼게."

"재엽 오빠처럼 웃지 말고. 느끼하니까."

"너무하네. 날 재엽 형 같은 아재로 취급하는 거야?"

"응."

"…."

실없는 대화를 나누며 1층으로 다시 내려온 우진과 리아는 구석에 놓아두었던 짐을 챙겨 들었다. 그리고 먼저 건물 밖으로 나서던 리아가 문득 우진을 돌아보며 물었다.

"차는 어디에 댔어?"

"아, 요 뒤쪽 공영주차장에. 누나는?"

"난 매니저 오빠가 데리러 올 거야."

"아하."

그런데 그때.

꼬르륵-

리아의 뱃고동 소리가 조용한 가운데 갑자기 울려 퍼졌다.

"…."

다음 앨범 컴백 준비를 앞두고 다이어트 중이던 리아의 뱃속에서, 굶주린 장기들이 비명을 지른 것이다. 마침 대화도 멈춘 상태였던 탓에 모른 척해주기도 어려울 정도로 커다랗게 울려 퍼진 뱃고동 소리. 잠시 어색하게 웃은 리아가 우진을 향해 물었다.

"뒤에, 일정 있어?"

"나?"

"여기 너 말고 또 누가 있냐."

"없어. 오늘은 퇴근이야."

"그럼… 저녁이나 같이 먹을까?"

의외의 제안에 우진은 살짝 멈칫했다. 리아와 밥 한 끼 하는 게 그리 대수로운 일은 아니지만, 그래도 다른 사람 없이 둘이 먹는 건 처음이었으니 말이다.

"매니저 형이 데리러 오신다며?"

"아직 안 불렀어."

하지만 마침 우진도 배가 고파서 딱히 거절할 이유는 없었다. 사실 2010년을 살고 있는 건장한 성인 남성이라면, 유리아가 저녁을 먹자는데 마다할 사람은 없을 것이다. 이미 친해진 우진이 아니라 평범한 20대 남성이었다면 아마 방금 배 터지게 밥을 먹은 상태였어도 허겁지겁 따라갔을 터였다.

"뭐, 좋아. 그런데 어디서? 좀 프라이빗한 곳으로 가야 할 것 아냐?"

우진의 물음에 리아가 피식 웃으며 그의 옷소매를 잡아끌었다.

"당연하지. 따라와."

"차 없잖아?"

"네 차로 가는 거야. 안내는 내가 할 테니까, 운전은 네가 해."

"계산도 누나가."

"콜."

그렇게 리아가 데려간 그녀의 단골 레스토랑은 당연히 맛있었다. 숨겨진 맛집의 느낌이라기보다는 비싼 값을 하는 파인다이닝(Fine dining)이었달까? 그렇게 우진의 오늘 하루는 리아에게 저녁을 얻어먹는 것으로 마무리되었다. 생각지도 못했던 윤치형 교수의 제안부터 시작해서, 미녀에게 공짜로 얻어먹는 비싼 저녁 식사까지. 우진이 생각하기에 오늘은 정말 흠잡을 곳 없이 완벽한 하루였다.

10월의 피날레 Finale

　오랜만에 모국 스페인에 돌아갔던 브루노 산체스(Bruno Sanzchez)는 보름 정도의 휴가 끝에 다시 서울로 돌아왔다. 그가 설계한 '글래셜 타워'의 시공조율이 전부 끝나서 휴가를 갔었지만, 슬슬 마감 공사가 시작되면 다시 감리를 해야 했으니 말이다. 하지만 그렇다고 해도 보름 만에 돌아온 것은 사실 원래의 일정보다 훨씬 더 빠른 것이었다.

　원래대로라면 보름이 아니라 한 달 정도를 쉬고 돌아와도 일정에 충분한 여유가 있었으니까. 그가 일찍 돌아온 데에는 당연히 이유가 있었다. 그것은 바로 갑작스럽게 잡힌 미팅. 이번에 그에게 들어온 디자인 의뢰는 역세권의 복합 쇼핑몰이었다.

　'복합 쇼핑몰이라… 쇼핑몰 설계는 또 처음인데 말이지.'

　사실 아직 그가 설계를 맡게 되는 것이 확정적인 상황은 아니었다. 이번 건은 워낙 덩치가 큰 사업이다 보니 설계의뢰가 한 곳에 들어간 게 아니었으니까. 브루노는 단지 의뢰를 받은 디자이너 중 한 사람이었다.

　물론 설계가 채택되든 되지 않든 콘셉트 디자인과 제안서에 대한 어느 정도의 피(Fee)는 받게 된다. 하지만 그 소정의 수수료나 받자고 브루노가 보름이나 일찍 한국에 들어오는 것은 아니었다. 이번 의뢰는 설계에 대한 어떤 대가를 떠나 개인적으로 욕심나는 프로젝트였다.

'설레는군. 한국에서 이런 기회를 얻게 될 줄이야.'

브루노는 어떻게든 이번 설계권을 따고 싶었다. 복합몰의 위치부터가 서울의 중심지인 왕십리였으며, 잘만 설계하면 서울의 랜드마크 중 하나가 될 수 있을 만큼 규모도 컸으니까. 게다가 결정적으로, 브루노는 언젠가 이런 대형 몰(Mall)을 설계해보고 싶다고 꽤 오래전부터 생각하고 있었다. 그것은 자신의 포트폴리오를 더 다양한 건축물로 채우고 싶은 건축 디자이너로서 욕심의 일환이었다.

'미팅까지는 3일 정도 남았으니까, 준비할 시간은 충분해.'

드르륵-

커다란 캐리어를 끌고 비행기에서 나오는 브루노의 표정은 무척이나 밝았다. 한국에 들어올 때마다 생각하는 거지만, 작년에 오픈했다는 인천국제공항은 그가 경험한 세계의 그 어떤 공항보다도 편리하고 아름다운 것 같았다.

'입국심사도 간편하고….'

입국심사장까지 통과해 나온 브루노는 자판기에서 커피 한 잔을 뽑아 마시며 로비 의자에 앉았다. 공항에 그를 데리러 나오기로 한 사람이 있었기 때문에 잠시 앉아 시간을 때워야 했다. 시계를 확인한 브루노가 고개를 절레절레 저으며 중얼거렸다.

"도착이 지연된 적은 있어도 예정시간보다 20분이나 빨리 도착하다니… 이런 건 또 처음이네."

딱히 할 일도 없었던 브루노의 두 눈이 자연히 로비 정면에 설치되어있는 커다란 스크린을 향했다. 그곳에서는 한국 예능인 듯 보이는 TV 프로그램이 재방송 중이었다.

"흠…."

브루노는 한국말을 잘하지는 못했지만, 그래도 완전히 모르는 것은 아니었다. 한국 업체와 일을 오래하다 보니 자연스레 한국어를 조금씩은 배우게 된 것이다. 간단한 대화 정도는 어눌하게나마 할 수 있었으며 듣는 것만 놓고 보자면 일상적인 수준의 이야기들 정도는 거의 알아들을 수 있는 수준. 그래서 가끔 공부 겸 한국 TV 프로들을 보곤 했던 브루노는 자연스레 화면에 집중하기 시작했다. 그런데 잠시 후,

"으음…?"

뭔가 의외의 것을 발견했는지 브루노의 주름진 미간이 살짝 좁혀졌다.

'잠깐. 저 친구, 어째서 낯이 익는 거지?'

브루노의 시선이 닿은 곳은 화면 안에서 뭔가를 열심히 설명하고 있는 한 청년의 모습이었다. 한국의 연예인들을 잘 알지 못하는 그로서는 화면 안의 남자가 낯익은 것이 의아할 수밖에 없는 것. 하지만 브루노의 고민은 그리 오래 이어지지 않았다. 화면이 그의 얼굴을 좀 더 크게 확대한 순간 낯익음의 정체에 대해 곧바로 깨달을 수 있었으니 말이다.

"아하, 그때 그 디자이너!"

브루노가 스페인으로 휴가를 다녀오기 전 심사위원으로 참여했던 공모전 SPDC에서 그를 무척이나 놀라게 해주었던 한 젊은 디자이너. 휴가 동안 잊고 있었던 그 얼굴이 어렵지 않게 떠오른 것

이다. 브루노는 그의 이름까지도 기억하고 있었다.

"하하. 그래, 맞아. 우진이라는 친구였지."

그의 얼굴을 TV에서, 그것도 예능 프로그램에서 보게 될 줄은 몰랐지만 그래도 브루노는 무척이나 반가웠다.

그리고 그와 동시에 잊고 있던 한 가지 약속이 떠올랐다.

'이번 미팅이 끝난 뒤에는 우진과 그의 친구들을 사무실로 초대해야겠어.'

오랜만에 한국의 어린 디자이너들과 만날 생각에 조금 더 기분이 좋아진 브루노였다.

— * —

제이든은 한 달에 한 번 정도는 꼭 자신의 집에서 홈 파티를 연다. 사실 홈 파티라고 해 봐야, 고등학교 때 친구들을 불러 치킨과 피자를 시켜다 놓고 게임하는 것이었지만 그래도 이것은 제이든에게 꽤 중요한 월례행사였다.

"와썹, Bros!"

"제이든, 콩글리쉬 할 거면 그냥 영어나 한국어 둘 중 하나만 쓰랬지."

"시룬데! I'm British Korean! 이게 내 정체성이라고."

"정체성? 그게 뭔데?"

"Identity."

"젠장, 어려운 한국말을 제법 잘하는군. 피자는 시켜뒀지?"

"물론!"

"페퍼로니 토핑 추가에 윙봉도?"

"Okay."

"좋아. 완벽해."

친구들이 하나씩 집에 도착할 때마다 제이든의 기분이 한 계단씩 상승했다. 사실 제이든은 외로움을 잘 타는 성격이었다. 부모님이 영국으로 넘어가신 뒤로 칠십 평도 넘는 넓은 집에서 혼자 살다 보니, 어쩌면 제이든의 외로움은 당연한 것인지도 몰랐다. 최근에는 베스트 프렌드가 된 석현이 제집 드나들 듯 제이든의 집에 놀러 오곤 했지만 그것으로 제이든이 만족할 리 없었다.

"자, 미리 말했지만 오늘은 로즐리가 나랑 한 팀이야."

"좋아, 그럼 나는 루시우랑 팀이군."

"Good."

항상 제이든의 홈 파티에 빠지지 않고 오는 3인방은 제이든과 마찬가지로 영국 국적을 가진 친구들이었다. 제이든처럼 혼혈인 친구도 있었으며, 완전히 영국인이지만 한국에 정착해서 사는 친구도 있었다. 제이든이 졸업한 고등학교는 국제학교였고, 그래서 다양한 국적의 학생들이 함께 수업을 들었지만 그래도 가장 친해지게 된 친구들은 같은 학년 중 영국인이었던 이 세 명이었다.

"여기서 지는 팀은 저녁을 먹은 후에 디저트를 사러 다녀와야해."

"좋아."

"오늘 디저트 메뉴는 뭐지?"

"치즈 케이크 어때."

"코스트코 치즈 케이크를 말하는 거겠지?"

"Of Course."

"가장 큰 사이즈로. 계산은 진 팀이."

"콜!"

토핑이 잔뜩 올라간 거대한 패밀리 사이즈의 피자 두 판에 프라이드치킨도 두 마리나 시켜져 있었지만 혈기왕성한 영국 청년들의 위장은 이것으로 전부 채워질 수 없는 듯 보였다.

"자, 킥오프!"

"Go go!"

각자 피자를 한 조각씩 입에 문 네 사람은 푹신한 빈백에 반쯤 드러누운 자세로 조이스틱을 격렬히 움직이기 시작했다.

네 사람이 모일 때마다 하는 게임은 다름 아닌 축구 게임.

탁- 타다다다닥-!

피자를 우물거리며 축구 게임을 하다 보면, 두세 시간쯤 후딱 사라지는 것은 일도 아니었다.

"Yes!"

"Goal! Goooooooooooooal!"

"Shit! 제이든에게 골을 먹히다니, 이건 가문의 수치야."

"분발하자, 루시우. 제이든한테 질 수는 없지."

"물론이야."

그리고 이렇게 피자가 동날 때까지 축구를 하고 나면, 그다음에 네 사람이 향하는 곳은 제이든의 컴퓨터 룸이었다. 고사양 컴퓨터가 무려 다섯 대나 설치되어 있는, 제이든 표 PC방이라고나 할까. 제이든이 컴퓨터를 더도 말고 덜도 말고 딱 다섯 대를 놓은 이유는, 그가 즐겨하는 게임이 한 팀에 다섯 명으로 구성되기 때문이었다. 마음 같아서는 열 대를 놓고 5:5 게임을 하고 싶었지만, 제이든과 게임을 해줄 친구가 10명이나 되지 않는다는 게 문제였다.

"제이든."

"응?"

"석현갓에게 연락은 미리 해뒀겠지?"

컴퓨터방으로 이동하는 길. 친구 루시우의 은근한 물음에 제이든이 과장된 표정으로 날뛰었다.

"대체 왜! 우리 집에 와서 석현을 찾는 거야?"

제이든의 옆에 있던 로즐리도 한마디 거들었다.

"제이든이라는 구멍을 메워줄 초고수가 한 명 필요할 뿐이야."

루시우가 동의했다.

"맞아, 석현이라면 제이든이 싼 똥을 치워줄 수 있지."

"오, 친구들. 난 게임하면서 똥을 싸지 않아. 어린애가 아니라고."

"네 변명은 필요 없어, 제이든. 우리 팀엔 석현이 필요할 뿐이야."

"어서 우리의 'Korean secret weapon'을 불러오라고."

"제길!"

제이든은 투덜거리며 컴퓨터에 앉아 게임을 켰다. 석현은 이미 게임에 접속 중이었다.

[조선제일검객 : 석현, 우리의 게임에 특별히 널 초대해줄게.]

[석구석구돌리고석구 : 특별히 날 초빙하는 게 아니고?]

[조선제일검객 : 그건 오해야, 석현. 석현이 없어도 상관없지만 아주 특별히 불러주는 거라고.]

[석구석구돌리고석구 : 그럼 나 혼자 큐 돌림.]

석현이 제이든과의 대화방에서 나가자 영국인 친구들이 폭주하기 시작했다.

"뭐 하는 거야, 제이든."

"당장 석현 님께 사과하라고!"

"제길!"

그래서 결국 제이든은 비굴하게 다시 대화창을 열 수밖에 없었다.

[조선제일검객 : 사실 거짓말이었어, 석현. 우리 팀에는 석현이 꼭 필요해.]

[석구석구돌리고석구 : 특별히 한 번만 용서해주도록 하지.]

[조선제일검객 : 역시 석현은 대범해.]

하여 그렇게, 우여곡절 끝에 시작된 팀 게임. 석현까지 온라인으로 합류하자 정확히 5인 파티가 결성되었다.

"좋아, 석현이 왔으니까 끝났어."

"우린 오늘 모든 게임에서 이길 거라고."

"제이든이 있어서 힘들지 않을까?"

"하긴, 제이든만 없으면 정말 다 이길 텐데."

"Bloody Hell!"

시끌벅적한 제이든과 친구들은 치킨 한 박스를 아직 뜯지도 않았다는 사실조차 잊은 채, 흥분해서 게임을 시작하였다. 그리고 첫 판부터, 아주 가볍게 승리하였다.

[- Victory -]

"크, 역시 석현!"

"무슨 소리야, 이 제이든 님이….."

"Shut up!"

"너 때문에 질 뻔했잖아!"

"제길!"

석현은 한국 서버에서도 상위 0.1퍼센트 수준의 랭커였고 제이든의 친구들은 평범한 게이머였으니. 아무리 제이든이 게임을 못했다고 한들 석현이 파티에 합류한 순간부터 승리가 보장된 것은 당연지사. 덕분에 제이든의 파티는 두 번째 판까지 깔끔하게 승리했지만, 변수는 그다음에 찾아왔다.

[석구석구돌리고석구 : 오늘은 여기까지야, 친구들.]

게임 속을 누비며 팀을 이끌던 석현이 갑자기 로그아웃을 선언했으니 말이다.

[조선제일검객 : What?! 뭐라고?]

[Lucioo : 말도 안 돼! 이제 고작 8시 45분이라고!]

[Rosle127 : 제이든, 네가 너무 못해서 석현이 도망가잖아!]

[조선제일검객 : 내가 잘못했어, 석현. T.T 다음 판은 더 잘해볼게.]

제이든과 친구들은 필사적으로 말렸지만, 파티에서 나가는 석현을 막을 수는 없었다. 그리고 석현이 나가는 이유는, 다른 것이 아니었다.

[석구석구돌리고석구 : 오늘은 어쩔 수 없어, 브로들. 왜냐하면 오늘은 TV에 대표님이 나오시는 날이거든.]

[조선제일검객 : What?]

[석구석구돌리고석구 : WJ 스튜디오의 넘버 2로서, 경건한 마음가짐으로 시청해야 할 의무가 있지.]

오늘은 일요일. 그리고 일요일 9시는 〈우리 집에 왜 왔니〉가 방영되는 날이었다. 물론 제이든은 방방 뛰었지만, 소용없었다.

[조선제일검객 : 거짓말! 유리아를 보고 싶은 거잖아!]

[석구석구돌리고석구 : 내 충심을 왜곡하지 마, 제이든. 그럼 난 이만.]

석현은 〈우리 집에 왜 왔니〉를 한 주라도 보지 않으면, 시름시름 앓는 병에 걸렸으니 말이다.

[석구석구돌리고석구님이 접속을 종료하셨습니다.]

그리고 석현이 그렇게 게임을 떠난 뒤….

"제이든! 제이든! 거기서 대체 왜! 끄아악!"

"Holy shit! 제발 눈을 뜨고 게임 해줬으면 좋겠어, 제이든."

"Surrender. 난 항복할 거니까, 동의나 해, 친구들."

"젠장, 우린 석현 없이 게임할 수 없는 몸이 되어버렸어."

"동의해. 석현이 없을 땐 그냥 공이나 차야겠어."

15분 만에 처참하게 게임에서 패배해버린 제이든과 아이들은 미련 없이 컴퓨터를 끄고 방에서 나왔다. 그리고 패배로 인한 분노의 화살은 게임을 말아먹은 제이든에게로 향할 수밖에 없었다.

"얼른 뛰어나가서 치즈 케이크나 사 오도록 해, 제이든."

"What?! Why me?! 아까 축구 게임은 니들이 졌잖아!"

"그거랑은 별개야."

"맞아, 제이든. 방금 전에 네가 싼 똥을 생각해."

"크흑!"

물론 석현 덕에 이긴 판이 진 판보다 훨씬 많았지만, 원래 마지막 판의 승패 여부가 그날의 기분을 좌우하는 법. 게임에 대한 흥이 식은 제이든의 친구들은 그대로 거실 소파에 둘러앉아 TV를 켰다. 이어서 그들의 우상 석현이 시청한다는 〈우리 집에 왜 왔니〉를 시청하기 시작하였다.

— * —

처음 〈우리 집에 왜 왔니〉가 방영됐을 때, 사람들 사이에서 〈우리 집에 왜 왔니〉라는 예능에 대한 평가는 새로 나온 '신선하고 재밌는 예능' 정도였다. 그러니까 좋은 평가들이 있을지언정, '최고'

라는 평가가 나오지는 않았다는 얘기다. 같은 시간대의 KBC 전작이 워낙 나쁜 성적으로 종영돼서인지, 그 반대급부로 이슈 몰이가 된 것이라는 평가도 있었다.

'KBC가 드디어 정신 차렸다', '신인 PD의 예능 치고 괜찮은 작품이다' 등의 이야기들은 확실히 좋은 반응들이기는 했지만, 반대로 그 이상의 반응도 아니었던 것이다. 하지만 두 번째 방영 날이 지나고 3주 차까지 지난 오늘, 〈우리 집에 왜 왔니〉를 평가하는 데 씌워져 있던 프레임들은 천천히 깨질 수밖에 없었다.

일단 프로그램의 흥행을 방증하는 가장 확실한 지표인 시청률. 그것부터가 이제 확실히, 동 시간대 1위를 위협하기 시작했으니 말이다. 월요일 아침, 〈우리 집에 왜 왔니〉와 관련된 인터넷 기사 중, 가장 높은 조회수를 기록하는 기사의 제목이 바로 이것이었다.

[평균 시청률 17.8%, 최고 시청률 21.2% 〈우리 집에 왜 왔니〉, 예능계에 새로운 패러다임 제시하나?]

'패러다임'이란 어떤 한 시대에 사는 사람들의 견해를 근본적으로 규정하는 '인식의 테두리'다. 그래서 어찌 보면 패러다임이라는 거창한 단어까지 쓰인 것이 과해 보일 수도 있으나, 이 기사는 대중들에게 충분한 공감을 사고 있었다.

〈우리 집에 왜 왔니〉가 대중들에게 제시하고 있는 예능프로그램으로서의 새로운 패러다임. 그것은 3화까지 시청한 시청자들이라면, 누구나 느낄 수 있는 것이었으니 말이다.

└ 와, 예능에서 인테리어 한다고 하기에 난 그냥 대충 시늉만 할 줄 알았는데….

└ 이게 진짜 리얼 버라이어티임. 어지간한 다큐보다 더 리얼한 듯.

└ 맞음. 재엽 팀 가구 제작 과정도 진짜 리얼하고, 두영 팀 자재 흥정하러 다니는 것도 진짜 같고.

2010년도까지 기존의 예능들은 어떻게든 재밌는 상황을 만들고 그 안에서 시청자들을 웃기기 위해 노력했다. 예능(藝能)이라는 단어가 가진 '재미를 주는 프로그램'이라는 뜻, 그 본질적인 목적에 최대한 충실한 것이다. 물론 〈우리 집에 왜 왔니〉의 제작진 또한, 그 본질을 소홀히 한 것은 아니었다.

기본적으로 입담 좋은 개그맨들과 예능인들을 섭외한 것이 그런 이유였으니 말이다. 하지만 그 단편적인 재미를 주기 이전에 시청자들이 더욱 몰입할 수 있는 '주거'라는 콘텐츠를 삽입하였고, 그것을 리얼하지만 지루하지 않게 풀어냄으로써 소소한 재미조차 더욱 크게 느껴지도록 시너지를 낸 것이라고 할 수 있었다.

물론 이전에 있던 요리 프로그램들에서도 이런 요소들이 있기는 했지만, 콘텐츠를 풀어내는 난이도 자체가 다르다고 할 수 있었다. 소소하고 간편하게 접근할 수 있는 요리와 달리 공간을 디자인하는 것은 꽤 큰 스케일을 가지고 있었으니까. 이 커다란 스케일의 콘텐츠를 잘 녹여낸 것은 공진영 PD의 능력이 그만큼 뛰어나다는 방증이었으며 그것은 기사마다 달려있는 시청자들의 댓글만 보더라도 알 수 있는 사실이었다.

└ 근데 이게 대체 왜 재밌는 거지? 나 다큐 틀면 바로 잠드는 타입인데.

└ 윤재엽이 겁나 웃기잖아.

└ 유리아, 임수하, 정민하가 예뻐서 그럼.

└ 노노 연출의 승리인 듯. 난 웃긴 것보다 신기해서 계속 보게 되던데.

각자 자신이 재밌게 봤던 요소들을 저마다 떠들어대며, 신이 나서 이야기하는 네티즌들.

└ 임수하 배우님도 진짜 케미 좋던데요?

└ 저도 그렇게 생각함. 임수하 '우리 집에 왜 왔니'에서 처음 봤는데, 외모도 외모지만 확실히 예능감 있어 보이더라고요.

└ 서우진 전문가님 수하 취급 받는 거 개 꿀잼ㅋㅋ

└ 진짜 소처럼 일하던데?ㅋㅋㅋ

그리고 패널들에 대한 이야기가 나올 때, 이제 슬슬 우진의 이야기도 나오기 시작했다. 사실 그동안은 우진이 활약에 비해 화제성이 떨어졌던 게 사실이었다.

└ 맞아. 그러고 보니 서우진? 그 목수도 진짜 대박.

└ 나도 그 얘기 하려 했는데. 그 사람 가구 만드는 거… 진짜 사기 아님? 어떻게 가구를 그렇게 빨리 만들어?

└ 사기라기엔 영상이 너무 적나라하던데….

└ 현직 목수입니다. 서우진 님 찾습니다.

└ 왜요?

└ 스승님으로 모시고 싶습니다. 구배지례 가능합니다.

└혹시 서우진 본인 아님? 22살이라던데… 현직 목수가 대딩을 왜 스승으로 모심.

└정말입니다. 진지합니다.

└응 우진이 학교니?

└여기 우진이 나타났다!

목공사무실 컴퓨터에서 댓글을 몇 개 달던 고재성은 덥수룩한 수염을 쓰다듬으며 중얼거렸다.

"진짠데… 안 믿네."

재성은 피식 웃으며, 자신의 댓글 밑에 달리는 대댓글들을 확인해보았다. 당연히 재성의 댓글들이 장난인 것은 맞았지만, 우진을 스승으로 모시고 싶다는 이야기는 반쯤 진심이었다. 아마 재성이 열 살만 더 어렸더라면, 정말 우진에게 목공을 배우려 했을 테니까.

"촬영 때 슬쩍 얼굴이라도 비출 걸 그랬나? 해나가 좋아했을 텐데…."

아홉 살 난 딸내미를 문득 떠올린 재성이, 인스턴트커피를 한 모금 홀짝였다. 그런데 바로 그때.

덜컹-!

사무실 문이 열리고, 조공 하나가 불쑥 안으로 들어왔다.

"반장님! 이거 인쇄 다 했는데 어디다 걸어놓으면 될까요?"

고재성의 시선이 조공이 들고 온 커다란 두루마리를 향했다. 그것은 오늘 아침 출근하자마자 조공에게 가장 먼저 시켰던 업무였다.

"공방 입구에, 제일 잘 보이는 곳에 걸어줘."

"옙!"

"〈우리 집에 왜 왔니〉 방영 목공방이라고 대문짝만 하게 인쇄 잘

했지?"

"당연하죠!"

"좋아, 우리도 서 대표님 덕 좀 보자고."

"아마 블로그에 홍보 조금만 하면 수강생 엄청 몰려들 겁니다."

고재성의 입가에 흐뭇한 미소가 걸렸다. 그는 오늘부터 목공 취미반 클래스를 모집할 예정이었다.

— * —

또 한 번 주말이 쏜살같이 지나갔다. 이번 주말도 역시 일 중독자인 우진에게 휴식 같은 것은 존재하지 않았다. 하지만 사실 이번 주말만큼은 우진이 쉴 수 없었던 것이 너무 당연했다. 주말이 지나면 10월의 마지막 주가 되고, 그렇다는 것은 '청담 선영아파트 재건축 사업'의 설계 공모 마감이 한 주 앞으로 다가왔다는 말이었으니까.

공모 마감 날짜는 정확히 10월 31일, 일요일. 경완의 말에 의하면, 그 바로 다음 날부터 공모작들에 대한 검토가 시작될 것이라고 했다. 경완이 월요일 아침에 출근할 때까지 공모 파일이 메일로 들어와 있지 않으면 그대로 아웃이라는 얘기다. 그래서 우진은 주중에도 계속 퀭한 얼굴일 수밖에 없었다. 그것은 지금 학교를 마치고 성수동으로 향하는, 차 안에서도 마찬가지였다.

"오빠, 이러다가 갑자기 고장 나는 거 아니지?"

"내가 무슨 기계냐. 고장 나게."

"기계처럼 일하잖아."

"…."

겉으로 티를 내진 않았으나 소연은 우진이 좀 걱정됐다. 그의 열정과 꿈을 좋아하는 것과 별개로 요즘은 조금 과하다는 생각이 들 정도였으니 말이다. 다행인 건 우진도 자신의 상태를 인지하고 있다는 것이었다.

"걱정 마. 이번 공모만 끝나면, 내가 직접 해야 할 일들은 최대한 줄일 거야."

이번 설계 공모를 진행하는 동안 우진이 뼈저리게 느낀 것은 디자인 디렉터의 부재였다. 기본적으로 큰 방향성을 제시하는 디렉팅이야 우진이 한다고 해도 그 안에서도 디테일한 디자인에 대한 방향성을 제시해줄 고급 인력들의 필요함을 절실히 느꼈으니까.

사실 '디자인' 자체만 놓고 본다면 우진은 아직 배울 것이 많은 학생에 가까웠다. 전생의 경험과 기억들, 그리고 뛰어난 공간 감각과 설계실력이 있기는 했지만 체계적으로 디자인에 대해 공부하고 연구한 전문가들이 할 수 있는 영역은 또 다른 차원의 것이었으니 말이다.

물론 그렇다고 해서 완성된 디자이너들을 스카웃할 생각은 아니었다. 그런 고급 인력들은 일단 컨택하는 것만 해도 너무 힘들었으며, 이제 신생기업의 대표인 우진의 입장에선 컨트롤하기도 어려웠으니까. 그래서 우진이 원하는 인재는 WJ 스튜디오와 함께 성장해나갈 수 있을 잠재력 있는 디자이너였다.

지금 당장은 조금 어설플 수도 있을지언정, 앞날에 무한한 가능성을 가진 디자이너. 그리고 여기까지 생각이 미친 우진의 시선이 자연스레 룸미러로 향했다. 룸미러에 비치는 뒷좌석에는 잔뜩 흥분한 채 누군가와 열심히 통화 중인 미래의 스타 디자이너가 앉아 있었으니 말이다.

"좋아. 그럼 다음 주 일요일은 비워두도록 해, 석현."

"뭘 할 거냐고?"

"그야, 당연히 맹훈련이지."

"다음 달 결전의 날 이전에 반드시 이 제이든 님이 'British secret weapon'이 되어야 한다고."

"설마 이 제이든 님을 무시하는 거야? 난 할 수 있다고! Trust me!"

왜 저렇게 흥분했는지 알 수 없지만 휴대폰에 침까지 튀겨가며 열변을 토하는 제이든. 그런 그를 잠시 지켜보던 우진은 한숨을 푹 쉬며 고개를 절레절레 저을 수밖에 없었다.

'쟨 대체 언제쯤 제대로 써먹을 수 있을까?'

사실 제대로 각성하기만 한다면 제이든만큼 우진에게 도움이 되어줄 카드도 없다. 우진이 아는 그 어떤 인물보다도 확실하고 보장된 포텐셜을 가진 디자이너가 제이든이었으니까. 하지만 문제는 제이든이 요즘 디자인 공부는커녕 모든 여가시간을 게임에 투자하고 있다는 사실이었다.

물론 말이야 항상 건축계의 슈퍼 루키라고 떠들고 다니지만, 요즘 같아서는 프로게이머 지망생이 아닌지 의심스러울 수준. 그런데 그 순간, 우진의 머릿속에 소름 돋는 생각이 떠오르고 말았다.

'설마 나 때문에 제이든의 미래가 바뀐 건 아니겠지?'

어쩌면 우진 때문에, 정확히는 우진으로 인해 알게 된 석현이라는 존재가 제이든의 미래를 바꿔놓았을지도 모른다는 생각. 물론 그것은 우진의 지나친 비약일 뿐이다. 본인이야 완전히 망각한 지 오래였지만, 우진과 제이든은 아직 학부 1학년 학생일 뿐이었고 이 시기는 사실 밤새 신나게 게임하며 노는 것이 지극히 평범한 나이였으니 말이다.

우진은 알 리 없지만 그가 전생에 알았던 제이든이라는 인물도 딱히 학부 시절에 모범적인 생활을 했던 인물은 아니었다. 오히려 원래대로라면 팽팽 놀기만 했을 학부 1학년 때 SPDC 대상까지 챙기는 긍정적인 방향으로의 변화만 있었을 뿐이다.

'이거 갑자기 제이든에게 너무 미안하잖아…?'

하지만 갑자기 망상에 빠진 우진은 알 수 없는 죄책감에 빠졌고….

'아, 안 돼. 그럴 순 없지. 제이든을 위해서라도 앞으로 잔소리를 좀 해야겠어.'

그 덕에 우진은 결국 제이든 한정 잔소리꾼으로 진화하게 되었다.

"제이든."

"무슨 일이야, 우진?"

"설마 이번 주 일요일도 석현과 게임을 하려는 건 아니지?"

"What? 설마라니. 너무 당연한 얘기잖아, 그건?"

"아니, 그렇지 않아, 제이든. 넌 요즘 게임을 너무 많이 하는 것 같거든."

"…?!"

"10년 안에 프리츠커 상을 탈 거라며?"

"물론!"

"그럼 이번 주 일요일에는 게임 대신 과제를 하는 게 좋겠어."

우진의 갑작스런 잔소리에 제이든은 혼란스런 표정이 되었다.

사실 제이든은 머리털이 난 뒤로 누군가에게 잔소리를 듣는 게 거의 처음이었으니까.

"10년 안에 프리츠커를 타려면… 이번 주말에 과제를 해야 하는 거야?"

"물론이지."

"ㅎ으음…."

마치 활활 타오르던 불길 위에 찬물을 끼얹기라도 한 양 잔뜩 흥분해서 통화하며 열을 올리던 제이든이 조용히 입을 닫고 심각한 표정이 되었다. 우진의 잔소리가 제이든에게 어떤 영향을 준 것인지는 아무래도 시간이 지나봐야 알 수 있을 것 같았다.

설계 공모

시간은 본래, 바쁘면 바쁠수록 빠르게 흘러가는 법이다. 그런 의미에서 우진의 시간은 총알 같았고, 공모 마감 날인 10월 31일은 어느새 우진의 눈앞에 다가와 있었다. 10월의 마지막 날은 일요일이었지만, 우진은 오늘도 〈우리 집에 왜 왔니〉를 시청할 수 없었다. 본방이 시작되는 9시가 되어갈 즈음에도, WJ 스튜디오의 불은 환하게 켜져 있었으니 말이다.

"김 실장님, 입면도 빠진 것 없나 다 체크했죠?"

"네, 대표님. 방금 수량 확인 끝났습니다."

"그냥 일련번호 확인만 하신 것 아니고, 도면 한 장씩 꼼꼼하게 다 체크하신 것 맞죠?"

"물론입니다. 틀렸다가는 대표님께 무슨 소릴 들으려고요."

"오케이, 그럼 이쪽은 됐고…."

직원 숫자에 비해 광활한 WJ 스튜디오였지만, 오늘만큼은 주말임에도 불구하고 꽉 차 보일 정도로 붐비는 모습이었다. 그도 그럴 것이 회사의 모든 직원뿐 아니라 몇몇 외주업체의 직원들도 사무실에 나와 있었으니 말이다. 상주 인원도 평소보다 많았던 데다 다들 정신없이 사무실 안을 돌아다니고 있었으니 붐비는 것은 당연한 일이었다. 진태에게 맡겨뒀던 업무를 한 차례 점검한 우진이 이번에는 회의실로 바삐 걸음을 옮겼다. 회의가 있는 것은 아니다. 다만 이곳에 중요한 손님이 와서 기다리고 있었다.

"아, 유 팀장님. 많이 기다리셨죠?"

"아닙니다, 대표님. 저희야 뭐 방금 도착했는데요."

우진이 맞이한 중요한 손님이란 〈퓨처스 디자인〉이라는 상호를 가진 디자인 업체의 팀장이었다. 그리고 이번 프로젝트에서 이 〈퓨처스 디자인〉의 역할은 바로 우진이 디자인한 아파트의 조감도와 투시도를 3D컷으로 뽑아주는 것이었다. 그러니까 퓨처스 디자인은 WJ 스튜디오와 외주계약을 체결한 곳인 것. 그리고 이 업체는 우진이 조금 특별한 사람으로부터 소개받은 곳이었다. 바로 우진에게 3D 디자인을 가르쳐주는 교수인, 조운찬 교수였다.

"흐음… 실력 좋은 업체가 필요하다고?"

"예, 교수님."

"그걸 왜 내게서 찾지?"

"이 분야에 한해선… 교수님께서 제가 아는 한 가장 뛰어난 전문가시니까요."

"하하, 입바른 소리 하기는."

"진짭니다!"

"흠, 설마 내가 내준 과제를 업체에 맡기려는 건 아닐 테고…"

"제가 아무리 바빠도 그런 반칙은 안 씁니다, 교수님."

"알아, 알아. 그냥 해본 말이야. 과제를 업체에 맡길 생각이었으면, 최소 내게 업체를 추천받으러 오진 않았겠지."

"그러니까요."

"왜 필요한데?"

"저희 회사에서 이번에 일 하나 따야 할 게 있거든요."

"페이는 어느 정도 생각하고?"

"실력만 좋으면, 페이는 최대한 맞춰드릴 겁니다."

"서 대표, 통 큰데?"

"그만큼 중요한 일이어서 그러죠. 통 크긴요. 저 짠돌이예요."

"하하, 여튼 실력 좋은 3D업체라. 괜찮은 곳이 한 곳 있기는 한데….."

조운찬 교수는 우진이 아는 사람 중 가장 3D실력이 뛰어난 인물이다. 하지만 그가 워낙 바쁜 데다, 교수에게 학생이 3D 외주를 맡기는 것도 모양새가 좋지 못했으니 그가 아는 가장 실력 좋은 업체를 연결해달라 부탁한 것이다. 조운찬의 입에서 실력 좋다는 말이 나올 만한 업체라면 업계 최상급의 실력을 가진 곳이라는 이야기였으니까. 그리고 유 팀장은 조운찬 교수가 추천해준 그 퓨처스 디자인 안에서도 가장 뛰어난 인물 중 하나였다.

"한 시간 전쯤 투시도 나온 거 받아서 확인했습니다."

"하하, 어떻습니까? 마음에는 좀 드시던가요?"

물론 운찬에게 일 년 가까이 3D를 배우고 있는 우진 또한 이제 꽤 괜찮은 실력을 갖췄다. 모델링이야 처음부터 수준급의 실력이었지만, 이제 렌더링 실력도 꽤나 올라온 것이다. 당장 다른 디자인 회사에 입사해 3D 실무에 투입되어도 충분히 괜찮은 퍼포먼스를 뽑아낼 수 있는 수준. 하지만 이번 〈청담 선영아파트 재건축〉 프로젝트의 중요도가 너무 높았기 때문에 우진은 업체를 써야만 했다. 외주 비용 몇 푼 아끼자고 직접 작업하기에는 리스크도 있는 데다 본인의 시간까지 적잖이 투자해야 했으니 말이다.

"그렇잖아도 감탄했습니다, 팀장님. 교수님께서 강력하게 추천하신 이유가 있더라고요."

"호호. 신경 좀 써달라고 하시기에… 오랜만에 힘 좀 빡 줘봤습니다."

"정말 감사합니다. 덕분에 승산이 좀 더 올라가는 것 같네요."

"감사는요, 다 돈 받고 하는 일인데요."

"그래도요."

"그리고 서 대표님이 요즘 이쪽 업계에서 확 뜨고 있는 유망주 아니십니까. 미리미리 커넥션을 만들어 놔야지요."

"에이, 유망주는요."

우진은 손사래를 치며 멋쩍은 표정을 지었지만, 유 팀장의 말은 진심이었다. 전례 없을 눈부신 속도로 성장 중인 WJ 스튜디오는 업계에 알음알음 알려지는 중이었고, 특히 TV에도 출연 중인 우진은 최근 업계에서 떠오르는 이슈가 아닐 수 없었으니까.

"그럼 사적인 이야기는 이쯤 하고 최종 점검을 시작해보실까요?"

"그러시죠. 이제 마감까지 시간이 많이 남지 않았으니까요."

벽걸이 시계를 슬쩍 확인한 우진은 양손을 살짝 비비며 회의실 자리에 앉았다. 자정까지는 모든 작업을 완료해서 천웅건설의 메일로 쏴야 했으니, 이제 남은 시간은 세 시간 정도뿐이었다.

"저기, 우석 님!"

"예, 대표님!"

"그쪽에 USB 하나 얹혀 있죠?"

"옙!"

"이쪽으로 가져와서 세팅 좀 해줘요."

"알겠습니다!"

우진이 부르자 쏜살같이 달려온 신입 조우석이 USB를 컴퓨터에 꽂고 빔 프로젝터를 세팅하였다. 그러자 〈퓨처스 디자인〉에서 보내온 조감도와 투시도들이 차례대로 화면에 비치기 시작하였다. 한눈에 보아도 입이 떡 벌어질 정도로 놀라운 퀄리티로 제작된 투시도 작업들. 사진과 구분하기 힘들 정도로 완벽하게 구현된 이미지들을 보며 우진은 흡족한 미소를 지었다. 이미 한 번씩 확인했던 이미지들이지만 정말 돈이 아깝지 않은 작업물들이었다.

"남은 시간 내로 수정요청 가능한 모델링 작업은 없는 거 아시죠?"

"그 정도는 당연히 알고 있습니다. 세 시간 남았는데… 렌더 한 컷 돌릴 시간도 안 되겠네요."

"아, 서 대표님께서도 3D 만질 줄 아신다고 하셨죠? 제가 잊고 있었네요."

지금 우진이 퓨처스 디자인 관계자와 미팅을 하는 이유는 말 그대로 최종 점검을 위해서였다. 퓨처스 디자인에서 뽑아온 많은 투시도와 조감도 중, 우진의 디자인을 가장 아름답게 보여줄 수 있는 구도로 작업된 이미지를 선별하기 위한 최종작업인 것이다.

물론 단순히 선별작업만을 위해 팀장급이나 되는 디자이너가 직접 WJ 스튜디오에 찾아온 것은 아니었다. 선별된 이미지들은 이제 천웅건설에 보낼 패널과 피피티에 삽입되어야 했는데, WJ 스튜디오가 제작한 패널 디자인에 맞춰 유 팀장이 직접 '리터칭'까지 해주기로 한 것이었으니까.

리터칭이란 3D 프로그램으로 작업된 렌더링 컷 위에 포토샵으로 각종 효과를 입혀, 이미지를 더 멋지게 만드는 마감 작업이라고 할 수 있는데 사실 3D컷에 대한 리터칭이면 몰라도 패널 디자인까지 고려한 최종 리터칭은 3D업체의 일이 아니다. 엄밀히 따지면 이것은 3D작업이라기보단 2D작업이었으니 말이다.

하지만 퓨처스 디자인의 노하우가 WJ 스튜디오보다는 훨씬 더 뛰어나다 보니 우진이 특별히 부탁하였고, 조운찬 교수와 특별한 친분이 있던 유 팀장이 기꺼이 회사까지 왕림하여 도와준 것일 뿐이었다. 물론 리터칭에 대한 외주 비용은 따로 지급하지만, 그래도 현장까지 직접 나와서 작업을 도와준다는 것은 우진의 입장에서 고맙지 않을 수 없는 부분이었다.

"서 대표님도 메인 컷은 B타입이랑 E타입으로 셀렉하셨죠?"

"네, 그 부분이야 저도 이견 없는데 커뮤니티 센터 쪽 투시도를 어떤 부분부터 보여줄지 고민이네요."

"커뮤니티 센터요?"

"네."

우진의 대답에, 유 팀장이 의아하다는 듯한 표정으로 대답했다.

"그거야말로 고민도 할 것 없죠!"

"그래요?"

"저 같으면 무조건 여기. 인피니티 풀뷰(Infinity pool view)*로 들어갑니다."

"역시, 실용성보다는 보기 좋은 걸 선택해야 하는 걸까요?"

"당연하죠. 3D컷은 무조건 클라이언트를 현혹시키는 데 집중해야 합니다. 기능성? 실용성? 그런 건 설계랑 평면에서 보여주자고요."

"흐음….."

유 팀장의 이야기가 계속해서 이어졌다.

---

* 수영장(pool)이 강 또는 바다와 이어져, 무한히 펼쳐지는 듯한 착각이 들게 만드는 풍경(view).

"솔직히 대표님이 보내주신 설계로 작업하다가, 이쪽 수영장 컷 찍으면서 저희 쪽 직원들도 감탄했거든요."

"그래요?"

"30층에 이어진 스카이브릿지 위에서 펼쳐지는 인피니티 풀뷰! 크으으…! 3D컷으로 봐도 이 정도 느낌인데, 실제로 시공되면 얼마나 멋지겠습니까?"

유 팀장은 단순히 리터칭만 도와주는 것이 아니었다. 우진에게 3D컷을 활용한 제안서 작업의 노하우들을 아낌없이 이야기해줬던 것이다.

"이 부분부터 이 부분까지 컷은 유선으로도 말씀드렸지만 일부러 제외했습니다."

"네. 제외됐다는 건, 들어서 알고 있는데… 혹시 그 이유도 알 수 있을까요?"

"이렇게 협소하고 시야가 한정적인 공간은 3D컷으로 뽑혔을 때 느낌이 잘 안 살거든요."

"아하."

"이쪽은 오히려 투시 안 들어간 입면컷으로 그려서, 2D디자이너 들에게 예쁘게 꾸미라고 하는 게 좋을 겁니다."

"그 작업을 지금 하기에는 시간이….."

"아, 물론 지금 하시라는 이야긴 아니죠. 그렇게 금방 되는 작업 은 아니니까요."

"그럼…?"

"어차피 공모에서 채택되시면 시공사 합동 설명회 날까지 싹 다 재정비해야 하지 않습니까?"

"그야 그렇죠."

"그때 천웅이랑 작업하실 때, 팁을 드리는 겁니다."

유 팀장의 말을 듣던 우진은 헛웃음을 흘릴 수밖에 없었다. 지금 그가 하는 이야기는 결국 이 공모에서 채택돼야 가능한 이야기였으니 말이다.

"저희… 공모 선정되나요?"

웃으며 이야기하는 우진을 향해, 유 팀장이 대수롭지 않다는 듯 고개를 끄덕였다.

"당연하죠."

"유 팀장님이 꽂아주십니까?"

"하하, 제가 그런 게 가능했으면, 디자인회사에서 영업이나 뛰고 있진 않겠죠."

잠시 뜸을 들이던 유 팀장이, 눈을 빛내며 다시 말을 이었다.

"다만 저희가 설계를 거의 다 확인하지 않았습니까?"

"그랬죠."

"솔직히 놀랐습니다."

"왜요?"

"아파트 설계도면이라고는 상상할 수 없는 수준이었으니까요."

유 팀장의 감탄에는 많은 의미가 담겨 있었고, 우진은 그게 어떤 의미에서의 감탄인지 대충 느낄 수 있었다. 우진의 설계들에는 현시점에 도입되지 않은 새로운 방식의 설계들이 여기저기 녹아 있었으니 말이다. 종전에 언급됐던 인피니티 풀뷰만 해도 그렇다. 해외 고급 호텔들에나 있을 법한 호화로운 시설을 아파트에 특화 설계에 집어넣는다는 것은 2010년도에는 상상하기 힘든 부분이었다.

"전문가든 비전문가든 결국 좋다고 느끼는 부분은 비슷합니다."

최종적으로 선택된 투시도들을 마지막으로 점검하며, 유 팀장이 기분 좋게 웃었다.

"제3자인 제 눈에도 정말 좋았으니, 아마 천웅 관계자들 눈에도 확 들어올 겁니다."

"그랬으면 좋겠네요."

유 팀장이 눈을 찡긋하며 한마디 덧붙였다.

"잘되면 제 지분도 조금은 있는 거, 기억해주셔야 됩니다?"

우진은 다시 한번 기분 좋게 웃었다.

"물론이죠. 제가 바쁜 거 좀 지나가면, 조운찬 교수님까지 모시고 거하게 한 번 대접하겠습니다."

"크핫! 기대하겠습니다!"

투시도와 조감도 선택이 전부 다 끝나자 우진은 다시 다른 파트로 이동하였다. 워낙 프로젝트의 규모가 크다 보니 최종적으로 검토하고 체크해야 할 부분이 한두 군데가 아니었던 것이다. 하여 그렇게 두 시간 정도 시간이 더 지났을까? 대략 11시 30분 정도가 되었을 무렵 모든 작업물을 꼼꼼히 패킹한 우진은 직접 그것을 천웅건설의 메일로 쏘아 보냈다.

딸깍-!

[메일 전송이 완료되었습니다.]

이어서 전송 완료 메시지를 확인한 그는 후련한 표정이 되었다.

'이 정도면 할 만큼 했어.'

결과야 나와봐야 알겠지만, 적어도 최선을 다했으니 이제 미련을 가질 필요는 없는 것이다. 자리에서 일어난 우진은 자신을 바라보는 직원들을 향해 기분 좋게 입을 열었다. 드디어 지난 한 달간의 대장정이 끝난 것이다.

"자, 그럼… 오늘 근무는 여기까지!"

그리고 우진의 말이 떨어진 순간.

마치 약속이라도 한 듯 사무실 여기저기에서 박수 소리가 가볍게 울려 퍼지기 시작했다.

짝- 짝짝짝-

"휴우! 고생하셨습니다!"

주말까지 풀타임으로 근무했지만 WJ 스튜디오 직원들의 표정은 그리 나쁘지 않아 보였다. 오히려 뿌듯한 표정이랄까. 일이야 분명 힘들었지만, 그만큼 보람 있는 프로젝트였으니 말이다. 그리고 우진은 회사가 성장하는 만큼 충분한 인센티브를 아낌없이 지급하는 오너였기 때문에 다들 제 일처럼 열심일 수밖에 없었다.

"다들 고생 많으셨습니다."

"주말까지 정말 애들 쓰셨습니다…!"

하지만 그렇다고 해서, 한 달 동안 빈번했던 철야 작업을 이대로 통 칠 수는 없는 법. 우진은 짐을 챙기려던 직원들을 향해, 다시 입을 열었다.

"그리고 하나 더."

"…?"

그 목소리에, 직원들의 시선이 다시 한번 그를 향해 모인다. 좌중을 한 차례 둘러본 우진이, 씨익 웃으며 다시 말했다.

"WJ 스튜디오 시공, 설계파트는 다음 주 한 주, 문 닫겠습니다. 당직만 기존대로 유지해주시고, 다들 푹 쉬고 돌아오세요."

우진의 말이 떨어진 순간, 사무실이 터져 나갈 정도로 쩌렁쩌렁한 환호성이 울려 퍼진 것은 당연한 수순이라고 할 수 있었다.

— * —

보통 어떤 종류의 '공모'가 개최될 때에는 대대적으로 공모에 대한 마케팅을 태우는 등, 최대한 많은 공모 작품을 받아보기 위한 홍보가 선행되는 것이 보통이다. 하지만 이번 천웅건설의 〈청담 선영아파트 재건축 설계 공모〉는 외부에 전혀 홍보되지 않은 비공식 설계 공모였다.

애초에 천웅 내부적으로 실력 있고 역량 있는 설계 사무소들에게 비공식적으로 제안을 넣은 것이었으니 말이다. 공모가 이렇게 진행된 이유는 간단했다. 이번 설계는 〈청담 선영아파트 재건축〉을 수주하기 위한 설계였고, 이 수주전에 참여하는 건설사는 천웅 말고도 여러 곳이 더 있었으니.

공개적으로 설계를 공모하는 것이 경쟁 구도에서 좋지 못한 영향을 미칠 것이라 판단한 것이다. 공개적인 설계 공모를 하면 당연히 당선작이 공개될 수밖에 없고, 그렇게 되면 경쟁사에 필연적으로 천웅건설의 설계가 노출될 수밖에 없을 테니까. 어쨌든 그런 이유로 비공개 진행된 천웅건설의 설계 공모는, 바로 어제가 마감이었다.

오늘은 11월 1일. 천웅에서 공모 제의를 보낸 업체는 해외 업체를 포함하여 총 일곱 곳이었으며, 그중 날짜에 맞춰 설계도를 보내온 업체는 다섯 곳이었다. 그리고 출근하자마자 메일함을 확인한 경완은 흡족한 미소를 지으며 고개를 끄덕였다.

'역시!'

메일을 보내온 업체 목록 안에, WJ 스튜디오의 이름이 가장 먼저 박혀있었으니 말이다.

174

'흐흐, 그럼 기대 좀 해볼까?'

팔은 안으로 굽는다고, 경완이 가장 기대하는 설계는 당연히 WJ 스튜디오의 것이었다. 하지만 그렇다고 해서 편파심사를 할 생각은 없었다. 경완의 역할은 우진에게 기회를 주는 것까지였고, 마지막 선택은 결국 회사에 가장 이득이 되는 선택이어야 했으니 말이다.

'물론 WJ 스튜디오의 설계가 가장 좋기를 바라겠지만….'

게다가 경완이 이 설계 공모의 담당자인 것과 별개로, 그에게 결정권이 있는 것도 아니었다. 그에게는 이번 프로젝트를 맡은 모든 팀원들과 마찬가지로, 한 표의 선택권이 있을 뿐이었다.

딸깍-

다섯 통의 메일을 차례대로 열어 설계 제안서를 인쇄한 경완은 오전 회의에 들어갈 준비를 하였다. 오늘은 오전에 있을 사업부의 사전회의부터 시작해서 오후에 잡혀있는 과장급 이상의 회의까지 하루 종일, 이 설계 공모에 대한 회의만 계속될 예정이었다.

—— ✳ ——

천웅건설 경영1실의 실장인 유지헌은 최근 기분이 별로 좋지 못했다. 얼마 전 그의 상사인 정 상무로부터, 허탈한 이야기를 들었기 때문이었다.

"유 실장."

"예, 상무님."

"아무래도 이번 TO는, 자네가 가져가기 힘들 것 같네."

"예…? 그게 무슨…."

"내가 무슨 말 하는지 알잖나."

"내정자가… 벌써 생긴 겁니까?"

"그건 아니야."

"그럼…?"

"얼마 전에 3분기 결산 나온 건 알지?"

"예, 알고 있습니다."

"자네 경쟁자의 실적이, 너무 압도적이더군."

"음…."

"어지간히 차이가 나야 내가 밀어볼 텐데, 나로서도 어떻게 할 수가 없을 수준이라네."

경영1실장인 유지헌의 직급은 부장이었다. 그러니까 이번 인사 명령에서 승진한다면, 상무급이 되어 임원을 달게 되는 것. 올해를 마지막으로 그의 직속 상사인 정 상무는 '전무'로의 승진이 확정된 상태였고, 그래서 지헌이 노리던 자리는 바로 정 상무가 올라가고 남은 빈자리였다. 그리고 사실 올해 초까지만 해도 지헌은 확신하고 있었다. 그 비게 될 자리가 자신의 자리가 될 것이라고 말이다.

'하아….'

심지어 그것이 근거 없는 확신도 아니었다. 현재 천웅건설의 부장급 중 가장 연차도 높고 힘 있는 직책을 가진 것이 바로 그였던 데다. 그가 과장이던 시절부터 잡고 있던 라인의 상사가 바로 정 상무였으니 정 상무가 후임자로 자신을 추천하기만 한다면 상황 상 어지간하면 진급하리라 생각했던 것이다. 사실 어지간한 변수 가 아니라면, 지헌의 진급이 거의 확정적이었던 상황. 그런 상황에 서 이렇게 청천벽력 같은 소리를 들은 유지헌의 속이 멀쩡하다면 그것이 오히려 비정상이라 할 수 있었다.

'제길! 이번이 정말 기회라고 생각했는데.'

연차가 거의 다 차가는 유지헌은 내년까지 진급에 실패하면 높은 확률로 정년퇴직을 하게 될 것이다. 때문에 올해 이 좋은 기회를 놓친 순간 정년퇴직은 기정사실이 되어버렸다. 그리고 더 속이 쓰린 이유는 정 상무의 입에서 나온 그 '경쟁자'라는 사람이 누군지도 짐작되기 때문이었다. 작년부터 올해까지 정말 눈부실 정도로 막대한 실적을 내고 있는 한 사람.

'아무리 실적 차이가 나도 그렇지. 날 밀어내고 박 부장을 상무로 올리겠다고?'

그는 분명 까마득한 후배 기수인 박경완일 것이었다.

'후우… 경완이가 실력이 좋은 건 인정하지만….'

유지헌이 가장 못마땅한 것은 경완의 나이가 아직 어리고 연차도 짧다는 점이었다. 단순히 후배가 자신을 제치고 임원이 되는 것이 못마땅한 게 아니었다. 그렇게 따지자면 유지헌도 수많은 선배들을 제치고 이 자리까지 올라왔으니까. 다만 유지헌이 이사진에게 서운한 부분은 '기회' 차원에서의 문제였다.

아직 정년까지 최소 10년은 남은 박경완에겐 올해가 아니라도 임원이 될 기회가 많이 남아있었지만 이제 정년이 코앞으로 다가온 유지헌은 올해가 거의 마지막 기회였으니 말이다. 하지만 냉정하게 회사의 입장에서는 그런 지헌의 사정을 봐줄 이유가 어디에도 없는 게 사실이었다.

'하, 지랄 맞네, 정말.'

그래서 오늘 오후, 회의실로 향하는 유지헌의 기분은 완전히 바닥을 치고 있었다. 애초에 일하고 싶다는 의욕도 전부 다 사라진 데다 지금 참석해야 하는 회의의 진행자가 심지어 그의 임원승진

기회를 앗아간 박경완으로 명시되어 있었으니까.

덜컹-

회의실 문을 열고 들어간 지헌은 구석의 한쪽 자리에 터덜터덜 걸어가 자리를 잡고 앉았다. 일단 일정이 잡혀있어 오기는 했지만, 오늘 회의가 무슨 회의인지 확인조차 하지 않았다. 그가 지금 알고 있는 것은 과장급부터 시작해서 임원진까지 들어오는 꽤 중요한 회의라는 사실 정도였다.

'후, 대충 시간이나 때우다가 나가야지.'

지헌이 회의실에 도착한 시간은 회의가 시작되기 바로 직전이었다. 때문에 그가 자리에 앉은 뒤 1분도 채 지나기 전, 꽤 널찍한 회의실의 모든 자리는 전부 참석자들로 가득 들어찼다. 그리고 마지막으로 임원진까지 회의실에 들어오자, 진행을 돕기 위해 들어온 대리 하나가 참석자들에게 회의 자료를 쭉 돌리기 시작하였다.

"부장님, 여기 있습니다."

"고맙네."

그런데 그 회의 자료를 받아 무심코 확인한 그 순간,

〈청담 선영아파트, 재건축 설계 공모 개요〉

초점 없이 축 처져 있던 지헌의 두 눈이 별안간 크게 확대되었다.

'어…?'

오늘 회의 안건이 어떤 것인지를 비로소 깨달음과 동시에, 정상무로부터 들었던 한 가지 이야기가 불현듯 떠올랐으니 말이다.

"이제 자네에게 남은 가능성은 한 가지야."

"그게… 뭡니까?"

"이번 청담 선영 수주전에서 박 부장이 완전히 참패를 당하는 것."

"…!"

"아마 대표님께선 이 수주전을 박경완이 출사표로 생각하셨을 테고, 여기서 녀석이 만약 처참한 성적을 거둔다면… 아무리 지난 실적이 좋아도, 이번 인사이동에 그를 승진시키진 않으실 테니 말이지. 그게 대표님 방식이니까."

사실 이 이야기를 정 상무에게 들었을 당시, 유지헌은 제정신이 아닌 상태였다. 너무 큰 충격에 이미 정신이 혼미했으며, 완전히 멍한 상태였으니 말이다. 하지만 막상 전체회의에서 회의 자료를 받아드니, 지헌은 다시 정신이 들기 시작하였다.

'여기서 박경완이가 제운이나 SH에 탈탈 털리면 다시 내게도 기회가 생긴다는 말이지?'

죽어있던 유지헌의 두 눈동자에, 다시 생기가 돌기 시작하였다. 아직 이 수주전을 어떻게 해야겠다거나 하는 구체적인 방법이 떠오른 것은 아니었지만 적어도 이 회의에 집중해서 참여할 이유 정도는 확실하게 생겼으니 말이다. 자세를 고쳐 잡은 유지헌은 단상 위로 천천히 올라서는 경완을 날카로운 눈빛으로 응시하였다.

'그래, 이대로 포기할 순 없지.'

지헌은 저도 모르게, 아랫입술을 슬쩍 깨물고 있었다. 오전 일찍 사내메일로 들어왔던 설계 공모작들을 미리 꼼꼼히 살펴보지 못했던 것이 아쉬운 지헌이었다.

— * —

경완이 참석했던 오전 회의는 이번에 〈청담 선영아파트 재건축 수주전〉을 위해 임시로 결성된 TF팀의 회의였다. 이 TF팀은 전부 다 경완의 손에 의해 꾸려진 인원들로 구성되어 있었다. 그러니까

이 회의는 오후에 있을 전체 회의 때 브리핑할 자료들을 정리하기 위한 '사전회의'라고 할 수 있었다.

아마 오후 회의에 참여할 임직원들도 공모된 설계들을 개략적으로 확인하기는 하겠지만, 그래도 이 사업의 주체가 될 경완과 그의 팀원들이 가장 빠삭하게 모든 설계들을 파악하고 있어야 했으니 말이다. 특히 오후 회의에는 임원진이 절반 이상 참여할 것으로 예정되어 있었기 때문에, 공모 설계들에 대한 경완의 브리핑이 무척이나 중요하다고 할 수 있었다.

"자, 다들 지금부터 뭘 해야 하는지는, 따로 설명 안 해도 알고 있겠지?"

"그렇습니다."

"물론이죠."

"우리는 오늘 오전 내로, 이 설계 제안서 다섯 개를 전부 분석해서 장단점을 정리해야 해."

"옙!"

"각자의 주관이 어쩔 수 없이 섞이기는 하겠지만… 그래도 최대한 객관적인 정보 위주 분석이 되어야 한다. 오케이?"

제안서는 총 다섯 종으로 많은 숫자는 아니었지만 그래도 꼼꼼히 살피기 위해선, 한나절 정도의 시간이 넉넉한 것은 아니었다. 해서 경완을 비롯한 팀원들은 최대한 집중해서 그것들을 분석하기 시작하였다.

"아무래도 최고 기대주는 APC건축사무소겠죠?"

"APC도 당연히 괜찮겠지만, 전 솔직히 크라티카 스튜디오가 제일 기대됩니다."

"아, 거기가 다니엘 제이콥이 작년에 차린 설계사무소지?"

"맞습니다, 부장님. 다니엘 제이콥이 작년에 프리츠커 수상 후보에도 오르지 않았습니까."

"뭐, 그런 건 사실 기억 안 나는데… 다니엘이 최상급 건축 디자이너라는 정도는 확실히 알고 있지."

설계 분석이 시작되자 공모에 참여한 설계사무소들의 이름이 하나씩 나오고 있었지만, 그중에 WJ 스튜디오에 대한 이야기는 없었다. 그리고 그것은 당연한 것이었다. 이 TF팀 안에 WJ 스튜디오에 대해 아는 인원은 경완과 재준밖에 없었고, WJ 스튜디오는 아직 이름도 생소한 신생업체였으니 말이다.

물론 클리오 브랜드 론칭에 WJ 스튜디오가 기여하긴 했지만, 그 실사에 가까운 모형을 만들었던 업체가 이번엔 설계 공모까지 참여했으리라고는 생각지 못하는 게 당연했다. 그러니까 두 사람을 제외한 다른 팀원들에게 'WJ 스튜디오'라는 영세 업체의 설계 제안서는 자연스레 가장 마지막 순서로 검토되는 것이 당연하다고 할 수 있었다.

'흐흐, 역시 다들 해외 업체부터 먼저 검토하는군.'

하지만 다른 사람은 몰라도 경완이 가장 먼저 펼쳐 든 것은 WJ 스튜디오의 제안서였다. 우진의 WJ 스튜디오가 해외 유명업체들보다 확실히 나을 것이라고 생각한 것은 아니다. 그냥 우진의 설계가 가장 궁금했고, 가장 기대됐을 뿐이었다. 우진은 이런 일이 있을 때마다 항상 그를 놀라게 해왔으니까.

'오호. 일단 개요는 깔끔하게 잘 정리되어 있고….'

첫 페이지를 확인한 경완은 고개를 끄덕이며 다음으로 페이지를 넘겼다. 그런데 바로 다음 순간.

"…!"

두 번째 페이지를 확인한 경완은 저도 모르게 두 눈을 크게 부릅 뜰 수밖에 없었다. 그 페이지에 인쇄되어 있는 풀컬러의 외관 조감 도가 한눈에 봐도 입이 쩍 벌어질 정도로 놀라운 퀄리티를 보여주 고 있었으니 말이다. 게다가 도저히 평범한 아파트라고 생각할 수 없는 파격적이고 신선한 디자인까지.

'그래, 이래야 서우진답지.'

물론 외관 조감도를 그럴듯하게 뽑았다고 해도, 그것은 빛 좋은 개살구일 수도 있다. 구체적인 설계 차원에서 그 멋진 조감도가 깔 끔하게 풀리지 않는다면, 그것은 그저 예쁜 그림에서 그치게 되는 것이니 말이다. 하지만 그런 부분을 떠나서 WJ 스튜디오의 조감도 는 시선을 확 끌어당기는 매력이 있었고.

그것은 분명 강력한 가산점을 줄 만한 요인이었다. 그래서 경완 은 더욱 기대감 넘치는 표정으로 WJ 스튜디오의 제안서를 꼼꼼히 살피기 시작하였다. 그리고 시간이 지날수록 경완의 입가에 걸린 미소는 점점 더 짙어지고 있었다.

— * —

원래 천웅건설의 전무급 이상 임원들은 어지간한 전체 회의에는 직접 참여하지 않는다. 대부분의 회의를 결과보고 형식으로 브리 핑받은 뒤 결재 위주로 업무를 하였으니 말이다. 하지만 이번 회의 안건인 청담 선영아파트 재건축 사업은 워낙 중요도가 높았다.

때문에 정은철 상무는, '전무보*'로 진급이 확정되었음에도 불구

---

* 상무가 '전무' 직급으로 승진하기 전, 중간 단계의 직급.

하고, 직접 이 회의에 참여할 수밖에 없었다. 회의에 참석한 보고자의 브리핑만으로 각 설계에 대한 판단을 하기엔 걸려있는 것이 너무 많은 사업권이었으니까.

'흠. 얼핏 봤을 때도 전반적인 퀄리티가 상당했던 것 같긴 한데…'

그런데 어쩐 일인지, 정은철의 표정은 꽤나 심각해 보였다. 뭔가 고민이 있는 표정이라고 해야 할까. 그리고 그의 표정이 심각한 데에는 당연히 이유가 있었다. 지금 정은철 상무는 조금 애매한 상황이었으니 말이다.

'후우, 마음이 이렇게 무거운 것도 오랜만이군.'

지금 그가 들어와 있는 회의의 안건인 〈청담 선영아파트 재건축 사업〉. 그의 라인이라고 할 수 있는 유지헌 부장을 위해서라면 이 사업이 어그러져야 맞다. 하지만 회사 차원에서 대승적으로 보면 이 사업권을 따내는 것이 어마어마한 이득으로 돌아올 게 분명했다. 단순히 금전적인 이득을 말함이 아니다.

청담동이라는 상징적인 부촌에 클리오 브랜드를 건 프리미엄 리버뷰 아파트를 시공할 수 있다면 브랜드 밸류가 수직상승할 게 분명했으니 말이다. 그래서 정은철은 당연히 박경완 부장이 이 사업권을 따내길 바랐다. 하지만 그런 생각을 하는 와중에도 내년이면 회사를 떠나게 될지도 모르는 유지헌 부장이 계속 눈에 밟히는 것은 어쩔 수 없었다.

'조금만 비중 낮은 사업권이었으면, 한번 어떻게 해보는 건데…'

어떻게 자신의 라인을 챙기기 위해 회사의 이익에 반하는 생각을 할 수 있겠냐고 얘기할 수도 있겠지만, 그것은 그리 단순한 문제가 아니었다. 회사라는 집단에서 살아남기 위해서는 앞에서 끌어주는 것만큼이나 뒤에서 밀어주는 것도 중요했으니 말이다.

이번에 정은철이 전무보로 승진하게 되는 데에 유지헌 부장의 도움이 크기도 했으며, 승진 이후에도 1년 단위 계약직인 임원 자리를 지키며 더 높은 자리로 나아가기 위해서라도 오랜 기간 다녀온 유지헌과의 관계가 꽤 아쉬운 것은 사실이었다.

'흐으음….'

그래서 정은철 상무는 복잡한 심경이었다.

'지헌이한테는 미안하지만… 아무래도 이번에는 어쩔 수 없겠어. 어차피 박 부장도 김 전무님 라인이니 나로서는 손해 볼 것도 없고.'

복잡한 사내정치를 잠시 떠올리던 정은철은 곧 고개를 휘휘 저으며 자세를 바로잡았다. 복잡하고 무거운 마음과 별개로 본격적인 설계에 대한 브리핑이 시작됐을 땐 누구보다 더 집중하여 프레젠테이션의 내용을 경청해야 하니 말이다.

그가 상황에 휘둘려 업무에 지장이 생길 정도로 무른 성격이었다면, 지금 이 자리까지 결코 올라오지 못했을 것이었다. 곧 박경완의 프레젠테이션은 시작되었고, 회의실은 쥐죽은 듯 조용해졌다. 어떤 목적을 가진 프레젠테이션이라기보단 정보 전달에 초점을 맞춘 브리핑에 가까운 발표였기 때문에, 회의장의 분위기 자체는 무척이나 담담하였다.

"자, 다들 사업장에 대해서는 잘 알고 계실 테니 서론은 여기까지만 하겠습니다."

박경완이 레이저 포인트를 누르자, 화면이 넘어가면서 첫 번째 건축사무소인 〈APC Firm〉라는 이름이 떠오른다. 그것을 시작으로, 꽤 길게 이어질 설계 공모에 대한 브리핑이 시작되었다.

— ＊ —

좋은 주거란 살기 좋은 집을 의미한다. 그리고 재건축 사업장의 조합원이 원하는 '새 집' 또한, 결국 살기 좋은 집이라고 할 수 있다. 그러니까 청담 선영아파트 재건축 사업장의 사업권을 따기 위해서는 그들 조합원이 원하는 살기 좋은 집을 설계해야 하는 것이다. 하지만 이것은 사실 본질적이고 원론적인 이야기일 뿐, 좀 더 현실적이고 원색적인 관점에서 재건축 사업장 조합원들의 입장을 대변한다면 바로 다음과 같은 두 줄의 문장으로 설명할 수 있을 것이다.

첫째, 어떤 시공사에게 공사를 맡겨야, 가장 집값이 많이 오를 것인가?

둘째, 어떤 시공사가 가장 저렴하게 집을 지어줄 것인가?

이 두 가지 중에서도 일반적인 사업장의 조합원들이 가장 많이 따지는 부분은 바로 두 번째다. 시공비의 절감은 곧 새 아파트를 얻기 위해 필요한 조합원의 분담금이 줄어든다는 의미였고, 보통 낙후되어 새로 지어지는 아파트에 사는 입주민들은 수천에서 억 단위가 넘어가는 추가 분담금을 부담스러워하는 경우가 많았으니 말이다.

그리고 그런 측면에서 봤을 때 WJ 스튜디오의 설계안은 너무 '이상'만 좇은 설계도였다. 한눈에 봐도 멋들어지는 외관 디자인에 호화로운 커뮤니티가 필요 이상으로 들어간 설계안. 적어도 유지헌의 눈에는 그렇게 보였다.

'딱 봐도 업계 돌아가는 것 잘 모르는… 신생업체에서 보내온 제안서로군.'

만약 공사비 등 현실적인 부분을 제외하고 본다면 가장 멋진 설계안을 가져온 회사는 다니엘 제이콥이 설립한 해외 사무소인 크라티카 스튜디오와 이름조차 제대로 들어본 적 없는 신생업체인 WJ 스튜디오였다. 그리고 그 둘 중에서도 설계의 창의성이나 혁신성만 놓고 보자면, 놀랍게도 WJ 스튜디오의 설계가 더 뛰어난 것 같았다.

하지만 그렇기 때문에 유지헌은 이 WJ 스튜디오의 설계도야말로 수주전에서 승리하기 위해 피해야만 하는 설계도라고 생각했다. 대충 살펴봐도 이 도면대로 건물을 올리고 마감 공사를 하려면, 어마어마한 공사비용을 책정해야 했으니 말이다.

'이 정도면, 평당 공사 가격이 최소 100만 원은 올라갈 거야.'

수주전에 승리하려면 공사비 절감은 물론 조합원들의 금융비용을 일부 부담해줄 각오까지 해야 할 정도로 출혈을 감수해야 했는데, 그런 정도의 출혈을 감수하기 위해서는 결코 이런 무리한 도면을 제시해선 안 됐다.

'스카이 브릿지에 인피니티 풀뷰라… 미쳤군. 미쳤어. 이러면 관리비는 대체 어떻게 감당하라고?'

물론 청담동은 부촌이고, 때문에 선영아파트의 조합원들은 프리미엄 설계를 원할 것이 분명했다. 하지만 지헌이 생각하기에 이건 가도 너무 갔다. 조합원들이 원할 프리미엄이란 최소한의 비용 내에서 시공 가능한 특별한 설계요소들이지, 이렇게 부담스러울 정도로 공사비를 올리면서까지 공사해야 하는 특별한 설계는 아니라고 생각한 것이다. 천웅건설에서 부장 자리까지 올라오면서 수

많은 사업장을 경험한 지헌은 이렇게 확신하였다. 이 도면을 들고 수주전에 나간다면, 천웅건설은 결코 승리할 수 없을 것이라고 말이다.

'공사비에 이 정도까지 때려 박으면… 조합원들 영업은 제대로 해볼 수도 없을 거고, 이주비 지원 같은 부분도 거의 나가기 힘들겠지.'

하지만 그렇기 때문에 지헌은 WJ 스튜디오를 선택하기로 했다. 다른 사람은 몰라도 그만큼 천웅건설이 이번 수주전에서 실패해야 할 이유를 가지고 있었고, 이 도면을 밀어서 수주전에 올릴 수 있다면 수주전에 실패할 확률이 대폭 올라간다고 생각했으니 말이다.

'디자인, 설계가 괜찮으니 명분도 충분하고….'

그래서 지헌은 본격적인 회의가 시작되자, WJ 스튜디오를 밀기 시작했다. 그 시작은 바로 이사진의 입에서 WJ 스튜디오에 대한 이야기가 처음 나오기 시작했을 때였다.

"WJ 스튜디오… 여긴 신생인데도 설계 퀄리티가 대단하군."

사실상 이 회의에 들어와 있는 임직원들 중 가장 직급이 높은 김진표 전무의 입이 떨어지자마자, 재빨리 그 말을 받아 옆에서 푸시하기 시작한 것이다.

"그렇습니다, 전무님. 저도 오전에 검토하다가 깜짝 놀랐다니까요?"

"하하, 유지헌 부장도 그렇게 느꼈나?"

"공모 설계인데 투시도까지 이 정도로 뽑아 온 회사도 여기뿐이지 않습니까?"

"그렇지."

유지헌의 말을 듣던 정은철 상무도 고개를 끄덕이며 입을 열었다.

"확실히 유 부장 이야기 대롭니다. 신생이라 큰 기대 없어서 그런지, 설계 내용이 더욱 놀랍더군요."

지금 이 천웅건설의 회의장에는 무려 오십 명이 넘는 인원이 참석해 있다. 과장급부터 시작해서 임원까지, 이번 프로젝트와 관련된 모든 인원이 참석해 있었으니 말이다. 하지만 그럼에도 조용하게 대화가 오갈 수 있는 건, 회의장에서의 발언권 때문이었다.

이렇게 전무까지 참석해 있는 회의장에선, 부장급 이상의 직급이 아니라면 입을 열 수 없다는 암묵적인 룰이 있었으니 말이다. 때문에 이렇게 임원들 사이에서 나온 이야기들이 결국 전반적인 회의의 흐름으로 이어질 수밖에 없고 그것이 곧 회의의 결과와 직결되는 것이다. 정은철 상무의 말이 계속해서 이어졌다.

"하지만 한 가지 문제가 있습니다."

"정 상무, 말해보시게."

"이미 다들 인지하고 계시겠지만… 공사비를 어떻게 해결해야 하느냐는 것이죠."

정은철 상무의 말에 모든 임직원들이 작게 고개를 끄덕였다. 특화 설계, 프리미엄 설계에 항상 따라올 수밖에 없는 고질적인 문제. 그것은 WJ 스튜디오의 설계에 필연적으로 언급될 수밖에 없는 문제였고, 그래서 정은철이 아닌 누구라도 반드시 한 번쯤은 짚고 넘어갈 만한 것이었다. 해서 누군가 이 이야기를 꺼내길 기다렸던 유지헌이 재빨리 다시 입을 열었다.

"결국 건축비의 증액은 피할 수 없을 겁니다. 하지만 이번 사업장은 청담동이 아닙니까?"

"그렇지."

"아마 선영아파트의 조합원들은 강남에서도 최고의 아파트를 갖길 원할 겁니다."

임직원들의 시선이 유지헌을 향했고, 마른 침을 삼킨 그가 천천히 다시 말을 이었다.

"만약 클리오 브랜드를 론칭하기 전이라면, 저도 좀 무리한 선택이라 생각했을 겁니다. 프리미엄이라는 이미지가 제대로 잡히지 않은 상황에서 무리하게 건축비를 올리고 특화 설계를 제시한다면, 조합원들이 쉽게 납득하지 못할 테니 말입니다."

유지헌의 말은 일리 있었고, 그래서 다들 집중해서 경청하였다.

"하지만 다들 어려울 것이라던 아현 뉴타운에서, 클리오가 결국 성공했습니다. 게다가 프리미엄이라는 이미지까지 완벽히 구축했지요."

누가 보더라도 완벽히 회사를 위한 발언으로 보이는 유지헌의 이야기들.

"때문에 오히려 이번 청담 선영 사업장에서 저희가 어중간한 프리미엄 설계를 내어놓는다면, 아마 조합원들은 실망할 테고… 차라리 조금 무리하더라도 최대한 특별한 설계를 제시해서 조합원의 마음을 움직이는 게 저희가 할 수 있는 선택이 아닌가 합니다."

유지헌의 이야기를 듣던 김진표 전무가 피식 웃으며 입을 열었다.

"그래서 자네는 이 WJ 스튜디오의 설계가 마음에 든다는 건가?"

김 전무의 노골적인 질문에 유지헌은 멋쩍게 웃으며 답했다.

"그건… 노코멘트 해도 되겠습니까?"

"그러시게. 뭐, 어차피 이곳에서 바로 설계를 선택해야 하는 문제는 아니니 말이야."

오늘 회의가 끝나면 회의에 참석했던 모든 임직원들이 투표를 한다. 그리고 그 투표를 바탕으로 임원 회의가 다시 열리게 되며, 거기서 최종 설계안이 결정되게 된다. 결국 최종 결정이야 대표인 천종걸이 하겠지만, 이 모든 회의의 내용과 이사진의 견해가 천종걸의 판단에 근거가 되어줄 것이다.

발언권 있는 임직원들의 적극적인 토론과 함께, WJ 스튜디오의 설계에 대한 논의는 꽤 길게 이어졌다. WJ 스튜디오에 대한 논의는 마지막 순서였지만, 가장 긴 시간이 할애된 것이다. 그리고 이야기가 얼추 정리된 뒤, 경완의 최종 브리핑과 함께 회의가 마무리되었다. 무려 다섯 시간이 넘게 진행된, 이례적일 정도로 길었던 회의. 그런데 이 회의가 끝날 즈음 누구보다 열심히 회의에 참여했던 유지헌은 문득 이런 생각이 들었다.

'그런데 나, 잘한 거 맞겠지…?'

사실 회의가 끝난 시점에도, 어떤 회사의 설계가 최종 낙점될지는 알 수 없는 상황이었다. WJ 스튜디오의 설계가 제법 이슈화되기는 했지만, 그렇다고 다른 회사들의 설계에 비해 압도적인 지지를 받는 분위기까지는 아니었으니 말이다.

하지만 최소한 임원들이 인지도 낮은 신생회사를 다른 회사들과 동일 선상에 놓고 비교할 수는 있게 된 수준. 그래서 어느 정도는 계획대로 된 느낌이었지만, 그게 뭔가 조금 기분이 묘했다. 임원들을 설득하기 위해 WJ 스튜디오 설계의 장점에 대해 어필하다 보니, 거꾸로 자신마저도 설득당한 느낌이랄까?

"젠장."

"왜 그러십니까, 부장님?"

"아, 몰라. 퇴근들이나 해. 일곱 시가 넘었는데 안 가고 뭐 하고 있어?"

괜히 부하직원에게 툴툴댄 유지헌은 가방을 챙겨 사무실을 나섰다. 오늘은 아무래도 소주라도 한잔해야 할 것 같았다.

마음을 움직이려면

화요일 오후, WJ 스튜디오는 무척이나 평온했다. 그도 그럴 것이 가장 많은 인원이 오가는 설계시공 파트의 직원들이 전부 다 휴가를 나가 있었으니 말이다. 대표 직권으로 행해진 강제 휴가 조치. 모형 파트의 직원들은 부러워했지만, 그와 동시에 더욱 의욕을 불태웠다.

결국 설계시공 파트 직원들에 대한 대우가 본인들에게도 마찬가지로 통용되는 것이었고, 그 말인즉 실적이 커지고 일이 많아지면 자신들 또한 좋은 대우를 받을 수 있게 될 것이라는 확신이 들었으니까. 물론 지금도 매출이 좋은 달에는 인센티브를 받고 있었고 말이다.

"크… 대표님, 저는 휴가 좀 안 주십니까?"

대표실에 잠시 놀러온 석현이 커피를 마시며 묻자 우진이 피식 웃으며 대답하였다.

"이번 달 매출 5억 넘으면, 모형 파트도 일주일 휴가 내줌."

"응? 이미 넘었잖아."

"전체 매출 말고, 모형 파트 매출 말이야."

"야 이⋯! 나쁜 사장님아!"

시공 파트와 달리 모형 파트는 영업이익률이 꽤나 높다. 그리고 영업이익률이 높다는 말은 반대로 매출 크기를 올리기 힘들다는 말과도 일맥상통한다. 해서 WJ 스튜디오의 10월 달 전체 매출 중, 모형 파트의 매출 비중은 대략 3억 정도. 그 1.5배가 넘는 수준의 매출을 달성하라는 이야기였으니, 석현의 입장에서는 억울할 만도 했다.

"왜? 할 수 있잖아, 석구."

"하아⋯."

깊게 한숨을 내쉰 석현이 다시 말을 이었다.

"이런 게 바로 지옥의 쳇바퀴인가?"

"그게 무슨 소리야?"

"생각해봐."

"뭘?"

"일을 쉬고 싶어서 휴가를 요청했어. 그런데 휴가를 가려면 매출을 올려야 한대. 그럼 어떡해? 매출을 올리기 위해서는 야근을 해야 하지."

우진은 피식 웃으며 고개를 끄덕였다.

"빙고."

"야이, 씨. 너무하잖아!"

하지만 석현의 강력한 반발에도 우진은 손가락만 까딱일 뿐이었다.

"뭐가 너무하냐. 매출 달성이고 나발이고, 휴가 없는 나는 안 보이냐?"

"⋯!"

"시공 설계 전부 다 휴가 줬어도, 난 아침부터 출근했잖아."

"그… 렇게 말해버리면….'

"그럼 뭐?"

"제가 할 말이 없어지잖습니까, 대표님."

"<u>흐흐흐</u>."

물론 천웅건설의 공모 마감이 끝나고 나니, 우진도 훨씬 여유로워진 것은 사실이었다. 하지만 그것과 별개로 대표라는 자리는 마음 놓고 쉴 수 없는 자리. 직원들이 돌아왔을 때 붕 뜨지 않도록 일정을 정리하고 다음 일거리를 준비해놓으려면 우진은 오늘도 계속 움직여야만 했다. 커피를 다시 한 모금 홀짝인 석현이 우진을 향해 입을 열었다.

"야, 서우진."

"왜?"

"그러니까 내가 저번부터 말하잖아. 휴학이라도 좀 하라고."

"너처럼?"

"그래, 나처럼."

본격적으로 일이 바빠진 뒤 석현은 일찌감치 휴학 일정을 잡아놓은 상태였다. 원래 다니던 학과가 적성에도 잘 맞지 않았기 때문에 어렵지 않게 할 수 있었던 선택.

'언젠가는 졸업장 받겠지, 뭐.'

하지만 우진은 석현과 상황이 달랐다. 시간적으로 버겁고 힘들지언정 우진에겐 아직 학교가 꼭 필요했으니 말이다.

"배워야 할 게 많아서 아직 휴학은 안 돼."

"어휴, 욕심은 많아서."

"그래도 학과장님 배려로 내년부턴 훨씬 편해질 거야."

"어련하시겠어."

잠시 뜸을 들인 우진이 석현을 향해 다시 입을 열었다.

"그리고 사실 너랑 같이 공부해보고 싶은 분야도 좀 있어."

"나랑… 같이? 뭘?"

뜬금없는 우진의 말에, 석현이 고개를 갸우뚱하며 되물었다. 디자인 공부를 공대생인 자신과 함께하고 싶다는 게, 선뜻 이해되지 않았으니 말이다. 물론 석현도 과거에는 디자인 지망생이었지만, 이제는 딱히 디자인 공부에 욕심이 있진 않았다.

그는 지금 이곳 WJ 스튜디오에서 자신이 맡은 모형 파트를 키워 나가는 게 너무 재밌었으니 말이다. 그런데 우진의 다음 말이 이어진 순간, 석현은 더욱 놀랄 수밖에 없었다. 우진의 입에서 나온 말이 전혀 예상치 못했던 것이었으니까.

"프로그래밍 쪽을 좀 배워보고 싶어."

"뭐… 라고?"

석현은 눈이 휘둥그레져 되물었지만, 우진은 별것 아니라는 듯 계속해서 말을 이었다.

"제대로 된 프로그래밍을 배우겠다는 건 아냐. 내가 어떻게 그것까지 공부하냐? 그게 그렇게 쉽게 겉핥기식으로 배울 수 있는 분야도 아니고."

"그럼 뭔데?"

"정확히는 알고리즘을 배우고 싶은 거야."

"알고리즘이라면…."

"디자인 툴에 쓰이는 알고리즘. 그러니까 라이노에 들어가 있는,

그래스호퍼(Grasshopper) 같은 비주얼 스크립트(Visual Script)*를 좀 공부해보고 싶다는 거야."

라이노는 우진이 지금 학교에서 조운찬 교수에게 배우는 프로그램인 3D맥스처럼, 3D모델링을 위해 사용하는 프로그램이다. 아직 우진은 다룰 줄 모르는 프로그램이었지만, 2학년부터 공부하게 되는 프로그램. 그리고 그래스호퍼는 라이노와 연결되어 있는 플러그인 프로그램인데, 아직 K대 디자인과에서도 조운찬 교수 외에는 할 줄 아는 사람이 없는 프로그램이었다. 2010년도 기준으로는 수업도 아직 개설되어 있지 않은 신문물이었고 말이다. 그럼에도 불구하고 우진이 이 프로그램을 공부하고 싶어 하는 이유는 당연히 미래를 알기 때문이었다.

'디지털 건축이 유행하기 시작하면… 비주얼 스크립트를 할 줄 아는 건 엄청난 무기가 되니까.'

우진은 전생에 해외 설계사무소에서 이 라이노 그래스호퍼를 활용해 특별한 설계를 뽑아내는 것을 많이 봤었다. 손으로 그릴 수 없는 특별한 패턴이나 구조를, 알고리즘을 활용한 계산으로 만들어내는 디지털 설계. 이것은 우진이 학교를 쉽게 휴학하지 못하는 가장 큰 이유 중 하나이자, 꼭 배우고 싶은 분야였다. 그리고 컴퓨터공학을 전공한 석현은 코딩 실력이 꽤 좋으면서 디자인적인 감각도 있었으니 석현과 함께 공부한다면 시너지가 날 것이라 생각한 것.

하지만 당연하게도 석현은 그래스호퍼에 대해 전혀 모르고 있었다. 라이노야 제품디자인이나 모형제작 분야에도 많이 쓰이는 3D

---

* 프로그래밍된 스크립트 함수를 아이콘화시켜서, 아이콘끼리 연결하는 것으로 알고리즘을 좀 더 쉽게 짤 수 있도록 만들어진 프로그램.

프로그램이기에 알고 있지만, 그래스호퍼는 라이노에서 서비스하기 시작한 지 아직 일 년도 채 되지 않은 프로그램이었으니까.

"그래스호퍼? 완전히 처음 들어보는데? 비주얼 스크립트라고?"

"뭐 지금 당장은 아직 좀 먼 얘기니까, 그냥 그렇게만 알고 있어."

"젠장, 넌 대체 그런 걸 어디서 다 알아오는 거야?"

"대표님은 원래 모르는 게 없지."

"제이든한테 말투 옮았냐?"

"네가 할 소린 아닌 것 같은데."

"후우⋯."

우진과 석현은 마주 본 채로 피식거리며 웃었다. 업무 중에 이렇게 잠깐 마주 앉아 일 얘기를 나누는 것 또한 일상에 활력이 될 수 있는 소소한 재미. 하지만 그런 휴식도 당연히 길게 이어질 수는 없었다. 석현은 마감이 임박한 모형작업 때문에 다시 움직여야 했고 우진 또한 저녁 약속이 잡혀 있었으니 말이다.

"자, 그럼 이제 슬슬 일어날까?"

"맞다, 너 오늘 그 박 부장님 만난다고 했지?"

"맞아, 저녁 한 끼 같이 하기로 했어."

"공모 결과⋯ 들고 나오시려나?"

"글쎄, 그거야 가봐야 알겠지."

공모 마감일로부터 이틀밖에 지나지 않은 날짜였기에, 경완이 벌써 결과에 대한 이야기를 하려고 부른 것은 아닐 것이다. 하지만 내심 기대가 있는 것도 사실이었다.

'흐⋯ 오랜만에 떨리네, 이거.'

그리고 청담 선영 재건축 사업 공모결과를 기대하고 있는 것은 석현도 마찬가지였다. 석현은 우진이 설계한 청담 선영아파트의 조감도와 투시도를 전부 봤었고 만약 설계팀에서 이 사업권을 따낸다면, 그 조감도로 봤던 멋들어진 아파트 단지 건축모형을 석현이 제작하게 될 테니 말이다.

'그건 진짜 작업해보고 싶은데….'

아무리 디테일을 잘 살리고 모형제작 실력이 좋아도, 기본적으로 설계된 디자인에 따라 최종 퀄리티는 천차만별일 수밖에 없다. 그리고 그런 측면에서 이번 청담 선영아파트 재건축의 모형작업은 WJ 스튜디오 모형 팀에게 최고의 포트폴리오를 만들어줄 수 있는 디자인이었다. 게다가 청담동 프리미엄사업장이라는 특수성이 있는 만큼, WJ 스튜디오의 모형을 더 널리 알릴 수 있는 좋은 기회. 때문에 석현이 눈독을 들이고 있는 것은 당연한 부분이었다.

"오늘 가서, 사바사바 좀 잘 해봐."

"사바사바가 뭐냐, 촌스럽게."

"사업 좀 꼭 따오란 얘기야."

"나도 그러고 싶어, 인마."

우진이 눈을 게슴츠레 뜨며 다시 입을 열었다.

"석구, 콩고물에 너무 관심이 많은 것 아냐?"

"콩고물이라니!"

"청담 선영 모형 정도면 1억은 그냥 부를 수 있을 텐데… 이거로 매출 확 끌어올려서 5억 만들려고 하는 건…."

"어? 음… 그게…."

정곡을 찔린 석현은 딴청을 피우며 고개를 돌렸고, 우진은 그런 석현의 옆구리를 쿡쿡 찌른 뒤 옷걸이에 걸려있던 코트를 꺼내 입었다. 이럴 때 보면 단순해서 귀여운 구석이 있는 석현이었다.

"그거 설령 따오더라도, 매출은 이번 달에 안 잡힌다. 알지?"

"뭐?! 왜!"

"네가 잘못 생각하고 있는 게 있는데, 우리가 공모작으로 선정되더라도 산이 하나 더 있어, 인마."

"음…?"

"조합원 투표에서 천웅이 최종 결정돼야, 모형을 만들든 말든 하지 바보야."

"아, 맞네."

생각지 못했던 난관에, 석현은 조금 당황한 표정이 되었다. 석현도 이제 업계에서 일한 지 반년이 넘어가는 상황이었지만, 그래도 모형 파트가 아닌 부분에 대해서는 잘 몰랐던 것이다. 우진의 말이 다시 이어졌다.

"그러니까 일단 공모 당선되고, 수주전까지 다 끝나고 나면 최소 12월."

"으윽."

"수주전까지 승리해서 청담 선영 사업장 따내고… 이 건이 모형 파트 매출에 1억으로 잡히든 2억으로 잡히든, 네 휴가와는 무관하다는 말씀이지. 내가 조건으로 내건 건, 11월 매출이니까."

"홀리 싯!"

슬픈 표정을 한 석현을 뒤로한 채, 우진은 가방까지 챙겨서 대표실을 나섰다.

"그래도 오늘 경완 아재 만나서, 혹시 사업장 또 받아올 거 없는지 한번 물어볼게. 수도권에 몇 군데 있는 거로 아니까."

우진의 마지막 말을 들은 석현은 그가 나가는 방향을 향해 90도로 허리를 숙여 인사했다.

"믿쑵니다, 대표님!"

"우리 석구, 유연하네. 폴더폰처럼 허리도 잘 접히고."

"열심히 하겠쑵니다!"

"크크, 있다 봐. 미팅 끝나고 연락 줄게."

석현의 씩씩한 배웅을 뒤로한 채, 우진은 빠르게 엘리베이터를 타고 내려가 차에 시동을 걸었다. 퇴근 시간보다 조금 이른 시간이었기에 서울 시내에도 차는 그리 막히지 않았고, 천웅건설이 있는 종각역까지 삼십 분도 채 지나기 전에 도착할 수 있었다. 우진이 차를 직원에게 맡기고 들어선 음식점은 과거 박경완과 처음으로 사업 이야기를 시작했던 고급 일식집.

'그때가 엊그제 같은데… 벌써 많이 왔네, 서우진.'

우진은 새로운 감회를 느끼며 음식점 안으로 들어갔고, 경완의 이름을 대자 직원이 친절히 그를 자리로 안내해주었다. 그리고 그곳에선 먼저 온 박경완이 씨익 웃으며 우진을 맞아주었다.

"빨리빨리 못 다니나, 서 대표."

"일찍 오셨네요?"

"일하기 싫어서. 좀 일찍 나왔지."

우진이 자리에 앉자 경완은 음식을 주문하였다. 두 사람이 이곳에 오면 항상 주문하는 메뉴가 있었기에, 주문은 오래 걸리지 않았다.

쪼르륵-

이어서 잠시 직원이 따라주는 찻물을 지켜보던 경완이, 특유의 능글맞은 표정으로 우진을 향해 입을 뗴었다.

"서 대표."

"예?"

"오늘, 왜 보자고 했을 것 같아?"

우진의 심장박동이 조금씩 빨라지기 시작하였다.

— * —

월요일에 있었던 회의가 진행되는 동안, 경완은 진행자로서 정신이 하나도 없었다. 하지만 그 정신없는 와중에도 그가 넋 놓고 있었던 것은 아니다. 회의를 진행하면서도, 공모작으로 올라온 설계들에 대한 고민도 많이 했었으니 말이다. 각자 의견을 피력하는 여러 직원들의 이야기들을 경청하면서, 과연 어떤 설계를 선택하는 게 이 수주전에 최선의 선택이 될지 끊임없이 고민한 것이다.

WJ 스튜디오에 자꾸 마음이 가는 것은 사실이었다. 우진과의 친분 때문인지 아니면 설계의 높은 퀄리티 때문인지는 몰라도 회의가 중반 이상 진행될 즈음 경완의 마음은 이미 WJ 스튜디오 쪽으로 반 이상 기울어 있었다. 하지만 반대로 그 우진과의 친분 때문에 경완은 더욱 자신의 판단에 신중을 기해야 했다.

우진과의 친분이 본인의 판단에 조금이라도 영향을 주는 것을 최대한 경계한 것이라고 해야 할까? 사실 오늘 경완이 우진을 만나자고 한 것도 이와 같은 맥락이었다. 화요일인 오늘은 임원 회의가 열리는 날이었고 회의에서 어느 정도 결과가 도출된 뒤 수요일 오전쯤, 대표이사 천종걸이 경완을 아마 불러올릴 것이다.

그 자리에서 경완이 천종걸과 어떤 이야기를 나누느냐에 따라 공모의 결과가 결정된다고 봐도 무방했으니 그전에 우진을 만나보고 싶었던 것이다. 경완은 사실 오늘 이 자리에서 우진으로부터 어떤 확신을 얻고 싶은 것인지도 몰랐다. 그가 WJ 스튜디오의 설계를 밀어붙여도 될, 확실한 근거 같은 것을 말이다. 그래서 능글맞게 말을 꺼낸 경완은 천천히 이야기를 풀기 시작했다.

"오늘 내가 물어볼 게 좀 많아, 서 대표."

"물어볼 거요? 뭔데요?"

"뭐겠냐. 당연히 공모 입찰 건 때문에 그렇지."

경완의 대답에 우진의 눈이 반짝였고, 경완은 그것을 놓치지 않았다.

"넌 어떻게 생각해?"

"자꾸 밑도 끝도 없이 그렇게 물어보시면 뭐라고 대답합니까?"

경완이 피식 웃으며 답했다.

"네가 보낸 그 설계 말이야. 현실적으로 경쟁력 있다고 생각해?"

경완의 물음을 들은 우진은 머리를 빠르게 굴렸다. 그가 지금 듣고 싶은 말이 뭔지 판단해야 했으니 말이다.

'설계가 마음에 들지 않는데, 여기까지 날 불러서 밥이나 먹자고 하실 양반은 아니고….'

우진의 말이 이어졌다.

"저야, 된다고 생각했으니 메일 썼죠."

"안 된다고 생각했어도 일단 쏘긴 했을 거 아냐?"

"아닙니다. 안 된다고 생각했으면 그냥 기권했습니다."

"흐음, 그래?"

우진의 이야기는 거짓말이 아니었다. 턱도 없는 설계를 보내서 WJ 스튜디오의 신뢰도만 떨어뜨리느니 차라리 공모에 기권을 하는 것이 우진의 판단이었을 테니 말이다. 경완은 그런 우진의 진심을 느꼈고, 그래서 좀 더 솔직하게 이야기를 풀기 시작했다.

"사실 네 말이 맞아, 서 대표."

"뭐가요?"

"나도 네가 보낸 설계 보자마자, 바로 된다고 생각했거든."

"…!"

"그래서 솔직히 WJ 스튜디오를 밀어보고 싶다. 오늘 널 부른 것도 그 때문이고 말이야."

경완은 직원이 따라놓고 간 찻물을 홀짝이며 잠시 침묵했고, 그의 말을 들은 우진은 기분 좋은 표정이 될 수밖에 없었다. 공모 결과가 결정됐다는 얘기는 아니었지만, 담당자인 경완의 마음을 움직인 것만 해도 충분히 고무적인 성과였으니 말이다. 그래서 우진은 경완의 다음 말을 재촉했다.

"그럼, 밀어주시면 되잖아요? 뭐가 문젭니까?"

어지간한 일에는 동요하지 않는 우진이었지만, 이번에는 상기된 표정을 숨길 수 없었다. 청담 선영아파트의 재건축 설계는 그만큼 우진도 간절히 바라는 사업이었기 때문이다.

"문제? 그래, 문제라…."

애피타이저로 나온 샐러드를 한 젓갈 집어 먹은 경완은 슬슬 본론으로 들어가기 시작했다.

"서 대표."

"예?"

"어디 허공에서 건축비 떨어질 데 없냐?"

"네? 갑자기?"

"갑자기라니. 방금 문제가 있다고 했잖아."

"…?"

"설계는 다 좋아. 멋지고, 깔끔하고, 고급스럽고. 나도 한 채 사서 살고 싶었으니까."

"에이, 부장님은 이미 아현동 사셨잖아요. 욕심은…."

"네가 거기 사라고 해서 여기 못 사잖아!"

"그게 이렇게 되는 겁니까…?"

"어땠든, 말이 잠깐 샜는데…."

경완은 고개를 절레절레 저었다.

"요지는 그거야."

"다 좋은데, 공사비가 너무 막대할 것 같다는 거죠?"

"그렇지."

우진의 대답에 경완이 인상을 팍 쓰며 한마디 했다.

"짜식이, 다 알아들었으면서 모른 척을 해?"

"모른 척이라뇨. 방금 이해한 겁니다, 방금."

"말이나 못 하면…."

자신 못지않게 능글거리는 우진을 보며, 경완은 한숨을 푹 쉬었다. 매번 느끼는 거지만 이놈 스물둘은 확실히 아닌 것 같았다.

"너랑 얘기하다 보면 말리는 기분이야."

"그런 걸 기분 탓이라고 하는 거죠."

"휴우."

두 사람이 대화하는 사이 커다란 회 접시가 한 대접 식탁 위에 올라왔고, 우진은 그것을 한 점 집어 먹었다. 기름기 좔좔 흐르는 참치 뱃살이 우진의 혀에 닿자마자 살살 녹아내렸다. 경완이 무슨 생각을 하는지 어느 정도 눈치챈 우진이 다시 입을 열었다.

"부장님, 공사비라는 게 뭡니까?"

"뭐긴 뭐야. 공구리 쳐올리는 데 들어가는 돈이지."

"그거 누가 냅니까?"

"시행사, 아니 조합원이 대지."

"그럼 비싸진 만큼의 공사비를, 결국 조합원들에게 납득시킬 수 있으면 되는 거 아닙니까?"

"그걸 누가 몰라?"

"그러니까 평당 일이백 더 주고라도 우리 클리오를 선택하라고, 그렇게 어필할 수 있는 방법만 있으면 되는 것 아닙니까?"

뭐라 대꾸하려던 경완의 입이 순간 다시 다물어졌다. 우진의 이야기가 정확히 경완의 가려운 곳을 긁어줬으니 말이다. 이렇게까지 얘기했던 건, 어떤 방법이 있다는 얘기. 경완은 우진의 다음 말을 기다렸고, 우진은 천천히 입을 떼었다.

"결국 조합원들이 바라는 건, 자신들이 최대한 큰 이득을 보는 겁니다."

"그렇지."

"이득을 보는 방법이 공사비를 깎는 방법만 있는 것은 아니죠."

"집값이 더 오르면 된다?"

"그게 원론이긴 합니다만…."

우진의 말이 다시 이어졌다.

"불확실성이 큰 미실현 이득에 대한 어필만으로는 조합원들의 마음을 돌려오기 힘들 겁니다."

"그럼 어쩌자는 거야?"

우진이 씨익 웃었다.

"저희에겐 일반분양분이라는 무기가 있지 않습니까?"

우진이 생각지 못했던 부분을 꺼내자 경완은 살짝 움찔했다. 하지만 재건축 사업이라는 커다란 수레바퀴가 굴러가기 위해 빠질 수 없는 요소가 바로 일반분양이었고, 그래서 우진이 꺼낸 얘기는 자연스러운 흐름이기도 했다.

"흐음."

잠시 턱을 만지작거린 경완이, 툭 내뱉듯 말했다.

"더 얘기해봐."

— * —

일견 복잡해 보이는 재건축 사업의 구조는 생각보다 간단하다. 일단 사업이 시작되는 이유는 당연히 낙후된 아파트를 새 아파트로 개선하고 싶은 본질적인 주거의 질 향상에 대한 갈망. 하지만 아파트를 부수고 그 자리에 새 아파트를 더 멋들어지게 짓는 사업에 돈이 한두 푼 들어갈 리 없었다.

본래 그 집에 살던 사람들이 공사기간 동안 임시로 나가 살 집을 구해야 하는 등 잡다하게 들어가는 부대비용들을 전부 제외하고 생각해보더라도… 애초에 공사 규모 자체가 어마어마했으니 말이다. 그럼 그 돈을 어떻게 조합원들이 충당할까? 그 비밀은 바로 용적률에 있었다.

용적률이란 쉽게 말해, 아파트 모든 층의 면적을 전부 합한 넓이(연면적)가 대지면적과 비교했을 때, 어느 정도의 비율이 되느냐를 의미하는 수치다. 삼사십 년 전에 지어진 아파트들은 층수가 낮아 용적률이 150퍼센트 미만인 경우가 많았고, 2010년을 기준으로 건축법상 3종 주거지역*에 허용되는 구역은 용적률 상한이 250퍼센트를 넘길 수가 있었으니 건축 가능한 남은 용적률을 최대한 활용하여 층수를 올리고 세대수를 늘리면, 같은 땅에 지어져 있던 원래 아파트보다 세대수가 훨씬 더 많은 대단지를 지을 수 있는 것

---

* 일반주거지역의 하나로, 중·고층주택을 중심으로 편리한 주거환경을 조성하기 위해 국토교통부장관·특별시장·광역시장이 지정하는 지역.

이다. 그러니까 천 세대가 넘는 청담 선영아파트의 경우 부수고 새 아파트 단지가 들어서면 조합원들에게 새 아파트를 한 채씩 나눠 준 뒤에도 외부인들에게 분양할 수 있는 아파트가 수백 채 이상 나오게 된다.

한 채에 십억이 넘을 아파트 수백 채를 팔아 번 돈으로 공사비를 충당할 수 있으니 이렇게 대규모로 아파트를 부수고 다시 짓는 재건축 사업이 무리 없이 진행될 수 있는 것이다. 그런데 이렇게 아파트 분양으로 건축비를 충당한다면, 조합원들이 부담해야 하는 추가 분담금이란 대체 무엇일까? 이건 간단한 문제다. 새 아파트 수백 채를 팔고도 공사비가 부족할 때, 추가 분담금이 생기는 것이었으니까. 그래서 땅은 넓고 조합원 수는 적은 사업성 좋은 사업장의 경우 조합원에게 추가 분담금 대신 환급금이 나오거나 아파트 두 채가 생기는 경우도 나올 수 있다.

"일반분양분의 분양가를 올려서 공사비를 충당하면, 결국 조합원이 부담해야 할 돈은 줄어듭니다."

"그야, 그렇지."

"공사비가 늘어나는 만큼 평당 분양가를 올리면 되겠죠."

우진의 말은 청산유수처럼 이어졌다.

"사실 공사비 올라간 만큼까지 올릴 필요도 없습니다. 분양가로 상승분의 70퍼센트 정도만 충당해도, 조합원들은 기꺼이 나머지 30퍼센트 정도 수용할 테니까요."

"음…."

"물론 최대한 올려서 오히려 조합원들 분담금까지 낮춰준다면, 더 좋은 결과가 나올 수 있겠죠."

우진의 말이 끝나고 경완은 잠시 생각에 잠겼다. 당연히 우진의 말을 전부 이해했지만 몇 가지 짚고 넘어가야 할 문제들이 있었으니 말이다.

"그래, 다 좋아. 다 좋은데….."

경완은 조목조목 따져 묻기 시작했다.

"일단 가장 먼저 생각나는 문제는 분양가 상한제."

"그건 이제 상관없지 않습니까."

"그래. 뭐, 이거야 폐지한다고 발표했으니 사실상 유명무실해진 셈이고….."

입이 마르는지 물을 한 모금 마신 경완이 다시 입을 떼었다.

"그럼 결국 문제는 올린 분양가를 소비자들이 어떻게 받아들이느냐인데….."

머릿속으로 잠시 계산한 경완이 말을 이었다.

"공사비 평당 백을 단순 계산으로 분양가로 돌리면, 34평 아파트 기준으로 총 분양가가 3~4천이 늘어나는 거야. 그렇지?"

"그렇죠."

"예상보다 몇 천 이상 올라간 분양가를 소비자들이 받아들이고 사갈까? 미분양 되면 그게 더 큰 골치인 거, 너도 잘 알잖아?"

일전에도 언급한 적 있지만, 2010년도는 강남이라 해도 미분양이 충분히 날 수 있는 부동산 불경기였다. 시대적 상황이 이러다 보니, 시공사와 조합에서 분양가를 어떻게 산정하든 정부에서 크게 터치하지 않는 시기이기도 했다.

정부에서 집값을 잡기 위해 만들었던 분양가 상한제를 폐지하는 이유도 바로 그 때문이고 말이다. 그래서 경완의 걱정은 너무 당연한 것이지만, 재밌게도 우진의 입장에서는 걱정거리조차 되지 않는 문제였다. 우진은 당장 몇 년 뒤의 상황을 적나라하게 알고 있으니까.

'청담 선영 재건축은 미분양 되면 그냥 건설사에서 안고 가도 이득인데….'

미분양이 막 백 채 이상 나와서 감당되지 않는 게 아니라면, 건설사에서 완공 때까지만 들고 있으면 된다. 금융비용으로 꽤 많은 돈이 깨지겠지만 그쯤은 아무것도 아니다. 완공 시점만 돼도 이곳에 지어질 새 아파트는 프리미엄이 수억 이상 붙어서 팔려나갈 테니까.

'돈만 있으면 내가 미분양 싹 다 주워가고 싶네.'

하지만 이런 미래의 사실을 경완에게 공유할 수도 없는 노릇이니, 우진은 잠시 고민에 빠졌다.

— * —

경완과의 대화는 꽤 늦게까지 이어졌다. 우진이야 명확한 정답을 알고 있었지만, 그것을 경완에게 에둘러 설명하기 위해서는 좀 많은 변명이 필요했으니 말이다. 그래서 거의 밤 열한 시가 될 때까지 이어진 이야기 끝에, 우진은 이렇게 솔루션을 제시하였다. 정말 고심에 고심 끝에 도출된 결론이라고 할 수 있었다.

"일단 베스트는 당연히 미분양이 안 나도록 마케팅 총력전을 펼치는 겁니다."

"그야, 정공법이고."

"그래서 결국 미분양이 났다? 그건 천웅이 안고 가는 방향으로 조합과 합의를 보는 겁니다."

"천웅이… 안고 간다고?"

"조합원들이야 어차피 미분양이 됐든 뭐가 됐든 분담금만 적게 나오면 장땡 아닙니까?"

"그렇지."

한 차례 심호흡을 한 우진이 담담한 목소리로 이야기를 정리했다.

"그러니까 수주전에서 조건을 내걸 때, 분양가 얼마 이상으로 분양해서 건축비를 충당하겠다고 하면서…."

우진이 검지로 탁자를 톡톡 두들겼다.

"최대한 노력해서 미분양이 나지 않게 하되 만약 어쩔 수 없이 물량이 남는다면 어떻게든 천웅이 전부 소화해내겠다고 계약서에 명시하는 겁니다."

"그걸 계약서에 명시한다고?"

"계약서에 안 쓰면, 무슨 의미가 있습니까? 나중에 건설사가 분명히 말 바꿀 거라고 생각할 텐데요."

"그렇긴 하지."

"그런 양아치 건설사도 실제로 많고요."

"흐음…."

경완의 미간에 깊게 골이 패였다. 우진의 말대로 한다면 확실히 수주전에서의 불리를 메워낼 수 있다. 설계는 최대한으로 고급화하고 그로 인한 공사비 리스크는 건설사에서 대부분 떠안는다는데, 마다할 재건축 조합은 어디에도 없는 것이다. 심지어 불리의 극복을 넘어서 천웅을 선택하게 만들 메리트로까지 전환시킬 수 있는 방안인 것. 하지만 이렇게 되면 문제는 역시 천웅에서 그 리스크를 감당할 수 있느냐는 점이었다. 경완이 다시 말했다.

"우리 회사 재무상태가 괜찮긴 한데… 그랬다가 수십 채 남으면

나 바로 옷 벗어야 돼, 인마.”

“그럴 일은 없게 만들어야죠.”

“남 일이라고 쉽게 말하나?”

“걱정 마세요. 미분양 나면 제가 제일 먼저 한 다섯 채 주워갈 테니까요.”

우진의 대답에 경완은 어처구니없는 표정이 되었다. 평범한 아파트도 아니고 강남 최고 입지의 프리미엄 아파트다. 그걸 다섯 채 가져간다고 하니 귀를 의심할 수밖에 없는 것이다.

“뭐? 다섯 채?”

그런데 우진은 거기서 한술 더 떴다.

“WJ 스튜디오 법인 명의로 한 열 채, 제 개인 명의로 한 다섯 채 가져갑니다. 어때요?”

농담인지 진담인지조차 구분하기 힘든, 우진의 기가 막힌 이야기.

“분양가 얼만지는 아는 거지?”

“어차피 계약금 10퍼센트만 있으면 주워갈 수 있지 않습니까. 중도금이야 무이자 대출될 거고.”

하지만 우진은 진심이었다.

‘34평 기준 분양가 한 13억 나올 거고. 그럼 계약금이 한 채당 1.3억일 테니까 열 채 해봐야 13억… 결국 한 채 가격. 일반분양은 빨라야 내년 여름일 테니, 그때까지 13억 정도 만드는 건 충분히 가능한 일이지.’

우진이 생각하기에 이건 어떤 의미에서 신의 한 수였다. 2015년만 되도 청담동의 한강뷰 프리미엄 아파트는 최소 17억 시세까지는 올라올 테고 그럼 한 채당 4억씩 남기는 셈이니, 열 채면 40억을 버는 거다. 13억 묶어두고 40억을 챙길 수 있는, 기가 막힌 투자

처라는 이야기다. 완공될 때 지불해야 할 중도금과 잔금은 세입자를 들여 전세로 대부분 해결하면 된다. 지금이야 분양가가 13억이지만 완공 시점인 2013~2014년 즈음에는, 전세가만 해도 최소 10억이 훌쩍 넘을 테니까.

게다가 한 가지 더. 미분양된 아파트를 계약하면 주택 숫자에 포함되지 않고 양도세를 감면시켜주는 등 각종 세금혜택까지도 볼 수 있다. 정부 입장에서는 골치 아픈 미분양을 해결해주는 착한 투자자가 되는 것이니까. 천웅은 리스크를 줄여서 좋고, 우진은 돈을 벌어서 좋고, 조합원들은 추가 분담금을 줄일 수 있어서 좋고. 그렇다고 누구에게 피해 줄 것도 없으니… 모두가 웃을 수 있는 완벽한 제안인 것이다. 물론 당장이야 우진이 엄청난 손해를 보는 것처럼 보이는 모양새였지만 말이다.

"야, 그렇게까지 할 건 없다."

"그렇게까지 한다니요?"

"네가 굳이 그렇게까지 리스크를 나눠갈 필요는 없단 말이야."

우진이 피식 웃었다.

"리스크라뇨. 투잔데."

"뭐?"

우진은 경완과 이야기를 나누며 미리 펼쳐놨던 지도를 손가락으로 짚었다.

"여기 이 자리. 아까도 말씀드렸지만 청담동에서 다시 나오기 힘든 최고의 자립니다. 한강뷰 제대로 나올 거고, 최상급 주변 인프라에 남쪽으로는 경기고 학군에… 역에서 조금 멀다는 단점이 있지만, 청담동 특성상 그렇게 큰 흠도 아니죠, 이 정도는."

"그래서?"

"전 딱 10년 뒤에 청담 선영 아니, 청담 클리오. 최소 더블 이상 봅니다."

"더블… 이라고? 그럼 26억?!"

"솔직히 30억까지도 보니까, 저는 걱정 않으셔도 돼요."

"미친…."

우진은 예측처럼 얘기했지만, 원래 이곳에 지어졌던 청담 아르티아 리버뷰 30평대의 가격이 2020년에 30억이었던 건 사실이다. 그러니까 우진은 단지 알고 있는 사실을 얘기한 것뿐이다.

'천웅에서 내 설계로 클리오 브랜드 달고 시공하게 되면, 아르티아보다 더 고급화 설계로 들어가니까… 30억보다도 더 치고 올라가도 전혀 이상하지 않지.'

미래에 우진과 WJ 스튜디오의 유동자금이 어떨지는 알 수 없지만, 어지간하면 10년도 충분히 들고 갈 만한 투자처. 하지만 우진과 달리 미래를 모르는 경완은 그의 호언장담에 말을 잃을 수밖에 없었고, 그런 그를 향해 우진이 몇 마디를 덧붙였다.

"물론 제가 드린 이 얘기는 그냥 부가적인 옵션 정도로만 생각해 주시면 됩니다."

경완은 여전히 혼미한 표정이었지만, 우진은 담담히 말을 이었다.

"일단 천웅에서는 공사비 증가분을 부담해서라도 수주전을 따내고 청담동 한복판에 클리오 브랜드를 박는다는 생각으로… 제가 제안드린 안을 도급계약서에 넣으시면 되는 거죠."

잠시 동안 이어진 침묵. 생각에 잠긴 경완은 우진의 이야기를 머릿속으로 곱씹고 있었고, 우진은 그의 고민이 끝날 때까지 조용히 기다렸다. 경완이 생각하기에 이것은 너무도 파격적인 제안이면서, 그와 동시에 꽤나 솔깃한 제안이었다.

'그래, 공사비를 그냥 우리가 부담해버리는 것보단, 차라리 분양가를 올리고 미분양분을 책임지는 형태로 비용을 부담하는 게 훨씬 더 나은 선택지가 되겠지. 어쩌면 대표님까지 설득해볼 수 있을지도….'

우진이 미분양분을 열 채 이상 가져간다고 했던 것은 그냥 그만큼 확신이 있다고 강조하기 위한 빈말 정도로 생각했다. 아무리 생각해도 그것을 진담으로 받아들이기엔, 너무 미친 소리 같았으니 말이다. 생각을 마친 경완의 입이 다시 천천히 열렸다.

"후우, 좋아. 오늘 서우진이 부른 건, 역시 잘한 선택이었군."

"대충 계산 끝나셨나 봅니다?"

"어느 정도 길이 보여."

"그러실 줄 알았습니다. 제가 그렇게 허황된 사람은 아니거든요. 하하."

"허황된지 어떤지는 모르겠고, 확실한 건 하나 있어."

"그게 뭔데요?"

"네가 미친놈이라는 거."

"하하하."

우진은 그 뒤에도 윗선에 어필할 만한 조언들을 몇 가지 더 첨가해주었고, 경완은 그것들을 꼼꼼히 정리하여 노트에 메모했다. 그리고 두 사람이 귀가를 위해 바깥으로 나왔을 때, 시간은 이미 자정에 가까운 늦은 밤이었다.

"으, 벌써 열두 시네."

우진의 중얼거림에 경완도 한숨을 푹 쉬었다.

"마누라한테 잔소리 좀 듣겠군."

"곧 임원 진급한다고 떡밥 좀 잘 뿌려보세요. 그럼 형수님도 용서해주실 겁니다."

"크크, 스물두 살짜리가 내 와이프한테 형수님이라고 하니까 뭔가 웃긴데?"

"그럼 사모님이라고 불러드립니까?"

사모님이라는 우진의 말에 경완이 구토하는 시늉을 하며 고개를 휘휘 저었다.

"야, 징그럽다. 그냥 형수라고 해라."

"흐흐, 거 보십쇼."

"네가 진짜 스물둘이면 사모님 해도 괜찮은데, 그게 아니잖아."

"아니긴 뭐가 아닙니까? 저 스물둘 맞잖아요!"

"아무튼 아니야."

"민증 또 까야 됩니까?"

"민증 위조해서 들고 다니는 거, 그거 불법이라고 했냐 안 했냐, 서우진."

"하, 이 아저씨 모시고 동사무소라도 한 번 가야 하나…."

우진과 경완은 마지막까지 유쾌하게 웃으며 헤어졌다. 경완을 먼저 보내고 차에 시동을 건 우진은 한층 가벼워진 표정으로 액셀을 밟기 시작했다.

부르릉-

밤이 늦어서 그런지 도로에는 아무도 없었고, 덕분에 우진은 집까지 금세 도착할 수 있었다.

'휴우, 오늘은 잠도 잘 안 올 것 같은데….'

경완에게 들은 얘기대로라면, 내일이면 공모에 대한 결과가 거의 확정적으로 나올 것이다. 천웅건설의 대표이사 천종걸은 지지부진 시간을 끄는 성격이 아니라고 했으니 말이다. 그리고 내일 결과가 어떻게 나오느냐에 따라 WJ 스튜디오의 2011년이 달라질 테니, 우진의 입장에서는 두근거리는 게 너무 당연한 일.

"다녀왔습니다."

"우진이 왔냐."

"네, 엄마."

"오늘은 또 왜 이렇게 늦었어?"

"미팅이 좀 있어서요."

"그래, 고생했다. 얼른 씻고 들어가 자거라."

"엄마도 얼른 주무세요."

"오냐."

어머니께 인사한 뒤 자기 전 샤워를 하는 동안에도 우진의 머릿속은 청담 선영에 대한 생각으로 복잡했다.

'공모 결과도 결과인데, 수주전도 진짜 박 터지겠네.'

쏴아아-

'만약 공모에서 떨어지면 바로 다음 프로젝트를 준비해야겠지? 사업장 여기저기 제안서 돌릴 준비라도 해야 하나….'

그렇게 오만 가지 생각에 빠져 있던 우진은 결국 침대에 누워서도 새벽까지 잠들지 못했다.

"흐아아암…."

하여 우진이 결국 잠든 시간은 동이 트기 직전인 새벽 네 시. 그나마 다행인 건, 수요일 오전 일정이 딱히 잡혀있지 않다는 부분이었다.

짹- 째잭-!

그래서 아침 새가 지저귀고 해가 중천에 떠오르도록, 우진은 침대에 누워 숙면을 취하고 있었다. 알람도 싹 다 꺼놓고 워낙 곤히 잠들어 있다 보니, 어머니 주희도 그를 깨우지 않은 것이다. 그리고 우진이 그렇게 늦잠에 빠져 있는 사이 연달아 울리는 짧은 진동과 함께 우진의 휴대폰에 메시지가 도착하기 시작했다.

위잉-!
[발신자 : 박경완 부장님]
메시지에 담긴 내용은 우진이 그렇게 간절히 바라던 바로 그 내용이었다.
[서우진, 준비해라. 11월 한 달, 나랑 한 번 제대로 갈려보자. (AM 10:09)]
[내가 이렇게까지 해줬는데, 수주전 못 따면 알지? 너 죽고 나 죽는 거야, 인마. (AM 10:12)]
[야, 서 대표! 뭐야, 잠수 탄 건 아니지? (AM 11:41)]
[너 잠수 타면, 학교로 찾아간다? (AM 11:45)]

하지만 경완의 메시지가 다섯 통이 넘게 쌓일 때까지, 우진은 세상모르는 표정으로 곤히 잠들어 있을 뿐이었다.

수주전의 시작

〈우리 집에 왜 왔니〉 촬영팀은 오늘도 훈훈한 분위기 속에서 촬영을 마쳤다. 시청률이 아직 20%를 뚫지는 못했지만 그래도 19~20% 언저리에서 순항 중이었고. 조만간 주말 예능 원톱 자리까지도 노려볼 수 있을 것 같았으니 말이다. 게다가 더욱 고무적인 것은 예능 흥행 지표 중 하나인 '다시보기'의 조회수가 또 한 번 폭발적으로 증가했다는 것. 덕분에 오늘도 기분 좋게 촬영을 마친 윤재엽은 짐을 정리하며 옆에 있던 리아에게 말했다.

"리아, 오늘 오랜만에 다 같이 한잔하는 건 어때?"

"오, 지금?"

"그래, 롸잇 나우!"

"그런데 다 같이… 면, 누구누구? 수하 언니랑 우진이는 당연히 포함이겠고. 두영 선배나 민하 언니까지?"

"야, 너 동우는 무시하냐."

"아, 맞다. 동우 씨도 있었지."

"어쨌든 그렇게까지 크게 벌일 판은 아니고, 그냥 우리 넷이 한 잔할까 해서."

"뭐, 난 좋은데. 수하 언니랑 우진이 어디 갔어?"

오늘 촬영은 본격적으로 재엽의 집 인테리어가 시작되기 바로 전 간단한 몇 가지 미션과 함께 최종점검을 하는 촬영이었다. 때문에 재엽 팀에서도 재엽, 리아와 수하, 우진이 각각 다른 미션을 수행하여 따로 촬영되었고 촬영이 끝날 무렵 마지막 촬영장에 모인 것. 그런데 방금 도착한 줄 알았던 두 사람이 갑자기 안 보이니, 재엽과 리아가 어리둥절한 표정이 된 것이다.

"엇, 그러게. 얘들 어디 갔지?"

"PD님이 부르셨나?"

하지만 두 사람이 두리번거리던 그때, 반대편에서 나타난 수하가 그들의 궁금증을 풀어주었다.

"우진이는 먼저 갔어, 오빠."

"엇, 수하 언니!"

"응? 우진이가 갔다고?"

"PD님께 양해 구하고, 나랑 여기 도착하자마자 바로 갔어. 뭐 엄청 바쁜 일이 있나 보던데? 둘한테도 먼저 가서 미안하다고 전해 달래."

수하의 말에, 재엽과 리아는 고개를 갸웃했다. 우진이 촬영이 끝난 뒤에 이렇게까지 빨리 사라지는 것은 본 적이 없었으니 말이다.

"걔야 항상 바쁘잖아. 특별히 무슨 일이 있는 건 아니겠지?"

리아의 말에, 수하가 어깨를 으쓱하며 대답했다.

"뭐, 특별히 바쁘긴 하겠지."

재엽도 한마디 했다.

"흐음, 이러면 나가린데."

재엽의 말을 들은 리아가 그를 살짝 째려보았다.

"와, 재엽 오빠. 나가리라니! 이제 대놓고 우진이만 챙기겠다, 이건가?"

수하도 옆에서 거들었다.

"그러니까 말이야. 우진이 편애하는 것 봐, 대박…."

두 동생들의 말을 들은 재엽은 오히려 어이없다는 표정이 되었다.

"와, 너네 뭐냐. 평소에 이 늙은 오빠 버리고 우진이만 챙기던 게 누군데!"

"흠, 내가 그랬나?"

"그런 기억 없는데."

"서럽다, 서러워. 동생들이 나이 많은 오빠 갈구네."

재엽의 과장된 제스처에 수하와 리아는 피식 웃을 수밖에 없었다.

"어쨌든 그럼 오늘 술자리는 없던 걸로?"

"아냐, 셋이 한 잔 간단하게 하지 뭐. 맛집 하나 새로 찾아놨어."

"나가리라며?"

"아 진짜 뒤끝 쩌네, 유리아."

장난스레 인상을 팍 써 보인 재엽이 다시 말을 이었다.

"다른 게 아니고, 오늘 원래 우진이한테 물어보고 싶던 게 있어서 나가리라고 했던 거야."

리아 대신 수하가 먼저 물었다.

"우진이한테 물어볼 거?"

"그래."

이번에는 리아가 물었다.

"부동산 관련이야?"

재엽이 고개를 끄덕이며 대답했다.

"그렇지 뭐. 어머니 일 때문에 뭐 좀 물어보려 했었는데… 당장 급한 건 아니니까 괜찮아."

재엽의 대답에 수하와 리아는 절로 고개를 끄덕였다. 부동산과 관련된 분야에서 물어볼 게 있었다면, 우진이 먼저 가버린 것이 확실히 아쉬울 만했으니 말이다.

"여튼, 그럼 셋이 한 잔?"

"콜!"

"나도 뒤에 딱히 스케줄 없어."

"좋아, 딱 두 시간만 가볍게 마시고 귀가하자고."

죽이 척척 맞는 세 사람은 각자의 매니저에게 이야기한 뒤, 재엽의 차에 함께 올라탔다. 그렇게 재엽 팀의 우정은 오늘도 돈독해지고 있었다.

—— * ——

건설업계에 오래 있다 보면, 수많은 더러운 일들을 겪게 된다. 워낙 다양한 사람이 모이는 곳이다 보니, 별별 일들이 다 생기는 것이다. 물론 업계 전체가 그렇다는 건 아니다. 부정한 사람보다는 정직하고 성실한 사람이 더 많은 것이 당연한 이치였으니까. 어쨌든 그런 이면의 더러운 사건들이 가장 많이 일어나는 행사 중 하나가, 바로 건설사들이 총력으로 뛰어드는 강남 재건축의 수주전이었다. 업계에서도 '비리의 복마전'이라고까지 불리는 게 바로 건설사 수주전이었으니까. 그 비리들이란 이를테면, 다음과 같은 일들이었다.

[〈단독〉×××아파트, 재건축 수주전, 난무하는 돈다발에 시장 '혼탁']

- 지난여름, 시공사 합동 설명회와 함께 조합원 투표를 앞두고 있는 ○씨는 황당한 경험을 했습니다.

- 수주전에 뛰어든 대형 건설사 A건설 관계자로부터, 천만 원을 호가하는 명품 가방을 선물 받은 겁니다.

[×××아파트 조합원 : 당연히 거절하고 돌려보냈죠. 그런 걸 어떻게 받겠어요?]

- ○씨는 거절했지만, 더욱 황당한 일은 그 뒤에 벌어졌습니다.

- 이번에는 ○씨의 자녀에게 B건설사에서 접촉한 겁니다.

- ○씨의 딸이 하굣길에 받은 B건설의 홍보 전단물에, 수백만 원이 넘는 돈이 든 봉투가 들어있었다고 합니다.

[B건설 관계자 : 용역 직원이 성의 표시를 한다는 게… 따님이 편하니까 거기(홍보전단) 넣어놨었나 봐요.]

딸이 가져온 봉투에서 돈을 발견한 ○씨가 전화를 걸어 따지자, 그냥 넣어두라고 설득까지 합니다.

[B건설 관계자 : 저희 직원 입장에선 그냥 당연한 걸 한 겁니다. 저야 봉투 안 봐서 얼만지는 모르는데, 그게 뭐 10만 원이든 100만 원이든 얼마든 간에 그냥 간단하게 외식이라도 하시면… 그러니까 그런 맥락으로 보시고, 이거(돈 봉투)는 그냥 받아 두시는 게…]

- 이렇게 재건축 사업장의 시공권을 따내기 위한 건설사들의 로비는 갈수록 더 심해지고 있습니다.

- 고가의 금품은 물론 상품권에 과일바구니 등…

당연히 건축 수주를 위해 조합원들에게 별도의 대가를 지불하는 것은 도정법(도시정비법)상 불법에 해당하는 일이다. 하지만 워낙 관례처럼 행해져 온 일이었기에 업계에서는 이러한 로비를 당연시 생각하고 있었고, 때문에 이런 로비 없이 수주전을 치른다는 것은 2010년엔 너무 힘든 일이었다.

서울시의 개입과 함께 본격적으로 클린 수주전이라는 슬로건을 내걸며 수주전이 청결해지는 데까지는, 앞으로도 십 년은 더 필요했으니 말이다. 그래서 수주전을 준비하는 천웅건설 TF팀에서 가장 먼저 고민하기 시작한 것이 바로 이 공공연하게 이뤄지는 어둠의 거래였다.

"휴, 이것 좀 그만할 방법 없나?"

경완의 말에, 옆에 앉아있던 오주형 영업부장이 고개를 절레절레 저었다.

"이걸 어떻게 그만둬? 그게 그렇게 쉬웠으면, 내가 지금까지 이러고 있겠냐?"

"그치?"

"솔직히 이거 하고 싶은 건설사 아무 데도 없을 건데… 대체 왜 이러고 있는 건지…."

"아무 데도 없는 거 맞냐? 명성이나 제운은 이거 없으면 영업 못할걸?"

"하긴, 그런가? 크크."

사실 수주전에서 진흙탕 싸움을 하는 것은 말 그대로 치킨게임일 뿐이었다. 서로 어떤 건설사에서 돈을 많이 뿌리느냐에 따라 수주의 승자가 결정된다고 생각하다 보니 경쟁사들의 눈치를 봐가며 조금이라도 더 쓰려고 계속해서 눈먼 돈만 뿌리는 것이다.

그렇다면 그 돈다발과 선물 공세를 받는 조합의 입장에서는 좋을 것이냐?

그 또한 아니었다. 허공으로 사라지는 그 돈은 결국 건설사가 산정한 건설비에 다 포함되는 금액이고, 이렇게 날아가는 비용만큼 아파트에 들어가는 돈이 줄어드는 셈이니 말이다. 이야말로 그 어느 누구도 이득 볼 것 없는 최악의 치킨게임. 하지만 그러한 사실을 알면서도 건설사에는 선택권이 없다. 모든 건설사가 클린하게 수주전을 한다는 보장이 없는 한 말이다.

'건설사끼리 손을 잡고 페어플레이를 약속한다? 어림도 없지. 죄다 뒤로 호박씨를 깔 놈들뿐인걸.'

그래서 천웅도 결국, 이 불법 로비를 위한 예산을 따로 책정할 수밖에 없었다. 그리고 〈청담 선영 재건축사업〉을 위해 꾸려진 TF팀의 본격적인 첫 업무가 뒷돈을 만들기 위한 예산책정이라는 사실이 경완은 무척이나 씁쓸할 수밖에 없었다.

"휴, 일단 오늘은 퇴근하고 다음 주에 다시 이야기하도록 하지."

경완의 말에 오주형이 마주 한숨 쉬며 고개를 끄덕였다.

"그러자고."

어차피 설계안이 정해진 이번 주는 구체적인 방향성에 대한 큰 틀만 잡으면 되는 주간이다. 해서 금요일 저녁인 오늘, 7시쯤 되어 얼추 일이 정리되자 경완은 자리에서 일어났다. 그를 돕기 위해 수주 영업에 대한 자료를 공유하던 오주형도 따라 일어섰다.

"가볍게 한잔하고 들어갈까?"

"안 피곤해?"

"다음 주부터는 바짝 달려야 하잖아. 오늘 아니면 언제 한잔하겠어."

224

주형의 말에 경완은 고개를 끄덕였다. 그는 사내에서 경완이 터놓고 지내는 몇 안 되는 친구였지만 서로 바쁜 탓에 술 한 잔 나눈 지도 오래됐다. 경완도 한잔 생각이 날 만한 것이다.

"그래, 뭐. 나쁘지 않지."

그런데 주형과 함께 짐을 챙겨 사무실을 나서던 경완은 엘리베이터에 타기 직전에 생각지도 못했던 문자를 받게 됐다.

[발신자 : 애늙은이]

별생각 없이 시간이나 확인하려고 휴대폰을 열었는데, 익숙한 번호가 떡하니 찍혀있는 것이다.

'음? 이놈이 갑자기 무슨 일이지?'

우진과는 낮에도 업무 관련해서 협업 때문에 계속해서 연락했지만, 오늘 해야 할 이야기는 전부 마무리된 것으로 생각했다. 그래서 퇴근 시간이 지나서 온 문자가 의아했지만, 경완은 망설임 없이 메시지의 내용을 확인했다. 그리고 다음 순간,

"…!"

"음? 박 씨, 왜 그래?"

"아니, 잠깐만."

경완은 적잖이 당황할 수밖에 없었다.

'서우진 이놈, 진짜 무슨 관심법이라도 쓰는 건가?'

우진이 보내온 문자 안에는 방금까지 경완이 고민하던 내용과 관련된 부분이 담겨 있었으니 말이다.

[부장님, 퇴근 후에 시간 되세요? 조합원 영업 관련해서 드릴 말씀이 좀 있는데…]

우진은 경완이 아는 어떤 실무자보다도 이 업계의 생리에 대해서 잘 안다. 때문에 그런 우진이 말하는 '조합원 영업'이란, 분명 방

금까지 경완과 주형이 고민하던 진흙탕 싸움에 관련된 것일 터. 그래서 경완은 술 한 잔 걸치려던 계획을 곧바로 수정할 수밖에 없었다.

"야, 오주형이."

"응?"

"술은 다음에 마시자."

"왜, 갑자기. 무슨 일 생겼어?"

주형의 반문에 고개를 끄덕이려던 경완은 문득 무슨 생각이 났는지 다시 고개를 저으며 입을 열었다.

"아, 아니다. 생각해보니, 너도 같이 가는 게 좋겠어."

"나? 밑도 끝도 없이 그게 무슨 말이야? 어딜 가는 건데?"

띵-!

경완은 마침 열린 엘리베이터의 문 안으로, 주형의 팔을 끌고 들어가며 얘기했다.

"네 말 대로, 술 한잔하자. 대신, 꼬마 놈 하나도 끼워서."

"꼬마 놈?"

"어차피 너도 조만간 한 번 만나야 될 꼬마야. 그러니까 잔말 말고 따라와."

경완이 이번 프로젝트의 총괄 실무자이긴 했지만, 사실 어둠의 영업을 빠삭하게 아는 것은 누구도 아닌 주형이다. 영업부장이라는 타이틀이 괜히 달린 것은 아니었으니 말이다. 그래서 경완은 주형을 끌고 갔고, 주형은 영문 모르는 표정으로 끌려가 경완의 차에 탔다. 그들이 향한 곳은 성수동, WJ 스튜디오 인근의 포차였다.

— * —

수요일에 공모작 채택이 확정된 이후부터 우진은 하루 종일 수주전에 대한 생각뿐이었다. 확실히 큰 산을 하나 넘은 것은 맞지만, 수주전에서 천웅을 승리시키는 건 이보다도 훨씬 더 큰 산이었으니 말이다.

'천웅이 제일 유리할 수 있을 방향. 그걸 찾아야 해.'

사실 엄밀히 따지자면 수주전에 힘쓰는 것은 우진과 WJ 스튜디오의 일이 아니다. 합동설명회 전까지 설계사무소의 역할은 건설사와 협업하여 충실히 설계를 발전시키고 보완하는 일이었으니 말이다. 하지만 그것은 직원들이 다시 출근하는 월요일부터 시작해도 될 일이었고, 그래서 우진은 진태와 함께 사무실에서 데이터를 분석하는 중이었다. 원래대로라면 금요일인 오늘까지 진태는 휴가였지만, 우진의 부름에 기꺼이 나와주었다.

"어때, 진태 형. 이제 좀 과정이 이해가 돼?"

"대충. 큰 그림 정도는 그려지네."

"알고 보니 별거 아니지?"

"별거 아니긴 인마. 대체 넌 건설사에서 일한 것도 아니면서 이런 걸 어떻게 다 아는 거냐?"

'건설사에서 일한 것도 아니면서'라는 진태의 말에, 우진은 속으로 헛웃음을 지었다. 진실을 말해줄 수는 없는 노릇이니 말이다.

'내가 수주전만 몇 번을 치렀는데….'

진태는 우진과 함께 이전에 진행된 수주전에 대한 데이터를 분석 중이었다. 정확히는 천웅건설에서 공유해준, 아현동 재개발 사업의 수주전 과정에 대한 데이터 분석. 진태는 목공 일을 오래했지만, 재건축 사업은 완전히 별개의 분야였고, 그래서 이에 대한 지식은 많지 않았다. 때문에 전반적으로 우진이 가르쳐주는 형태였다.

"관심이 많으니까 잘 알지."

"무슨 말도 안 되는 소릴…."

"무튼, 지금 그게 중요한 건 아니잖아?"

"그렇지."

"오늘 여기서 우리는 핵심을 찾아야 해."

"핵심?"

"천웅건설이 다른 건설사들에 비해 조금이라도 유리하려면, 어떤 판이 짜여야 하는지 말이지."

사실 수주전에 대해 분석하고 전략을 짜는 데까지는 진태의 도움이 크게 필요하지 않다. 차라리 박경완 부장과 한번 만나서 이야기를 나누는 것이, 전략 수립에 훨씬 더 큰 진전이 있을 테니까. 하지만 우진은 앞으로를 위해서라도 진태가 이번에 함께 움직이며 경험을 쌓아야 한다고 생각했다. 진태는 앞으로 우진을 대신해서 더 많은 일을 해줘야 할 인재였으니까.

"일단 지금까지 들은 얘기를 토대로 생각해보면, 중요한 건 결국 변수를 줄이는 거네."

"그렇지. 일단 돈으로 바르기 시작하면… 천웅이 제운급을 이기는 건 더욱 어려워지니까."

"그럼 결국 다른 건설사에서 조합에 로비하는 것 위주로, 찾아서 막으면 되는 거 아닌가?"

"어떻게?"

"신고하는 거지, 뭐. 도정법 위반으로 신고하면 자격 박탈이라도 되지 않을까?"

꽤 순진한 진태의 물음에 우진은 웃으며 고개를 저었다. 그렇게 간단한 문제였다면 지금 이렇게 고민하고 있지도 않을 테니까.

"아니, 그건 아니야."

"왜?"

"물론 가능하다면 가장 원론적인 방법이 되겠지만 현행법이 좀 지랄 맞거든."

"흠…? 어떻게?"

"사실상 꽤 명백한 증거를 잡아서 가져가도, 벌금 좀 물면 끝이야."

"미친."

"관리부서까지 싹 다 그 나물에 그 밥이니까 어쩔 수 없어. 예전에는 건설사가 로비에 쓴 돈을 아예 비용처리까지 해줬던 시절도 있었을걸?"

"와 씨, 구멍가게나 대기업이나 공사판은 다 똑같구면."

"그렇지 뭐."

업계에는 관행이라는 게 있다. 그것이 부정한 일인 줄 알면서도, 별다른 죄책감조차 없이 너무 당연시 행해지는 관행들. 조합원에 대한 건설사의 로비는 거의 70년대부터 이어져 오던 관행이었고, 이렇게 오래 이어져 왔다는 것은 공무원들의 묵인도 함께 있었다는 뜻이다.

신입으로 들어온 공무원들도 '이 정도는 당연한 거다. 원래 그런 거다'라는 식으로 일을 배워왔으니, 이 부분이 단순히 '신고' 같은 것으로 해결될 리 없는 것이다. 애초에 증거 잡는 것도 어렵지만, 증거를 잡아서 민원을 넣어봐도 아마 겉으로만 듣는 척하면서, 뒤에서 무시해버릴 게 분명했다.

'아마 세상 물정 모르는 얼간이 취급을 당할지도 모르지.'

그래서 우진은 고심하고 또 고심했다. 대체 어떻게 하면 자연스럽게 이 더러운 수주전의 판때기를 뒤집을 수 있을까? 물론 설계에 최선을 다했고, 그것으로 조합원들의 마음이 움직이기만을 바랄 수도 있다. 하지만 그것은 우진의 스타일이 아니다. 할 수 있는 게 더 있다면, 뭐라도 더 해서 더 완벽한 판을 만들고 싶었다.

"그럼 사실상 방법이 없는 거 아냐?"

진태의 말에 우진이 고개를 저었다.

"아니, 방법은 있을 거야, 분명히."

"음…? 그럴까?"

일견 뾰족한 수가 없어 보이긴 했지만, 우진이 방법이 있을 것이라 확신하는 데에는 당연히 그만한 이유가 있다.

'분명히 2020년대에는, 이 악폐습이 사라지고 클린 수주가 대세였으니까. 그때도 분명 어떤 계기가 있었을 거야.'

그것은 다름 아닌, 경험했던 미래에 대한 기억. 그런데 우진이 그렇게 고민에 빠져 있던 그때, 그가 생각지도 못한 이야기를 진태가 불쑥 꺼내 들었다.

"야, 우진아. 그럼 이건 어때?"

"음? 뭔데?"

"결국 이거 로비라는 게… 받는 사람이 조합원인 거잖아?"

"그야, 그렇지."

"그럼 조합 쪽에 얘기해서 원천 봉쇄를 해보는 건?"

"뭐?"

우진이 살짝 놀라는 표정을 짓자, 진태는 더욱 신나서 말을 이었다.

"네 말에 의하면 결국 로비에 쓰인 돈도 조합원들 추가 분담금으로 전가된다며."

"맞아."

"그러면 어차피 조합원들도 손해 보는 거니까… 조합에 잘 말해서 처음부터 거부하게 만들어버리면 다른 건설사에서도 방법 없잖아?"

"…!"

진태의 말을 듣고 뭔가를 깨달았는지, 우진은 말을 잃고 골똘히 생각에 잠겼다. 그렇게 잠시 동안 정적이 흘렀지만, 진태는 곧 고개를 저으며 뒷머리를 긁적였다. 말하다 보니 자신이 간과하고 있었던 문제를 스스로 인지한 것이다.

"아니다, 역시 말도 안 되는 얘기 같네. 애초에 조합원들이 그 이치를 알고 있는 사람들이면, 로비에 흔들려서 표를 주고 그러지 않겠지."

하지만 우진은 진태와 생각이 다른 듯 보였다.

"잠깐만, 형."

"그냥 한번 생각나는 대로 떠들어본 거야. 너무 진지하게 받아들이진…."

"됐어, 됐다고."

"응?"

"방법이 생긴 것 같아."

"뭐?"

놀라서 반문하는 진태를 보며, 우진이 자리에서 벌떡 일어났다.

"나 잠깐, 문자 한 통만 보내고 올게."

"…?"

"잘하면 괜찮은 길이 보이는 것도 같아서."

우진은 뭔가 생각났는지 갑자기 휴대폰을 들고 어디론가 나갔다. 그리고 무슨 상황인지 영문을 알 수 없는 진태만이 회의실에 덩그러니 남아 있을 뿐이었다.

"뭐야. 대체 뭐가 어떻게 돌아가는 건데?"

대표실을 향해 뛰어가는 우진의 뒷모습을 보며, 진태는 고개를 갸웃할 수밖에 없었다.

— * —

사실 진태가 제시한 이야기는 해결책과는 거리가 좀 멀었다. 진태가 이야기를 꺼내자마자 아닌 것 같다고 말꼬리를 흐린 것처럼 조합원들을 컨트롤한다는 건 다른 건설사들을 컨트롤하는 것만큼이나 어려운 일이었으니 말이다. 청담 선영아파트의 재건축 조합원들이 그렇게 합리적인 사람들이었다면, 애초에 외부에서 어떤 제안을 하기 전에 '클린수주'라는 슬로건을 들고 나왔어야 했다.

하지만 지금까지는 전혀 그런 기색이 없었고, 때문에 천웅건설이 조합에다 아무리 어필을 해봐야 씨알도 먹히지 않을 것이 분명했다. 오히려 '영업하는 데 쓰는 돈이 그렇게 아깝냐, 그럼 기권하고 나가라' 이런 얘기나 돌아올 게 뻔했으니까. 하지만 진태의 말을 들었을 때 우진은 완전히 잊고 있던 정보들이 머릿속에 떠올랐다. 조합을, 정확히는 조합장을 컨트롤할 수 있을 만큼 확실하고 강력한 무기가 생각난 것이다.

'내가 대체 왜 이 생각을 못 한 거지?'

232

우진에게는 과거지만 현시점에서는 조금 미래에 일어날 일. 건설사의 수주가 끝난 뒤, 〈청담 선영아파트 재건축 조합〉에서 터지게 될 '커다란 사고'가 떠오른 것이다.

[부장님, 퇴근 후에 시간 되세요? 조합원 영업 관련해서 드릴 말씀이 좀 있는데…]

그래서 박경완에게 문자를 보낸 우진은 대표실로 뛰어가서 노트를 한 장 주욱 찢어 펼쳤다. 그리고 머릿속에 떠오른 이 정보들이 신기루처럼 사라지기 전에, 그것들을 빠르게 나열하기 시작했다.

청담 선영의 재건축은 SH물산의 아르티아 브랜드로 확정되고 난 뒤, 비대위(비상대책위원회*)에 두 차례 소송을 당하게 된다.

첫 번째 소송은 조합 정관에 의거해 조합원의 자격을 잃은 현금청산자들의 소송으로, 별 무리 없이 조합이 승소하고 사업도 예정대로 진행된다.

하지만 선영아파트의 상가연합과 연계된 두 번째 소송에서는 조합이 고등법원에서 열린 2심에서까지 패소하게 되고, 그것으로 선영아파트 재건축 조합은 패닉 상태에 빠지게 된다.

상가연합에서 걸어온 소송은 조합설립인가 무효 소송이었고, 마지막으로 대법원에서 진행되는 3심마저 패소한다면 사업이 완전히 엎어지게 되는 것이니까.

그리고 이 상가연합의 소송에서 조합이 패소하게 된 가장 큰 이유는….

일필휘지라도 된 양 순식간에 메모를 써 내려가던 우진이, 펜대

---

* 해당 재개발·재건축 구역의 개발을 반대하는 반대파의 모임.

를 퉁기며 속으로 생각했다.

'조합장 곽홍식, 그 아재의 실수 때문이었지.'

원래는 생각도 못 했던 내용들이지만, 한 가지 사실이 기억나자 꼬리에 꼬리를 물고 기억들이 되살아났다. 조합이 결국 비대위에 패소하게 됐던 이유. 하여 결국 백억이 넘는 합의금을 비대위에 지불한 뒤, 조합원 분양신청까지 싹 다시 하고 나서야 소송을 취하받을 수 있었던 이유. 그것까지도 기어이 기억해내고 만 것이다.

'차라리 다른 조합장처럼 거하게 해먹은 거면 또 몰라. 아재, 물러 터져가지고….'

우진의 머릿속에는 지금, 과거에 봤던 몇 가지 기사의 제목이 떠올라 있었다.

[청담 선영아파트(청담 아르티아 리버뷰), 조합원 분양신청 불공정?]

[특정 평형에 대한 분양신청, 일부 조합원에게만 특혜 논란!]

선영아파트 재건축 조합의 조합장이었던 곽홍식은 친분이 있는 조합원 일부에게 평형 신청 단계에서 특혜를 줬던 것이다. 심지어 이것은 선영상가 연합의 비대위에서 조합을 상대로 팠던 일종의 함정 같은 것이라 할 수 있었다.

'하긴. 비대위에서 그렇게까지 치밀하게 함정을 팠을 줄은 몰랐겠지.'

비대위에서 일부 조합원을 매수하여 평형 신청과정에서 일부러 양보하게 만든 뒤, 양보했다는 사실을 마치 없었던 일인 양 조합에서 임의로 특혜를 줬다며 소송을 걸었던 사건인 것이다. 우진이 과거의 일을 이렇게까지 빠삭하게 기억할 수 있었던 이유는 다른 것이 아니었다.

회귀 전 우진이 일했던 사업장에서도 이런 비슷한 일이 일어난 적이 있었고 그때 법원의 판례를 찾아보느라, 청담 선영아파트의 사례를 조사해봤었으니까. 우연이라면 우연일 수도 있겠지만, 사실 이십 년 정도 현장에서 일하다 보면 비일비재한 것이 이런 소송 싸움. 덕분에 모든 것을 떠올려 낸 우진이 기억의 조각들을 정리하는 사이 박경완으로부터 답장이 날아왔다.

[어디로 가면 되는데?]

하여 우진은 곧바로 답장을 한 뒤, 경완을 만나기 위해 사무실을 나섰다.

[서울숲 근처에 성수 포차라는 데가 있거든요? 거기로 오실 수 있을까요?]

그리고 우진이 엘리베이터를 타고 내려가는 사이, 경완에게서 곧바로 답장이 날아왔다.

[좋아, 지금 바로 가마.]

— * —

금요일 저녁이라 그런지, 포차는 무척이나 시끌벅적했다. 하지만 성수 포차는 일반 포차와 달리 꽤 넓은 업장이었고, 안쪽 깊숙이 있는 분리된 룸은 조용히 술 한잔하기 괜찮은 공간이었다. 그곳에서 우진은 두 아재와 마주 앉아 이야기를 나누고 있었다.

"그러니까… 네가 지금 말하는 건, 조합장을 입맛대로 움직여 로비를 막을 수 있을 만큼… 강력한 카드를 찾았다는 거지?"

"뭐, 비슷하죠. 사실 강제로 움직이게 한다기보다는, 일종의 딜을 할 수 있다는 겁니다."

"딜이라…."

"소나기를 피해 갈 방법을 알려주겠다, 대신 클린 수주 슬로건을 내걸고, 모든 건설사의 청탁과 로비를 전부 다 거부해라."

"대체 그게 뭔데?"

"그거 설명해드리려고 모신 거잖아요. 이제부터 말하려고 했어요, 흐흐."

영문도 모른 채 경완을 따라 성수 포차에 온 주형은 처음 새파랗게 어린 우진을 보고는 황당할 수밖에 없었다. 경완이 꼬마라고 하는 것이 키가 작다거나 어떤 외모에 대한 비유인 줄 알았는데 정말 그들의 앞에 나타난 인물이 새파랗게 어린 애송이었으니 말이다. 심지어 그는 아는 얼굴이었다. 바로 지난 주말 TV 예능에서 봤던 얼굴이었으니까.

'만나야 한다는 게, 이 친구였어?'

하지만 어째서 경완이 굳이 자신까지 끌고 20대 초반의 애송이를 만나러 온 것인지는 자리에 앉은 지 10분도 채 지나기 전에 알 수 있었다. 처음에 검은 돈 수주에 대한 해결책이 있다는 말을 들었을 때만 해도 허풍이라 생각했는데, 그의 입에서 나오는 이야기들이 들으면 들을수록 그럴싸했으니 말이다.

'대체 이런 내용들을 어떻게 알고 있는 거지? 청담 선영 조합 내부자라도 되는 건가?'

하지만 그럼에도 불구하고 주형은 그의 말을 완전히 신뢰할 수 없었다. 그럴싸한 것과 별개로 어쨌든 확인된 사실은 아니었으니 말이다. 하지만 어찌 된 일인지, 경완은 이미 수주전에서 이기기라도 한 양 만면이 활짝 피어있었다.

"야, 이거 너무 손해 보는 장사 아냐? 그냥 살려줄 테니, 시공사 천웅 찍으라고 하면 안 돼?"

"흐흐, 그럴 수 있으면 좋겠지만 아쉽게도 그렇게까진 힘들 겁니다."

"왜?"

"시공사 투표는 조합장 혼자 하는 게 아니잖아요."

"아, 흐음. 그런가?"

우진의 이야기들이 기정사실이라고 생각하는지, 맞장구치며 고개를 끄덕이는 경완. 그런 그를 보며 주형은 혼란스러웠지만, 그래도 우진의 말을 한마디도 놓치지 않으며 경청하였다. 어쨌든 사실을 전제로 한다면 그 애송이의 입에서 나오는 이야기들이 지금 천웅에 꼭 필요했던 얘기들이었으니까. 심지어 천웅의 영업부장인 주형 자신에게는 더더욱 말이다.

"그렇다고 조합장이 조합원 전부를 설득하는 것도 사실상 불가능하니… 너무 과욕은 부리지 않는 게 좋을 것 같아요."

"그래, 네 말이 맞아. 사실 로비전 피할 수 있는 것만 해도 충분히 대박이지."

천웅이 선택한 WJ 스튜디오의 설계는 그 어떤 설계안보다도 막대한 건설비가 필요하다. 때문에 영업부에 지원되는 조합원 영업비용은 상대적으로 타이트하게 배정될 수밖에 없었고 그 상황에서 제운건설, SH물산, 명성건설 등의 영업부서와 경쟁해야 하는 오주형은 미칠 노릇이라 할 수 있었다. 영업비용이 충분히 배정돼도 경쟁하기 힘든 매머드급 건설사들을, 평소보다 더 타이트한 비용으로 상대해야 하는 것이었으니 말이다.

그런데 지금 눈앞에 있는 이 서우진이라는 애송이 말대로라면, 영업부서는 고통에서 해방될 수 있다. 땡전 한 푼 없어도 다른 건설사들의 영업부와 비벼볼 수 있는 이상적인 판이 깔리는 것이었으니까. 물론 홍보 전단이나 책자 만드는 데 들어가는 비용이야 당연히 그대로다. 하지만 그 정도는 기존에 생각했던 영업비용과 비교하면 푼돈이라 할 수 있었다.

"그럼 넌 어떻게 할 생각인데?"

"일단 조합장이랑 접촉할 방법이 필요합니다."

"네가 직접?"

"네, 자리 만들어주실 수 있죠?"

"있지, 아니 있어야지."

"부장님도 같이 가야 합니다."

"그런 다음에는?"

"그다음에는 이렇게⋯."

우진과 경완의 이야기가 이어질수록, 주형의 마음속 한쪽 구석에 있던 의심마저 빠르게 씻겨나갔다. 허풍을 떨기 위해 지어낸 이야기라기엔, 너무 짜임새가 완벽했으니 말이다. 게다가 청담 선영의 비대위를 비롯한 사업장에 대한 이야기를 할 때에는 체계적으로 사업장의 현황을 파악 중인 천웅건설의 영업팀보다도 더 빠삭해 보일 정도. 결과적으로 주형은 마치 꿔다 놓은 보릿자루처럼, 우진과 경완의 대화를 눈을 껌뻑이며 듣기만 했다. 쉴 새 없이 흘러나오는 우진의 말들을 끊을 수 없었으며, 그의 말이 이어지면 이어질수록 속으로 감탄하기 바빴으니 말이다.

'대체 내가 지금 뭘 보고 있는 거지?'

마치 무슨 흥신소 직원이라도 되는 양, 청담 선영 재건축 조합의 사정을 샅샅이 해부해가며 솔루션을 제시하는 우진. 그래서 이야기가 끝나갈 즈음, 주형은 드디어 우진을 향해 입을 열 수 있었다.

그리고 이 한마디를, 꼭 물어볼 수밖에 없었다.

"저기, 서우진 씨."

"대표님이라고 해라, 짜샤."

"아, 그래요. 서 대표님."

"예?"

주형은 세상 이렇게 궁금할 수 없다는 표정으로 다시 말을 이었다.

"이런 조합 내부정보들은 대체, 어떻게 알아내신 겁니까?"

그에 우진은 씨익 웃으며, 이렇게 대답하였다.

"털어서 먼지 안 나오는 사업장이 어딨습니까?"

"그건 그렇지만…."

"운이 조금 좋았습니다. 그렇게만 알아주세요."

운이 좋았다. 조금 많이 좋았다. 우진은 확실히 그렇게 생각하고 있었다. 운이 보통 좋지 않고서는, 이렇게 과거로 돌아올 수 있을 리 없었을 테니 말이다.

— * —

11월 둘째 주가 되었다. 모처럼의 달콤한 휴가를 갔던 WJ 스튜디오의 직원들은 개운한 마음으로 월요일부터 출근했다.

"다들, 좋은 아침!"

"이거 너무 오랜만에 출근했더니 몸이 찌뿌둥하네."

"그래? 나는 일주일 쉬었더니 빨리 출근하고 싶던데."

"이야, 대표님 계시다고 아부하는 것 좀 보소?"

"아부라니! 난 있는 그대로를 얘기한 것뿐이라고."

"하하하."

그리고 오전 회의에서 우진으로부터 공모전 입찰 결과에 대해 들은 직원들은 일제히 환호성을 지를 수밖에 없었다.

"와, 대박!"

"됐다!"

"될 줄 알았다니까!"

한 달 동안 직원 전체의 피와 땀이 녹아 있는 설계가 인정을 받은 셈이니, 기쁘지 않을 수 없는 것이다.

"아침부터 기분 좋네요, 진짜."

"크, 우리 설계가 청담동 알짜배기 단지에 시공되다니!"

"김칫국 마시지 마, 송 대리. 천웅에서 수주전을 이겨야 시공이 되는 거지."

"아, 맞다. 아직 수주전 남아 있었지?"

우진은 일부러 직원들에게 공모 결과를 미리 말해주지 않았었다. 휴가 기간 동안 편히 쉬어야 하는 직원들에게 굳이 부담 주고 싶지 않았던 탓이다.

"자, 그래서 오늘부턴 다시 바쁠 거예요. 진태 실장님껜 미리 전달 드려놨지만, 천웅 설계팀이랑 계속해서 커뮤니케이션 주고받으면서 설계 수정, 보완해야 하거든요."

"예, 대표님. 여부가 있겠습니까!"

"좋아요! 11월도 한번 불태워 봐요, 우리!"

그리고 우진의 그런 배려 덕분인지, 시공 설계팀의 의욕은 아침부터 활활 불타올랐다. 하여 그렇게 월요일, 화요일. 시간은 또 다시 빠르게 지나갔고 다들 프로젝트 진행으로 바쁜 와중에, 우진은 개별적으로 움직이고 있었다.

설계의 큰 방향성은 이미 잡혀있었기 때문에, 우진의 디렉팅 없이도 일정대로 잘 굴러갔으니 말이다. 그리고 한 가지 더, 우진은 선영아파트의 조합장을 만나러 가기 전에 경완과 함께 따로 조사 중인 사항들이 있었다. 조합장과 대면할 때 꺼내놓을 무기들을 확실하게 확보하기 위해서 말이다.

[야, 우진아. 네 말대로다.]

"그래요?"

[선영아파트 재건축 조합 대의원 중의 한 명이, 비대위 회장이랑 친인척 관계야.]

"역시!"

[거기 선영아파트 1층에 엄청 큰 갈비탕 집 알지?]

"네, 당연히 알죠."

[그 음식점 주인이더라고.]

"아하. 거기 장사 엄청 잘되지 않아요?"

[맞아.]

"재건축 방해하고 싶을 만하네요."

[그렇지, 뭐. 상가 주인들도 재건축되면 섭섭지 않게 분양이야 받겠지만, 그래도 잃어버린 손님들은 돌아오지 않잖아.]

"조합에서 보상안도 따로 내놓지 않았던가요?"

[그야 그렇지. 하지만 사람 욕심이라는 게 어디 끝이 있어야 말이지.]

"하긴… 어떤 상황인지 알겠네요."

우진과 경완은 지금 알고 있는 정보들을 바탕으로 역추적하여 비대위의 뒤를 캐내는 중이었다. 아무 정보가 없었다면 무척 어려웠을 일. 하지만 기본적으로 가닥을 잡은 상태에서 역방향으로 추적하는 상황이기에, 원하는 정보는 금세 모습을 드러내었다.

"그런데 부장님, 생각보다 더 빨리 찾으셨네요?"

[흐흐. 청담 선영 조합원이 천 명이 넘잖냐.]

"…?"

[잘 뒤져보니까, 지인 중에도 조합원이 있었더라고.]

"아하…."

[정확히는 한 다리 건너야 하긴 한데, 네게 들은 얘기 슬쩍 흘리니까 곧바로 술술 털어놓더라.]

"대놓고 얘기하신 건 아니죠?"

[당연하지. 내가 바보냐?]

우진은 경완에게 비대위의 뒷조사를 부탁하는 한편 선영아파트 재건축 조합의 카페에도 접속해보는 등 반대편에서 필요한 정보들을 수집하였다. 그리고 이렇게 대략적인 정보수집이 끝난 목요일 오후, 우진은 경완의 연락을 다시 받을 수 있었다.

[우진이, 내일 오전에 시간 좀 비울 수 있지?]

"조합장이랑 미팅 잡힌 건가요?"

[빙고.]

"오전 몇 시요?"

[대략 11시쯤?]

"네, 그 시간이면 가능합니다."

[좋아, 그럼 시간 맞춰서 청담 선영 조합사무실 앞으로 오도록 해.]

"넵, 조합사무실이 상가 3층에 있었죠?"

[맞아, 그럼 내일 보자.]

"알겠습니다, 부장님."

그리하여 경완, 주형과 포차에서 술을 마신 날로부터 정확히 일주일 뒤인 금요일 오전.

　끼익-!

　사무실 대신 청담동으로 향한 우진은 선영아파트 상가에 차를 대고 경완을 만났다.

　"왔냐?"

　"안 늦었죠?"

　"칼같이 딱 맞춰 왔네."

　"그럼요."

　"준비는 됐지?"

　"무슨 준비요?"

　"혀에 미리 기름칠 좀 했냐 이거지. 노인네 구워삶으려면, 입 잘 털어야 할 걸?"

　경완의 물음에 우진은 자신만만한 표정으로 웃었다. 칼자루를 전부 다 쥐고 있는 상황에서, 자신만만하지 않을 이유도 없었다.

　"당연하죠. 서포트나 잘해줘요."

　"하긴, 네 주둥이는 꽤 믿을 만하지."

　"전략적 파트너한테 주둥이라니, 너무하신 것 아닙니까?"

　"그거 칭찬이야, 인마. 입 터는 게 얼마나 힘든 건데, 짜식이."

　우진은 언제나처럼 경완과 실없는 소리를 주고받으며, 상가 계단을 천천히 걸어 올라갔다. 엘리베이터도 없는 낡은 상가 안으로 들어오니, 어머니께서 장사하시는 수제비 칼국수 집이 잠시 떠오르는 우진이었다.

　'여기처럼 개포 주공도 빨리 재건축이 돼야 하는데….'

　3층까지 올라서자 복도 끝에 까무잡잡한 철문이 눈에 띄었다.

색이 다 바래고 껍질이 까진, 〈청담 선영 재건축 조합〉이라는 명패가 붙어있는 낡은 철문. 망설임 없이 그 앞으로 다가간 경완이 문을 두들겼고,

똑똑똑-

잠시 후 안쪽에서 칼칼한 목소리가 흘러나왔다.

"들어오시오."

끼익-!

문을 연 우진과 경완은 천천히 그 안으로 걸어 들어갔다.

동상이몽

　청담 선영아파트의 조합장인 곽흥식은 수십 년 전부터 청담동에서 살아온 토박이 주민이었다. 청담동 은행에서 삼십 년을 근속하여 은행장 직위까지 역임한 뒤, 은퇴하고 재건축 조합의 조합장이 된 인물. 사실 잘 모르는 사람들은 조합장 직책을 마치 고등학교 반장이나 대학교 과대 수준으로 취급하기도 한다. 은퇴하고 할 일 없는 입주민들 중, 나서는 것을 좋아하는 사람이 노후대책으로 조합장 월급이나 받으려고 한다고 생각하는 것이다.

　하지만 당연히 그것은 사실이 아니었다. 수천억 이상의 거액이 굴러다니는 재건축 사업장에서, 방향키를 잡아야 하는 선장인 조합장을 아무나 할 수 있는 것은 아니었으니 말이다. 조합장의 추진력과 역량에 따라 사업 진행속도는 천차만별로 달라질 수 있었고, 그런 의미에서 곽흥식은 준수한 능력을 가진 조합장이었다. 그가 이끌어가는 청담 선영아파트 재건축 조합의 사업 속도는 평균보다 훨씬 빠른 수준이었으니까.

　'추진위 설립한 지 이제 2년쯤 되어가나…?'

　사업 진행속도가 지지부진한 재건축 단지의 경우, 추진위원회가 설립된 시점을 기준으로 10년도 넘게 시간을 버리는 경우도 수두룩하다. 그런데 청담 선영은 고작 2년 만에 시공사 선정단계에 와 있었으니, 곽홍식의 능력이 준수하다는 것은 이미 증명된 셈이었다.

'내년 초에만 관리처분까지 받으면, 더할 나위 없이 좋겠는데 말이야.'

하지만 그렇게 좋은 능력과 별개로, 곽홍식은 그렇게 청렴한 사람은 아니었다. 조합장을 역임하면서 그렇게 큰 비리를 저지르지도 않았지만, 그렇다고 해서 굴러들어오는 돈도 거절할 만큼 대쪽 같은 사람은 아니라는 얘기다. 기본적으로 조합의 이익을 최우선으로 두고 일하기는 하되, 자신에게 떨어지는 콩고물까지 외면하지는 못한다고 해야 할까?

때문에 홍식은 오늘 조합사무실에 방문하기로 한 사람들을, 은근히 기다리고 있었다. 오늘 그가 만나기로 한 손님들은 천웅건설의 관계자들. 수주전이 본격적으로 시동 걸리는 이 시점에 건설업체 관계자가 자신을 찾아올 이유는 하나뿐이라고 생각했으니 말이다.

'뭐라도 하나 찔러 넣어 보려는 거겠지. 탈 나지 않을 정도로 적당히 받아먹고 적당히 거절해야겠어.'

이미 제운건설부터 시작해서 SH건설 그리고 명성건설까지. 메이저 건설사의 관계자들은 이미 한 번씩 조합사무실에 다녀갔다. 홍식은 그때마다 소정의 떡값을 받아 챙겼고, 오늘도 별다르지 않을 것이라고 생각했다. 물론 홍식은 이게 옳지 않다는 걸 안다. 하지만 그렇게까지 나쁜 것이라고도 생각지 않았다.

'재건축 경험하는 동안 거의 십 년은 더 늙어버린 것 같은데…

이런 쏠쏠한 재미라도 없으면 어쩌겠어.'

그것은 이렇게 조합을 잘 이끌어가고 있는 자신에 대한, 일종의 보상심리라고 할 수 있었다.

"휘유."

담배를 한 개비 꺼내어 문 홍식은 사무실 뒤편에 나 있는 문을 열고 베란다로 걸어 나갔다. 조합사무실이 있는 청담 선영아파트의 상가는 아파트와 마찬가지로 곧 부서질 예정인, 낡고 허름한 건물이었다. 조만간 이주가 끝나고 철거가 시작되면, 이사 나갈 예정인 사무실이었다. 그래서 손님이 볼 일 없는 사무실 뒤편의 베란다는 담배꽁초로 가득했고, 이렇게 쌓인 담배꽁초만큼이나 홍식의 스트레스는 이만저만이 아니었다. 재건축 조합을 운영하면서, 별의별 일을 다 겪은 그였다.

"후우우…."

깊게 빨아들인 담배 연기를 뱉어낸 홍식은 시계를 확인한 뒤 담뱃불을 재떨이에 비볐다.

치이익—

이제 약속시간이 다 되었으니, 손님 맞을 준비를 해야 했다.

'제발 천웅 놈들은 좀 합리적인 사람들이었으면 하는데….'

담뱃불을 끈 홍식은 다시 문을 열고 사무실 안으로 들어갔다. 이어서 그가 자리에 앉으려는 순간.

똑똑똑—

누군가 사무실의 문을 노크하는 소리가, 조용한 가운데 울려 퍼졌다.

"일단 약속시간은 칼 같군."

작게 중얼거린 홍식은 담담한 목소리로 밖을 향해 입을 열었다.

"들어오시오."

— * —

"반갑습니다. 천웅건설에서 이번 사업 책임을 맡은 박경완이라고 합니다."

"여기까지 오신다고 고생하셨습니다. 조합장 곽홍식입니다."

"안녕하세요. WJ 스튜디오 대표 서우진입니다."

"…! 젊으신 분이 대표님이셨군요. 이쪽으로 앉으시지요."

처음 이야기의 시작은 무척이나 평이한 느낌이었다. 설계사무소 대표 서우진이라는 남자의 나이가 지나치게 어려 보이기는 했지만, 그 부분을 제외한다면 평범한 안부 인사가 오가는 수준이었으니 말이다.

"사업 진행하신다고 고생이 많으십니다, 조합장님."

"하하, 월급 받는 만큼 일하는 게지요, 뭐."

"지난 사업 설명회는 정말 인상 깊었습니다. 저희 천웅에서도 꼭 수주전에 참여하고 싶을 만큼이요."

"그렇게 말씀해주시니, 정말 감사할 따름입니다."

건설사에서 사업을 수주하기 위해 청사진을 보여주는 것이 건설사 합동 설명회라면, 건설사 관계자들을 불러놓고 사업장에 대한 설명을 하는 것이 조합의 사업 설명회라 할 수 있다. 박경완이 말하는 사업 설명회란 바로 이것이었고, 조합이 준비했던 설명회에 대한 칭찬으로 운을 뗀 덕분인지 분위기는 나쁘지 않게 흘러갔다.

"지난번 마포에서 론칭하신 클리오 브랜드는 정말 인상 깊었습니다."

"하핫, 그렇습니까?"

"오죽하면 제가 직접 천웅에 연락해서 입찰을 부탁드렸겠습니까."

"그 일은 정말 감사히 생각하고 있습니다."

"아무쪼록, 잘 좀 부탁드립니다. 청담 선영아파트, 강남에서도 최고의 아파트로 거듭나야 하지 않겠습니까? 허허."

"물론입니다, 조합장님."

하지만 분위기가 부드럽게 흘러가는 것과 별개로 지금의 이 대화들이 별 의미가 없다는 사실을 곽홍식과 박경완 모두 잘 알고 있었다. 이런 인사치레는 사실 탐색전일 뿐 본론은 따로 있음을 양쪽 다 아는 것이다. 물론 서로가 생각하는 본론이 다르기에, 동상이몽이라고 할 수 있었지만 말이다.

"인수 씨, 음료 세 개만 좀 부탁드립니다."

"알겠습니다, 조합장님."

사무직원이 커피를 한 잔씩 내려오자, 대화는 잠시 소강상태에 빠졌다. 싸구려 종이컵에 담긴 커피였지만, 맛은 그럭저럭 나쁘지 않았다. 그리고 경완이 다시 입을 떼었을 때.

"해서 말입니다, 조합장님."

"예, 말씀하시죠."

"저희 천웅건설에서 조합에 한 가지 건의 드리고 싶은 게 있는데…."

곽홍식의 눈에 이채가 어렸다.

'슬슬 본론을 꺼내나 보군.'

드디어 그가 기다리고 있던 이야기를, 경완이 꺼내는 것으로 생각했으니 말이다. 잠시 뜸을 들인 홍식이, 은근한 목소리로 되물었다.

"건의라, 어떤 건의입니까?"

하지만 다음 순간,

"아무래도 이 수주전을 공정한 환경 속에서 긍정적인 방향으로 흥행시키기 위한 건의겠지요?"

"긍정적인… 방향이라면?"

뭔가 예상했던 것과 다르게 흘러가는 경완의 이야기에, 홍식은 적잖이 당황할 수밖에 없었다.

"조금 조심스러운 이야기지만, 저희 천웅에서는 청담 선영 조합에서 '클린수주'를 한번 표방해보시는 건 어떨지 건의 드리러 왔습니다."

"클린수주라. 당연히 수주는 투명해야 하는 것 아니겠습니까?"

"역시 조합장님도 그렇게 생각하시는 거죠?"

"무, 물론 그렇기는 한데…."

그리고 당황한 표정이 된 홍식을 향해 경완이 씨익 웃으며 다시 입을 열었다.

"그럼 이번 수주전에서, 모든 조합원들을 향한 건설사 일체의 영업을 금지해주시는 건 어떻겠습니까?"

"뭐… 요?"

"당연히 저희 천웅도 예외는 없습니다."

"아니, 그런 사업장이 대체 어디에…!"

"건설사가 조합원 로비에 쓰는 돈, 그거 사실 다 건축비에 포함되는 거 아시지 않습니까."

갑자기 쏟아지는 경완의 말에 잠시 말을 잃은 곽홍식.

"저희 천웅은 그 비용을 아껴, 청담 선영의 고급화와 특화 설계에 모든 비용을 쏟아붓고자 합니다."

경완의 말은 전부 맞는 말이다. 그것을 알기에 홍식도, 순간 말을 잃은 것이고 말이다. 하지만, 그렇다고는 해도….

'뭐 이런 놈들이 다 있어?'

홍식은 쉽사리 그 이야기에 대답할 수 없었다. 애초에 별로 마음에 드는 제안도 아닐뿐더러, 지금까지 다른 건설사로부터 먹은 돈이 있었으니 말이다. 그래서 잠시 가만히 있던 홍식은 천천히 다시 입을 떼었다.

"무슨 말인지는 알겠습니다, 책임님."

"예, 조합장님."

"하지만 본래 관행이라는 것이 있는 것이고, 이것을 쉽게 뒤집을 수는 없는 노릇 아니겠습니까?"

홍식의 말을 들은 우진은 속으로 피식 웃을 수밖에 없었다. 관행을 들먹이며 곤란한 척하지만, 사실 제대로 된 논리조차 없이 제안을 밀어내는 모양새였으니 말이다.

"물론 모든 건설사들이 천웅과 같은 생각을 가졌다면 최고겠지만, 그게 불가능하다는 건 잘 아시지 않습니까?"

그래서 경완이 잠시 주춤하는 사이, 우진이 슬쩍 대화에 끼어들었다.

"꼭, 모든 건설사가 같은 생각일 필요 있습니까?"

그리고 우진의 그 말에, 홍식의 목소리 톤이 살짝 올라갔다. 새파랗게 어린놈이 갑자기 대화에 끼어든다고 생각했으니 말이다.

"지금 저는 천웅과 이야기하고 있는 겁니다…!"

이번에는 경완이 말했다.

"이 친구 입장도 곧 천웅의 입장입니다."

홍식이 주름진 눈을 가늘게 뜨며, 경완을 노려보았다.

"그 말씀, 책임지실 수 있겠습니까?"

"물론입니다."

홍식과 경완의 시선이 다시 우진을 향했다. 그리고 홍식의 흥분이 조금 가라앉은 것을 확인한 우진이 천천히 다시 입을 열었다. 하지만 그 담담한 목소리와 별개로 우진의 이야기는 마치 시한폭탄처럼 홍식을 자극하는 것이었다.

"조합장님, 조금 더 솔직해지셔도 됩니다."

"그게 무슨 말이오?"

"이미 저희 말고도, 다른 건설사에서 많이 다녀가지 않았습니까?"

"…!"

"이미 받으신 게 있을 텐데 이제 와서 클린수주 어쩌고 빗장을 쳐버리면… 조합장님 입장이 난처해지는 것 알고 있습니다."

너무 노골적이고 적나라한 우진의 이야기는, 경완조차 살짝 당황할 정도였다. 때문에 그 표적이 된 홍식은 얼굴이 완전히 시뻘게질 수밖에 없었다.

"어린 친구가, 말씀을 너무 함부로 하시는군."

"제가 혹시 없는 얘기 했습니까?"

"증거라도 있소? 그저 어림짐작으로 이런 말씀 하시는 것 같은데, 이런 무례가 대체 어디에 있소?!"

당장이라도 책상을 내려칠 듯 꽉 움켜쥔 홍식의 주먹을 보며, 우진은 다시 담담하게 말을 이어나갔다. 우진의 입장에선 흥분할 이유가 없었다. 홍식의 이런 반응은 사실, 너무 예상 그대로였으니 말이다.

"증거야 당연히 있습니다. 어림짐작으로 이런 얘기를 할 만큼,

제가 경우 없는 사람은 아니거든요."

"…!"

"하지만 딱히 증거가 필요하진 않을 것 같은데요."

"뭐요?"

"조합장님께서 다른 건설사로부터 뭘 얼마나 받았든, 그걸 나무라기 위해 온 건 아니니까 말입니다."

"그게 대체 무슨 말씀이오!"

"어느 사업장이나 그런 관례가 있다는 정도는, 저도 당연히 알고 있으니까요."

"그런데 대체 왜…!"

우진의 말을 듣던 홍식은 순간 말실수를 했음을 깨닫고 입을 다물었다. 하마터면 자신이 그랬다는 것을 대놓고 인정할 뻔한 것이다. 우진의 페이스에 그대로 빨려 들어갈 뻔한 홍식은 씩씩거리며 분을 삭였고, 그런 그를 향해 우진이 천천히 다시 입을 열었다. 우진의 목소리는 한결 부드러워져 있었다.

"지금까지가 어땠는지는 중요하지 않습니다. 그저 이제부터 모든 건설사의 로비를 전부 다 막아주시면 됩니다."

우진과 경완이 오늘 이곳에 온 이유는, 결국 조합과 딜을 하기 위함이다. 홍식을 자극하고 치부를 들춰내기 위해 온 것은 아니라는 말이다. 다만 협상에서 조금이라도 유리한 고지를 점하기 위해 약간의 채찍질을 한 것이었으니, 이제 당근을 쥐여 줄 차례. 가라앉은 분위기에 홍식 또한 조금 누그러진 표정이 되었다. 하지만 그렇다고 해도 불쾌감을 감추지는 않았다. 사실 시공사 선정을 앞둔 이 시점, 건설사 미팅 자리에서의 갑(甲)은 바로 조합장이었으니 말이다.

"내가 그렇게 해줄 거라고 생각합니까? 이렇게 무례를 저질러놓고?"

하지만 우진은 전혀 위축되지 않았고, 오히려 홍식을 타이르기라도 하듯 조곤조곤 말을 이었다.

"무례로 느끼셨다면 죄송합니다. 하지만 그럴 의도는 전혀 없었습니다."

"그걸 말이라고…."

"오늘 저희가 이 자리에 온 것은 오히려 상부상조하기 위함이니 말입니다."

"…?"

곽홍식이 뭐라 대꾸하기도 전에, 우진의 말이 다시 이어졌다.

"저희는 오늘 조합장님과 딜을 하러 왔습니다. 조합장님은 방금 저희가 부탁드린 클린수주를 진행해주시면 되고, 대신 저희는 조합장님께서 거부하실 수 없을 만큼 매력적인 제안을 드릴 예정입니다."

홍식은 당황했다. 이 새파랗게 어린 녀석과 몇 마디 나누다 보니, 완전히 페이스가 말려버렸으니 말이다.

'대체 뭐 이런 놈이 다 있지?'

그리고 홍식이 정신을 차릴 새도 없이, 우진은 다시 한번 훅 치고 들어갔다.

"요즘, 비대위 때문에 골치 아프시죠?"

"비대위? 갑자기 그 얘기는 또 왜 꺼내는 거요?"

"제가 청담 선영 비대위, 싹 정리할 방법을 알려드리겠습니다."

"…!"

"이 정도면 오히려, 저희가 손해 보는 장사 아닙니까?"

방금까지의 불쾌감은 어디로 날아가 버리기라도 했는지 곽홍식의 두 눈이 휘둥그레졌다.

— * —

　'비대위'란, '비상대책위원회'의 약자다. 그 이름만 들어서는 어떤 비상사태에 대비하기 위해 모인 기관 같은 느낌이지만, 재개발 재건축 사업에서의 비대위는 쉽게 말해 사업이 진행되지 않길 바라는 사람들의 모임이다. 그렇다면 이들은 왜 사업이 진행되는 것을 막으려 할까? 그 안에는 여러 가지 이유를 가진 사람들이 존재할 것이다. 철거 이후 입주민들이 자리를 비움으로 인해 손해를 보게 될 상인 등.
　혹은 나중에 아파트 값이 얼마가 오르든, 미실현 이익에 대한 기대보다는 당장의 추가 분담금이 부담되고 내기 싫은 사람들, 근본적으로 변화가 싫고 이사 자체를 번거롭게 생각하는 사람들 등. 하지만 비대위 안에서도 가장 필사적으로 저항하는 사람들은 결국 재건축으로 인해 금전적인 손해를 크게 볼 만한 사람들이니, 이들을 무턱대고 비난할 수만은 없는 노릇이다. 인간은 누구나 자신의 손익에 의해 움직이는 법이니까.
　하지만 그럼에도 불구하고 백 퍼센트 비난해 마땅한 악질적인 비대위도 있는데, 청담 선영의 비대위가 바로 그런 케이스였다. 물론 이곳 비대위도 처음부터 그런 모임은 아니었다. 처음에는 재건축으로 인한 손해를 배상받고 합리적으로 이해득실을 따지기 위해 모인 사람들이었건만, 수천억 이상의 돈이 굴러다니는 재건축판 앞에서 눈이 돌아가 버린 것이다.

조합에서 적정 수준의 보상안을 수차례나 제시했지만 전부 다 거절한 채, 계속해서 사업에 트집을 잡으며 사사건건 괴롭히는 비대위들. 이들의 목적은 하나였다. 청담 선영 사업장에서, 최대한 거액의 돈을 뜯어내는 것 말이다. 때문에 곽홍식이 받는 거의 모든 스트레스의 주범이 바로 비대위였고, 비대위를 싹 다 정리해준다는 우진의 말은 비현실적으로 들릴지언정 혹할 수밖에 없는 것이었다.

"비대위를… 정리해준다 하셨습니까?"

홍식의 어투는 무의식중에 공손해졌고, 우진은 대답 대신 미리 준비해뒀던 서류봉투를 탁자 위에 밀어 올렸다. 그러자 홍식이 다시 물었다.

"이게 뭡니까?"

우진이 담담한 어조로 대답했다.

"저희가 드릴 수 있는 제안의 절반 정도가 담긴 서류입니다."

"…!"

"저희든 조합장님이든 서로를 완전히 신뢰할 수 없는 것은 피차 마찬가지 아닙니까?"

홍식이 고개를 끄덕이며 답했다.

"그야 당연한 얘깁니다."

"해서 저희도 처음부터 전부 오픈할 수는 없고, 가지고 있는 패를 절반 정도만 먼저 보여드리는 겁니다."

"그러니까 이게… 비대위의 약점이라도 잡을 수 있는 서류라는 겁니까?"

"비슷합니다."

곽홍식은 당장이라도 서류봉투를 뜯어 열어보고 싶은 눈치였지만, 우진은 계속해서 말을 이었다.

"제가 드린 정보들의 진위 여부가 전부 다 확인되면, 그때 다시 연락 주십시오."

"연락이라면…."

"나머지 절반의 패를 보여드려야, 비대위를 날려버릴 수 있을 테니까요."

곽홍식은 복잡한 표정이 되었다. 아직 확인된 것은 아무것도 없지만, 우진의 자신감 넘치는 말을 듣다 보니 정말 그렇게 될 것 같은 기분이 들었으니 말이다. 우진의 입이 다시 떼어졌다.

"대신 다시 연락 주시기 전엔, 클린수주를 먼저 선포해주셨으면 합니다. 그래야 저희도 조합장님을 믿고 남은 패를 전부 보여드릴 테니까요."

홍식이 누런 봉투를 집어 들며 대답했다.

"이 안에, 어떤 자료가 들어있느냐에 따라 다르겠지요."

우진이 가볍게 웃으며 고개를 끄덕였다.

"물론입니다."

잠시 뜸을 들인 우진이, 마지막 말을 이었다.

"모든 준비를 마치고 전화 주신다면… 처음에 말씀드렸던 대로, 비대위를 정리할 수 있는 방법을 알려드리겠습니다."

— * —

조합사무실을 나온 우진은 경완과 함께 잠시 WJ 스튜디오에 들렀다. 조합에서의 미팅이 생각보다 빨리 끝난 탓에, 커피라도 한 잔 마시러 온 것이다. 커피를 마시러 굳이 WJ 스튜디오까지 온 이유는 간단했다. 석중의 배려 덕에 WJ 스튜디오에는 카페 프레스코의 원두가 잔뜩 쌓여 있었고 덕분에 WJ 스튜디오의 로비는 어지간한 카페보다 맛있는 커피를 고급스런 인테리어와 탁 트인 뷰 앞에서 마실 수 있는 공간이었던 것이다.

후우-

뜨거운 김이 모락모락 나는 커피를 입으로 후후 불던 경완이, 우진을 향해 입을 열었다.

"전화, 언제쯤 올까?"

밑도 끝도, 맥락도 없는 말이었지만, 우진은 곧바로 이해하고는 망설임 없이 대답했다.

"딱 3일만 기다리시죠."

"3일?"

"사실 3일도 깁니다. 그거 확인하는 데 하루면 충분할 거고, 그 할아버지 성격상… 내일 바로 전화 올지도 모르죠."

"그 할배 성격이 어떤데?"

"딱 보면 모르시겠습니까? 성격 엄청 급해 보이던데요?"

"그런가? 하하."

조합사무실에서의 미팅은 처음 경완의 이야기에서부터 시작되었다. 하지만 결국 준비한 모든 무기들을 적재적소에서 꺼내 들며 조합장 곽홍식을 요리한 것은 맞은편에서 담담한 표정으로 커피를 홀짝이고 있는 우진이었다. 때문에 경완은 새삼스레 또 감탄할 수밖에 없었다.

'대체 스물두 살까지 뭔 짓을 하고 다녀야 이런 요괴가 탄생할 수 있는 거지?'

조합장 곽홍식은 결코 만만한 인물이 아니었다. 수십 년 사회생활을 하며 산전수전을 다 겪은 늙은 여우 같은 인물인 것이다. 때문에 아무리 강력한 무기가 있었다고 한들, 대화의 주도권을 가져오는 것은 쉬운 일이 아니었다. 하지만 우진은 대화를 주도하다 못해 완전히 쥐락펴락했고, 결국 홍식은 미팅하는 내내 우진의 의도대로 끌려다녀야 했다. 그래서 경완은 생각했다. 이 이십 대의 탈을 쓴 요괴 놈이, 자신과 한배를 탄 것이 너무 다행이라고 말이다.

"야, 근데 이거 커피 너무 쓴데?"

"허어, 이게 쓰다니요! 고소한 게 향 죽이는구먼."

"향이고 나발이고, 난 그냥 우유 먹을래. 자판기 좀 다녀올게."

"아, 진짜. 촌스럽게!"

결국 자판기 우유를 뽑아 온 경완은 우진과 조금 더 얘기를 나눈 뒤 점심을 먹고 헤어졌다. 그리고 바로 다음 날인 금요일, 우진이 말한 대로 곽홍식의 피드백이 돌아왔다.

— * —

건설사들이 바삐 움직이는 가운데, 본격적인 수주전이 시작되었다. 수주에 뛰어든 건설사들은 각각 청담 선영아파트 단지 곳곳에 플래카드를 걸었으며 각자 자신들이 디자인한 설계도와 조감도가 담긴 홍보 책자를 인쇄하여 조합원들에게 나눠주기 시작했다. 하지만 11월 상반기까지만 하더라도, 아직 본격적으로 로비를 시작한 건설사는 없었다. 너무 일찍 뿌리는 돈은 효과가 떨어지는 법이었으니 말이다. 11월 중순인 지금 시점, 각 건설사들은 로비전 준비로 한창이었고 그것은 명성건설도 다르지 않았다.

"이 팀장, 예산 확보는 전부 끝내놨지?"

"예, 실장님. 경영지원실에 승인은 전부 받아뒀고, 세탁도 절반 정도는 끝났습니다."

명성건설에서 이번 수주전을 진두지휘하는 실무자는 바로 김진명 상무이사의 오른팔 윤영운 실장이었다. 그리고 그 수주전에 로비전이 포함되는 것은 당연했다.

"좋아, 규모는 어느 정도지?"

"지난번 서대문구 사업장에서 썼던 비용의 세 배 정도 된다고 보시면 됩니다."

"흠, 충분할까?"

"제운 말고는 이만큼 쓸 수 있는 곳도 없을 겁니다. 걱정 마십쇼."

"그래. 뭐… 사실 그 이상 쓰는 것도 좀 과하긴 하지."

"그렇습니다."

윤영운은 명성건설에서 거의 이십 년 이상 근무하면서, 셀 수 없이 많은 수주전을 겪어왔다. 그가 처음 뛰어들어 지금까지 하고 있는 업무가 영업 파트였기 때문에 사실 수주전은 그에게 숨 쉬듯 익숙한 이벤트라 할 수 있었다. 하지만 아무리 수주전이 익숙하다고 한들, 그것과 별개로 이번 '청담 선영아파트' 재건축은 윤영운으로서도 더욱 각별히 신경 쓸 수밖에 없는 사업장이었다.

이곳은 근 십 년 사이 청담동에 처음 나오는 재건축임과 동시에 가장 입지가 좋은 사업장이었고 여기를 수주해내느냐 마느냐 메이저 건설사의 자존심이 걸린 문제였으니 말이다.

'사실 자존심만의 문제는 아니겠지. 여길 따내고 브랜드 로고를 박는 순간, 인지도는 수직 상승할 테니 말이야.'

윤영운은 이곳 청담 선영아파트를 재건축하고 새로 지어질 아파트에 반드시 명성건설의 브랜드인 '수경(秀景)'을 박아 넣고 싶었다. 청담동의 한강변 프리미엄 아파트 꼭대기에서 수경 로고가 번쩍거린다면 청담동에 거주하는 수많은 로열 고객들은 물론, 올림픽대로를 지나다니는 셀 수 없이 많은 서울 시민들의 뇌리에도 강력하게 박힐 테니 말이다. 그리고 이 수주전에서의 승리는 윤영운 실장에게도 승진의 발판을 마련해줄 것이었다.

"언제부터 슬슬 풀어볼까요?"

이 팀장의 질문에 윤영운은 잠시 달력을 살펴보았다.

"일단 입찰 마감은 끝나야지."

"그럼 11월은 패스하겠습니다."

"시공사 선정총회가 언제지?"

"12월 20일로 잡혔습니다."

"좋아. 그럼 12월 초부터 슬슬 풀기 시작하면 되겠어."

이 팀장이 '푼다'고 하는 것은 당연히 조합원들에게 로비하기 위해 마련해둔 거액의 현금들. 윤영운에게는 십수 년 넘도록 쌓인 노하우가 있었고, 이 거액의 돈을 어떤 식으로 풀어야 가장 효율적으로 조합원들의 표를 끌어올 수 있을지 잘 알고 있었다.

'로비를 할 땐, 너무 부담스럽게 접근하면 안 돼. 당연히 받아도 될 돈이라고 인식하게 만들면서⋯ 그와 동시에 책임감은 갖도록 만들어야지.'

보고가 끝난 이 팀장이 자신의 자리로 돌아가자, 의자에 쑥 기대앉은 윤영운은 조합원 명부를 훑어보기 시작하였다.

"많기도 하네."

천 명이 훌쩍 넘는 조합원들. 두당 500만 원이 훨씬 넘게 책정된 로비 비용. 거의 100억에 가까운 비용을 경영지원실로부터 승인받았음에도, 윤영운은 아쉬움을 감출 수 없었다. 이번에 돈을 부어야 할 곳은 다른 곳이 아닌 청담동이었으니 말이다.

'오백 정도로는 꿈쩍도 않을 양반들이 수두룩할 거란 말이지. 오백씩 고루 뿌리면 망하기 딱 좋을 것 같고… 먹힐 만한 인원을 먼저 선별해야겠어.'

로비로 매수될 만한 조합원들을 색출하여, 넘어오지 않고는 배길 수 없을 정도의 비용을 확실하게 쑤셔 넣는다. 심플하지만 가장 확실한 윤영운의 전략. 하지만 그렇게 하루 종일 전략을 세우고 회의하던 윤영운은 퇴근 직전에 청천벽력과도 같은 전화를 받아야만 했다.

"예, 본부장님."

"네?! 뭐라고요?"

"그게 무슨 말씀이십니까! 로비를 안 받는다 했다고요? 선영아파트 조합에서요?"

청담 선영아파트 조합에서, 일체의 로비는 물론 모든 종류의 영업을 금지한다고 각 건설사에 통보했다는 것이다.

"지난주에 조합장 할배는 분명히 영업비용 받아 처먹지 않았습니까?!"

"그걸… 다시 돌려줬다고요?"

때문에 전화를 끊은 윤영운은 한동안 패닉 상태에 빠질 수밖에 없었다.

"씨… 발."

지난 몇 주 동안 밤잠을 줄여가며 계획하고 구성해뒀던 수주전의 기본 베이스가 말 그대로 완전히 엎어져 버렸으니 말이다.

"아니, 클린수주는 무슨 빌어 처먹을 클린이야!"

윤영운은 주먹으로 탁자를 쾅 내려찍었지만, 그런다고 달라질

게 있을 리는 없었다. 이번 수주전은 처음부터 단단히 꼬여버린 것 같은 느낌이었다.

— * —

 귀신이 곡할 노릇이라는 말이 있다. 그리고 곽홍식은 오늘, 그 말의 진의를 피부로 실감하는 중이었다.

 "그러니까… 정말 정인준 대의원이 비대위원장 친척이었다는 거지?"

 "그렇습니다, 조합장님. 그리고 여기 이 통화 내역 보시면 아시겠지만…."

 "…!"

 "조합장님께서 말씀하신 대롭니다. 정황상 너무 확실한데, 대체 어떻게 아신 겁니까?"

 바로 어제, 천웅건설의 관계자들이 조합 사무실을 다녀간 뒤부터 곽홍식을 비롯한 조합 직원들은 무척이나 분주하게 움직여야 했다. 그들이 홍식에게 던져놓고 간 봉투 안에 들어있던 정보들. 그것들에 대한 진위 여부를 최대한 빨리 확인해야 했으니 말이다.

 '지어낸 것 같던 그 얘기들이 정말 다 사실일 줄이야….'

 그 봉투 안에 담긴 정보들은 믿기 힘든 내용이었지만, 그렇다고 무시할 수는 없었다. 만에 하나 그 얘기들이 사실이라면, 조합 차원에서 엄청난 출혈을 감수해야 했으니 말이다. 그리고 결과적으로 서우진의 얘기들은 하나도 빠짐없이 전부 다 맞아떨어졌다. 조합장인 곽홍식으로서는 소름이 돋을 지경이었다.

 '어떻게 조합의 내부사정을 나보다 더 잘 알고 있을 수 있는 거지?'

물론 우진이 아는 것이 조합 내부 사정이라고 하는 것은 어폐가 있다. 우진은 내부 사정을 아는 것이 아니라, 미래에 터지게 됐을 사고에 대해 알았을 뿐이니까. 하지만 그 진위가 어찌 됐든 중요한 부분은 아니었고, 결국 우진이 말한 모든 내용이 사실이었다는 게 가장 중요했다. 어제 자신에게 거래를 제안했던 그 청년은 이렇게 말했었으니 말이다.

[모든 준비를 마치고 전화 주신다면… 처음에 말씀드렸던 대로, 비대위를 정리할 수 있는 방법을 알려드리겠습니다.]

'정말 이번 기회에 그 쓰레기 같은 놈들, 싹 다 치워버릴 수만 있다면….'

지랄 맞은 비대위의 인물들을 떠올린 곽홍식은 저도 모르게 주먹을 부르르 떨었다. 조합이 빈틈을 보이기만을 호시탐탐 노리며, 언제든 사업에 제동을 걸기 위해 악착같이 활동 중인 암 덩어리들. 게다가 이번에 우진이 준 정보로 인해, 조합 대의원 중 하나가 비대위의 끄나풀이라는 사실까지 알게 되었다.

소름 돋는 일이지만 어찌할 수 있는 부분도 아니다. 조합원이 비대위원장과 긴밀하게 지낸다고 해도, 그게 법적으로 문제된다거나 하는 것은 아니었으니까. 다만 언제든지 터질 수 있는 시한폭탄을 안에 품은 채 지금까지 사업을 진행해왔다는 사실이, 너무도 기가 막힐 뿐이었다.

'지금이라도 알게 돼서 정말 다행이지.'

그런데 우진의 제안은 비단 이 시한폭탄뿐 아니라 비대위 본진까지 싹 다 무력화시킬 방법을 알려주겠다는 것이었다. 정말 그런 방법을 알려준다면, 천웅의 요구 정도 들어주는 건 어렵지 않은 일이었다. 로비 좀 받지 않는다고 해서 조합이 크게 손해를 보는 것도 아니었으니까. 사실 조합 내부에 암세포가 있다는 사실을 알려준 것만 해도, 이미 대가는 충분히 받았다고 생각했다.

"윤식 씨, 내가 준비하라고 했던 공문 작업 마무리되셨습니까?"

"네, 조합장님. 준비 다 끝내놨습니다."

"오늘 오후에 메일로 전부 쏘세요."

"옙!"

"따로 기자회견도 할 거니까, 지난번에 접촉됐던 기자 몇 분도 불러주시고요."

"그렇게 하겠습니다."

그래서 천웅건설이 요구했던 대로 클린수주와 관련된 제스처를 먼저 취한 곽홍식은 공문이 발송되자마자 가장 먼저 우진에게 받았던 명함을 꺼내고 전화기를 들었다. 그리고 전화를 받은 우진을 향해, 담담한 목소리로 입을 열었다.

"결국 서 대표께서 말씀하셨던 대로 됐습니다."

[하하, 그런가요?]

"어떻게 아셨는지는 모르겠지만… 정말 말씀하신 그대로더군요."

우진에게 빚을 졌다는 생각 때문인지, 곽홍식의 어투는 사뭇 공손했다.

[그럼, 클린수주는….]

"이미 공문 다 돌리고 전화 드렸지요."

[빠르… 시군요.]

곽홍식은 잠시 뜸을 들인 뒤, 천천히 다시 입을 열었다.

"그럼 이제… 말씀해주실 수 있겠습니까?"

이어서 수화기 너머로 들려올 우진의 목소리에, 모든 정신을 집중하였다.

[물론입니다. 약속은 지켜야지요.]

그리고 우진의 목소리가 흘러나오기 시작하자 홍식은 펜을 들어 그 이야기들을 꼼꼼히 메모하기 시작하였다.

—— * ——

일주일이 더 지나, 11월 26일 금요일이 되었다. 청담 선영아파트 재건축의 건설사 입찰이 마감되었고 결국 입찰에 참여한 회사는 총 네 곳이었다. 도급순위 1위에 빛나는 제운건설과, 그 뒤를 바짝 뒤쫓는 SH물산. 그리고 두 회사와 비교해도 덩치가 크게 꿇리지 않는, 프리미엄 브랜드 수경을 앞세운 명성건설.

마지막으로 최근 론칭한 Clio 브랜드와 함께, 떠오르는 신성으로 주목받는 건설사 천웅까지. 업계 관계자들은 이 결과를 두고 대부분 의외라는 반응이었다. 제운과 SH물산이 작정하고 뛰어들면 명성도 따라가기 버겁다는 것이 중론이었는데, 덩치로 치면 그들 회사의 절반밖에 안 되는 천웅에서 여기에 출사표를 던진 셈이었으니, 내부사정을 모르는 이들의 입장에서는 놀랐던 것이다.

Clio 브랜드에 호감을 갖고 있는 일부 전문가들은 응원의 메시지를 보내기도 했지만, 대부분 업계 관계자들은 부정적이었다. 프리미엄 브랜드 하나 괜찮게 띄웠다고 해서 강남을 너무 우습게 본다는 둥 이런저런 얘기가 곳곳에서 흘러나온 것이다. 물론 천웅에서 그런 반응들을 신경 쓰지는 않았다.

오히려 그 이야기들을 재료 삼아 노이즈 마케팅을 하며, 천웅과 Clio 브랜드가 청담 선영 사업장에 뛰어든다는 것을 더 적극적으

266

로 홍보할 뿐이었다. 하여 그렇게 12월이 됐을 때, 업계를 조명하는 언론들은 하루가 멀다 하고 자극적인 기사들을 쏟아내었다.

[천웅건설의 도전? 혹은 만용?]

[3파전이 아니라 4파전으로… 과연 마지막에 웃는 것은 누구?]

[천웅건설, 전에 없던 최고의 프리미엄 아파트를 선보인다!]

[전문가들, 비현실적인 설계로 조합원들을 현혹하는 것은 좋지 않아…]

그리고 조합에서 내건 '클린수주'라는 슬로건 때문에도, 청담 선영의 재건축 수주전은 더 크게 이슈가 되었다. 클린수주를 서울시나 정부에서 권고한 적은 많았지만, 이렇게 조합에서 발 벗고 나서 모든 로비를 일체 차단한 것은 전에 없던 방식이었으니 말이다. 이에 대해 수주전에 참여한 각 건설사가 인터뷰를 하기도 했는데, 대외적으로는 당연히 좋은 반응들이었다.

[제운건설 로비 없는 수주전은 모든 건설사가 환영할 만한 일.]

[SH물산 청담 선영 조합원들의 결단을 적극 지지한다.]

[명성건설 소모적인 로비 경쟁. 이제 벗어날 때 됐다.]

속으로는 어떻게 생각하든, 클린수주의 명분만큼은 누가 봐도 옳은 것이었으니 말이다. 하지만 이렇게 분위기가 달아오르고 있음에도 불구하고 오히려 WJ 스튜디오는 11월보다 한결 조용해졌다. 천웅과 모든 설계 조율을 마친 WJ 스튜디오는 이제 시공사 선정총회(건설사 합동 설명회)가 열릴 때까지 별달리 할 일이 없었으니 말이다.

물론 천웅건설과 연계된 프로젝트 말고도 따로 진행되는 일들은 많았지만, 원래 바쁘다는 것은 상대적인 법. 가장 큰 프로젝트가 일단락되자 여유가 생긴 우진은 몇 달 만에 주말 출근을 피할 수 있었고, 제이든의 콜을 오랜만에 흔쾌히 수락할 수 있었다.

— * —

[헤이, 우진! 당연히 바쁘겠지?]

"아니, 별로 안 바쁜데?"

[What?! 안 바쁘다고?]

"응."

[너 우진 아니지! 누구야. 누가 우진의 휴대폰을 훔쳐간 거야?]

"요란 떨지 마, 제이든. 나라고 해서 매일 바쁘다는 법 있어?"

[당연하지!]

"왜?"

[그야 우진이니까.]

"…?"

12월 초는 대학생들에게 아주 행복한 시기다. 기말고사가 끝나고 방학을 맞이한 지 얼마 되지 않은, 그러니까 방학이 앞으로 세 달이나 남아있는 아주 설레는 시점이라는 얘기다. 물론 과제고 시험이고 편안하게 내려놓은 우진에게는 해당 사항이 없었지만, 평범한 학생인 제이든에게는 달랐다.

성적이 어떻게 나왔든, 방학이란 원래 신나는 것. 심지어 학기 내내 신나게 놀았어도, 방학 때는 더 신나게 놀 생각으로 기분 좋은 게 일반적인 대학생이라고 할 수 있었다.

"그래서 전화는 왜 한 건데?"

[후후. 우진도 사실, 이 제이든 님의 전화를 기다리고 있었던 거

지?]

"… 끊는다?"

[Wait! 항상 생각하는 거지만, 우진은 성격이 너무 급한 것 같아.]

"너만큼 급하겠냐."

[그럴 순 없지. 난 제이든이니까.]

"후우우…."

우진이 바쁘지 않다는 말에 신이 난 제이든은 전화통에 대고 속사포처럼 떠들기 시작했다.

[그래서 말인데, 우진.]

"말해."

[이번 주 일요일엔, 우리 집에서 홈 파티를 하는 게 어때?]

"치킨과 피자를 먹고, 밤새도록 게임을 하는 그 파티?"

[후후. 그렇지 않아, 우진. 제이든의 홈 파티는 다시 태어났다고.]

"어떻게 다시 태어났는데?"

[그건 비밀이야.]

그리고 오랜만에 이런 통화가 나쁘지 않았는지, 우진도 제이든의 흰소리를 묵묵히 들어주었다. 그런데 한참을 그렇게 떠들던 제이든이 웬일로 바람직한 제안을 꺼내 들었다. 얼마 남지 않은 석현의 생일을 챙겨주자는 것이다.

[그래서 우진까지 일요일 홈 파티에 오면, 소연이랑 석현까지 총 네 명이거든?]

"그런데?"

[그날 석현의 생일파티를 해주는 건 어떨까?]

"뭐? 생일파티?"

[우진, 설마 12월 7일이 석현의 생일인 걸 몰랐던 거야?]

"일요일은 5일이잖아. 석현의 생일은 화요일이라고."

[아, 맞아. 화요일이 생일이지만, 그냥 일요일에 파티하는 김에 해주자는 거였어. 역시 우진도 석현의 생일을 알고 있었군.]

"아니, 몰랐는데?"

[Bloody Hell! 어떻게 석현의 생일을 모를 수가 있어?]

수화기 너머에서부터 침이 튀어나오는 듯한 느낌을 받은 우진은 고개를 절레절레 저으며 다시 입을 열었다. 오랜만에 여유를 즐기고 있었던 탓에, 오늘은 제이든과 조금 더 놀아줄 용의가 있었다.

"제이든. 너, 내 생일은 아냐?"

[Holy! 잠깐, 그건….]

"내 생일은 10월 19일이야. 이미 한 달도 더 지났지."

[대체 우진의 생일은 왜 아무도 몰랐던 거야?]

"그야 나도 모르고 지나갔으니까."

[….]

"아침에 엄마가 미역국 끓여주실 때 깨달았거든. 아, 오늘이 생일이구나."

잠시 말을 잃었던 제이든이 다시 입을 열었다.

[우진은 역시 특이해.]

"제이든보다 더?"

[이 제이든 님보다 더 특이한 유일한 사람이야.]

"그건 칭찬이 아닌 것 같아, 제이든."

[맞아, 칭찬이 아니야.]

"젠장."

제이든과 낄낄거리며 떠들던 우진은 문득 자신의 생일날을 떠올리며 속으로 실소를 흘렸다. 그러고 보면 한 달 좀 더 지난 자신의 생일은 회귀 후 첫 생일이었건만, 바쁜 탓에 너무 정신없이 지나간 것 같았다. 애초에 생일에 의미 부여한 지는 너무 오래된 우진이었기에, 별로 상관은 없었지만 말이다.

'내년 생일도 똑같겠지, 뭐.'

사실 우진은 제이든이 석현의 생일을 알고 있는 것이 오히려 더 신기했다. 그는 태어나서 부모님과 여자친구를 제외하고는 그 누구의 생일도 챙겨본 역사가 없었으니 말이다. 생일은 그냥 태어난 날일 뿐, 딱히 특별하진 않은 날이라는 게 평소 우진의 지론이었다.

'하지만 제이든이 석구 생일을 챙긴 건 기특하니까….'

그래서 결국 일요일의 파티 참석을 수락한 우진은 제이든과 실없는 대화를 조금 더 나누다가 전화를 끊었다. 이어서 사무실 컴퓨터 앞에 앉은 우진은 석현의 선물을 고민하며 인터넷을 뒤졌다. 생일을 챙긴다는 것 자체가 조금 어색하긴 했지만, 막상 고생한 석현을 생각하니 기꺼운 마음이 들었다.

'석구가 올해 진짜 고생 많이 했지… 덕분에 모형 파트도 엄청 성장했으니까. 꽤 괜찮은 선물로 한번 챙겨줘 볼까?'

하지만 그 고민은 생각보다 그리 오래 이어지지 않았다. 포털사이트 메인 화면에 크게 떠올라 있는 배너 하나가, 곧바로 우진의 시선을 사로잡았으니 말이다.

'그래, 이거 괜찮네.'

우진의 눈에 들어온 광고 배너는 다름 아닌 스마트폰.

정확히는 한국에 얼마 전에 출시된, 아이폰 4.

"그래, 이제 슬슬 스마트폰 쓸 때가 됐지. 폴더폰에 이미 적응해 버렸지만… 그래도 스마트폰은 앞으로 대체 불가니까."

우진의 이 중얼거림은 자기 자신에게 하는 말이었다. 석현의 생일선물로 아이폰을 사줄 겸 해서, 자신의 것까지 같이 사려는 것이다. 아이폰 4의 출고가는 90만 원대로, 친구 생일선물로 턱 내어주기에는 결코 싼 값이 아니었지만 석현은 우진에게 단순한 친구 이상의 존재였으니 딱히 아깝진 않았다. 이건 친구의 생일선물 겸, 유능한 인재의 충성심 향상을 위한 오너로서의 투자라고 할 수 있었다.

"좋아. 그럼 생일선물도 정했고…!"

퇴근 시간까지 아직 두 시간 정도 남았지만, 우진은 미리 자리에서 일어섰다. 오늘은 오랜만에 석중과의 저녁 약속도 있었고, 마음먹은 김에 스마트폰도 개통할 생각이었으니 조금 빨리 움직여야 할 것 같았다.

뜻밖의 제안

제이든이 말했다.

"아무래도 우진은 석현만 너무 편애하는 것 같아."

"또 아이폰 얘기를 하려는 거야?"

"젠장, 어떻게 생일선물로 아이폰을 줄 수가 있는 거지?"

"그야 석현은 WJ 스튜디오의 충신이니까."

"제이든도 마찬가지라고!"

"넌 생일이 아니잖아."

"곧이야. 2월이라니까?"

"게다가 넌 아이폰을 이미 가지고 있지."

"Bloody Hell! 대체 우리 엄마는 왜 아이폰을 사주고 간 거야!"

"…?"

"나도 아이폰!"

"운전하는 데 방해되니까 좀 조용히 해줄래, 제이든?"

우진은 지금 차를 끌고 용산으로 향하는 중이었다. 옆 좌석에는 제이든을, 뒷좌석에는 소연을 태운 채 말이다. 그리고 오랜만에 이렇게 셋이 움직이는 이유는 간단했다. 전에 공모전에서 알게 된 스페인의 건축 디자이너 브루노가 그들을 사무실로 초대했으니 말이다. 사실 초대 자체는 꽤 오래전부터 했었지만, 그동안은 시간이 도무지 맞질 않았다. 브루노도 무척이나 바쁜 사람인데, 우진은 그보다 더 바쁜 일정을 소화하고 있었으니 시간 맞추기가 여간 힘든 게 아니었던 것이다.

'브루노의 사무실은 꼭 가보고 싶었지.'

우진은 브루노가 설계하여 이제 준공을 앞두고 있는 호텔 건물인 '글래셜 타워'에 대해 잘 안다. 용산 대로변에 우뚝 솟은 그 이름처럼 빙하를 형상화한 생김새를 가진 고층 건물. 전생에서는 여기에 묵어본 적도 있었는데, 첫 방문 때는 크게 감탄했던 기억이 있었다. 커튼 월을 기가 막히게 활용하여, 건물 내부로 들어오면 정말 얼음 속에 들어온 듯한 느낌이 들도록 아름답게 연출되어 있었으니 말이다. 푸른 유리들이 일정한 패턴으로 외관에서부터 흐르면서, 내부까지 자연스럽게 그 디자인 무드가 이어지는 아름다운 건축물. 멀리 글래셜 타워가 보이기 시작하자, 우진은 그것을 손으로 가리키며 입을 열었다.

"저기 파랗게 빛나는 건물 보이지?"

"엇, 저거?"

소연의 반문에, 우진이 고개를 끄덕였다.

"맞아, 저게 글래셜 타워야. 브루노가 설계한 건축물이지."

"우와, 거의 다 지어졌네?"

창밖을 보는 소연은 초롱초롱한 눈빛이었다. 건축학도로서 브루노 같은 업계 거장의 사무실을 방문하게 되는 것은 흥분될 수밖에 없는 일. 게다가 눈앞의 저 멋들어진 건물이 그 사무실에서 설계된 건물이라는 이야기를 들으니, 기대감이 더욱 커지는 건 당연하다

고 할 수 있었다. 그리고 멋진 건축물 덕분인지, 앵무새처럼 아이
폰 노래를 부르던 제이든 또한 드디어 정신을 차렸다.

"와우, 저게 브루노가 설계한 건축물이었어? 대단한데?"

"제이든, 갑자기 웬 아는 척이야? 저 건물에 대해 알아?"

"Sure, 우리 집에서 보이거든."

"응…?"

"내 방 창문으로 보이는 건물인데, 저게 브루노가 설계한 건물일
줄은 몰랐지."

제이든의 말에 우진은 그의 집 구조를 잠깐 떠올려보았다. 며칠
전에도 석현의 생일파티를 한다고 간 적 있는 곳이었기에, 대충 어
떤 위치에서 브루노의 건물이 보이는 건지는 깨달을 수 있었다.

'하긴, 제이든의 집도 용산이구나 저렇게 높은 건물이 보이지 않
는 게 오히려 이상하네.'

부르릉-

우진은 미리 브루노에게 언질 받은 대로, 글래셜 타워 인근의 건
물 지하주차장에 차를 대었다. 그곳이 바로 브루노의 설계사무소
가 있는 건물. 엘리베이터를 타고 3층으로 올라가자, 그곳에서 기
다리고 있던 브루노가 푸근한 미소를 지으며 세 사람을 맞았다.

"반갑습니다, 우진, 제이든 그리고 소연. 내 사무실에 잘 왔어요."

조금 어눌하지만 깔끔하게 한국말을 구사하는 브루노를 보며,
우진은 조금 놀란 표정이 되었다.

"브루노, 한국말 할 줄 알았어요?"

우진의 물음에 잠시 생각하던 브루노가, 멋쩍게 웃으며 대답하
였다.

"아니, 조금. A little bit."

— * —

브루노와의 대화는 거의 영어로 오고갔다. 사무실에 브루노의 개인 통역가가 있었지만, 그녀의 도움을 받을 필요는 없었다. 소연도 영어를 무척이나 잘하는 편이었던 데다, 제이든이라는 완벽한 통역가가 존재했으니 말이다. 제이든은 한국말과 영어 둘 다 모국어 수준으로 완벽하게 구사하는 능력자였다. 비록 우진에게는 시끄러운 영국인 취급을 당할지라도 말이다.

"어때요, 막상 사무실에 와도 별거 없지요? 가보지는 않았지만, 우진의 사무실과 별 다를 건 없을 겁니다."

브루노의 사무실은 그의 명성에 비해서는 확실히 초라한 모양새였다. 고급스럽게 인테리어 해놓은 우진의 WJ 스튜디오와 비교하면, 그저 평범한 사무실에 불과했으니 말이다. 하지만 브루노의 입장에선 한국에서 얼마나 일할지 알 수 없었기에, 우진처럼 사무실을 멋지게 꾸며놓는 것은 불가능하다 할 수 있었다. 그리고 어차피 우진을 비롯한 세 사람에게 중요한 것은 사무실의 인테리어가 아니었다.

"사무실이 뭐 중요하겠습니까. 브루노 같은 세계적인 디자이너가 어떻게 일하는지 궁금했던 거지요."

"맞아요, 브루노의 디자인 프로세스를 볼 수 있다는 것만 해도 정말 영광인걸요."

우진과 소연의 칭찬이 이어지자, 브루노는 멋쩍은 표정이 되었다. 두 사람의 이야기에서 진심을 느낄 수 있었기 때문에, 기분이 한결 좋아진 것이다. 칭찬이란 본래 고래도 춤추게 하는 법. 브루노는 세 사람에게, 이번에 작업했던 글래셜 타워에 대한 이야기를 더욱 자세하게 공유해주었다. 그리고 그 이야기 안에는, 십 년 넘게 설계사무소를 운영해온 브루노의 온갖 노하우들이 녹아 있었다.

'확실히 난 아직도 멀었구나.'

브루노의 이야기를 듣던 우진은 감탄을 연발했다. 그의 이야기를 듣다 보니, 깨닫는 부분이 많았던 것이다. 제이든이라는 필터를 한번 거쳐서 듣는 이야기임에도 불구하고 현장감이 느껴질 정도였으니까. 물론 제이든이 워낙 통역을 잘한 덕도 있겠지만, 그전에 브루노가 가진 인사이트들이 확실히 뛰어나다고 할 수 있었다.

"우진, 혹시 런던에 지어진 세인트 메리 엑스(St Mary Axe)라는 건축물을 압니까?"

"물론입니다, 그 미사일같이 생긴…."

"하하, 나는 마치 무를 뽑아다 거꾸로 세워놓은 느낌이라고 생각했는데… 미사일이라. 그렇게 느껴질 수도 있겠군요."

"그런데 그 건축물은 왜요?"

"그 세인트 메리 엑스를 시공할 때 사용됐던 이중 강화유리 외벽 구조가 내 글래셜 타워에도 그대로 적용되어 있어서 말입니다."

"오…! 그러고 보니!"

"그래서 이 단면설계를 보면, 구조가 이렇게 빠져 있는데… 여름에는 자연스럽게 공기가 빠져나가고, 겨울에는 외벽 사이에 갇힌 공기가 단열재의 역할을 해주죠."

"신기하네요. 그런 게 가능하군요."

"사실 실제로 사용되는 단열재와 비교하면 효과가 떨어지는 건 당연하지만, 그래도 충분히 유의미한 열 차단 효과가 있다고 할 수 있습니다."

우진은 전생에 현장 전문가이자 목수였고, 지금은 디자인을 배우는 건축 디자인 학도다. 하지만 전생과 지금을 통틀어도 잘 알지 못하는 건축 관련 분야가 있었으니, 그것은 바로 재료공학이나 구조역학과 같은 기술적인 부분이었다. 이 부분은 사실상, 완전한 이공계열의 영역에 가까웠으니 말이다. 물론 그렇다고 해서 그것까지 배울 생각은 없었다. 기술적인 부분까지 공부하기엔, 시간도 여력도 없었으니 말이다.

　'지금이야 아직 본격적인 건축을 하는 건 아니니까 괜찮지만⋯ 이쪽으로도 근시일 내에 인재를 확보하긴 해야겠어.'

　그래서 우진은 오늘 브루노의 사무실에 와보길 정말 잘했다고 생각했다. 막연히 계획만 하고 있던 부분들이 브루노 덕에 좀 더 구체화되었으니까.

　"자, 슬슬 출출한데 다들 저녁이나 같이하실까요?"

　브루노의 사무실에서 거의 두세 시간가량 이야기를 나눈 우진과 일행들은 다섯 시쯤 조금 이른 저녁을 먹기 위해 바깥으로 나왔다. 브루노가 맛집이라며 소개한 용산의 음식점은 다름 아닌 경양식 돈가스 전문점이었다.

　"저는 이 한국식 커틀릿(cutlet)을 가장 좋아합니다."

　"돈가스를 유럽에서는 커틀릿이라고 하는군요?"

　"커틀릿이 원조야, 무식한 우진."

　"시끄러, 제이든. 영어 좀 못할 수도 있지."

　분위기는 좋았다. 대화의 흐름도 이제 일방적인 브루노의 이야기가 아니었다. 건축에 대한 이야기를 하다 보니 자연스레 지금 우진이 하고 있는 일들에 대해서도 이야기하게 됐고 브루노는 그에 대해 우진이 예상했던 것보다 훨씬 더 큰 관심을 보였다.

"놀랍군요. 우진의 회사가 그렇게 빠르게 성장한 줄은 몰랐습니다."

"하하, 과찬이십니다."

"지난번 SPDC에서 당선됐던 요양원 설계는 이제 시공에 들어갔습니까?"

"얼마 전에 삽 뜬 거로, 아니, 착공한 거로 알고 있습니다. 어쩔 수 없이 설계 일부가 변경되긴 했지만, 그래도 기존 안을 최대한 살려서 진행 중이지요."

"요양원이 완공되면, 제가 꼭 한번 가볼 겁니다."

"꼭 오셔야 합니다, 하하하."

하지만 다른 이야기를 들을 때 반응이 단순히 놀란 정도였다면 이번에 참여했다는 청담 선영아파트의 설계 공모에 대한 이야기를 들었을 때는, 보기 드문 표정을 지으며 주름진 두 눈이 휘둥그레졌을 정도였다. 청담 선영 정도의 대규모 프로젝트 설계를 맡는 것은 브루노처럼 인지도 있는 건축가에게도 흔히 접할 수 있는 기회가 아니었으니 말이다.

"정말 천 세대가 넘는 신축 공동주택을 우진이 설계했다는 말입니까?"

"아, 아직 공모에 당선됐을 뿐입니다."

"공모에 당선됐으면 이제 시공되는 것 아닙니까?"

"설명해드리기는 좀 복잡하지만, 아직 최종 경연이 한 차례 남아 있습니다."

"혹시 디자인된 조감도라도 보여주실 수 있는 그림이 있으면…"

"오늘 가져오지는 않아서… 브루노가 관심 가지실 줄 알았으면, 챙겨올 걸 그랬습니다."

"아쉽게 됐군요. 우진이 설계한 프리미엄 아파트 단지가 궁금했는데 말입니다."

쉴 새 없이 오가는 대화를 통역하는 제이든은 조금 지친 표정이었지만, 옆에서 둘의 대화를 듣는 소연의 눈동자는 내내 초롱초롱 빛났다. 브루노와 우진의 대화는 이제 갓 학부 1학년을 마친 소연의 입장에서, 신세계나 다름없었으니 말이다.

'멋지다… 언젠간 나도….'

사실 브루노라는 인물은 소연의 입장에서 너무 먼 곳에 걸려있는 별처럼 막연한 존재였다. 세계적인 건축 디자이너와 학부생 사이에는 그만한 간극이 존재했으니까. 하지만 우진이라는 존재는 브루노와 다르다. 브루노와 마찬가지로 대단한 인물인 것은 맞지만, 그런 사실과 별개로 가까이 있는 존재였으니 말이다.

그녀는 우진이 어떻게 성장했는지 바로 옆에서 지켜봤고, 앞으로도 지켜볼 수 있다. 곁에 있기에, 어떤 식으로 발전해나가는지 알기에 더 대단해 보이는 사람이 우진이었으니까. 소연은 우진에게서 느끼는 호감과 별개로, 이제껏 막연하기만 했던 건축 디자이너로서의 꿈을 그에게서 본 것인지도 몰랐다.

"우진, 돈가스 좀 먹으면서 얘기하면 안 될까?"

"아, 잠깐만. 하던 얘기만 좀 마무리하고."

네 사람의 접시에 놓인 돈가스는, 쉽게 줄어들지 않았다. 브루노가 자신 있게 추천한 경양식 돈가스가 맛없던 것은 당연히 아니다. 다만 다들 돈가스의 맛을 즐기는 것보다, 이 대화가 훨씬 더 즐거웠을 뿐이었다. 해서 우진은 거의 한 시간이 다 되어서야, 접시를 전부 비울 수 있었다.

"오늘 정말 감사했습니다, 브루노. 덕분에 정말 많이 배울 수 있었습니다."

"허허, 저야말로 우진의 스토리를 들을 수 있어서 정말 즐거웠습니다."

직원이 식탁 위 접시들을 가지고 가자 브루노가 먼저 자리에서 일어났고, 우진을 비롯한 세 사람 또한 자리에서 일어났다.

'흐음, 다음에는 브루노를 한 번 우리 사무실로 초대해볼까?'

그리고 이런 생각을 하며 우진이 음식점 문을 나서던 그때. 계산을 마치고 바깥으로 나온 브루노가 갑자기 우진을 불러 세웠다.

"우진."

"예, 브루노."

"혹시 돌아오는 주말쯤 시간 한번 내주실 수 있겠습니까?"

브루노의 갑작스런 제안에 우진은 조금 의아했지만, 일단 스마트폰을 꺼내어 캘린더를 확인해보았다.

"음, 다음 주 월요일이 시공사 선정총회라 일요일은 비워둬야 할 것 같고… 토요일은 가능할 것 같습니다."

"오호, 그래요?"

"혹시 무슨 일 때문에 그러시는지, 여쭤봐도 되겠습니까?"

궁금한 표정의 우진을 향해, 브루노가 웃으며 대답하였다.

"사실 지금 제가 준비 중인 뉴 프로젝트가 하나 있습니다."

"뉴 프로젝트라면…."

"혹시 우진, 복합몰 설계에 관심이 좀 있습니까?"

생각지도 못했던 브루노의 말에 우진의 동공이 크게 확대되었다.

"복합몰이요…? 저야 건축이라면 사실 뭐가 됐든 당연히 관심 있죠."

"후후, 역시 그렇지요?"

하지만 우진의 그 놀람은 거기서 끝이 아니었다.

"제가 이번에 왕십리에 지어질 복합몰 설계 공모에 작품을 내게 되었는데…."

"왕십리요?!"

"그 규모가 꽤 상당합니다."

브루노의 입에서 구체적으로 언급되기 시작한 프로젝트는 우진이 아주 잘 알고 있는 프로젝트였던 것이다.

'왕십리 패러필드(ParaField)! 이게 대체 왜 브루노의 입에서 나오는 거지?'

브루노의 이야기와 머릿속의 기억들이 혼재되면서, 우진은 아주 혼란스런 표정이 되었다. 우진이 전생에 알던 왕십리의 대형 복합몰 패러필드. 우진이 기억하기로 그곳은 한번 제대로 망했던 프로젝트였으니 말이다.

— * —

서울 최초의 3개 호선 환승역이자, 동북부 교통의 요충지인 왕십리역. 서울시 알짜 지하철 노선들이 지나가는 이곳 왕십리역은 '파라마운트(Paramount)'라는 기업에서 사업 주체가 되어 개발한 민자역사*로, 약 2013년경에 완공됐던 곳이다. 물론 한참 오래전부터 노선 운행은 정상적으로 되고 있었지만, 민자(민간자본)개발과 함께 '패러필드'라는 대형 복합쇼핑몰이 들어서면서 규모가 확

---

* 민간회사의 자본을 빌려 지은 역사로, 역사 내에 백화점 등의 종합쇼핑몰을 유치하여 상권을 활성화시킨다는 장점이 있다.

커진 것이 2012년이라는 이야기다.

그리고 '한 번 제대로 망했다'는 우진의 이야기는, 바로 이 복합 쇼핑몰의 건축을 의미하는 것이었다. 이건 2011년 하반기 즈음 우진의 전생에서 너무 유명했던 이슈였기 때문에, 사실 우진이 업계 종사자가 아니었더라도 기억했을 일이었다.

'부실공사로 인한 현장 붕괴. 사람이 열 명도 넘게 죽었던 대참사였지.'

사실 현장에서의 사고는 심심찮게 일어나는 일이다. 하지만 인명피해, 그것도 열 명이 넘게 사망한 대규모의 인명피해는 흔치 않은 일이었고 때문에 당시 시공사로 선정됐던 태호건설은 대대적인 정부 시찰 및 감사(勘査)와 함께 쫄딱 망했었다.

마치 까도 까도 끝이 없는 양파껍질처럼, 사고와 연계된 각종 비리들이 끝없이 엮여 나왔으니 말이다. 그렇다면 결과적으로 패러필드 자체가 망했느냐? 그건 아니었다. 일차적으로 비리가 드러나며 사업이 엎어질 뻔하였지만, 부동산 재벌 수준의 대기업인 파라마운트는 그 실패를 만회하고도 남을 만큼의 재력을 가지고 있었으니 말이다.

결국 새로운 건설사와 처음부터 다시 협약을 맺은 파라마운트는 과감히 사업을 재개하였으며, 결과적으로 그렇게 지어진 왕십리 패러필드는 꽤 흥행한 복합쇼핑몰이 되었다. 사업이 한번 엎어질 뻔하며 입었던 적지 않은 손해를 전부 메우고, 오래지 않아 흑자전환이 됐을 정도로 말이다.

'그래도 쇼핑몰 흥행을 떠나 건축 자체만 놓고 보면… 확실히 아쉽긴 했지. 기존 부실 설계를 최대한 재활용해서 다시 지은 탓인지, 디자인 자체는 별로였으니까.'

해서 이러한 배경에 대해 알고 있는 우진으로서는 브루노가 패러필드의 설계를 준비하고 있다는 게 의아할 수밖에 없었다. 시공비리를 떠나 공모에 당선됐던 최초의 건축 디자인조차도, 우진의 기준에선 상당히 별로였으니 말이다. 쉽게 말해 브루노가 공모에 참가했음에도 그런 수준의 밋밋하고 촌스러운 디자인이 낙점되었다는 사실이 믿어지지 않는 것이라 할 수 있었다.

　"브루노, 왕십리 복합몰이라면 주식회사 패러마운트에서 공모 올린 프로젝트가 맞죠?"

　우진의 물음에 브루노가 반색하며 대답하였다.

　"오오, 역시 우진도 알고 있었군요. 하긴, 이 정도의 빅 프로젝트라면 우진이 알고 있어도 이상하지 않지요."

　"공모 마감이 언제인가요?"

　"다음 달 10일입니다."

　"아하, 그럼 저를 부르시는 이유는…."

　"한번 우진에게 설계를 보여주고, 같이 이야기해보고 싶은 부분이 있어서 그렇습니다."

　"…!"

　브루노의 말을 듣던 소연과 제이든은 적잖이 놀랄 수밖에 없었다.

　'브루노가 우진에게 조언을 구한다고?'

　'대박…! 오빠가 브루노의 조력자가 되는 거야?'

　설계를 보여주고 같이 얘기해보고 싶은 부분이 있다는 것은 사실상 우진의 도움을 받고 싶다는 말과 다를 게 없었으니 말이다. 단순히 우진과 건축에 대한 이야기를 나누는 것과 이렇게 실질적인 프로젝트 조언을 제안하는 것 사이에는, 하늘과 땅만큼 큰 차이가 있다고 할 수 있었다. 이것은 브루노가 사실상 우진을 동등한 건축가 이상으로 생각한다는 방증이었으니까. 제이든, 소연과 마찬가지로 놀란 표정이 된 우진이 어색한 웃음을 지으며 다시 입을 열었다.

"제가 무슨 도움이 되겠습니까?"

"하하, 우진은 자신의 능력을 너무 저평가하는군요."

"그럴 리가요."

"우진은 충분히 제 설계에 큰 도움이 될 겁니다. 그것이 실질적인 설계이든, 디자인이든 혹은 UX와 관련된 부분이든. 어떤 방면으로든 말입니다."

브루노의 이야기는 진심이었다. 그는 정말로 우진의 도움이 필요해서 이야기를 꺼낸 것이었으니까. 물론 좀 더 구체적으로 파고들자면, 단순 설계나 디자인 쪽의 도움이 필요한 것은 아니었다. 다만 건축에 대한 이해도가 높으면서 한국 현지인인 우진이라면, 자신의 설계를 보며 유저 경험에 대한 조언을 많이 해줄 수 있을 것이라 생각한 것이다. 똑같은 복합몰이라도 브루노의 모국인 스페인과 이곳 한국 사이에는 문화적인 차이가 분명히 존재할 테니 말이다.

'우진이라면 내 설계에서 느껴지는 미묘한 공허함을 채워줄 수 있을지도….'

그래서 브루노는 더욱 힘주어 이야기했다.

"우진의 조언에 의해 설계에 변화가 생긴다면, 반드시 우진과 WJ 스튜디오의 이름을 제 이름과 함께 올려드리겠습니다."

"그… 렇게까지는 안 해주셔도…."

"그만큼 우진의 의견을 들어보고 싶다는 이야깁니다, 하하. 어떻게, 도와주실 수 있겠습니까?"

브루노의 제안은 우진으로서는 거부할 이유가 전혀 없는 것이었다. 내달 10일이 공모 마감이라면 이미 대부분의 설계가 나온 상태일 것이었는데, 다 된 설계를 가지고 조언 조금 하는 것으로 우진과 WJ 스튜디오를 브루노의 이름과 함께 끼워 넣을 수 있다면 이 것은 남아도 엄청나게 남는 장사라고 할 수 있었으니 말이다. 물론 서포터라는 명목으로 작게 들어갈 테지만, 그것만 해도 WJ 스튜디오 커리어에는 큰 도움이 될 터. 그래서 우진은 일단 고개를 끄덕였다.

"저야 영광입니다, 브루노. 도움이 얼마나 될지는 모르겠지만… 기꺼이 가보겠습니다."

"잘 생각하셨습니다."

우진은 브루노가 내민 손을 맞잡으며, 기분 좋게 웃음 지었다. 하지만 겉으로 웃는 것과는 반대로 속은 좀 복잡한 그였다.

'일단 브루노의 제안 자체는 아주 좋은데… 사업장에서 구린내가 나는 게 좀 문제란 말이지.'

브루노의 설계에 이름을 같이 올린다는 것도 결국 설계 공모에서 채택되었을 때에나 의미가 있는 거다. 우진의 기억대로라면 이 공모전에서 채택됐던 설계는 브루노의 것이 아니었고, 때문에 브루노의 설계를 두고 그 구닥다리 설계가 채택된 경유까지 파헤쳐야만 제대로 된 과실을 따먹을 수 있을 터였다. 게다가 한 가지 더, 설계가 채택된 뒤에도 태호건설에서 수주하지 못하도록 막아내기까지 해야 했으니 우진은 눈앞에 고생길이 훤히 보이는 기분이었다.

'뭐, 언제는 쉬운 적 있었나?'

사람 좋은 웃음을 지으며 우진 일행을 배웅하는 브루노를 힐끔 응시하며, 우진은 속으로 실소를 지을 수밖에 없었다. 물론 브루노가 의도한 것은 아니겠지만 어쩌면 우진은 이번에 디자인 외적인 부분에서 브루노에게 꽤나 큰 도움이 될 수 있을지도 몰랐다.

— * —

의외의 이슈가 생겼던 월요일이 지나, 다음 날인 화요일도 빠르게 흘러갔다. 12월의 2, 3주 차는, 우진과 WJ 스튜디오에게 있어 숨을 한 번 고를 수 있게 해주는 재정비의 주간이었다. 영업을 위해 바쁘게 뛰어다니던 진태도 이번만큼은 내근하며 내실을 다지는 데 주력했다.

청담 선영의 프로젝트를 제외하고라도 동시에 진행 중인 프로젝트가 다섯 개나 되었으며, 카페 프레스코의 경우 그동안 열 곳도 넘게 가맹점 계약이 진행되었으니 사업장을 더 늘리는 것은 무리라고 판단한 것이다.

특히 2호점인 유리아의 가로수길 건물 공사가 다음 주부터 착공 예정이었는데, 이곳의 사전준비 작업도 만만찮은 일이었다. 이면 도로라고는 하지만 가로수길은 유동인구가 상당한 상권이었으니 주변 상권의 민원을 비롯해서, 도로점거가 크게 제한되는 등 건축 외적인 차원에서도 공사를 힘들게 하는 요소가 많았으니 말이다.

그나마 다행인 것은 기존 다른 건설사에서 리모델링 공사를 이미 한 차례 진행한 상황이었고, WJ 스튜디오는 이 현장을 이어받아 내부 공사를 진행하는 것이었으니 주변 상권이 이미 어느 정도 적응한 상태라는 점이었다. 쉽게 말해 이전 건설사에서 상당 부분 욕받이 역할을 먼저 해줬다는 이야기다. 물론 그것과 별개로 우진은 꼼꼼히 민원에 대비했다.

"그렇긴 해도 최대한 신경 써서 관리해줘, 진태 형."

"알겠어, 네 말대로 주변에 떡도 돌리고 가게 하나씩 다 찾아가면서 양해를 구했어."

사실 사람 사이의 일이라는 것은 같은 문제라도 어떤 식으로 대처하느냐에 따라 결과가 천차만별로 달라지는 법이다. 공사로 인해 주변에 불편을 끼친다는 점에서는 어떤 사전대응을 해도 어쩔수 없는 부분이 많지만, 약간의 수고를 들여 인심을 미리 얻고 기분 좋게 양해를 구한다면 가래로 막아야 할 것을 호미로 편하게 막을 수 있게 되는 긍정적인 결과를 불러올 수 있는 법이었으니까. 이것은 앞으로 이곳에서 장사하게 될 카페 프레스코의 이미지와도 상당 부분 연결될 게 분명했다.

"그런 의미에서 이렇게 꼼꼼하게 진행하고 있으니까 너무 걱정하지 마, 누나."

[걱정한 적 없는데?]

"그럼 다행이고."

[네가 걱정할 틈을 줘야 말이지. 내가 궁금할 새도 없이 따박따박 보고해주는데, 걱정을 어떻게 하냐?]

"칭찬으로 듣겠습니다, 누님."

[징그러우니까, 끊어!]

"ㅍㅎㅎㅎ."

우진은 건물주인 리아에게도 스케줄을 지속적으로 공유하며 신뢰를 쌓았고, 이렇게 WJ 스튜디오의 프로젝트들은 오늘도 기름칠한 톱니바퀴들처럼 깔끔하게 맞물려 굴러가고 있었다. 그래서 오늘도 우진은 대표실 탁자 위에 놓여있는 달력을 체크하며 마무리

된 일정들을 하나씩 지우고 있었다.

"좋아, 오늘까진 계획해둔 대로 다 굴러갔고…."

하지만 아무리 운영을 깔끔하게 한다고 해도, 변수를 아예 없애는 것은 불가능한 일. 수요일 아침 출근길에, 우진은 생각지 못했던 경완의 전화를 받게 되었다.

"예, 부장님. 어쩐 일이세요?"

[아, 별건 아니고. 일정이 좀 당겨져서 말이다.]

"네…? 일정이요? 무슨 일정이 당겨졌는데요?"

[시공사 선정총회, 원래 일요일이었잖아.]

"그… 런데요?"

[그거 이틀 당겨졌어. 금요일이야.]

"아니, 잠깐만. 원래도 이번 주 일요일이었잖아요. 그게 더 당겨져서 금요일로 됐다고요?"

[건설사들이랑 조합에서 일정을 좀 맞추다 보니… 주말이 좀 여러모로 애매하더라고.]

"평일보다 주말이 더 편한 거 아니에요?"

[선영아파트 조합원들이 평일 저녁이 더 좋다고 했대. 연말이라 그런지 주말에 일이 있는 사람들도 많고….]

"부장님…."

[응?]

"별거 아니라면서요."

[별거 아니지. 고작 이틀 당겨진 건데, 뭐.]

"하아…."

[그래서 말인데, 서 대표.]

"아, 몰라요…."

[설계발표 프레젠테이션, 예정대로 네가 좀 해줄 수 있지?]

"으아아아!"

[아직 이틀이나 남았잖아. 그럼, 믿는다…?]

"아니 고작 이틀이 3초 만에 갑자기 이틀이나로 바뀌는 게 어딨어요!"

뚜- 뚜- 뚜-

"부장님. 저기요, 부장님!"

끊어진 전화를 붙잡고, 우진은 잠시 멍한 표정으로 서 있었다. 하지만 일정이 촉박하다고 해서, 원래 하기로 했던 프레젠테이션에서 발을 뺄 수도 없는 노릇.

"미치겠네, 진짜."

우진의 입에서 한숨이 푹 새어 나왔다. 피티 준비를 하려면 아무래도 하루 정도는 밤을 새워야 할 듯싶었다.

전야(前夜)

재엽은 요즘 고민이 하나 있었다. 부모님이 저질러놓은, 작은 사고 하나 때문에 말이다.

"아들."

"네, 어머니."

"이번에 조합에서 평형 신청하라고 하기에, 나랑 아빠랑 펜트하우스 신청했어. 잘했지?"

"페, 펜트하우스요?"

"응, 기왕 새집으로 이사 가는 김에 기분 좀 냈지."

"어, 어머니. 기분을 좀 너무 많이 내신 것 아닌가 싶은데…."

"조합에서 얘기하는 것 들어보니까, 펜트 잘 지어지면 투자 가치도 엄청 높겠더라고."

"그러면 추가 분담금은 얼만데요…?"

"대충 15억?"

"그, 그거 감당 가능하세요? 엄니, 아부지 15억 있어요?"

"아니, 우리가 15억이 어디 있겠니. 아버지 은퇴하신 지가 언젠데."

"그럼 어쩌시려고….'

"이번 기회에 여기 집, 그냥 너한테 팔려고."

"네에?"

"재엽아, 엄마가 한 1억 싸게 팔아줄게. 가져가서 추가 분담금은 네가 내도록 하렴."

"으아, 이게 무슨 날벼락이야!"

"대신 한동안은 엄마, 아빠 여기서 살게 해줘야 한다?"

"갑자기 이러시면….'

"다 우리 아들을 위한 거야. 알지, 아들?"

"…."

재엽의 부모님은 오래전부터 강남에 사셨던 토박이였다. 그가 학생 때까지 대치동에 살다가 성인이 되면서 이사 온 집이 청담동 선영아파트였고, 지금 재엽이 사는 압구정의 집은 그가 독립하면서 투자 겸 거주로 새로 매입한 아파트였던 것이다. 당시 압구정 아파트를 샀던 것도, 강남에서도 압구정이 최고라는 어머니의 막무가내 추천 때문.

'하, 우리 엄마 똥손인데….'

재엽이 매입한 뒤 거의 1억 가까이 가격이 내려갔다는 슬픈 상처가 치유되기도 전에, 또다시 일을 벌이신 어머니였다.

"아들, 15억 정도는 있잖아. 그치?"

"없어요, 어머니… 심지어 집도 그냥 주는 게 아니라 어머니한테 사라며."

"그건 엄마, 아빠 노후자금으로 써야지."

"어쨌든 그럼 엄마 아빠한테도 십억 넘게 드려야 할 텐데, 추가 분담금 15억은 또 어디서 구해요?"

"분담금 완공될 때쯤 내면 된대. 그때까진 벌 수 있잖아?"

"그, 그렇긴 한데."

"엄마 아빠는 청담동 펜트에서 살아보고, 너는 투자로 돈 많이 벌고. 모두가 행복하네, 그치?"

"펜트 하면, 돈 많이 버는 거… 확실해요?"

"조합장이 그랬어."

"그걸 믿어요?"

"아무튼 그렇대. 우리 아들, 파이팅!"

얼마 전에 있었던 엄마와의 대화를 떠올린 재엽은 다시 한번 머리가 지끈거리고 있었다.

'하아, 진짜. 못 말리는 분들이라니까.'

사실 신축으로 지어질 청담동 펜트하우스라는 것 자체는, 재엽도 설렐 만큼 매력적이었다. 어쨌든 부모님이 재엽에게 집도 1억가량 싸게 넘기신다 했으니 말이다. 하지만 그것과 별개로 추가 분담금까지 총 20억이 훌쩍 넘는 액수는 재엽에게도 부담될 수밖에 없는 거금이었다. 모아둔 돈에 몇 년 더 뼈 빠지게 일하면 마련할 수야 있는 금액이었지만, 그것을 깡그리 펜트하우스에 투자한다는 것은 또 다른 문제였으니 말이다. 사실 20~30억이라는 돈은 수도권에 괜찮은 꼬마빌딩 하나 충분히 장만할 수 있는 금액이었으니까.

'진짜, 그 돈이면 좀 더 모아서 건물을 하나 더….'

일전에 매입해둔 건물로 꽤 쏠쏠한 시세차익을 거둔 재엽으로서는, 아파트에 그만한 투자를 하는 게 꺼려질 수밖에 없었다. 심지어 압구정 집값도 떨어진 상황이었으니, 더 심란한 것은 어쩔 수 없는 노릇.

"하. 이미 저질러진 거, 어쩔 수 없긴 한데…."

그래서 재엽은 주변에 가장 친한 부동산 전문가에게 조언을 구하고 싶었다. 사실 조언이라기보단 심신의 안정을 위한 첨언이 필요한 것이었다. 우진에게 '괜찮다, 투자 가치 있다'라는 정도의 말한마디만 듣는다면, 마음이 한결 더 평온해질 것 같았으니 말이다. 그래서 목요일 촬영 날 재엽은 조금 빨리 와서 우진을 기다렸고, 우진이 도착하자마자 재빨리 다가가 상담을 시작했다.

"야, 우진아. 잠깐 형 상담 좀 가능?"

"무슨 상담인데? 부동산?"

"그럼 설마 내가 너한테 연애상담을 하겠냐."

"뭐, 촬영 시작까지 시간 좀 남아 있으니까… 한번 말해봐. 뭔데?"

재엽은 제발 우진이 괜찮다고 얘기하길 기도하면서, 긴장된 표정으로 서론을 꺼내기 시작했다.

— * —

우진은 촬영장에 왔지만, 영혼은 콩밭에 가 있었다. 오늘 촬영에서 크게 부담될 만한 신도 없었으며, 사실 촬영보다는 내일 있을 프레젠테이션이 훨씬 더 신경 쓰일 수밖에 없었으니 말이다. 그래서 처음 재엽이 상담을 해달라고 했을 때만 해도, 우진은 반쯤 멍한 상태였다. 머릿속에 너무 많은 것들이 들어있는, 과부하 상태비슷한 것이다.

"그러니까 이게 좀 복잡한데…."

하지만 재엽의 이야기가 시작된 지 얼마 지나지 않아, 우진의 정신이 깨어나기 시작했다.

"형."

"응?"

"지금… 청담 선영이라고 했어?"

놀랍게도 재엽이 꺼낸 상담이라는 것이, 내일 우진이 프레젠테이션 하게 될 청담 선영과 관련된 얘기였으니 말이다.

"야, 왜 그렇게 갑자기 목소리가 커지냐! 불안하게."

"뭐가 불안한데?"

"별로라고 할까 봐 불안한 거지, 뭐겠어."

"청담 한복판에 알짜배기 아파튼데 투자 가치가 나쁠 리가 있어?"

"얌마, 내 압구정 집 살 때도 부동산에서 똑같은 얘기 했어."

"그 집, 잘 샀다니까. 내가 다섯 번 정도 말한 것 같은데."

"어쨌든, 그래서 결론이 뭔데. 이거 이대로 고 해도 되는 거야?"

재엽의 말을 들은 우진이 놀란 것은 너무 당연한 일이었다.

'바로 옆에 조합원이 있었다니….'

바로 그 청담 선영아파트의 시공사 선정총회 전날에 재엽이 조합원이었다는 사실을 알게 된 셈이니 말이다.

'조금만 더 일찍 알았으면, 정보 수집하기가 더 쉬웠을 텐데.'

그리고 한 가지 더, 우진은 재엽도 재복이 꽤나 따르는 사람이라고 생각했다. 본인은 자신이 마이너스의 손이라고 생각하지만, 사실 그가 산 압구정 아파트도 조금만 더 지나면 폭등할 예정이었으니 말이다. 당장 1억이 떨어졌더라도 다시 10억이 오를 테니, 사실상 지금 시세는 의미가 없는 수준. 여기에 지금 재엽이 상담한답시고 얘기를 꺼낸 청담 선영아파트의 펜트하우스는….

'이건 그냥 대박이지. 10년만 지나면 거의 100억 찍을 텐데.'

펜트하우스 같은 사치재의 경우, 투자 가치는 보통 모 아니면 도이다. 장점과 단점이 아주 극명한 물건이니 말이다.

'장점은 극한의 희소성과 프리미엄. 단점은 최악에 가까운 환금성.'

환금성이 낮다는 이야기는 쉽게 말해 구매자를 구하기 힘들다는 말이다. 물량도 적지만 수요도 지극히 한정되다 보니 경기가 좋지 않을 때에는 팔고 싶어도 팔 수가 없어, 가격을 후려치더라도 울며 겨자 먹기로 팔아야 하는 물건인 것이다. 때문에 2010년이 끝나가는 지금 시점처럼 부동산 경기가 하락세일 때는 제값을 절대로 받을 수 없는 아이템.

하지만 반대로 부동산 경기가 좋을 때에는 가격이 천정부지로 솟을 수밖에 없다. 이때에는 반대로 사고 싶어도 살 수 없는 물건이 되는 것. 가진 사람을 팔 생각이 없고, 사고 싶은 사람은 비싼 값을 주고라도 어떻게든 구하고 싶어 하니 부르는 게 값인 상황이 되어버리는 것이다.

그리고 2010년인 지금과 달리, 2014년이 지날 즈음부터 부동산 시장은 미친 듯이 불타오르기 시작한다. 그 시점에 펜트하우스, 그것도 한강뷰가 멋들어지게 뽑혀 나오는 청담동 최고 입지의 펜트하우스는 돈이 있다고 구할 수 있는 물건이 아닐 것이다. 때문에 우진은 배가 좀 아팠다.

'나도 펜트 사고 싶다….'

그래서 잔뜩 부러운 표정으로, 재엽을 향해 다시 입을 열었다.

"형, 그거 펜트 신청한 물건, 나한테 팔면 안 돼?"

"뭐, 인마?"

"하… 내가 사서 가져가고 싶다. 조합원이 다 가져가고, 일반분양으론 안 나오겠지?"

"그거, 무슨 의미야?"

"무슨 의미긴. 엄청나게 부럽다는 의미지."

"그… 정도야?"

"그거 추분 포함해서 지금 30억 정도 되는 거지? 한 31억 2천 정도 되려나?"

우진의 말에, 재엽이 귀신 쳐다보듯 토끼눈을 떴다.

우진이 천만 원 단위까지 정확히 맞춰버리니, 순간 소름이 돋은 것이다.

"뭐야. 어, 어떻게 알았어."

우진이 피식 웃으며 대답했다.

"어떻게 알긴. 지금 내 사무실 책상에 가면, 청담 선영아파트 평형별 조합원 분양가 싹 다 정리되어 있으니까 알지."

"뭐…?"

당황하는 재엽의 표정이 재밌었는지, 우진이 곧바로 말을 덧붙였다.

"내일 오지, 형?"

"이건 또 무슨 말이래?"

"거기, 내일 시공사 선정총회잖아."

재엽은 아예 눈이 휘둥그레져서 반문했다.

"뭐야, 너도 조합원이었어?"

그에 우진은 쓸쓸한 표정이 되어야 했고 말이다.

"나도 청담 선영 조합원이었으면 좋겠네…."

"그럼, 아니야?"

"난 그냥, 일개 세일즈맨일 뿐이지."

"응…?"

재엽은 도무지 무슨 말인지 모르겠다는 표정으로 우진의 다음 말을 기다렸지만, 우진은 더 이야기하지 않았다. '세일즈맨'이라는 그의 표현이 딱히 틀린 말도 아니었고 말이다.

'사실 세일즈맨이 맞지, 뭐. 조합원들한테 내가 설계한 디자인 세일즈하러 가는 거니까.'

그리고 내일 시공사 선정총회에서 재엽을 만나면, 그가 어떤 표정을 지을지 궁금하기도 했다. 조합원 자리에 앉아 단상 위에 올라온 자신을 보면, 꽤나 재밌는 표정을 지을 것 같은 재엽이었으니 말이다.

"여튼, 한 가지는 확실하게 얘기해줄 수 있어."

"그게 뭔데?"

"형 지금 추가 분담금 아깝다고 그거 팔면, 최소 20년 동안은 매일 자기 전에 생각날 거라는 거."

"…!"

재엽은 우진에게 또다시 뭐라 말하려 했지만, 잠시 두 사람의 대화는 끊어질 수밖에 없었다. 어느새 촬영장에 도착한 수하와 리아가 둘을 발견하고는 반가운 표정으로 다가왔으니 말이다.

"어, 오빠! 일찍 와 있었네?"

"우진이는 언제 왔어?"

"아, 다들 왔어?"

하지만 두 사람이 나타났다 해서, 딱히 이야기를 그만할 이유도 없었다. 재엽은 이 이야기를 이미 지난번 술자리에서 리아와 수하에게도 했었으니 말이다.

"그런데 둘이서 심각한 표정으로 무슨 얘기하고 있었어?"

"그때 그 얘기. 엄마한테 강매당한 아파트."

"아하! 그 청담동 아파트?"

"맞아, 그 얘기 하고 있었어."

그래서 촬영 장비가 세팅되는 동안에도, 재엽은 우진에게 이것저것 더 물어보았다. 선문답하듯 대답하는 우진에게 좀 더 구체적인 이야기를 듣고 싶었으니 말이다. 단순하게 좋다는 얘기를 넘어, 그 근거에 대해 듣고 싶었달까? 물론 우진은 귀찮은 관계로 깊게 설명하지 않았지만 말이다.

"그 돈으로 어딜 사도 더 벌긴 힘드니까, 그냥 청담 선영 펜트 들고 가세요. 알겠지?"

"으… 쫄리니까 그러지."

"예능 블루칩 윤재엽이 무슨 15억으로 쫄리고 그래. 일 년이면 그만큼 벌면서."

재엽을 놀리는 재미가 쏠쏠했는지 우진은 계속 실실거리며 한마디씩 툭툭 던졌다. 그런데 옆에서 가만히 듣던 유리아가 갑자기 불쑥 끼어들었다.

"야, 우진아."

"응?"

"거기가 그렇게 투자 가치가 좋아?"

리아의 물음에 뭔가 위화감을 느낀 우진은 말꼬리를 흐렸다.

"어…? 그렇긴 한데…."

하지만 리아는 대수롭지 않은 듯, 툭 하고 한마디 던졌다.

"나도 하나 살까?"

마치 마트에서 물건 하나 고르는 느낌으로 말이다.

"…."

게다가 더 혼란스러운 것은 그녀의 그 말이 결코 장난처럼 보이지 않았다는 것.

"우진이 너도 하나 사라. 우리 동네 주민 하자."

마지막으로 이어진 유리아의 이야기에, 우진과 재엽은 그대로 말을 잃고 말았다.

— * —

금요일이 되었다. 우진은 새벽부터 일어나, 사무실에 출근했다. 아니, 사실 밤을 새웠다는 게 맞는 표현일 것이다. 어제 촬영이 끝난 이후 곧바로 사무실에 돌아왔던 우진은 거의 새벽 세 시가 다 되어서야 퇴근했으니까. 집에 네 시에 들어와서 두세 시간 자고 다시 출근한 셈이니, 밤을 샌 것과 별다를 게 없었다.

"하, 그래도 어찌어찌 준비는 다 됐네."

우진은 어제 피곤한 상태로 정리한 자료들을 꼼꼼히 확인하며, 한 차례 크게 심호흡을 하였다. 오늘 저녁에는 드디어, 그가 몇 달 동안 갈고닦은 설계를 조합원들에게 발표해야 할 터. 아무리 우진이라 해도 긴장되지 않을 수 없는 노릇이었다.

'무조건 잘해야 해. 실수 같은 건 용납할 수 없어.'

우진이 이렇게까지 의욕을 불태우는 데에는 여러 가지 이유가 있었지만, 그중 가장 중요한 것은 당연히 우진 본인과 WJ 스튜디오의 실질적인 이익 때문이었다. 만약 수주전에서 승리한다면, WJ 스튜디오의 위상이 엄청나게 솟아오를 것임은 물론 당장 1월 매출만 십억 이상 뻥튀기될 테니 말이다.

'수주전 승리할 시, 기본설계 요율*에 따른 설계비는 최대한 다 지급해준다고 했으니까….'

일반적으로 이런 아파트 설계비는 〈엔지니어링사업 대가의 기준〉에 명시된 공사비 구간별 요율에 의거하여 책정된다. 아파트의 총공사비가 얼마로 책정되느냐에 따라, 그 일정 비율만큼을 설계비로 받는 것이다. 청담 선영아파트의 총공사비가 6천억 정도이니, 5천억 이상 공사 규모에 해당하며 여기에 기본설계 요율은 대략 1.3퍼센트 정도.

설계비만 무려 60억이 넘는 것이다. 물론 설계 전반을 천웅과 협업하였으니 60억을 전부 WJ 스튜디오에서 받을 수는 없다. 하지만 대충 공수 계산해봐도 40억은 훌쩍 넘을 것이니, 이것은 어마어마한 매출 상승이라고 할 수 있었다. WJ 스튜디오가 영업도 줄여가면서, 여기에 올인할 만한 것이다.

"후우."

양손을 털어 긴장을 걷어낸 우진은 담담한 어조로 리허설을 시작했다. 준비한 이 모든 것들을 단상 위에서 제대로 쏟아내기 위한 연습.

'잘할 수 있을 거야.'

공모전 발표 때도 긴장감은 오늘 못지않았다. 다만 그 긴장감을 무색하게 할 만큼 자신감이 충분했고, 이번도 그때와 다를 바 없었다. 판이 커졌다고 해서 쫄 필요는 없는 것이다.

"발표 순번은 마지막이었으면 좋겠는데…."

모니터에 떠오른 PPT 파일로 향한 우진의 눈이, 기대감으로 반

---

* 요금의 정도나 비율.

짝이기 시작하였다.

— * —

M일보의 경제부 기자 김규식은 오늘도 바쁜 하루를 보내고 있었다. 오전부터 잡혀있는 취재 일정을 따라 움직이다 보니, 서울 전역을 발에 땀나도록 돌아다니고 있는 것이다. 기삿거리가 많다는 것은 기자에게 좋은 일이지만, 그래도 요즘 같으면 좀 쉬고 싶다는 생각이 들 정도.

하지만 생각만 그렇게 할 뿐. 5시가 넘어 퇴근 시간이 다가올 즈음에도, 김규식은 어디론가 향하고 있었다. 그것도 시간에 늦을까 봐서, 부리나케 움직이고 있었다.

'늦어도 5시 50분까진 도착해야 하는데….'

지하철로 내려가는 규식의 전화가, 위잉거리며 진동하기 시작했다. 발신자를 확인할 새도 없이 전화를 받자, 익숙한 목소리가 그의 귓전에 울려 퍼진다.

[규식이, 불금인데 쐬주 한 잔 어때?]

"나 바쁘다, 친구야."

[아니 바쁜 건 바쁜 거고. 이제 퇴근할 거 아냐?]

"퇴근 못 해. 아니, 안 해."

[뭐? 오늘 야근이야?]

"자발적 야근이라고나 할까?"

[미친! 불금에 자발적 야근이라니, 내가 알던 김규식이 맞아?]

"그럴 만하니까 하는 거지. 여튼, 끊는다?"

[야! 잠깐만! 야…!]

뚝-

평소 같았으면 신나서 달려갈 술자리마저도 거부한 김규식은 강남 방향으로 향하는 2호선 지하철에 올라탔다. 오늘 그가 따낸 취재거리는 거의 단독이나 다름없는 수준. 술 한 잔 하고 싶다고 이 특종을 포기하고 가기엔, 너무 큰 기삿거리였다.

'운이 좋았지. 총회에 들어갈 자격을 얻다니.'

오늘 김규식이 취재하려는 곳은 청담 선영아파트 재건축 사업의 시공사 선정총회다. 외부인들의 출입이 철저히 차단되는, 조합원들의 축제라고 할 수 있는 곳. 규식이 이 행사에 출입자격을 얻을 수 있었던 이유는 역시 인맥 덕분이었다. 조합 대의원 중 하나가 규식의 가까운 친척 어른이었고, 사정해서 겨우 한 자리 만들 수 있었던 것이니까.

'노트북에 기록 좀 해도, 누가 태클 걸진 않겠지?'

규식의 눈빛에는 기대가 가득했다. 부동산에 관심 있는 국민이라면 모두가 궁금해할 만한 곳이 바로 청담 선영아파트의 재건축 사업장이었고, 특히 최상급 건설사들끼리 자웅을 다투는 시공사 선정총회에 대해 단독으로 취재한다면 기사의 조회수는 보장되는 것이나 다름없다고 할 수 있었으니까. 누구나 살고 싶어 할 만한 최고의 입지. 그리고 그 입지 위에 지어질 최고의 프리미엄 아파트. 규식은 이 취재 한 번으로, 최소 기사 세 개 정도는 깔끔하게 띄울 자신이 있었다.

'흐흐, 거기에 깨알 같은 감초도 하나 있고 말이지.'

엊그제 천웅건설의 관계자로부터 얻은 특별한 정보 하나도, 지금 그를 설레게 하는 요소 중 하나였다. 그것은 바로 요즘 핫한 예능 프로그램인 〈우리 집에 왜 왔니〉의 서우진 전문가가 천웅건설의 발표자로 나선다는 사실. 이거야말로 기사의 조회수를 올려줄 수 있는, 히든카드 같은 것이라 할 수 있었다. 부동산에 관심이 없는 사람도 〈우리 집에 왜 왔니〉를 시청한다면, 궁금해서라도 기사를 눌러보게 될 테니 말이다.

'그나저나 천웅건설에서는 어쩌다가 그 친구가 발표를 맡게 된 거지? 〈우리 집에 왜 왔니〉에 섭외된 건, 스물둘 대학생 콘셉트 때문 아니었나? 정말 능력이 그만큼이나 되는 친구였나?'

지금 취재를 가고 있는 김규식마저도, 대체 어떻게 된 영문인지 궁금할 정도였으니 이것이야말로 확실한 기삿거리라는 방증. 취재지를 향해 옮기는 규식의 발걸음이 조금 더 빨라졌다. 오늘 선영아파트의 시공사 선정총회가 열리는 곳은 송파구 잠실동의 종합운동장. 오늘따라 지하철의 정차시간이 더욱 길게 느껴지는 규식이었다.

— * —

천웅건설의 TF팀은 다섯 시가 좀 넘어서부터 종합운동장에 도착해 있었다. 본격적으로 행사가 시작되기 전에, 미리 자료들 세팅하고 발표환경을 점검하기 위해서 말이다. 그리고 그 TF팀을 이끄는 두 실무자 박경완과 오주형은 대략적인 점검을 마친 뒤 건물 테라스에서 담배를 한 대씩 태우고 있었다. 긴장을 푸는 데는, 담배만 한 것이 없었다.

"확실히 괜찮은 아이디어였긴 해."

"뭐가?"

"예능 때문에 얼굴 유명해진 서 대표가, 우리 프레젠테이션 발표하는 것 말야."

주형의 말에, 경완이 피식거리며 대답했다.

"괜찮은 아이디어가 아니고, 대체 불가야."

"흠…."

기분 환기를 위해 담배를 태우면서도, 두 사람의 대화는 결국 오늘 총회에 관련된 이야기.

"일단 아는 얼굴이라는 사실 하나만으로도 호감이 훨씬 더 생길 수밖에 없거든."

"그렇긴 하지."

"물론 아는 사람이 발표했다고 해서 그게 표로 이어지진 않겠지만, 적어도 발표에 훨씬 더 집중하게 될 걸?"

정확히는 오늘 행사의 키맨(Key man)이나 다름없는, 우진에 대한 이야기라 할 수 있었다.

"그 부분은 동의해."

"그 부분은?"

"그냥, 불안해서 그래."

멋쩍은 표정으로 대답한 오주형이 담배를 한 모금 깊숙이 빨아들였다. 그리고 그런 그를 힐끔 쳐다본 박경완은 웃으며 다시 말을 이었다.

"야, 오주형이."

"엉?"

"아직도 걱정하고 있는 거냐?"

담담한 박경완의 목소리에 주형이 다시 입을 열었다.

"걱정 안 하는 네가 이상한 거야, 인마. 아이디어 자체가 괜찮다곤 하지만 그래도 결국 서 대표, 스물둘인 건 맞잖아."

"스물둘이건, 마흔둘이건 내가 볼 땐 서우진이만큼 제대로 피티할 수 있는 사람 아무도 없어."

"그 정도야?"

"너도 지난번에 같이 얘기해봐서 알잖아."

"그때, 성수 포차?"

"그래 인마, 그때 너 복귀하면서 뭐라고 했었는지 기억 안 나?"

"음⋯."

"이놈이랑 얘기하다 보면, 빨려 들어가는 것 같다고."

"어, 그랬었지."

뒷머리를 긁적이는 오주형의 등짝을 경완이 팡팡 두들겼다.

"내가 아는 놈들 중에, 말발 이 정도로 잘 세우는 놈도 없어."

"하긴⋯."

"게다가 본인이 직접 디자인하고 설계한 작품이야. 누가 얘보다 더 잘할 수 있을까?"

"쩝, 그래. 걱정한다고 어떻게 되는 것도 아니고, 그지?"

주형은 재떨이에 담배를 꾹 눌러버린 뒤 자리에서 일어났고, 경완도 그를 따라 일어섰다. 이제 행사 시작까지는 20분 정도 남은 시점. 사실 태연한 척해도, 경완 또한 극도로 긴장한 상태였다.

'SPDC 대상 수상자 아냐? 못해도 평타 이상은 확실히 해주겠지.'

주먹을 살짝 쥐자, 손바닥에 흥건한 땀이 느껴진다. 천웅건설의 실적도 실적이지만, 사실상 그의 임원 승진이 걸려 있는 프로젝트. 그 결과가 정해지는 날이 오늘이었으니, 경완 또한 우진만큼이나 긴장할 수밖에 없는 것이다. 우진을 발표자로 내세운 것에 대한 확신이 없는 것은 아니다. 주형에게 이야기한 것들은 정말 꾸밈없는 그의 생각이었으니까. 하지만 그것과 긴장은 별개였다.

저벅- 저벅-

경완과 주형이 현장 사무실 안에 돌아가 앉자, 곧 오늘 총회에 참석한 모든 건설사 관계자들이 전부 도착했다. 사무실 안에 모인 인원은 대략 열댓 명 정도. 하지만 이 정도의 인원이 모였음에도 불구하고, 실내는 쥐 죽은 듯 조용했다. 사실 경쟁사 관계자들끼리, 딱히 나눌 만한 대화도 없었으니 말이다. 그렇게 조용한 가운데, 5분 정도가 지났을까? 관계자들이 전부 모였음을 확인한 조합 관계자가 작은 휴지 곽을 하나 들고 나타났다.

"자, 대표자 한 분씩 이쪽으로 와보시죠."

그의 말을 들은 경완이 망설임 없이 다시 자리에서 일어났다. 수주전에 셀 수 없이 참여해본 경완은 이게 뭘 의미하는지 알았으니 말이다.

'순번 뽑기겠지.'

관계자가 가지고 들어온 휴지 곽은 다름 아닌 발표 순서를 정하는 제비뽑기 통. 수천억의 공사비가 왔다 갔다 하는 판에서 휴지곽으로 제비뽑기로 발표 순번이 정해진다는 사실도 웃기는 것이었지만, 각 건설사 대표들은 별말 없이 일어나 조합 관계자의 앞에 모였다. 그리고 가장 먼저 손을 집어넣어 제비를 뽑은 것은 바로 경완이었다.

'몇 번째가 좋으려나. 아무래도 부담 없으려면 첫 번째겠지?'

경완으로서는 우진이 어떤 순번을 원할지 알 수 없었지만, 1번을 뽑아야 부담 없이 발표할 수 있을 것이라 생각했다. 하지만 그의 손에 들린 제비에 쓰인 숫자는….

[4번]

바로 마지막 순번인 4번이었다.

"뭐야, 몇 번인데?"

경완의 당황한 표정을 본 주형이 자리에서 벌떡 일어나 물어봤고, 그에 경완은 대답 대신 펼쳐진 제비를 흔들며 내용물을 보여주었다.

"4번? 마지막?"

"그러게."

"하, 이걸 좋아해야 하나, 말아야 하나."

잘만 하면 최고의 순번이지만, 조금만 삐끗해도 그대로 묻혀버리기 좋은 순번인 마지막 순번. 그에 묘한 표정이 된 경완과 주형은 동시에 한숨을 푹 쉬었다. 이제 모든 것은 그 꼬마, 서우진의 발표에 달려 있었다.

누구나 살고 싶은 곳

XL 사이즈의 커다란 캡 모자를 푹 눌러 쓴 재엽은 선글라스에 마스크까지 한 채 종합운동장을 찾았다. 그렇지 않아도 겨울이라 짧은 해 때문에 이미 어둑어둑했지만 주변 사람들의 눈초리에도 불구하고 재엽은 선글라스를 벗을 수가 없었다. 이렇게 사람이 많이 모인 자리에서 얼굴을 드러내는 순간, 귀찮은 일이 많이 생길 테니 말이다.

'당장 내일 윤재엽 청담동 재건축 어쩌고 하는 기사가 뜨겠지.'

연예인이 청담동의 아파트를 샀다는 것이 이미지에 흠 될 만한 이슈는 아니다. 그래도 굳이 알려지는 게 좋을 리는 없었다. 대중들에게 사생활이 알려지는 걸 좋아할 연예인은 어디에도 없었으니까.

'그나저나 이런 데는 또 처음 와보네.'

스크린이 잘 보이는 괜찮은 자리를 잡고 앉은 재엽은 신기한 표정으로 주변을 두리번거렸다. 부동산 투자를 해보지 않은 것은 아니었지만, 이렇게 재건축 조합원으로서 시공사 선정총회에 들어와본 것은 처음이었으니 말이다. 사실 처음 어머니께 아파트를 양

도받은 뒤 총회에 가야 한다는 얘기를 들었을 때는, 귀찮다는 생각뿐이었다. 하지만 막상 이렇게 현장에 오자, 나름 흥미가 동하는 재엽이었다.

'제운, SH, 명성 그리고 천웅… 이 네 곳 중에 한 곳에서 내 펜트하우스를 지어준다는 거지? 흐흐.'

재엽은 바빠서 홍보 책자들을 대충 훑어본 탓에, 딱히 어떤 건설사가 더 끌린다는 생각도 당장에는 없었다. 다만 익숙한 대기업인 '제운'과 'SH'가, 네임밸류 때문에 좀 더 친근한 정도? 그래서 관심은 생겼으나, 별다른 관전 포인트는 없는 상태로 재엽의 두 눈이 스크린을 응시하기 시작하였다.

— * —

저벅- 저벅-

단상 위에 울려 퍼지는 발소리가 또렷이 들릴 만큼, 장내는 조용했고 긴장감이 넘쳐흘렀다. 비단 사회자가 정숙을 이야기했기 때문만은 아닐 것이었다. 종합운동장 강당의 커다란 홀 안에 가득 들어찬 조합원들은 지금 건설사의 프레젠테이션에 대한 기대감으로 가득 차 있는 상태였으며 반대로 건설 관계자들은 손바닥에 땀이 흥건할 정도로 긴장한 상태였으니까. 특히나 단상 위에 올라가기로 되어 있는 각 건설사의 발표자들이야말로, 오늘 이 자리에 있는 수천 명의 사람들 중 가장 긴장한 이들일 것이었다.

발표자의 말 한마디, 손짓 하나. 그런 것들이 모여 조합원들에게 심어줄 수 있는 건설사의 인상. 이것으로 수천억 단위의 건설비가 오갈 수 있는 자리에서, 긴장 없이 발표할 수 있는 사람은 어디에도 없을 테니 말이다. 그것은 물론 우진 또한 마찬가지였다.

'마지막 순번이라… 박경완 아재가 뽑기 운이 좀 있네.'

우진은 손바닥에 맺힌 땀을 옷소매에 닦아내며, 발표자 대기석에서 단상 위를 응시하였다. 첫 번째 발표 순번은 명성건설. 뚜벅뚜벅 단상 위를 걸어 나가는 그의 뻣뻣한 뒷모습에서, 우진은 발표자의 심경을 느낄 수 있었다.

'떨리겠지. 발표 말아먹었다간, 바로 내일 옷을 벗어야 할 수도 있을 테니까.'

우진을 제외한 모든 발표자들은 건설사 내부의 직원이었다. 때문에 이런 대형 사업장의 시공사 선정총회에서 발표가 있을 때, 우스갯소리로 사표를 품속에 지닌 채 발표한다는 얘기가 있을 정도. 그런 의미에선 다른 발표자들보다 우진이 좀 더 나은 상황인지도 몰랐다. 적어도 우진은 그런 외적인 압박감에서는 자유로웠으니 말이다.

'일단 차분히 발표를 지켜보면서, 마음을 가라앉혀야겠어.'

우진의 눈빛이 묵묵하게 내려앉았다. 오늘 경쟁 상대들 중 가장 위협적인 건설사는 당연히 SH물산. 우진의 전생에 이 청담 선영 수주전에서 승리했던 건설사가 SH물산이었으니, 어떻게 보면 SH물산을 넘어서면 천웅이 위너가 되는 것이다. 물론 그렇다고 해서, 명성건설과 제운건설의 발표를 허투루 들을 생각은 없었다. 모든 건설사들의 발표에서, 분명히 배울 점은 있을 것이었으니까.

'저들의 발표를 이해할수록 내 프레젠테이션 퀄리티가 더 올라가겠지.'

우진이 마지막 순번을 원했던 이유는 사실 여기에 있었다.

앞 순번의 발표를 듣다 보면, 각 건설사에서 주력으로 부각시키는 장점들을 볼 수 있을 테고 그것들을 미리 들으면서 분석한다면 반대로 우진이 어떤 장점 위주의 발표를 해야 가장 조합원들의 뇌리에 강하게 남을지 판단할 수 있을 테니까. 그래서 명성건설의 발표가 시작된 지금, 우진은 누구보다도 더 단상 위를 집중해서 보기 시작했다. 우진의 옆에 앉아있는 다른 발표자들이 자신들의 발표 내용을 끊임없이 되뇌고 있는 것과는 상반된 모습이었다.

'수경(秀景)이라. 홍보 책자는 이미 봤지만⋯.'

스크린 위에 고풍스런 필체로, 큼지막하게 박힌 두 글자, 수경. 지금의 명성건설을 있게 해준 이 수경이라는 브랜드는 충분히 이 자리에 올라올 자격이 있는 브랜드였다.

— * —

혹자는 성냥갑 같은 아파트를 짓는 데 무슨 디자인이냐고 이야기한다. 서울시의 아파트들을 보며, 닭장 같다는 표현을 쓰기도 하고 말이다. 아파트라는 것 자체가 한정된 면적 안에서 사람이 살 수 있는 주거공간을 최고의 효율로 뽑아내는 건축물이다 보니 천편일률적인 모습으로 지어진 탓에 생겨난 이야기들일 것이었다.

하지만 그 또한 어디까지나 뉴 밀레니엄 이전에 지어진 과거의 아파트들에 대한 이야기일 뿐이다. 베이비 붐 세대에 급속도로 증가하는 인구를 수용하기 위해, 국가 차원에서 지어대었던 70, 80년대의 아파트와 달리 이제 아파트 건축 시장은 대부분 민영화되었으며, 각 건설사끼리 조금이라도 더 나은 건축물을 짓기 위해 오늘처럼 경쟁하고 있으니 말이다.

항상 그렇지만, 편리를 추구하는 사람의 욕심이란 것은 무한에 가깝다. 과거에는 발 뻗고 잘 수만 있는 내 집이면 됐다면, 시민들의 생활수준이 올라갈수록 '집'이라는 공간에 더 많은 것들을 요구하기 시작한 것이다. 그 과정에서 아파트는 끊임없이 발전해왔다. 한정된 공간 안에 최대한 많은 사람들이 편리하게 살 수 있는 곳이라는 절대 명제는 변함이 없지만 그 제약 안에서 많은 가능성과 다양성을 찾아낸 것이 현대의 아파트라는 이야기다.

그래서 이렇게 같은 공간, 같은 건축법 안에서 같은 용도의 아파트를 디자인했음에도 불구하고 네 건설사의 디자인은 분명히 다를 수밖에 없었다. 그리고 가장 먼저 발표에 나선 명성건설은 수려한 경치라는 뜻을 가진 그 브랜드 네임에 걸맞게 조망권에 가장 큰 비중을 둔 발표를 하였다.

"저희 명성은 조합원님들의 품격과 프리미엄 주거공간의 가치를 위해, 최소 천 세대 이상의 가구에서 한강 조망이 가능하도록 설계에 심혈을 기울였습니다."

과거 한강변 아파트는 프리미엄은커녕 디메리트였다. 조망권에 대한 가치가 지금처럼 크지 않았던 데다 강변의 도로에서 밀려들어오는 분진과 소음이 주거에 악영향을 미친다는 인식이 지배적이었으니 말이다.

"굽이치는 한강의 흐름을 한눈에 내려다볼 수 있는 전창 강화유리 구조를 도입하였으며…."

하지만 이천 년 대에 들어서면서 사람들의 인식은 바뀌게 되었고 소음과 분진으로 인한 불편함도 건축기술로 상당 부분 해소할 수 있게 되었다. 그것이 서울 아파트에서 리버 뷰가 부의 상징이 된 이유였다.

"거실을 제외한 모든 주거공간을 남향으로 설계하여, 채광과 일

조량도 부족하지 않도록 하였습니다."

때문에 수경이라는 브랜드 이미지와 연계하여 조망권에 초점을 맞춘 명성건설의 프레젠테이션 전략은 우진이 봐도 나쁘지 않은 선택이었다. 거실에 펼쳐진 멋들어진 한강 뷰 앞에서, 차 한 잔하며 여유를 즐길 수 있는 그림. 그것은 조합원들의 마음을 충분히 설레게 할 만한 포인트였으니 말이다. 하지만 우진이 본 명성건설의 설계에는, 한 가지 함정이 있었다.

'세대 배치를 저렇게 사선으로 틀어 놓으면, 한강 조망이 가능한 세대수는 확실히 늘어나겠지만…'

조망권에만 너무 신경을 크게 쓴 나머지, 세대 간의 프라이버시 측면에서 단점이 드러난 것이다. 동 배치를 한강 뷰 하나만을 생각하다 보니, 어떤 동과 어떤 동 사이의 간격은 너무도 가까운 것. 조금만 고개를 틀어 옆을 바라보면 옆집의 거실이 훤히 들여다보일 만큼 설계에 사생활 보호 차원에서의 배려가 부족했던 것이다.

'질의시간에 분명히 누군가 태클을 걸겠지.'

우진의 예상대로 이 문제는 다른 건설사에서 곧바로 태클이 들어왔고, 명성은 그에 제대로 된 대답을 내어놓지 못했다. 다만 프리미엄 조망을 위한 선택적인 희생임을 이야기했을 뿐이다.

"자, 그럼 다음은… 제운건설 발표자 입장하시겠습니다."

그리고 이어진 제운건설의 발표는 역시 명성건설과 또 결이 달랐다. 지금 출사표를 던진 네 건설사들 중, 가장 역사가 깊고 규모가 큰 건설사인 제운건설. 이곳은 항상 그래 왔듯, 60년대 초부터 시작되었던 자신들의 유구한 역사를 무기로 조합원들에게 어필을 시작했던 것이다. 제운건설 발표자의 첫마디는, 바로 다음과 같았다.

"서울 아파트의 처음, 그 시작점에 바로 저희 제운건설이 있었습니다."

청담 선영처럼 고가의 강남 아파트의 경우, 보통 조합원들의 연배는 높을 수밖에 없다. 젊은 나이에 이만큼 비싼 집을 갖고 있는 것 자체가 어려운 일이니 말이다. 그래서 역사와 전통을 내세우는 제운건설의 전략 또한 충분히 먹혀들 만한 전략이었다. 보수적인 성향을 가진 사람들일수록 변화와 혁신보다 긴 세월 동안 검증된 가치를 더 중시하는 법이니까.

"저희 제운건설의 더 빌리지(The Village)는, 지난 반백 년 동안 쌓인 건축에 대한 노하우로 조합원님들께 최고의 아파트를 선보이겠습니다."

이에 더해 제운건설은 고급화와 프리미엄에 대한 강조를 많이 이야기했지만, 우진은 이 부분에서 크게 공감을 얻지 못하였다. 제운건설이 이야기한 고급화는 결국 마감재와 내장재 등에 대한 이야기가 주를 이뤘는데. 이것은 사실 시공된 공간에 직접 들어가 보지 않고서는, 쉽게 상상하기 어려운 부분이었으니 말이다. 특히 비전문가인 조합원들의 입장에서는 더더욱 말이다.

'결국 그냥 비싼 자재로 예쁘게 만들어주겠다는 건데, 이것만큼 추상적인 어필이 어딨어?'

해서 우진은 제운건설의 발표를 오히려 명성보다도 더 나쁘게 평가했다. 브랜드 파워를 배제하고 본다면, 명성건설의 설계보다 더 나은 메리트가 느껴지질 않았던 것이다. 직관적으로 '이 건설사를 선택하면 어떤 집에 살 수 있을 것 같다'라는 명확한 이미지가 떠올라야 하는데, 제운건설의 발표에서는 그런 부분이 느껴지지 않았으니 말이다. 그래서 우진은 조금 여유가 생겼다. 아무래도

2010년도인 아직까진 프리미엄 주거공간에 대한 건설사들의 혁신이 한참 부족한 시기라는 생각이 들었으니까.

'하긴, 아직 단지 내 커뮤니티에 대한 개념도 헬스장이나 카페테리아, 사우나 정도가 전부인 시점이니까.'

그리고 우진의 순서를 제외한다면, 가장 마지막 차례인 SH물산. 이들이 발표에서 주력으로 내세운 전략은 다름 아닌 첨단 시스템이었다.

"저희 SH물산은 SH전자와 연계하여 개발한 첨단 시스템을 최초로 프리미엄 주거설계에 도입하였습니다."

SH물산은 전자기기, 가전제품 등에 강점을 갖고 있는 SH그룹의 인프라를 장점으로 가져와서 어필하였다. SH전자가 반도체 산업에서 국내 세 손가락 안에 꼽는 기업인만큼, SH물산의 건축 기술력과 SH전자의 첨단기술력을 콜라보하여 미래지향적인 건축설계를 보여주겠다는 것이다. 그리고 이 발표를 듣던 우진은 비로소 SH물산이 왜 이 수주전에서 승리할 수 있었는지 알게 되었다.

'결국 확실한 비전을 제시한 곳이, SH물산뿐이었네.'

고급화와 조망권을 강조하며 '웰 메이드' 건축을 보여주겠다는 이야기는 사실 청담동의 한강변 입지에 집을 짓는다면 누구나 할 수 있는 이야기다. 때문에 그러한 요소들은 사실 선영아파트 조합원들의 입장에서 너무 당연한 것일 뿐 그 이상의 어떤 강한 선택 동기를 부여해줄 수는 없는 것이다.

반면에 SH물산에서는 기술적으로 확실히 차별화된 설계에 대한 어필을 하였다. 무인 택배 시스템이라든가, 스마트폰 어플을 통한 조명제어 시스템이라든가 차량 자동인식 및 입차 알림 시스템 등의 기술적인 기능들을 말이다. 우진은 '내가 조합원이라면'이라는 생각으로 이 모든 발표를 지켜보았고, 그 결과 확실한 인사이트를 얻을 수 있었다.

'당연한 얘기들을 구구절절해야 할 필요는 없겠어.'

지금 우진이 이 발표를 위해 준비한 수많은 무기들. 그것들을 어떤 방식으로 활용하고 어떤 부분에 중점을 두고 발표해야 조합원들의 마음을 확실하게 사로잡을 수 있을지에 대한 깨달음 말이다. 물론 이 수주전의 승자가 원래 SH물산이었다는 사실을 안다는 것도, 우진의 판단에 큰 도움이 되었다.

"그럼 마지막 순번…! 천웅건설의 발표자 나와주세요."

진행자의 목소리가 울려 퍼지자, 우진은 천천히 자리에서 일어섰다. 그리고 우진이 단상 위로 걸어 나오자 조합원들 사이에서 약간의 웅성거림이 시작되었다.

"어…? 저 친구, 어디서 많이 본 친군데?"

"음? 저렇게 어린 친구가 발표를 맡았다고?"

"누구지? 왜 낯이 익은 거지?"

그리고 그 웅성거림은 조합원들 사이에서 가장 눈에 띄게 당황한 한 사람은 다름 아닌 재엽이었다.

'쟤 뭐야? 쟤가 왜 여기서 나와?'

하지만 우진은 그러한 웅성거림에 개의치 않고, 힘 있게 걸음을 옮겨 단상 위에 올라섰다. 이어서 마이크를 잡은 우진은 객석을 향해 고개를 꾸벅 숙여 보이며 첫마디를 떼었다.

"안녕하십니까, 조합원 여러분. 천웅건설의 발표를 맡은 서우진이라고 합니다."

우진의 목소리가 울려 퍼지자, 객석의 웅성거림은 조금 더 커졌다. 이제 꽤 많은 사람들이 우진을 알아본 것이다.

"어엇, 저 친구! 주말에 TV 나오는 친구 아니야?"

"오…! 〈우리 집에 왜 왔니〉 재엽 팀 전문가 서우진이네?"

"허허. 이거 괜히 반갑구먼, 그래."

이러한 반응들 덕분인지 길어진 발표시간으로 인해 조금씩 처지고 있던 장내의 분위기가 다시 조금씩 달아오르기 시작하였다. 그리고 멍한 표정으로 우진의 목소리를 듣던 재엽은 어제 우진에게 들었던 이야기를 떠올리고는 피식하고 웃을 수밖에 없었다.

'세일즈맨이라니. 이런 의미였어?'

진행자가 정숙이라는 글귀가 쓰인 피켓을 들어 올리자, 장내의 웅성거림은 금세 잦아들었다. 하지만 조용해진 것과 별개로, 여전히 모두의 시선은 우진을 향해 집중되어 있었다. 그리고 그 쏟아지는 시선들 속에서도, 우진은 여유롭게 웃고 있었다.

'이거 이렇게 되면 우진이가 발표한 천웅건설을 찍어줘야 하나?'

단상 위의 우진을 내려다보며 흥미진진한 표정이 된 재엽. 하지만 우진의 발표가 본격적으로 시작된 다음 순간, 재엽은 내려다보던 자세 그대로 고정된 채 다른 생각을 떠올릴 수가 없었다.

"전 세계 어디에도 존재하지 않는, 단 하나의 프리미엄 아파트."

"오직 조합원님들만이 누릴 수 있는, 이 청담 선영아파트에 살아야만 경험할 수 있는 최고의 주거공간."

"여러분들께선, 그런 집에 살고 싶지 않으십니까?"

귓전으로 또렷하게 틀어박히는 우진의 목소리에, 저도 모르게 빨려 들어가기 시작했으니 말이었다.

—— * ——

"주말 아침, A씨는 아침 일찍 쏟아지는 햇살을 느끼며 기분 좋게 일어나 침대에 걸터앉았습니다."

우진의 담담한 목소리가 장내에 가득히 울려 퍼졌다.

"창문을 열자 밖으로 보이는 시원한 한강 뷰와 함께 상쾌한 바람이 집 안을 가득 채웁니다."

그가 한마디 할 때마다 화면이 넘어가면서, 그 이야기에 맞는 3D렌더링 컷이 스크린 위에 떠오른다.

"화장실에서 패킹된 목욕 도구를 간편하게 챙긴 A씨는 엘리베이터를 타고 25층으로 올라갑니다."

"입주민 전용 카드키를 문 앞에 가져다 대자, 자동문이 열리면서 커뮤니티 센터가 모습을 드러냅니다."

우진이 청담 선영의 조합원들 앞에서 가장 먼저 보여준 것은 바로 스토리였다. 우진이 설계하여 조합원들의 앞에 들고 나온 아파트인 청담 클리오 써밋(Clio Summit). 미래에 이곳에 살게 될 입주민들의 생활을 스토리로 만들어 풀기 시작한 것이다.

"커뮤니티 센터 입구에 위치한 사우나에서 기분 좋게 샤워를 한 A씨는, 개인 캐비닛에 목욕 가방을 집어넣고 수영복으로 옷을 갈아입었습니다."

"사우나와 이어져 있는 수영장으로 들어가자, 스카이 브릿지를 따라 개방된 탁 트인 한강 뷰가 다시 눈길을 사로잡습니다."

"수영장에서 기분 좋게 아침 운동을 마친 A씨는, 조식을 먹기 위해 커뮤니티 레스토랑으로 향합니다."

"스카이 브릿지 내의 계단을 타고 한 층 위로 올라가자, 역시나 환상적인 뷰를 자랑하는 커뮤니티 레스토랑이 A씨를 맞아줍니다."

우진의 이 이야기가 다짜고짜 시작되었을 때, 조합원들은 아리송한 표정을 지을 수밖에 없었다. 지금까지 다른 건설사들의 발표와는 너무 다른 방식의 신선한 시작이었으니 말이다. 하지만 그것도 잠깐일 뿐. 우진의 목소리를 듣던 이들은 너 나 할 것 없이 그 이야기에 빠르게 몰입을 시작하였다. 결국 우진의 이야기 속에 있는 A씨는 미래의 조합원들이나 다름없었고, 미래의 자신이 주인공이 된 이야기를 듣는 것이었으니 쉽게 몰입될 수밖에 없는 것이다.

"입주민 전용 카드키로 계산을 마친 A씨는, 맛있는 조식을 간단하게 먹은 뒤 집으로 돌아왔습니다."

"청소를 하지 않아 집이 더럽지만, 약속 시간이 얼마 남지 않은 A씨는 곧바로 외출할 준비를 합니다."

"A씨는 집을 나서기 전, 거실에 설치된 패드를 사용하여 컨시어지 서비스(Concierge service)*를 예약합니다."

"집안 정리부터 시작해서 청소, 빨래까지. 비용은 조식과 마찬가지로 관리비에 더하여 청구되겠지만, A씨는 이 서비스를 자주 애용합니다."

"A씨의 시간은 이 컨시어지 서비스로 인한 비용보다, 훨씬 더 가

---

* 고객의 요구에 따라 모든 것을 관리하고 처리해주는 가이드 서비스.

치 있게 쓸 수 있는 것일 테니까요."

　명성건설이 조망권에 주력했고, 제운건설이 자신들의 역사와 전통을 강조했으며, SH물산이 그들이 가진 첨단기술을 강점으로 내세웠다면, 우진과 천웅건설이 조합원들에게 내세운 것은 지금껏 그 어떤 아파트에서도 볼 수 없었던 최고의 커뮤니티 공간과 프리미엄 서비스였다.

　처음 발표 시작단계에선, 아파트 단지 디자인이 담겨 있는 조감도조차 보여주지 않았다. 그 어떤 몰입감도 없는 상태에서 보여주는 아파트의 디자인은 그것이 아무리 뛰어나고 대단할지라도 공감하는 데 시간이 걸린다고 생각했으니 말이다.

　그래서 우진이 가장 먼저 보여준 것은 바로 그가 설계한 라이프 스타일이었다. 지금까지 그 어떤 아파트에서도 볼 수 없었던 프리미엄 라이프 스타일. 이 공간에 살게 될 것이라는 상상만으로, 가슴이 두근거리고 기대감이 벅차오르게 만들 만큼 특별한 서비스들. 더 비싼 돈을 주고서라도 천웅에게 시공을 맡기지 않을 수 없을 만큼 대체 불가능한 특별한 가치를 보여주는 게 우진의 목표였다.

　'어지간한 수준으론 안 돼. 갖고 싶어 미치도록 만들어야지.'

　천웅이 제시한 공사비는 다른 3사에서 제시한 공사비보다 무려 800억가량이 더 비싸다. 조합원 분양가로 따지면, 34평 아파트 기준으로 분담이 3~4천만 원 정도 더 늘어나는 것이다. 이것은 괜찮은 중형 세단 한 대를 살 수 있을 정도의 결코 적지 않은 금액이었고, 때문에 그만큼의 가치를 확실히 보여줘야만 했다.

　물론 분양가를 끌어올려 조합원들의 부담감을 덜어주고, 그 리스크는 천웅이 가져가겠다는 절충안도 미리 준비해두었지만 그것은 마지막에 꺼내들 결정적인 조커 카드였다. 그런 메리트 없이도 조합원들의 머릿속에 너무 갖고 싶고 살고 싶다는 생각이 가득 차 있을 시점, 바로 그 시점이 되었을 때 천웅을 골라도 될 이유를 하나 더 없어줄 생각이었으니까.

'마치 엄청 사고 싶었던 상품이 할인할 때의 느낌 같은 걸 연출해주는 거지.'

하여 우진은 계획한 그 큰 그림을 완성하기 위해 한 획, 한 획, 이야기를 덧그리기 시작하였다.

"A씨는 오랜만에 동창들을 만나, 점심을 먹고 즐겁게 수다를 떱니다."

"그리고 그 와중에, 얼마 전 A씨가 입주한 청담 클리오 써밋 아파트에 대한 이야기가 나옵니다."

"친구들은 강남 최고의 프리미엄 아파트에 입주한 A씨를 부러워합니다."

딸깍―

조합원들의 몰입이 극에 달했을 때, 우진이 레이저 포인트를 눌러 스크린을 전환시켰다. 그리고 다음 순간.

"오오…!"

"와…."

장내 여기저기서 무의식중에 새어 나온 탄성 소리가 울려 퍼졌다. 우진이 심혈을 기울여 준비했던 무기 중 하나인, 청담 클리오 써밋의 하이 퀄리티 조감도가 스크린 위에 펼쳐졌으니 말이다. 하지만 그런 반응들과 별개로, 우진의 이야기는 계속해서 이어졌다.

"이야, 너희 집은 무슨 아파트가 아니라 럭셔리 호텔 같더라."
"그 스카이 브릿지에 수영장도 있다며?"

스크린에 떠오른 청담 클리오 써밋의 조감도는, 말 그대로 환상적인 모습이었다. 강변에 가장 높게 세워진 두 동의 마천루. 그 사이를 잇고 있는 멋들어진 스카이 브릿지. 두 동의 옆으로 층수가 조금씩 낮아지는 다른 동들이 줄지어 둘러서 있었으며, 리버뷰가 제대로 나오지 않는 저층부에는 널찍한 테라스가 조성되어 있었다.

무리해서 최대한 많은 세대에 한강 뷰를 제공해주기보다는, 한강 뷰가 아니어도 충분히 매력적일 만한 다른 요소들을 만들어준 것이다. 아파트 사이 좁은 뷰로 어설프게 한강 뷰를 구겨 넣을 바에는, 차라리 다른 프리미엄을 제공해주는 게 낫다는 판단이었다.

"A씨의 친구들은 그를 부러워하며, 집에 한 번 초대해달라고 말합니다."
"그래서 A씨는, 친구들을 위해 커뮤니티 게스트 하우스를 하루 예약합니다."
"게스트 하우스에 머무는 동안, 손님들은 입주민들의 삶을 공유할 수 있을 것입니다."
"그리고 이렇게 생각하겠지요."
잠시 뜸을 들인 우진의 입에서, 나지막한 목소리가 흘러나왔다.
"아, 이런 데 한번 살아보고 싶다."

우진의 스토리는 점점 더 클라이맥스를 향해 달려가기 시작했다. 그 과정에서 디자인된 모든 공간들을 여과 없이 조합원들에게 보여주었으며, 그 모든 디자인 하나하나에는 사용자를 향한 세심한 배려가 담겨 있었다.

　딸깍-

　우진이 다시 한번 레이저 포인트를 누르자, 그가 가장 공들여 디자인한 파트 중 하나인 프리미엄 게스트 하우스의 렌더컷이 스크린에 떠올랐다. 그러자 우진이 다시 말을 잇기도 전에, 종전보다 훨씬 더 큰 탄성들이 터져 나왔다.

　"우와아…!"

　"대박!"

　"저게 게스트 하우스라고?"

　"정말 저렇게 지을 수 있어?"

　우진이 설계한 청담 클리오 써밋은 일반적인 아파트보다 층고가 50센티나 더 높다. 평범한 아파트가 2.3M 정도의 층고로 지어진다면, 청담 클리오 써밋은 2.8M가 넘는 높은 층고로 개방감을 더한 것이다. 때문에 커뮤니티 센터가 지어질 25층은 다른 아파트 기준 30층이 훌쩍 넘는 높이였고, 그 높이의 스카이브릿지와 이어진 게스트하우스들은 마치 구름 위에 떠있는 풀 빌라(Pool villa) 같은 모습이었다.

　게다가 가로로 길게 펼쳐진 야외 풀에서 한강을 향해 시선을 돌리면… 수영장의 끝이 한강과 이어지면서 끝없이 펼쳐지는 듯한 착각이 드는, 인피니티 풀뷰(Infinity pool view)가 완성된다. 해외 휴양지의 5성급 호텔에서나 볼 수 있을 법한 환상적인 뷰가 단지 내 커뮤니티 센터에서 펼쳐지는 것이다.

"여기 살면, 어디 놀러 가고 싶지도 않겠어."

"그림만 그럴싸하게 그려놓고, 실제로는 저렇게 안 짓는 건 아닐까?"

"그럴 수는 없을걸? 도급계약서에 전부 다 명시했을 거야."

"홍보 책자에서도 봤지만… 이렇게까지 와닿지는 않았는데….”

조합원들의 탄성과 감탄 어린 소리를 들으며, 우진은 만족스런 표정이 되었다. 아무래도 그가 생각했던 대로 분위기가 잘 흘러가고 있는 듯 보였으니 말이다.

'인피니티 풀뷰를 이번에 시공하게 되면, 시대를 최소 15년은 앞서가는 셈이지.'

우진의 전생에서 아파트에 인피니티 풀뷰의 수영장이 단지에 생기게 되는 것은 2025년쯤은 됐을 때의 일이었다. 사실 2010년 후반에도 그러한 시도는 많았지만, 정부의 규제로 인해 실제 시공됐던 사례는 없었으니 말이다. 2010년 중반부터 부동산 시장이 활활 끓어오른 탓에 정부에서는 집값 안정을 위해 각종 규제를 해야만 했고, 그 때문에 스카이브릿지와 같은 각종 혁신 설계들까지 같이 저지당했으니까.

그래서 우진은 지금이 2010년인 것에 오히려 감사했다. 부동산 경기가 되살아나기 전인 이 시점은 정부에서도 오히려 부동산 부양책을 하나둘 내놓기 시작할 타이밍이었고, 이 시점이 우진이 하고 싶은 건축을 마음껏 해볼 수 있는 시기였으니 말이다. 물론 건축으로 돈을 버는 것만 놓고 본다면 활황인 시기가 더 좋겠지만, 그것과 이것은 별개의 문제라고 할 수 있었다.

'좋아, 이쯤 했으면 이제 슬슬 마무리를 시작해볼까?'

A라는 가상의 인물에 빗대어 입주민의 삶을 스토리로 풀어낸 우진은 이 이야기 속에서 말하지 못한 여러 가지 디자인적 요소와 서비스들을 차례로 풀어내기 시작하였다. 이것은 기존에 다른 건설사들의 발표에서와 마찬가지로 평범한 설명의 형식이었지만, 애초에 몰입도 자체가 다른 상황이었다.

이미 이 '청담 클리오 써밋'에 입주한 상상이 머릿속에 가득한 조합원들은 우진의 한마디 한마디에 완전히 집중할 수밖에 없었으니 말이다. 그리고 우진의 모든 설명이 끝났을 때, 조합원들은 저마다 고개를 주억거리고 있었다. 이제는 천웅건설에서 제시한 높은 공사비가 충분히 이해되었으니 말이다.

"정말 이런 시스템이 다 들어간다면, 건축비가 비싸게 나올 만한데?"

"한 이삼천 더 내고 이런 집에 살 수 있다면, 나쁘지 않은 선택인 것 같아."

우진은 잠시 숨을 고르며, 조합원들의 웅성거림이 잦아들기를 기다렸다. 이어서 장내가 다시 조용해질 즈음, 우진은 다시 마이크를 입에 가져다 대었다.

"어떻습니까, 여러분."

우진의 목소리가 울려 퍼지자, 조합원들의 시선이 다시 우진을 향해 모였다.

"여러분들을 위한 특별한 공간. 세상 어디에도 없는 단 하나의 프리미엄 주거."

마이크를 잠시 입에서 뗀 우진은 마른침을 집어삼켰다. 이제 판은 다 깔았으니, 천웅건설의 실질적인 제안들에 대한 이야기를 할 시간이었다.

"저희 천웅건설은 이 새로운 주거공간에 대한 패러다임을 여러분과 함께 만들어가고 싶습니다."

"이제까지 없었던, 그리고 앞으로도 다시 나오기 힘들 그런 최고의 럭셔리 주거공간을 조합원 여러분의 추억과 삶이 담긴 이 청담동 최고의 입지에 지어 올리고자 합니다."

우진이 잠시 말을 멈췄지만, 장내는 쥐 죽은 듯 조용했다. 그의 다음 말이 이어지기를, 숨죽이고 기다리는 것이다.

"누구나 살고 싶을 입지인 이곳에, 누구나 살고 싶을 만한 최고의 집을 지어드리겠습니다."

우진은 그렇게, 자신이 준비한 스토리에 첫 번째 마침표를 찍었다.

"아름다운 건축은 행복한 삶에 대한 약속이니까요."

— * —

청담 선영아파트의 조합장 곽홍식은 단상에서 가장 가까운 앞자리에서 건설사 발표자들의 프레젠테이션을 보고 있었다. 그리고 이 프레젠테이션들을 보는 동안, 그는 감개가 무량할 수밖에 없었다. 시공사 선정 단계에 오기까지, 지난날 동안 해왔던 이루 말할 수 없는 고생들이 머릿속에 떠올랐으니 말이다.

'후우, 어떻게 여기까지 왔네.'

시공사 선정이 끝난 뒤에는 마지막 관문인 관리처분계획*을 인가받는 단계가 남아있지만, 그 부분도 미리 신경을 써두었다. 시공사 선정이 끝나는 대로 빠르게 작업해서 올릴 서류들을 미리 준비해놨으며, 구청 또한 오랜만에 지어지는 청담동 신축아파트에 호의적인 상황이었으니 말이다.

한 가지 걱정되었던 부분이라면 당연히 사업을 방해하는 비대위였는데, 그 또한 확실한 해결책을 손에 쥐게 되었다. 천웅건설의 관계자와 함께 조합에 나타났던, 웬 새파랗게 어린 청년 덕에 말이다.

'진짜, 모르고 당했으면 꼼짝없이 합의금을 뜯길 뻔했어.'

그래서 홍식은 후련하고 감격스런 마음으로, 시공사 선정총회의 시작부터 기분 좋게 참여할 수 있었다. 강남에서도 최고의 입지인 만큼 시공사들은 만반의 준비를 해서 발표를 하였고, 덕분에 발표를 보는 내내 홍식은 더욱 즐거워질 수 있었다.

'후후, 명성도 그렇고 제운도 그렇고 확실히 총력전을 보여주는군.'

홍식은 이 청담 선영아파트의 조합장이 되기 전, 다른 아파트의 조합원으로서 시공사 선정총회를 경험해본 적이 있었다. 때문에 오늘의 시공사 선정총회를 당연히 그때와 비교하며 볼 수밖에 없었고 그 결과는 무척이나 흡족했다. 건설사들에서 제시하는 제안들이나 디자인 퀄리티들이 이전과 비교할 수 없을 정도였으니 말이다. 하여 SH물산의 발표가 끝날 때까지만 해도 홍식은 기분 좋은 고민에 빠져 있었다. 자신의 한 표를 이 건설사들 중 어디에 보

---

* 관리처분계획이란 재건축 사업이 분양과 이주, 철거 등을 앞둔 시점에서, 구체적인 계획을 최종 수립하는 단계다.

탤지, 그에 대한 고민 말이다.

'선택하기 어렵군. 건설사들마다 확실히 장단점이 있어.'

솔직히 디자인 퀄리티만 놓고 봤을 때 명성, 제운, SH 3사 중 가장 힘이 떨어지는 것은 명성건설이었다. 하지만 명성건설은 그만큼 저렴한 시공단가를 제시하였고, 이 또한 무시할 수 없는 부분이었다.

'어디 보자, 이제 천웅 하나 남은 건가?'

SH건설의 발표자가 단상에서 내려가는 것을 보며, 홍식은 미리 준비해두었던 천웅건설의 홍보 책자를 열어보았다. 천웅건설의 관계자가 충분히 자신 있어 할 만큼, 확실히 뛰어나고 아름다운 디자인의 아파트가 담겨있는 홍보 책자. 하지만 이 책자에 명시되어 있는 부분들만으로 몇 백억의 시공비를 더 투자하기엔, 확실히 부족한 느낌이었다.

디자인 퀄리티와 고급감만 놓고 봤을 땐, 천웅의 디자인이 제운이나 SH물산보다 크게 빼어날 것도 없었으니 말이다. 그래서 홍식은 큰 기대 없이 마지막 발표를 보기 시작했다. 물론 천웅건설 덕에 비대위의 약점을 틀어쥘 수 있게 되었지만, 그렇다고 해서 묻지도 따지지도 않고 천웅건설에 투표할 수는 없었다.

그에 대한 거래는 엄연히 끝난 것이고, 지금 이 투표는 모든 조합원의 이익을 대변하는 투표이니까. 홍식은 그런 생각을 하며 단상 위를 응시했다. 그런데 다음 순간.

'응…? 저 청년은…?'

그의 두 눈이 살짝 확대되었다. 천웅건설의 발표자로 나선 남자의 얼굴이 너무 낯익었으니 말이다.

'저 친구가 직접 발표를 한다고?'

홍식은 우진을 경험해본 적이 있다. 결코 20대라고는 생각할 수 없는, 능글맞은 말솜씨와 통찰력의 소유자. 그래서 그가 발표자로 나선 것이 놀랍지는 않았다. 조합 사무실에서 경험한 그의 능력이라면, 충분히 발표자로서도 훌륭한 역량을 보여줄 것이라 여겨졌으니 말이다.

다만 홍식은 조금 더 흥미롭게 천웅건설의 발표를 들을 수 있게 되었다. 우진이라면 분명 뭔가 강력한 무기 하나는 준비해왔을 것이라는 직감이 들었으니까. 조합에서 자신과 딜을 할 때 보여줬듯 말이다.

— * —

M일보의 경제부 기자 김규식은 단상이 아주 잘 보이는 위치에 자리 잡고 앉았다. 물론 조합 임원들처럼 아주 가까이 앉을 수는 없었지만, 단상이 정면에서 내려다보이는 명당을 잡은 것이다. 그리고 발표가 시작되었을 때, 그는 미리 준비했던 캠코더를 설치하였다. 그는 오늘 발표를, 처음부터 끝까지 영상으로 찍을 생각이었다.

'아무래도 기록에는 한계가 있으니까.'

조합에는 미리 얘기해두었다. 촬영한 영상을 기사 외에 상업적 용도로 사용할 때에는, 반드시 조합의 동의를 구해야 한다는 서약서도 썼고 말이다. 그래서 규식은 다른 조합원들의 눈치도 볼 필요 없이, 삼각대 위에 캠코더를 세팅하였다. 그리고 발표가 시작된 순간, 곧바로 녹화를 시작하였다.

'좋아. 첫 번째는 명성건설이고….'

건설사들의 발표와 규식의 기사 소스 수집은 처음부터 아주 순조롭게 진행되었다. 외부 기자들의 출입이 허용되는 곳도 아니었으니, 경쟁적으로 플래시를 터뜨릴 필요도 없었다. 다른 기자도 한둘쯤은 있을 줄 알았는데, 정말 규식 말고는 기자가 아무도 보이지 않았다. 말 그대로 완벽한 단독취재가 된 것이다.

　'이걸로 이번 주 실적, 아니 이번 달 실적은 확실히 채울 수 있겠어.'

　그래서 한결 더 편한 마음이 된 규식은 마치 조합원이라도 된 것처럼 건설사들의 발표를 열심히 시청하였다. 녹화된 영상으로 다시 봐도 되지만, 그래도 현장감을 최대한 느끼는 것이 기사 작성에 큰 도움이 되니 말이다. 하지만 규식은 잠시 후, 자신의 그 판단을 후회할 수밖에 없었다.

　'젠장, 부럽잖아….'

　아파트라고는 이십 년도 더 된 구닥다리밖에 경험해보지 못했던 그에게, 청담 선영 신축아파트 설계 계획은 그야말로 신세계였으니 말이다. 처음 명성건설의 발표부터 시작해서 제운, SH물산까지. 어느 건설사에서 가져온 설계도, 하나 멋지지 않은 것이 없었다. 과연 강남, 그 안에서도 청담동 최고 입지 아파트의 위엄이랄까.

　'후우… 여기 조합원들은 좋겠다….'

　그래도 규식은 계속해서 발표를 집중해서 보았고 그렇게 마지막 발표인 천웅건설의 순서까지 돌아왔다. 천웅건설의 발표자인 우진은 규식이 기사 소스로 아주 유용하게 써먹을 예정인 인물이었고, 이 발표야말로 그가 가장 열심히 봐야 할 발표였다.

　'제발 좀 잘했으면 좋겠네. 칭찬할 거리를 최대한 뽑아내야 하는

데….'

최근 〈우리 집에 왜 왔니〉에서 활약 중인 20대 초반의 전문가 우진은 예능에 등장하는 일반인 패널들 중 가장 인지도가 높은 인물이었다. 말도 시원시원하게 잘하고 외모도 호감형이어서 그런지, 네티즌들 사이에서 인기가 제법 높았던 것이다.

그래서 우진이 현업에서 일하는 모습을 담은 기사와 함께, 그의 뛰어난 부분들을 부각해서 기사에 보여준다면 오늘 쓰게 될 어떤 기사보다도 조회수가 높게 올라갈 것이었다. 그래서 규식은 잔뜩 기대한 표정으로 우진의 발표에 집중하기 시작했고….

'오호. 시작 좋고!'

그렇게 이십여 분 정도가 지났을 때, 규식의 입은 아래로 쩍 하고 벌려져 있었다.

'제기랄! 부러워! 부럽다고!'

우진의 발표에서 어떻게든 칭찬할 거리를 찾아내겠다며 눈에 불을 켜고 발표를 보기 시작했건만, 그런 생각은 머릿속에 한 톨도 남아있지 않았다. 발표가 진행되는 동안 규식의 머릿속에는 단지 저 집에 살고 싶다는 생각뿐이었다. '죽기 전에 딱 한 번만, 저런 곳에 살고 싶다' 그런 생각 말이다.

'나중에 완공되면… 친척 어르신께 게스트하우스 하루만 예약해달라고 할까? 저기서 진짜 하루만 묵어봐도 소원이 없겠는데….'

어느새 기사에 대한 생각은 저 멀리 사라진 것인지, 규식은 침을 질질 흘리며 프레젠테이션에서 눈을 떼지 못하고 있었다. 아직 시공사 선정 투표가 시작조차 되지 않은 상황이건만 마치 천웅의 설계 채택이 확정되기라도 한 것처럼, 규식은 이미 저 아파트가 어떻게 지어질지 궁금해지고 있었다.

———— * ————

　단상 위 커다란 스크린에, 황금빛으로 반짝이는 커다란 문구가
떠올랐다.

[Cheongdam Clio Summit]

　그리고 이 문구를 끝으로 우진의 프레젠테이션은 마무리되었다.
아름다운 건축은 행복한 삶에 대한 약속이라는 우진의 이야기만
큼, 이 공간 안에 있던 모두를 홀려버릴 만큼 아름답고 매력적이었
던 우진의 발표가 마무리된 것이다. 그와 동시에 황금빛 필기체로
수놓아진 '청담 클리오 써밋'이라는 브랜드 타이포는 모든 조합원
의 뇌리에 그대로 각인되었다.

　외부인인 규식에게는 그림의 떡이지만, 조합원들에게는 손만 뻗
으면 닿을 수 있는 거리에 있는 매혹적인 당과(糖菓). 조합원들은
당장이라도 이 당과를 집어 들어 한입 베어 물고 싶은 마음이었지
만, 그래도 그들에겐 현실적인 걸림돌이 아직 하나 남아있었다. 이
달달한 당과를 선택함으로 인해 그들이 추가로 부담해야 할 수천
만 원에 달하는 분담금. 그것이 바로 마지막 걸림돌이었던 것이다.

　'하… 저렇게 좋은 집에 살면 좋긴 할 텐데… 어차피 시간 지나
서 헌 아파트 되면 다 똑같아지는 것 아닐까?'

　'추가 분담금이 삼천만 원 정도라고 했나? 그 돈 마련하려면, 적
금 하나는 깨야 할 것 같은데….'

　'난 어차피 완공돼도 세 주고 다른 곳에 살아야 할 텐데, 그 돈 들
여가며 세입자 좋은 일만 하는 건 아닐까?'

이제는 이 강당 안에 있는 대부분의 조합원이 천웅에서 제시한 당과의 가치에 대해 공감하고 있다. 하지만 그렇다고 해도, 그 가치를 지불하는 것은 별개의 문제였다. 외제 차가 비싼 만큼의 값어치를 한다고 인정하고, 그것을 갖고 싶다고 생각해도 쉽게 그만한 돈을 더 지불하고 가성비 좋은 국산 차 대신 선택하기는 힘든 것처럼 말이다.

그리고 우진의 발표가 일단락된 이 시점에 이런 고민을 하고 있는 것은 조합장인 홍식도 다른 조합원들과 다를 바가 없었다. 다른 건설사들이 제시했던 디자인과 설계는 머릿속에 잘 기억나지도 않았다. 지금 홍식의 머릿속에 있는 것은 오로지 천웅건설의 비싼 건설단가를 어떻게 조금이라도 낮춰보느냐는 것. 홍식은 어떻게든 천웅건설의 이 설계로 선영아파트 재건축을 진행하고 싶었던 것이다.

'확실히 몇 천만 원을 더 줘도 아깝지 않은 설계야. 하지만 현실적으로 지불하기 힘든 조합원들을 설득하기가 쉽지 않을 텐데….'

그리고 모두가 이런 고민에 빠져 있던 그때, 조합원 중 누군가가 우진을 향해 질문을 던졌다. 모두가 고민 중이던 바로 그 질문을 말이다.

"발표자님, 질문 하나 드려도 되겠습니까?"

"말씀하세요."

"보여주신 디자인, 설계, 프리미엄 서비스 다 좋습니다. 그런데…."

질문자가 말꼬리를 흐렸고, 모두의 시선은 우진에게로 모여들었다.

그리고 그가 무슨 이야기를 꺼낼지 짐작하고 있던 우진은 웃으며 다시 입을 열었다.

"아무래도 공사비가 문제겠지요?"

우진의 반문에, 질문자가 다시 고개를 끄덕였다.

"그렇습니다. 공사비 단가가 거의 800억가량 올라가던데… 이걸 조금이라도 줄일 방법은 없을지 여쭙고 싶습니다."

그의 말이 끝난 순간, 장내에 있던 사람들의 표정은 제각각 달라졌다. 우진의 발표에 저도 모르게 주눅 들어 있던 다른 건설사의 관계자들은 회심의 미소를 지었으며 청담 선영의 조합원들은 우진이 어떤 대답을 꺼낼지가 너무도 궁금하다는 표정이 된 것이다. 하지만 그에 대한 우진의 대답은 무척이나 심플했다.

"공사비를 줄일 방법은 없습니다."

"아…."

"애초에 공사비 산정 자체도 엄청나게 타이트하게 진행한 거라서 말입니다."

우진의 이야기에 조합원들의 표정에 아쉬움이 스쳐 지나간다. 사실 공사비를 줄일 수 있다고 장담하는 것도 이상하기는 한 상황이었다. 누가 봐도 비싸 보이는 프리미엄 설계를 제시해놓고 갑자기 가격을 낮출 수 있다고 한다면, 오히려 시공사로 선정된 뒤 다른 말을 하는 게 아닌지 의심스러울 것이었으니 말이다. 하지만 당연히도 우진의 말은 거기서 끝이 아니었다.

"하지만 공사비를 줄이지 않고도, 조합원님들의 부담을 덜어드릴 방안이 하나 있습니다."

"…!"

"추가되는 공사비의 절반 이상을 외부에서 부담하게 만들 방법이 있다면… 어떻습니까?"

그렇게 우진은 준비한 조커 카드를 마지막 순간에 꺼내 들었다.

— * —

모든 시공사 발표가 끝나고, 관계자들은 전부 자리에 앉았다. 이어서 오늘 총회를 진행하던 사회자가 가벼운 발걸음으로 단상 위에 올라섰다. 네 곳의 건설사에서 심혈을 기울여 준비한 발표. 그 이유와도 마찬가지인, 시공사 선정총회의 마지막 식순.

"자, 그럼 지금부터, 시공사 선정을 위한 조합원님들의 투표가 진행되겠습니다!"

사회자의 말이 떨어짐과 동시에, 행사 진행을 도와주는 스태프들이 투표용지를 조합원들에게 나눠주기 시작했다. 그리고 한 사람의 조합원으로서 행사에 참여한 재엽 또한, 그 투표용지를 받아 들었다.

'뭐, 나야 생각할 것도 없이 천웅이긴 한데….'

망설임 없이 투표용지 가장 아래 칸에 쓰인 천웅의 이름에 사인을 한 재엽은 그것을 곱게 접어 손바닥에 쥐었다. 이어서 방금 전까지 들었던 우진의 발표를 떠올리며 피식 웃을 수밖에 없었다.

'서우진… 이놈은 진짜 난 놈이라니까.'

재엽이 느끼기에 오늘 우진의 발표는 그야말로 완벽했다. 천웅건설의 설계를 우진의 발표보다 더 매력적으로 포장할 수 있는 사람은 어디에도 없을 것 같다는 생각이 들 정도였으니 말이다. 물론 그 설계조차 우진이 직접 한 것이었지만, 재엽은 그것을 모르는 상황에서도 우진에게 감탄했다. 그리고 그와 동시에, 자신에게 선영아파트를 강매해준 어머니께 감사하고 있었다.

'으흐흐흐. 어지간하면 오늘 이기는 건 천웅이 될 테고, 그럼 난 우진이가 보여준 그 아파트의 펜트하우스 주인이 되는 거지. 크으…!'

스태프가 들고 온 투표함에 용지를 집어넣은 재엽은 기대감 넘치는 표정으로 개표를 기다렸다. 재엽은 투자 가치고 나발이고, 펜트하우스를 분양받는 순간 그냥 거기 눌러앉아 살 생각이었다. 어차피 실거주로 눌러앉아 살 집이라고 생각하니, 집값이 오르든 내리든 별로 신경도 쓰이지 않을 것 같았다. 주거라는 요소가 이렇게까지 매력적으로 다가올 수 있다는 것이, 재엽은 놀라울 따름이었다.

'엄마, 아빠 입주하시면 그냥 나도 따라 들어가서 바로 살까? 결혼이나 빨리하라고 어머니께 등짝부터 맞겠지?'

재엽이 그런 생각을 하던 사이 개표는 마무리되었고, 결과를 전달받은 사회자가 다시 단상 위에 올라섰다. 이어서 그의 말이 이어졌을 때,

"오늘 시공사 선정총회에서 청담 선영아파트 재건축 시공사로 선정된 건설사는…."

재엽은 저도 모르게 자리에서 벌떡 일어섰다.

"천웅! 청담 클리오 써밋 브랜드를 들고 나온, 천웅건설입니다!"

결과가 발표된 순간, 우레와 같은 박수가 사방에서 쏟아졌다. 천웅을 제외한 다른 건설사 관계자들은 실망한 표정으로 장내를 빠져나가고 있었지만, 그런 것은 아무도 신경 쓰지 않았다. 이제 이 축제는 바로 선영아파트의 조합원들과 천웅건설 관계자들의 것. 특히나 축제의 주인공이 된 천웅건설의 관계자들은 서로 얼싸안고 단상 위로 올라서고 있었다. 재엽은 그들 중, 우진이 어디 있는

지 찾기 위해 두리번거렸다. 그리고 다음 순간,

"음…?"

웬 아저씨 한 명과 얼싸안고 있는 우진을 발견할 수 있었다.

Adios 2010

"야, 이 미친놈아!"

"제가 왜 미친놈입니까?"

"미쳤어! 그냥 미쳤다고!"

"하하하."

"네가 해냈어! 이 미친 꼬마 놈아!"

천웅건설의 승리가 발표 난 순간 경완은 미친 듯이 자리에서 뛰어나와, 우진을 얼싸안았다. 준비야 이보다 더할 수 없을 정도로 충분히 많이 했다고 생각했다. 우진과 WJ 스튜디오도 애썼지만, 그 못지않게 경완과 TF팀도 몇 날 밤을 새워가며 열정을 불살랐으니 말이다. 지난 한두 달 정도는 이 프로젝트에 인생을 갈아 넣었다고 해도 과언이 아닐 만큼 최선에 최선을 다했던 경완과 천웅건설의 관계자들.

하지만 최선을 다한다고 해서 모든 결과가 잘 나온다는 법은 없다. 최선을 다한 결과물이 꼭 최고가 되는 것은 아니니까. 그래서 바라 마지않았던 이 최고의 결과가 나온 순간 경완은 전율했고, 또 감격할 수밖에 없었다. 지금 이 결과는 그 모든 고생을 단숨에 보상받고도 남을 만한 것이었으니 말이다.

"큭, 크흑…!"

붉어진 경완의 눈시울을 보며, 우진은 기분 좋게 웃었다. 그리고 괜히 장난을 치고 싶어졌다.

"부장님, 지금 우는 겁니까?"

"울긴! 누가! 안! 울어!"

"그럼 광대 밑으로 흐르는 그 투명한 액체는 뭡니까?"

"더, 더워서 그래! 땀이야, 인마! 크흡!"

"12월인데, 광대에서 땀이 나요?"

"제기랄, 그렇다면 그런 줄 알아."

과장된 경완의 반응에, 우진이 낄낄거리며 다시 말했다.

"사실 아무것도 없습니다."

"뭐?"

"부장님 광대에 땀 같은 거 안 났다고요, 크크크."

우진이 놀렸다는 것을 깨달은 경완은 어이없는 표정이 되었지만, 그렇다고 기분 나쁠 리는 없었다. 지금 이 모든 상황 자체가 그저 행복했으니 말이다.

"후우우… 오늘은 기분 좋으니까 봐준다."

솥뚜껑 같은 손으로 우진의 등짝을 팡 하고 두들긴 경완은 속주머니에서 손수건을 꺼내어 눈가를 한번 훔쳤다. 이어서 둘은 다른 천웅 관계자들과 함께 단상 위로 올라섰다. 그들을 믿고 투표해준 조합원들에게 감사 인사를 하기 위해서 말이다. 사실상 어지간한 건설사의 한 해 매출을 책임질 정도로 커다란 수주권을 따낸 천웅 건설.

관계자들은 일제히 조합원들을 향해 큰절을 올렸고, 우진도 조금 멋쩍은 표정으로 그에 동참했다. 수주전마다 승리한 건설사에서 조합원들을 향해 큰절을 올리는 것은 생각보다 흔한 일이었기 때문에, 우진도 딱히 거부감은 없었다. 전생에도 많이 겪어본 일이니까. 게다가 사실, WJ 스튜디오에도 수십억의 매출을 안겨준 조합원들 아닌가?

'큰절 한 번이 아니라 두 번, 세 번도 할 수 있지.'

하여 이렇게 기분 좋은 분위기 속에서 총회는 모두 마무리되었고, 조합원들이 가장 먼저 총회장을 빠져나갔다. 이어서 우진과 경완도 바깥으로 나가려는데 조합장 곽홍식이 두 사람을 향해 다가왔다.

"두 분, 바쁘십니까?"

홍식의 물음에, 경완이 기분 좋게 웃으며 답했다.

"하하, 바쁠 일이 있겠습니까. 총회도 다 끝났는데요."

"바로 천웅건설 회식 잡혀있는 것 아닙니까?"

"그, 물론 그렇기는 한데…"

경완의 말에, 홍식이 웃으며 다시 입을 열었다.

"제게 10분 정도만 시간을 좀 주시지요."

"그 정도야 어렵지 않습니다."

경완의 대답을 들은 홍식이, 이번에는 우진을 향해 시선을 돌리며 물었다.

"서 대표님도, 가능하실까요?"

우진도 고개를 끄덕였다.

—— * ——

　홍식이 두 사람을 부른 이유는 다른 것이 아니었다. 발표 마지막 순간, 우진이 꺼내들었던 조커 카드. 추가될 조합원 분담금을 최소화시킬 수 있는 방안에 대해 몇 가지 묻고 싶은 부분이 있었기 때문이다. 재건축의 가장 큰 행사 중 하나인 시공사 선정총회가 끝났다고는 하지만, 그래도 아직 관리처분이라는 큰 산이 남아 있었고.

　그래서 홍식은 우진이 언급했던 방안에 대한, 좀 더 구체적인 계획을 들어보고 싶었다. 당장 12월 말에는 관리처분 계획을 제출할 생각이었으니 말이다. 그래서 홍식이 가장 먼저 꺼내든 이야기는, 바로 이것이었다.

　"분양가를 최대한 높여서, 그것으로 조합원 부담을 줄여보겠다 하시지 않았습니까?"

　우진이 대답했다.

　"그랬지요."

　"만약 미분양이 난다면, 그것을 천웅이 안고 가겠다고 하셨고요."

　이번에는 경완이 고개를 끄덕였다.

　"맞습니다."

　이에 잠시 뜸을 들인 홍식이, 천천히 다시 입을 열었다.

　"그럼 천웅에서는, 감당 가능한 최대 분양가가 얼마쯤 되겠습니까?"

　"예?"

　경완의 반문에, 홍식이 다시 말했다.

"다음 주쯤, HUG*에 분양가 제안을 올리려고 합니다."

"그렇게나 빨리요?"

"빨리 움직여야지요. 재건축은 시간이 생명 아닙니까."

홍식의 이야기에 우진은 살짝 놀란 표정이 되었다. 그가 일 잘하는 조합장이라는 것은 이미 느끼고 있었지만, 이렇게 큰 행사가 끝난 날까지 곧바로 다음 스텝에 대해 이야기할 줄은 몰랐으니 말이다. 하지만 사업 진행이 빠른 것은 천웅과 우진의 입장에서도 좋은 일이었고, 때문에 우진은 기꺼운 마음으로 대답하였다. 사실 홍식의 이 질문에 대한 대답은 이미 생각해두고 있었던 부분이었으니까.

"제가 생각하는 분양가 마지노선은 평당 3,950입니다."

그리고 우진의 대답이 이어진 뒤, 이번에는 홍식이 경악한 표정으로 반문할 수밖에 없었다.

"예…?!"

우진이 제시한 평당 3,950이라는 분양가는 원래 조합에서 생각하고 있었던 3,300만 원보다 무려 650만 원이 높은 수준이었으니 말이다.

우진과 천웅이 감당 가능하다고 이야기할 만한 최대 분양가를 3,500선으로 생각하고 있던 홍식으로서는 정말 상상조차 하지 못했던 수치였다. 경완은 이미 우진과 이야기가 되어 있었던 건지 담담한 표정이었고, 놀란 홍식을 향해 우진의 말이 다시 이어졌다.

"사실 3,950까지 저희가 감당 가능하다고 해도, 그 가격에 승인이 나지는 않을 겁니다. 최근 HUG가 분양가 산정을 후하게 봐주

---

* 주택도시보증공사.

고 있긴 하지만, 그럼에도 역대급으로 비싼 분양가니까요."

우진의 차분한 이야기에 정신을 차린 홍식이 고개를 주억거리며 입을 열었다.

"서 대표님 말씀이 맞습니다. 사실 3,600 정도만 돼도, HUG에서는 꽤 난색을 표하겠지요."

HUG는 건설사의 분양을 보증해주는 역할을 한다. 분양보증이란 건설사가 부도 등의 악재로 사업을 이어가기 어려울 경우, 소비자에게 입주금을 돌려주거나 해당 사업을 승계해 건축물을 완공시키는 방식으로 입주자의 피해를 최소화하는 개념이다.

건축물을 짓기 전에 분양부터 진행하는, 선분양 방식이 성립할 수 있는 근거인 것이다. 그래서 HUG입장에서는, 보증 금액이 클수록 부담스러울 수밖에 없다. 홍식은 그 이야기를 하고 있는 것이었고, 그 말을 우진이 이어받았다.

"그래서 제가 드리는 말씀은 조합장님께서 능력껏 HUG와 최대한의 분양가를 협상해오시기만 하면, 저희는 그 분양가에 맞춰드릴 용의가 있다는 겁니다."

"…!"

"정말 3,950이라는 고분양가를 따내오시더라도, 수용하겠습니다."

우진의 이야기는 정말 파격적인 것이었다. 평당 3,950만 원이라는 분양가는 전례가 없을 정도로 비싼 가격이었는데, 이 배짱 분양가로 분양 후 미분양이 되더라도 천웅에서 그 리스크를 감당하겠다고 하는 것이었으니 말이다. 심지어 그 수준의 분양가가 승인만 난다면, 조합원 추가 분담금은 오히려 다른 건설사 설계안보다 더 싸질 수도 있는 수준.

"괜… 찮으시겠습니까?"

이것은 조합장인 홍식이 천웅건설을 걱정할 만한 수준으로 파격적인 제안이었다. 하지만 당연히 우진도 아무 생각 없이 이런 높은 가격을 제시한 것은 아니었다. 우진은 전생에 선영아파트 재건축으로 지어졌던, 청담 아르티아 리버뷰의 분양가를 알고 있었으니 말이다.

'아르티아 분양가가 당시 평당 3,450만 원 정도였지. 그때도 고분양이라고 말이 많았지만, 완판은 물론 경쟁률도 꽤 높았어.'

청담동은 지금 신축에 목이 마른 상태였다. 서초 반포와 강남, 역삼, 도곡 쪽은 한창 신축이 지어지며 탈바꿈되는 시기임에도, 청담은 아직 재건축이 전혀 진행되지 않은 상태였으니까. 거기에 우진과 천웅이 만들어낸 프리미엄 설계가 마케팅 요소로 잘 포장된다면, 우진은 대략 평당 3,600까지는 완판이 되리라고 보고 있었다. 사실 그래서 우진은 내심, 조합장이 3,700만 원 이상의 고분양가를 승인받아오길 기대하고 있었다. 그래야 미분양이 좀 나서, 우진의 몫까지 돌아올 테니 말이다.

'3,800쯤 봐도, 34평 기준 13억 정도야. 대충 3년 정도 뒤만 생각해도 엄청나게 남는 장사지.'

그래서 우진은 확신에 찬 목소리로 딱 잘라 말했다.

"예, 괜찮으니까 저희 걱정은 마시고… HUG에서 최대한 고분양가 따와보세요."

"…!"

"이제 조합원 분담금 줄어드는 건, 조합장님 능력에 달린 겁니다."

물론 우진의 그런 속내를 알 리 없는 홍식은 감격에 겨운 표정이었지만 말이다.

"정말… 감사합니다, 서 대표님."

홍식은 주름진 손으로 우진의 손을 꽉 맞잡았고, 그렇게 웃으며 대화를 마무리한 우진과 경완은 서둘러 회식 자리를 향해 이동하였다. 그리고 회식 자리로 향하는 택시 안에서, 경완이 우진에게 투덜거렸다. 우진이 눈물 흘린다며 놀린 것이 갑자기 다시 생각난 모양이었다.

"야, 서우진."

"왜요."

"고분양가 감당은 우리 천웅이 하는데, 왜 생색은 네가 내냐?"

그에 우진은 피식 웃으며, 고개를 절레절레 저었다.

"미분양 되면 제가 제일 먼저 열 채 주워갈 거라니까요?"

"또 구라친다."

"진짠데…."

"어우, 구라쟁이."

"아니, 불혹이 넘은 양반이 구라쟁이가 뭡니까, 구라쟁이가."

"우리 처조카한테 배웠어."

"…."

티격태격하는 사이 택시는 회식 장소에 도착했고, 그날 우진과 경완은 정말 코가 삐뚤어지도록 술을 마셨다. 평소에 술을 그리 즐기지 않은 우진도 오늘만큼은 술맛이 너무도 달달했고, 게다가 회식에 참석했던 WJ 스튜디오의 직원들이 우진을 가만두지 않았던 것이다. 하여 우진이 집에 도착한 시간은 새벽 세 시도 넘은 늦은 시간.

집에 들어온 우진은 제대로 씻지도 못한 채 그대로 침대에 쓰러져 기절해버렸다. 피로가 겹친 상황에 술까지 들어가니, 몸이 그대로 방전된 것이다. 그래서 우진은 쓰러진 그대로, 다음 날 해가 중천에 걸릴 때까지 일어나지 못했다. 그런데 우진이 그렇게 곯아떨어져 있던 그 시각. 아침 일찍부터 인터넷에 올라온 몇 개의 기사가, 폭풍처럼 커다란 이슈를 만들어내고 있었다.

[〈우리 집에 왜 왔니〉 서우진 전문가, 강남 재건축 수주전을 승리로 이끌어내다.]

[청담 클리오 써밋! 최고의 프리미엄 아파트를 설계한 서우진은 누구?]

["아름다운 건축은 행복한 삶에 대한 약속" 전문가 서우진의 건축 철학에 대하여.]

심지어 그 기사에 짤막하게 실린 우진의 영상들은 인터넷을 통해 일파만파 퍼져가고 있었다.

— * —

WJ 스튜디오의 2010년 연말은 화려하다 못해 눈이 부신 피날레였다. 그렇지 않아도 빠른 성장세를 보이고 있던 WJ 스튜디오였지만, 청담 선영의 수주전까지 승리하면서 거의 메이저 설계사무소급의 인지도를 얻게 된 것이다. 게다가 좋은 결과를 만들어낸 것은 비단 청담 선영의 수주전뿐만이 아니었다.

가로수길 카페 프레스코 2호점은 어느새 완공을 향해 달려가고 있었으며, 석현이 맡은 모형 파트의 매출 또한 목표치를 훨씬 상회할 정도로 높은 수준을 달성했으니 말이다. 사실 모형 파트의 급격

한 매출 상승은 석현의 능력이라기보단 박경완의 보답이었다. 석현이 따낸 매출이 일억 정도라면, 경완이 천웅건설의 건축모형 외주를 몰아준 것이 거의 삼억 가까이 되는 규모였으니까. 우진이 수주전 발표를 멋지게 해낸 것에 대한 일종의 보상이었다.

"그러니까, 석구. 이 내기는 무효야."

"아, 그게 무슨 말이십니까, 대표님! 약속은 지키셔야죠!"

"네가 만든 매출이 아니라, 부장님이 주신 거잖아!"

"그래도! 결과는 똑같잖아."

"휴우, 너 그렇게 공짜 좋아하면 대머리 된다?"

"헤헤, 휴가 다녀와서 또 열심히 일할게. 그러니까 이번엔 약속한 대로 가자고."

"좋아, 그럼 크리스마스까지 쉬는 거로 합의 보자고. 주말 포함하면 거의 일주일이야. 오케이?"

"홀리 싯! 콜!"

시공 파트 직원들이 그랬던 것처럼 거의 일주일 가까운 휴가를 받아낸 석현과 모형 파트 직원들은 환호했고, 그렇게 또 일주일이 빠르게 지나갔다. 어느 정도 굵직한 일들이 일단락되자, 우진도 조금 여유가 생겼다. 물론 물리적인 여유가 생긴 것과 달리, 머릿속은 쉴 틈이 없었지만 말이다.

'내년 연초는, 왕십리 프로젝트로 바쁘겠지.'

시공사 선정총회가 끝난 바로 다음 날, 우진은 숙취가 남아있는 채로 브루노의 사무실을 찾았었다. 그리고 그날 브루노로부터 받은 설계들이 지금 우진의 머릿속을 복잡하게 하는 원인이었다.

'일단 아직 시간은 있으니까⋯ 이 건은 내년부터 생각하지, 뭐.'

내년이라 봐야 이제 일주일 남은 시점이었지만, 우진은 그렇게 자신을 위로하였다. 그리고 2010년 12월 24일, 금요일 오후. 크리스마스 캐럴이 울려 퍼지는 저녁에, 우진은 신사동으로 향하고 있었다.

— * —

"석구, 너는 휴가 간 녀석이 갑자기 회사에는 왜 나타난 거야?"

"헤헤, 대표님께서 연말 파티에 가신다는데 충복 1호가 참여하지 않을 수 있겠습니까."

"충복 1호는 무슨….."

"Bloody Hell! 우진, 실망이야."

"넌 또 왜?"

"어떻게 이런 Amazing party에 나와 석현을 빼놓고 갈 생각을 할 수가 있어?"

"리아 누나가 나만 초대했으니까."

"Holy shit! 그럼 제이든과 석현도 데려가도 되냐고 물어봤어야지!"

"그래서, 결론이 뭐야? 지금이라도 차에서 내리고 싶다고?"

"Sorry, boss. 그건 아주 큰 오해야. 절대로 그런 뜻 아니었어. Never."

"우리 제이든이 철이 좀 없습니다, 대표님. 고정하시지요."

신사동 가로수길로 향하는 우진의 차 안은 무척이나 시끌벅적했다. 지금 그들이 가려는 곳은 다름 아닌 오픈을 앞두고 있는 리아의 카페 프레스코 매장. 리아의 매장은 27일 월요일 오픈 예정이었지만 지금 공사는 완전히 다 끝난 상태였고, 그래서 그녀는 친한 지인들을 불러 이곳에서 크리스마스 파티를 기획했다. 우진은 그곳에 초대된 것이고 말이다.

'살다 살다 연예인이 사적으로 여는 파티에 초대되는 날이 오게 될 줄이야.'

우진은 리아가 자신을 초대한 게 꽤 의외라고 생각했지만, 사실 우진은 그녀가 1순위로 초대한 VIP였다. 동료 연예인과 친인척을 제외하고는, 그녀와 우진만큼 친한 사람도 없었던 것이다. 게다가 파티가 열리는 이 장소, 리아의 카페 프레스코 건물 인테리어가 우진의 작품이다 보니 우진이 초대된 것은 너무 당연하다고 할 수 있었다.

"크, 내가 유리아를 눈앞에서 볼 수 있게 되다니!"

"우진, 유리아의 파티라면 다른 연예인들도 많이 오겠지?"

제이든의 질문에 우진 대신 석현이 대답하였다.

"적어도 〈우리 집에 왜 왔니〉 멤버는 전부 나오겠지."

"구우우우웃…! 윤재엽이랑 정민하 사인도 받아야겠어."

쿵짝이 잘 맞는 두 사람을 보며, 우진은 어이없는 표정이 되었다.

"제발 사인은 받더라도, 분위기랑 눈치는 봐가면서 부탁해. 알겠지?"

"우진, 지금 이 제이든 님의 눈치를 걱정한 거야?"

"바로 그거지."

"휴우. 제이든은 눈치가 아주 빨라. 그러니까 걱정할 필요 없다고."

"…."

신이 나서 떠드는 두 친구들을 보며, 우진은 다시 한번 고개를 절레절레 저었다.

'이 바보들… 데리고 가도 정말 괜찮은 거겠지?'

혼자 조용히 가려 했던 파티에 제이든과 석현이 끼게 된 이유는 간단했다. 크리스마스에 뭐하냐는 제이든의 물음에 우진이 파티에 간다고 말실수를 한 게 시작이었으니까. 리아는 괜찮다며 흔쾌히 오케이 했지만, 그래도 덤앤더머의 대화를 듣고 있자니 우진은 조금 꺼림칙했다.

[네 친구들이 오고 싶어 한다고?]

[응.]

[몇 명인데?]

[시끄러운 영국인 하나랑, 나랑 동갑내기 동업자 친구 하나.]

[뭐, 두 명 정도야. 좋아, 같이 와. 어차피 연예인들만 오는 파티도 아니야. 스타일리스트 언니도 오고, 그냥 내가 친한 사람들 다 부른 파티거든.]

[그렇다면 다행인데….]

[아, 너 선아 언니 기억하지?]

[음… 아, 서나헤어?!]

[그래, 그 언니도 오늘 오기로 했어.]

일반인들도 다수 초대했다는 리아의 얘기가 아니었다면, 아마 우진은 둘을 데려오지 않았을 것이었다. 하지만 리아의 얘기대로라면 괜찮을 것 같기도 했고, 무엇보다 데려가지 않으면 둘이 너무 실망할 것 같았기에 데려온 것이었다. 아직도 석현과 신나게 떠들고 있는 제이든을 향해, 우진이 한마디를 툭 던졌다.

"야, 제이든."

"Yes, boss."

"그런데 생각해보니, 원래 오늘 너 홈 파티 한다고 하지 않았어?"

"음, 그랬었지."

"그랬었다니?"

"사실 홈 파티가 있었는데, 없어졌어."

"…?"

"자세한 건 묻지 말아줘, 우진. 그렇지 않아도 루시우한테 방금 전까지 미친 듯이 욕을 먹었으니까."

"루시우는 또 누군데?"

석현이 제이든 대신 대답했다.

"제이든 친구야. 제이든 같은 놈 하나 또 있거든."

"오, 맙소사."

그렇게 실없는 대화를 나누는 사이, 세 사람은 가로수길에 도착할 수 있었다. 그리고 리아의 건물 앞 주차장에 차를 대는 우진을 보며, 제이든이 한마디 더 했다.

"Boss."

"또 왜."

"이젠 제발 포르쉐를 사면 안 될까?"

"갑자기?"

"우진의 옆 차들을 봐. 죄다 포르쉐, 람보르기니, 페라리야."

"…."

제이든의 말을 듣고 보니, 번쩍거리는 외제 차들 사이에 선 우진의 평범한 세단이 조금 초라해 보이기는 한다. 하지만 우진은 제이든의 말을 가볍게 무시하고, 차 문을 열고 바깥으로 나갔다.

"헛소리하지 말고 따라오기나 해."

"Yes, boss."

그렇게 세 사람은 우진의 차에서 내려, 리아의 카페 프레스코 건물 안으로 들어갔다.

— * —

　민우는 올해로 스물한 살, 아역배우 출신의 젊은 남자배우였다. 아역 때부터 괜찮은 연기력과 비주얼로 많은 사람들이 기대하던 배우였지만, 성인이 된 뒤에는 이렇다 할 활동이 없었던 배우. 그는 거의 5년이나 되는 공백기를 가졌는데, 거기에는 당연히 이유가 있었다.

　스무 살 봄에 캐스팅됐던 첫 작품이, 한참 찍던 도중 공중분해 된 탓에 시간이 붕 떠버린 것이다. 그래서 크리스마스임에도 불구하고 별다른 일정도 없던 민우는, 같은 소속사 선배이자 친한 누나인 리아의 파티 초대에 기분 좋게 걸음 하였다. 리아의 파티라면 분명 거물급 연예계 관계자도 많이 올 것이니, 겸사겸사 인맥에도 도움이 될 것 같았고 말이다.

　'그나저나 리아 누나도 꽤 오랜만이네. 이 누나도 얼굴 보기 참 힘들단 말이지.'

　리아가 찍어준 주소에 도착한 민우는, 리모델링이 끝나 멋들어진 외관을 자랑하는 리아의 건물을 발견하고는 입부터 쩍 벌렸다. 매니저 형으로부터 그녀가 건물을 샀다는 얘기를 들어 알고 있었지만, 가로수길에 이렇게 좋은 건물인 줄은 몰랐던 탓이다.

　'부럽다. 나도 열심히 하다 보면, 언젠가 누나처럼 돈도 많이 벌 수 있겠지?'

　하지만 민우가 본격적으로 놀라기 시작한 것은 건물 안에 들어오고 나서였다. 리아가 이곳에 카페를 한다는 것은 들어 알고 있었고, 그래서 전형적인 카페의 인테리어를 상상하며 안으로 들어왔는데 눈앞에 펼쳐진 공간의 디자인이 민우의 머릿속에 있던 전형적인 카페의 모습이 아니었으니 말이다. 평소에 드라마를 제외한 TV프로를 잘 보지 않는 그는 〈우리 집에 왜 왔니〉도 시청한 적이 없었고, 때문에 카페 프레스코의 디자인도 이번에 처음 보게 됐던 것이다.

'와, 카페 디자인이 이런 분위기인 건 처음인데? 느낌 되게 좋다.'

입구부터 코를 찌르는 원두의 향과, 계단실 쪽으로 쭉 이어져 있는 각종 로스팅 기계들. 그 안에 아기자기하게 디피된 공장 분위기의 소품들과 빈티지 느낌을 잘 살리면서도 푹신하고 편해 보이는 소파들. 민우는 문을 열고 안에 처음 들어선 순간 속으로 감탄할 수밖에 없었다. 커피를 좋아하는 그는 평소에 카페를 즐겨 찾는 편이었는데, 아직 커피 맛은 보지 않았음에도 불구하고 인테리어만으로 앞으로 여기에 무척이나 자주 오게 될 것 같은 기분이 들었으니 말이다.

'저쪽 창가에 푹 기대앉아서, 커피 한잔하면서 책이나 읽으면… 천국도 그런 천국이 없겠네.'

논현동에 있는 민우의 집에서 이곳까지는 거리도 그리 멀지 않았으니, 그는 종종 이곳에 와야겠다는 생각을 하며 엘리베이터를 향해 걸음을 옮겼다. 이미 자리를 잡고 두런두런 얘기를 나누는 사람들이 여기저기 보였지만, 그는 우선 3층으로 올라갈 생각이었다. 파티의 오너인 리아가 3층에 있다고 했으니 말이다.

땡-!

오픈 시간보다 아주 조금 늦었음에도 불구하고, 엘리베이터에서부터 사람은 바글바글했다. 이어서 그가 3층에 내렸을 때 파티의 주최자인 리아가 그를 반갑게 맞아주었다.

"우와! 누나, 이게 얼마 만이에요."

"한 한 달쯤 됐나?"

"같은 회사 식구끼리 보기 너무 힘든 거 아니에요?"

"나 요즘 바빠서 사무실도 거의 못 가잖아. 어쩔 수 없지 뭐."

같은 소속사 연예인이기 때문인지, 먼저 도착해 있는 인물들 중에 민우가 아는 사람도 꽤 많았다. 소속사와 관계된 인맥은 민우나 리아나 거의 겹친다고 봐도 됐으니 말이다. 해서 민우는 자연스레 테이블에 앉아 케이터링 된 음식들을 한입씩 먹으며 대화를 나누기 시작했고, 그렇게 시간이 지날수록 사람은 점점 더 많아졌다.

"와우! 리아 씨! 여기가 리아 씨가 이번에 오픈하는 카페인 거죠?"

"네, 맞아요. PD님."

"이야…! 진짜 잘해놨다! 부러워, 부러워. 여기도 우진 씨가 작업한 거지?"

"그렇죠, 뭐."

"역시! 우리 서 대표!"

"PD님, 솔직히 말해봐요. 방송국 쪽에 있는 1호점이랑 비교하면 어때요?"

"난 여기가 더 예쁜데? 좀 더 아기자기한 느낌도 들고, 깔끔하고. 새로 지은 데라서 그런가? 프흐흐."

최근 예능계에서 핫한 공진영 PD부터 시작해서….

"이야…! 유리아! 카페 이거 뭐야. 우리 막내 얼마나 부려먹은 거야, 대체?"

"부려먹긴. 대표님은 공사장에 코빼기도 안 보이셨다던데?"

"크크. 하긴 우리 서 대표님, 이번 달에 내 펜트하우스 설계하신다고 바쁘셨지."

"뭐래, 저쪽 가서 자리나 잡고 앉아 있어. 나도 금방 가서 앉을 테니까."

"오케이."

예능에서처럼 리아와 티격태격하며 요란스레 등장한 재엽까지. 그런데 그렇게 하나둘 나타난 사람들 중 민우의 눈에 가장 띈 사람은 놀랍게도 연예인이 아니었다.

'응? 저 사람은 누구지?'

파티 주최자인 리아부터 시작해서, 3층에 있던 많은 셀럽들의 환대를 받으며 안으로 들어온 사람.

"뭐야, 서 대표. 주인공이야? 혼자 왜 이렇게 늦어."

"그러니까 말이야. 우리 막내 원래 안 이랬는데…."

"아니, 이 파티, 시간 딱 맞춰서 와야 하는 파티였어요?"

"적어도 형보단 먼저 와서 기다리고 있어야지, 짜샤!"

'서 대표'라는 호칭으로 불리는 또래처럼 보이는 웬 남자 하나가, 민우의 눈에 가장 특별히 비춰졌던 것이다.

'서 대표? 매니지먼트 대표라도 되는 건가? 그러기엔 너무 어려 보이는데….'

우진은 리아와 재엽이 앉아 있던 메인테이블에 자연스레 자리잡고 앉았고, 호기심이 생긴 민우도 그 옆 테이블로 은근슬쩍 끼어 앉았다. 이어서 그들의 대화를 잠깐 듣던 민우는, 더욱 혼란스런 표정이 될 수밖에 없었다.

'뭐? 건설사 대표라고?'

사실 WJ 스튜디오가 건설사라고 부르기엔 아직 애매한 사업체였지만, 그 업계에 대해 잘 모르는 민우에게는 다 비슷하게 들릴 수밖에 없는 것. 게다가 그와 함께 나타난 요상한 두 또래의 남자들 또한, 묘하게 민우의 시선을 잡아끌었다.

"리아 누나, 저 사인 하나만 해주세요. 완전 팬이에요."

"Signature, please!"

"아 씨, 니들 집에 보낸다?"

"괜찮아, 우진아. 두 분, 사인 해드릴게요. 어디다 해드릴까요?"

그리고 어쩌다 보니 민우는, 두 특이한 또래들과 한 테이블에 앉게 되었다.

— * —

우진의 염려대로 두 바보들은 파티에 도착하자마자 연예인들의 사인부터 수집한다고 정신이 없었다. 대충 3층에만 유명한 연예인이 열 명도 넘게 보였으니, 눈치를 챙기기는커녕 이성까지 잃어버린 것이다. 파티에서 사인을 수집하는 녀석들은 석현과 제이든뿐이었기에 우진은 꽤 부끄러웠다.

하지만 다행인 것은 다들 유쾌하게 두 사람에게 사인을 건네줬다는 점이었다. 능글맞은 석현과 제이든이, 그래도 비호감은 아니었던 모양이다. 재엽도 피식 웃으며 두 사람을 슬쩍 응시했고, 리아는 제이든을 신기한 눈으로 쳐다보고 있었다.

"저 친구들 귀엽네."

재엽의 말에, 리아가 흥미로운 표정으로 우진에게 물었다.

"외국인 친구는 대체 언제 사귄 거야?"

우진은 한숨을 푹 쉬며 대답했다.

"학교 동기야."

"아, K대 디자인과?"

"후우… 쪽팔려… 모르는 척하고 싶다. 역시 괜히 데려왔어."

우진이 고개를 절레절레 저으며 한숨을 푹 쉬자, 뒤늦게 도착한 수하가 깔깔거리며 웃었다.

"왜, 재밌는 친구들인데."

리아도 동의했다.

"그러게. 저래야 20대 초반 같지. 우진이 네가 너무 아저씨 같은 거야."

"뭐야, 여기서 갑자기 또 왜 날 공격하는 건데?"

철면피를 깔고 여기저기서 사인을 수집한 탓인지, 아니면 상상을 초월하는 제이든의 친화력 덕분인지 석현과 제이든은 예상보다 빨리 파티 분위기에 녹아들었다. 그리고 둘이 알아서 잘 놀기 시작한 덕에, 우진도 맘 편히 아는 얼굴들에게 인사하며 파티를 즐길 수 있었다. 아는 얼굴이라 봐야 거의 〈우리 집에 왜 왔니〉 식구들이었지만 말이다.

"PD님도 오셨네요!"

"오, 서 대표님! 저야 당연히 왔죠. 리아 씨가 불러주시는데, 안 올 수는 없잖아요?"

공진영 PD부터 시작해서 촬영감독, 그리고 스타일리스트 등등.

"앗, 송 감독님! 예인 씨도 왔네요?"

하지만 그렇다고 우진이 마냥 아무 생각 파티를 즐기기만 할 수 있던 것은 아니다. 기왕 이런 파티에 초대받은 이상, 원래 알던 얼굴들뿐 아니라 다른 연예계 관계자들과도 하나둘 안면을 터야 했으니 말이다. 파티장 분위기가 유쾌하고 즐거운 것과 별개로 곳곳에서는 비즈니스가 이뤄지고 있었고, 이것은 우진에게 또 다른 가능성을 열어줄 수 있는 기회였다. 리아의 인맥 대부분이 우진의 잠재적 클라이언트가 될 수 있는 사람들이었으니 말이다. 그리고 리아는 꽤 열심히 우진을 챙겨주었다.

"우진아, 저기 윤진이도 소개해줄까?"

"엇, 서윤진 배우님?"

"나랑 동갑이라, 오래전부터 친했던 친구야."

"처음 뵙네요. 배우 서윤진이라고 합니다. 서우진 대표님이시라구요?"

"아아, 넵! 저도 처음 뵙겠습니다. WJ 스튜디오 대표, 서우진이라고 합니다."

우진과 재엽 그리고 수하 등과의 돈독한 친분은 확실히 연예계에서 파워가 막강했다. 수하가 이제 슬슬 인기를 얻고 본격적인 성장을 시작한 배우라면, 재엽과 리아는 지금도 이미 정상에 가까운 인기를 구가 중인 연예인이었으니 말이다. 다들 리아, 재엽과 친분을 만들고 싶어 했고 알아서 그들에게 다가오다 보니, 우진은 쉽게 많은 연예인들과 안면을 틀 수 있었다. 그리고 그 과정 속에서 우진은 새삼 재엽과 리아 등이 얼마나 황금 인맥인지 실감할 수 있었다.

'진짜… 〈우리 집에 왜 왔니〉에 합류한 건, 신의 한 수였던 것 같아.'

저녁 여섯 시경쯤 본격적으로 시작됐던 파티는 여덟 시, 아홉 시가 되도록 분위기가 식을 줄 몰랐다. 그리고 저녁 아홉 시쯤에는, 깜짝 손님도 한 명 파티에 나타났다.

"오…! 형님! 형님도 초대받으셨어요?"

"흐흐, 이래 봬도 내가 리아 씨 동업자 아니냐. 초대해주시기에 냉큼 놀러 왔지."

"좀 더 일찍 오시지. 사람들 많이 다녀갔는데."

"중요한 미팅 다녀온다고, 어쩔 수 없었어."

그 손님의 정체는 다름 아닌 카페 프레스코의 창업주인 강석중.

"엇, 강 대표님. 언제 오셨어요?"

"방금 왔습니다, 리아 씨."

"제 매장, 처음 오신 거죠?"

"하하, 아무래도 그렇죠. 역시 우진이가 잘 완성해놨네요."

"후훗, 제가 마음에 안 들면 가만 안 둘 거라고 협박했거든요."

재밌는 것은 석중이 혼자 온 게 아니라는 점이었다. 석중의 뒤에는 깔끔한 차림새를 한 웬 미인이 한 명 따라 들어왔으니 말이다. 깔끔한 디자인이면서도 기본적으로 수백만 원 이상의 비싼 명품들만 입고 있는 그녀는 바로 석중의 여동생이자 연예기획사 KSJ엔터테인먼트의 대표 강소정.

그녀를 발견한 우진의 두 눈이 살짝 확대되었다. 강소정은 우진이 갖고 있는 전생의 기억 속에서 꽤 유명했던 인물이었으니 말이다. 그녀는 연예계의 메이저 기획사의 대표들 중 유일하게 여성이면서 능력이 좋기로 유명했던 인물이었다.

'뭐야, KSJ엔터 대표 강소정 아냐?'

그런데 우진은 강석중과 강소정을 둘 다 알고 있었지만, 둘이 남매라는 사실은 전혀 몰랐다.

'저 여자가 왜 석중 형님과 같이 오는 거지?'

그래서 의아한 표정으로 석중을 향해 물었고.

"형님, 그런데 같이 오신 분은…."

그 물음에 석중이 소개해주려 했지만, 입이 떨어지기도 전에 소정이 먼저 앞으로 나와 우진을 향해 손을 내밀었다. 소정은 연예기획사 대표답게 우진을 이미 알고 있었다.

"반가워요, 서우진 대표님. 오빠에게 이야기는 많이 들었어요. KSJ엔터 대표 강소정이에요."

"오빠… 라면, 석중 형님이요?"

석중이 멋쩍은 표정으로 말했다.

"응, 내 여동생이야."

소정의 말이 다시 이어졌다.

"맞아요, 별로 닮진 않았지만 남매가 맞아요."

소정이 내민 손을 맞잡은 우진이 웃으며 다시 입을 열었다.

"반갑습니다, 강소정 대표님. 절 알고 계신다니 영광이네요."

생각지도 못한 경로로 이어지는 인맥 덕에 우진은 기분이 더욱 좋아졌다. 강소정은 석중과 마찬가지로 재벌 3세인 데다, 능력도 좋은 기획사 대표였으니 장기적으로 아주 훌륭한 인맥이 아닐 수 없는 것이다. 해서 그녀와 가볍게 인사를 나눈 뒤 명함을 챙겨 지갑에 넣은 우진은 그새 명함 지갑이 터질 정도로 쌓인 명함들을 보고는 흡족한 표정이 되었다.

'이것도 다 자산이지.'

오늘 안면을 트게 된 인맥들이 앞으로도 쭉 이어질 수 있을지, 이어진다면 우진에게 어떤 영향을 주게 될지, 그것은 사실 미래에 대한 지식이 있는 우진으로서도 결코 알 수 없는 미지의 영역이었다. 하지만 그 모든 가능성을 자신의 것으로 만들어내는 것은 우진의 역량에 달린 일이었고, 때문에 우진은 오늘 파티가 무척이나 만족스러웠다.

"어휴, 정신이 하나도 없네."

그래서 우진은 한숨을 푹 쉬며 고개를 절레절레 젓고 있는 리아에게 무척이나 고마웠다. 오늘 그녀 덕에 얻어가는 것이 정말 많다고 느꼈으니 말이다.

"피곤하면 바람 좀 쐬고 와, 누나. 얼굴도 좀 빨간데?"

"그래? 와인을 권하는 대로 계속 마셨더니, 조금 취기가 오르는 것 같기도 하고."

멋쩍은 표정으로 웃던 리아가 같은 테이블에 앉아있던 사람들을 향해 물었다.

"우리, 그럼 자리를 좀 옮겨볼까?"

그녀의 말에 재엽이 반문했다.

"자리? 어디로?"

"옥상 루프탑으로 가자. 거기 가면 시원하니 술도 좀 깰 거야."

수하가 물었다.

"춥지 않을까?"

그에 리아는 손가락을 까딱거리며 대답했다.

"아니, 그렇게 안 추울걸. 루프탑에도 반쯤 실내인 공간들이 있어."

— * —

루프탑은 리아의 말대로 그리 춥지 않았다. 오히려 가로수길의 경치가 멋들어지게 보이는 경관 때문인지, 가슴이 뻥 뚫리는 듯한 시원한 기분이었다. 여기도 물론 사람이 적지는 않았지만, 그래도 한참 북적거리던 분위기는 지나간 듯했다.

밤이 깊어지자 친한 인물들끼리 두런두런 모여 이야기를 나누는 분위기가 만들어진 것이다. 리아와 재엽 등이 먼저 루프탑으로 올라간 뒤, 흥분한 석현과 제이든을 조금 놀려주던 우진도 결국 다시 〈우리 집에 왜 왔니〉 멤버들과 모여 앉았다.

"친구들은? 집에 갔어?"

리아의 물음에, 우진이 고개를 절레절레 저으면 대답했다.

"석현이는 강제로 집에 소환된 것 같고… 제이든은 사라졌어."

"음? 그 한국말 잘하는 영국인?"

"응, 2층에 있던 디자이너 여성 분들이랑 신나서 놀고 있는 것까진 봤는데, 어느 순간부터 안 보이더라고."

재엽이 킥킥거리며 웃었다.

"그 친구, 재밌게 잘 노네."

"후우… 어디 가서 사고라도 치고 있는 건 아니겠지."

우진이 한숨을 푹 쉬며 말하자, 재엽이 웃으며 다시 대꾸하였다.

"에이, 제이든 연상들한테 인기 좋던데? 어디서 같이 수다 떨면서 놀고 있겠지, 뭐."

"제이든이 인기가 많다고?"

"키도 크고 잘생겼잖아."

"그럼 뭐해, 허당인데."

"크크크."

이제 거의 자정이 다 되어갔지만 이야기는 끊일 줄을 몰랐다. 다들 친분에 비해 자주 만나지 못하는 사람들이었으니, 이렇게 길게 이야기를 나눌 기회는 잘 없었던 것이다. 한참 이런저런 이야기를 하던 중, 재엽이 불쑥 지난 금요일의 일을 꺼내기도 하였다.

"그나저나 서우진, 그날은 갑자기 어디로 사라졌던 거야?"

"그날? 무슨 말이야."

"종합운동장에서 말이야. 총회 끝나고 잠깐 얼굴이라도 보려 했더니, 순식간에 어디로 휙 사라져 버리데?"

"아아, 그날은 어쩔 수 없었지. 건설사 회식도 잡혀 있었고, 조합장님이랑 이야기할 것도 좀 있었고."

"쩝, 하여간 어지간한 연예인보다 서우진 영접하는 게 훨씬 더 힘들다니까."

재엽이 투덜거리자, 옆에 있던 수하가 대화에 끼어들었다.

"총회? 무슨 총회."

이번에는 리아가 입을 열었다.

"언니, 그 영상 못 봤어?"

"음? 웬 영상?"

"우진이 쟤, 완전히 연예인 다 됐더라고."

"으응…?"

"그 무슨 시공사 총회?"

"시공사 선정총회."

재엽이 말을 정정하자 힐끔 그를 쩨려본 리아는 다시 말을 이었다.

"아무튼 거기서 우진이가 뭐 발표 같은 걸 하던데, 혀에 아주 기름이 좔좔 흐르더라니까?"

재엽이 고개를 끄덕이며 한마디 덧붙였다.

"맞아, 난 현장에서 봤는데… 거의 혓바닥을 기름통에 담갔다 꺼낸 줄 알았어."

두 사람의 이야기에 수하가 눈을 반짝이며 신기하다는 듯한 표정을 지었다.

"오와, 그래? 그런 일이 있었어?"

이야기를 듣던 우진은 멋쩍은 표정이 되어 손사래를 칠 수밖에 없었고 말이다.

"아, 다들 왜 그래. 별것 아냐. 그냥 건설사 프레젠테이션을 한 것뿐이라고."

우진의 당황하는 표정이 재밌는지, 재엽은 과장된 표정으로 우진의 성대모사를 하였다.

"아름다운 건축은… 행복한 삶에 대한 약속이니까요."

영상을 봐서 우진의 그 대사를 알고 있던 리아는 폭소를 터뜨렸고,

"크히히히."

수하는 닭살 돋는 표정으로 양팔을 쓸어내렸다.

"으, 뭐야. 소름 돋아. 진짜로 그랬어?"

"그랬다니까? 검색하면 영상 바로 뜰걸?"

한참 우진을 놀린 뒤, 대화의 주제는 계속해서 바뀌었다. 술이 들어가서인지 꽤 진지한 얘기들도 나왔지만, 그래도 전반적으로 유쾌한 분위기 속에서 대화가 진행되었다. 하여 늦게까지 시간을 보낸 우진은 거의 새벽 두 시가 다 돼서야 파티장을 빠져나왔다. 사실은 졸음이 몰려온 탓에 한 시쯤 먼저 가려고 했지만, 재엽이 붙잡은 탓에 남아있었던 것이다. 그래서 결국 우진은 재엽이 자리에서 일어날 때가 되어서야 함께 일어날 수 있었다.

"나 이제 진짜로 가볼게, 누나."

"그래, 조심히 가."

"누나는 언제까지 있게?"

"나도 이제 슬슬 정리하고 가야지, 뭐."

그런데 파티장을 빠져나왔음에도 불구하고, 취기가 오른 재엽은 우진을 놔주지 않았다. 술 마시고 운전하면 안 된다며, 기어이 우진을 자신의 집으로 끌고 가 재운 것이다.

"야 우리 집 십 분이면 걸어가. 방도 네 개나 있어. 아무 방이나 하나 줄게, 가자."

그래서 결국 재엽의 집에 신세까지 진 우진은 아침에 그와 해장국까지 한 그릇 뚝딱 해치우고 나서야 집으로 귀가할 수 있었다. 마치 회귀 전 어렸던 시절, 현장 선배들과 밤새 한잔하고 해장국을 때리던 그때의 감성이 되살아나는 기분이었다.

'그래, 뭐… 가끔은 이런 날도 있는 거지.'

12월 24일 밤은 즐거운 추억과 몇몇 새로운 인연들을 남겼다. 꽤나 특별하고 조금은 별났던 우진의 크리스마스는 그렇게 잔잔히 흘러 지나갔다. 이틀이 더 지난 12월 27일, 드디어 유리아의 카페 프레스코 가로수길점이 오픈하였다.

지뢰 찾기

[야, 우진아.]

"아침부터 무슨 일이십니까, 형님."

[나도 석중 씨랑 연결 좀 해주면 안 되나?]

"뭐야, 갑자기 웬 뚱딴지같은 소리야?"

[카페 프레스코 그거, 3호점은 내가 하면 안 돼?]

"고갱님, 이미 14호점까지 공사 중입니다만."

[젠장.]

"갑자기 왜 그러는데?"

[방금 유리아한테 전화 왔어.]

"응?"

[자기 카페 대박 난 거 자랑을 전화에 대고 거의 20분 동안 하더라니까?]

"크크크, 나도 그 전화 받았어."

[너도?]

"난 어젯밤에."

[으아…! 배 아파! 나도 할래!]

"일단 카페 입점할 건물부터 한 채 준비해와. 그러면 내가 한 번…."

뚜- 뚜- 뚜-

이른 오전부터 재엽의 유쾌한 전화를 받은 우진은 피식 웃으면서 나갈 채비를 하였다. 재엽은 반쯤 농담조로 얘기했지만, 우진은 확실히 알고 있었다. 배가 아픈 것만큼은 진심이라는 사실을 말이다. 그저께 오픈한 유리아의 카페 프레스코 2호점은 정말 말 그대로 초대박이 터졌던 것이다.

"흐흐, 매출 들었으면 아무리 재엽이 형이라도 배가 아프지 않을 수 없겠지."

석중과 의논해서 메뉴를 전부 프리미엄화시킨 것이 주효했다. 커피를 포함한 음료류는 기존 1호점의 메뉴와 완전히 같게 하되, 레옹 베이커리를 운영했던 석중의 노하우를 접목하여 디저트들을 최대한 고급화한 것. 가로수길 상권은 강남에서도 프리미엄 디저트에 대한 수요가 가장 많은 곳이었기에 통할 수 있었던 마케팅 전략이었다.

'확실히 석중이 형님이 프리미엄 외식에 대한 이해도는 높으시다니까.'

솔직히 우진은 이삼 만 원짜리 디저트 메뉴에 회의적이었다. 그로서는 머리털 나고 그런 비싼 디저트를 먹어본 적이 없었으니 말이다. 하지만 석중의 이야기가 일리가 있었으며 리아 또한 그의 의견에 찬성했고, 그 때문에 두 사람의 의견에 맞춰서 마케팅 전략을 수립했다. 결과는 이렇게 대박이 났고 말이다.

'첫날 매출이 몇 천 단위가 넘었다고 했나? 오픈발이야 있겠지만… 나도 혹할 정도였지.'

우진은 전에 석중이 가져온 자료에서, 국내에서 압도적인 파이를 가지고 있는 프랜차이즈 커피 매장의 상위 매출을 본 적이 있었다. 그때 확인했던 매출 규모는 월 2억~3억 수준. 인천공항에 있는 전국 최고 매출의 매장이 월 5억 가까운 매출을 기록한 적도 있다 하였는데, 이 기세대로라면 유리아의 매장도 충분히 그에 준하는 매출을 달성할 듯 보였다.

물론 세입자를 들였어도 한 달에 1억 가까이 월세가 나올 건물이긴 했지만, 그 몇 배 이상의 순이익을 뽑아낼 수 있는 수익구조를 만들어낸 것이다. 게다가 전 층을 다 카페 프레스코 매장으로 쓰다 보니 공실 걱정할 일도 없었으며, 이 성업이 몇 달 이상 지속된다면 건물 가치도 어마어마하게 오를 터였다. 리아가 카페를 차린다고 할 때 고민하다 포기했던 재엽으로서는 충분히 배가 아플 만했다.

'뭐, 리아 누나가 잘되면 좋은 거지. 다음에 만나면 생색 좀 왕창 내야겠어.'

흥얼거리며 집 밖으로 나선 우진은 차에 시동을 걸고 사무실로 향했다. 오늘 WJ 스튜디오에는 방문하기로 한 중요한 손님이 한 명 있었다.

─── * ───

"오, 여기가 우진의 사무실이군요."

"하하, 멀리까지 와주셔서 감사합니다. 원래는 제가 가려고 했었는데…."

"아, 아닙니다. 우진의 사무실을 한번 구경하고 싶기도 했고…

사실 그렇게 멀지도 않았어요."

　오늘 우진을 찾아온 손님은 다름 아닌 브루노였다. 지난 토요일 브루노에게 받은 왕십리 복합몰 프로젝트의 설계도를 가지고 회의를 한번 하기로 한 것이다. 해서 성수동 WJ 스튜디오에 도착한 브루노는 우진의 사무실에 도착하여 감탄부터 했다. 그는 우진이 자신의 사무실을 이렇게까지 잘 꾸며놨을 줄은 몰랐으니 말이다.

　"지난번에 우진의 사무실도 제 사무실과 별다를 것 없을 거라는 얘기를 한 적이 있었는데… 이거, 사과부터 해야겠군요."

　"예?"

　"이렇게 인테리어를 멋지게 해놓으신 줄은 몰랐습니다. 제 누추한 사무실과는 비교가 되질 않는군요."

　"하하, 아닙니다. 그냥 여기가 입주한 지 얼마 되지 않아서 깔끔한 것뿐이지요."

　브루노의 칭찬과 함께 기분 좋게 회의실에 들어온 우진은 직원이 미리 세팅해놓은 스크린을 켜고 컴퓨터를 연결하여 회의 자료들을 올렸다. 그러자 PDF 파일로 묶인 수백 장의 도면이 그대로 스크린 위에 떠오른다. 이것만으로도 왕십리 복합몰 프로젝트의 규모가 얼마나 큰지 알 수 있었다.

　건축물 전체의 연면적이야 청담 선영아파트 단지보다 훨씬 좁지만, 설계 규모 자체는 비슷한 수준인 대형 프로젝트인 것이다. 아파트는 같은 타입의 평면이 수십 세대 이상 겹치는, 모듈(Module)* 형 설계였으니까. 스크린을 힐끔 본 브루노는, 직원이 내어온 커피를 한 모금 홀짝였다. 함께 온 브루노의 통역 또한, 그 옆에 조심스

---

* 여러 개가 모여 완제품을 구성하고 있는 단위 부품. 또는 시스템을 구성하는 단위.

레 짐을 내려놓고 앉았다.

"지난주는 좀 쉬셨습니까? 청담동 프로젝트로 고생 많이 하셨을 텐데… 저 때문에 쉬지도 못하고 또 뉴 프로젝트에 끌려 들어오셨군요."

브루노의 말에 우진은 쓴웃음을 지을 수밖에 없었다. 그의 말처럼 〈청담 클리오 써밋〉 프로젝트의 여운이 채 가시기도 전에 새 프로젝트에 발을 담근 셈이었으니 말이다. 물론 그렇다고 해도 이번 프로젝트는 부담이 훨씬 덜했다. 어쨌든 왕십리 프로젝트는 브루노가 메인이었고 우진은 단지 서포트를 해주는 개념이었으니까.

"괜찮습니다. 뭐, 일이 끊이지 않고 있다는 게 행복한 것 아니겠습니까?"

"하하, 그렇지요. 건축가에게 일이 많다는 것은 그만큼 능력이 좋다는 방증이겠죠."

회의를 위한 모든 준비가 끝나자, 브루노의 눈빛이 달라졌다.

"그럼, 슬슬 시작해볼까요?"

"좋습니다, 브루노."

그리고 우진이 먼저 준비해둔 이야기들을 하나씩 풀기 시작하였다.

— * —

우진이 브루노의 설계를 검토하는 데에는 대략 이삼 일 정도의 시간이 걸렸다. 크리스마스 전주에 하루 정도 전반적으로 훑어본 뒤 바로 어제와 그제 본격적인 분석을 끝냈던 것이다. 그리고 그 설계 분석 과정에서 우진이 가장 먼저 느낀 것은 '역시 브루노'라는 점이었다. 세계적인 거장답게 브루노의 설계는 상상 이상으로 창의적이고 짜임새 있었으니 말이다.

'이 설계대로 왕십리에 복합몰이 들어가면… 진짜 볼 만하겠네.'

거기에 한 가지 더, 우진은 이 설계에 감탄한 만큼 속으로 짐작만 하고 있던 한 가지 의심을 확신으로 바꿀 수 있었다. 그 의심은 왕십리 프로젝트에 브루노가 참여했다는 이야기를 들었을 때부터 생겨났던 것이었는데 이곳 설계의 공모 과정에서 뭔가 비리가 있었을 것이라는 의심이 바로 그것이었다.

'브루노의 이 설계가 공모에 들어갔는데, 이걸 떨어뜨리고 그 구닥다리 설계로 시공을 했다? 말도 안 되는 일이지.'

이건 조금 비약일 수도 있겠지만 우진의 전생에서 브루노는 글래셜 타워를 이후로 한국에서 다시 프로젝트를 하지 않았었는데, 우진은 그 이유가 여기에 있을지도 모른다고 생각하였다. 브루노는 분명 자신의 설계가 떨어진 뒤 어떤 건축물이 당선되고 지어지는지 확인했을 테고, 그것을 본 순간 적잖이 실망했을 테니 말이다. 그리고 우진의 이 짐작은 어느 정도 맞는 내용이었다.

'물론 한국 복합몰 감성에 조금 맞지 않는 부분도 있긴 하지만… 그냥 이 설계대로만 가도 충분히 랜드마크가 될 수 있을 텐데….'

하지만 회의 초장에 이런 얘기부터 풀 수는 없는 노릇이었다. 우진이 아무리 확신한다고 한들, 그 비리라는 것은 아직 일어나지 않은 일이었으니 말이다. 그래서 일단 우진은 본래 회의의 목적에 부합하는 건축설계와 디자인적인 측면에서의 이야기부터 먼저 풀어놓았다. 공모 비리라는 미래의 걸림돌을 어떻게 치울지는 브루노와 상의할 만한 일이 아니었으니까.

"브루노의 설계를 보면 이 가운데 지하에 크게 중정(中庭)*을 뚫어놓으셨는데, 결국 지상 유리천장으로부터 들어오는 자연채광을 살리시려는 게 목적이겠죠?"

"바로 그렇습니다, 우진. 설계에 주어진 공간의 30퍼센트 정도가 지하 혹은 반지하로 구성되어 있는데 이렇게 하면 그 공간도 지상층 같은 분위기를 연출할 수 있으니까요."

"그럼 기왕 중정을 크게 만드는 김에, 건축물의 남쪽 외벽 일부 설계를 글래셜 타워처럼 통유리로 바꾸는 건 어떻습니까?"

"오호, 이 부분 말인가요?"

"그렇습니다. 그럼 외부 진입로에서 중정 디자인을 내려다볼 수 있게 시야도 확보되니 훨씬 더 다채로운 공간이 연출될 것 같아서 말이죠."

"Great! 구조설계를 돌려봐야 가부를 알 수 있겠지만, 확실히 그렇게 디자인을 변경하면 더 아름다운 공간을 만들 수 있겠군요."

당연한 얘기겠지만, 우진의 제안들은 거의 브루노가 먼저 만들어놓은 디자인 콘셉트와 아름다움을 조금 더 부각시키기 위한 아이디어들이었다. 물론 브루노가 그 모든 제안들을 전부 수용한 것은 아니었지만, 그래도 전반적으로는 긍정적으로 받아들였다. 우진의 설계에 대한 인사이트가 그만큼 많이 발전했다는 방증이라고 할 수 있었다.

"하하, 역시 오늘 이곳에 오기를 잘했다는 생각이 드는군요."

"과찬이십니다, 브루노. 오히려 제가 브루노의 설계를 분석하면서 배운 부분이 정말 많았던 것 같습니다."

---

* 본래 집 안의 건물과 건물 사이에 있는 마당을 의미하는 말이지만, 건축물 가운데에 뚫려있는 정원. 혹은 공간을 의미하기도 한다.

두 사람의 열띤 회의는 거의 두 시간 가까이 쉬지 않고 이어졌다. 회의 내용을 기록하기 위해 들어와 있던 WJ 스튜디오의 직원이 중간중간 혀를 내두를 정도의 열정이었다.

　"왕십리의 주변은 대학가 위주로 구성되어 있습니다, 브루노."

　"그야 이미 사전 조사로 잘 알고 있는 사실이지요. 그래서 스트리트 아웃렛 분위기의 좀 더 젊은 감성으로 매장을 꾸밀 생각을 했던 것이고요."

　"저는 그 부분에서 브루노가 간과하신 점을 하나 짚어드릴까 합니다."

　"오호, 제가 발견하지 못했던 뭔가가 있는 겁니까?"

　"지금의 왕십리는 대학가, 젊은 층 위주의 유동인구가 형성되어 있지만… 이 건물이 완공될 시점이 넘어서면 얘기가 좀 달라지니까요."

　"어떻게 달라집니까?"

　"왕십리 뉴타운이 얼마 전에 첫 삽을 떴습니다."

　"…!"

　"이쪽, 여기부터 여기까지. 어마어마한 규모의 대단지 아파트가 들어온다는 얘기지요."

　우진은 회의실 한쪽 벽에 걸려있는 서울 지도를 가리키며 다시 말을 이었다.

　"서울의 주요 대기업들과 금융권 회사들은 대부분 강남과 종로, 그리고 여의도에 모여 있습니다. 그리고 이곳 왕십리는, 이 지역들까지 단시간 내에 도달할 수 있는 훌륭한 위치에 입지해 있죠."

　일견 건축 디자인에서 조금 벗어난 이야기처럼 들릴 수도 있었지만, 브루노는 우진의 이야기를 경청했다.

"때문에 이 왕십리 뉴타운은 꽤 많은 고액 연봉자들이 선호하는 주거지역으로 탈바꿈될 겁니다."

"훌륭한 직주 근접의 요건을 갖춘 뉴타운이라는 이야기죠?"

"그렇습니다, 브루노."

"쇼핑몰 디자인의 타깃 연령층을 조금 더 상향 조정할 필요가 있겠군요."

척하면 척하고 알아듣는 브루노의 이해력에 우진은 기분 좋은 표정으로 고개를 끄덕이며 대답했다.

"바로 그렇지요. 저는 이 왕십리 복합몰의 주요 수요층이 3040 세대를 아우르는 젊은 부부가 될 것이라고 예상합니다."

우진의 이야기를 듣는 브루노는 아주 만족스러운 얼굴이었다. 그가 우진에게 기대했던 부분이 바로 이런 내용이었으니 말이다. 현지인이 아니라면 쉽게 알 수 없는, '입지'와 '문화'에 대한 이런 디테일한 통찰력들. 그래서 오늘 회의가 끝날 즈음 브루노는 우진에게 정식으로 제안했다.

"만약 이번 공모에서 제 작품이 당선된다면, 실시설계 단계부터는 WJ 스튜디오와 함께하고 싶군요."

"하하, 이미 그러고 있지 않습니까."

"그 말이 아닙니다. 정식으로 계약서를 쓰고 싶다는 말이지요."

브루노의 이야기에 우진의 두 눈이 휘둥그레졌다. 사실 공모에 당선된 뒤에는 당연히 브루노가 모국에 있는 자신의 설계사무소 본사와 일을 하려 할 것이라고 생각했으니 말이다. 하지만 놀란 것과 별개로 이런 매력적인 제안을 거절할 이유는 없는 것.

'어떻게든 냄새나는 쓰레기들을 치워야 할 이유가 하나 더 생겼네.'

우진은 브루노가 내민 주름진 손을 맞잡으며 빙긋 웃었다.

"감사합니다, 브루노. 실망하실 일은 없을 겁니다."

동기부여가 더 크게 된 탓인지, 우진의 머릿속이 좀 더 빠르게 회전하기 시작하였다.

— * —

우진이 브루노와 설계 공모에 관련된 회의를 한 것은 WJ 스튜디오에서 이후 연초에 한 번 정도가 전부였다. 공모 마감 날짜 자체가 1월 10일이다 보니 설계도 이미 거의 완성단계나 마찬가지인 상태였고, 때문에 우진이 개입할 수 있는 부분도 그만큼 한정적이었던 것이다. 물론 브루노 또한, 이 이상의 어떤 도움을 바랐던 게 아니었고 말이다.

'게다가 사실, 내 개입과 별개로 공모 비리만 아니라면… 브루노가 최초설계로 공모에 들어갔다 해도 무조건 당선작은 그게 됐었을 테니까.'

그래서 실무진들을 몇 명 더 대동한 용산에서의 두 번째 회의가 있었던 이후, 설계 마무리 작업은 전적으로 브루노가 하기로 얘기되었다. 그렇다면 이제 우진은 다시 한가해졌을까? 그건 당연히 아니다. 오히려 우진은 개인적으로 더 바삐 움직여야 했으니까.

'지금부터가 중요하지.'

이제 공모 마감 날까지 남은 시간은 정확히 일주일 정도. 그 안에 우진은 구린내의 '근거'를 찾아내야만 했다.

'대충 짐작 가는 포인트가 있기는 한데…'

사실 쉬운 일은 아니다. 하지만 결과를 아는 상황에서 역추적 방식으로 추론한다면, 불가능한 일도 아니었다. 아니, 우진은 어떻게 든 해낼 생각이었다. 브루노가 계약서까지 쓰자고 이야기한 이상, 이것은 이제 우진과 WJ 스튜디오의 일이기도 했으니 말이다.

'일단 가능한 모든 경로로 정보부터 수집해야겠어.'

해서 우진이 가장 먼저 한 일은 성동구청 홈페이지에서 도시계 획안 공람공고를 뒤져보는 것이었다. 이런 민자역사 사업을 진행 할 때에는 계획수립 단계에서 여러 가지 공고를 올려야 했는데, 환 경영향평가*와 같은 공람공고를 확인하면 사업 시행자와 건설사 에 대한 정보를 어렵지 않게 얻을 수 있었으니 말이다.

'어디 보자. 시행자야 당연히 패러마운트일 거고….'

그리고 공고문을 보던 우진의 두 눈에 곧 이채가 어렸다. 세부 문 서를 확인하던 도중, 태호건설의 이름을 발견했기 때문이었다. 우 진의 전생에서 이 패러필드를 공사하다 쫄딱 망했던 건설사이자 패러필드의 시공비리와 가장 밀접하게 연관되어 있던 회사인 '태 호건설'.

우진의 기억대로 이 태호건설이 이번에도 이미 시공사로 어느 정도 확정이 나 있었던 것이다. 관공서와의 전화 몇 통으로 태호건 설이 시공사임을 확인한 우진은 이번에는 다른 곳으로 전화를 걸 었다.

"예, 반장님. 통화 가능하시죠?"

현장소장 인맥을 통하여 태호건설 관계자와의 연결고리를 찾은 것이다. 하여 마지막으로 우진이 누른 전화번호는 바로 그 태호건

---

* 대상 사업의 사업계획을 수립하려고 할 때, 그 사업의 시행이 환경에 미치는 영향 (환경영향)을 미리 조사·예측·평가하여 해로운 환경 영향을 피하거나 줄일 수 있는 방안(환경보전방안)을 강구하는 것.

설 관계자의 개인번호였다. 그쪽으로 또다시 전화를 걸어, 내부 정보를 좀 물어보려는 것.

내부 정보라 해서 그리 대단한 것들은 아니다. 그런 중요한 부분을 외부인에게 술술 얘기해줄 직원은 어디에도 없었으니까. 다만 우진이 캐낸 정보들은 일견 사소해 보일 수 있는 정보들이면서도 지금 우진이 알아내려고 하는 비리와 밀접한 관계가 있는 내용들이었다.

"그러니까… 지금 태호건설에서 주로 거래하는 설계사무소가 'A&C팩토리'라는 거죠?"

[그렇습니다. 사실상 십 년도 넘게 거래 중인 회사라….]

"저희가 설계 단가를 좀 맞춰드리면 안 되겠습니까?"

[죄송합니다. 제안은 감사하지만, 아무래도 윗선에서 관계가 워낙 끈끈하다 보니 어려울 것 같습니다.]

"아, 뭐. 그렇게까지 관계가 돈독하다면 어쩔 수 없죠. 다음에 일 생기면 연락 한 번만 부탁드립니다."

[이해해주셔서 감사합니다.]

"감사합니다, 실장님!"

우진은 의심을 피하기 위해, 마치 설계사무소 관계자로서 태호건설의 일을 따려는 것처럼 자신의 의도를 포장하였다. 그리고 이 과정 속에서, 확실히 냄새나는 구석 하나를 찾아낼 수 있었다.

'흐음… 그 돈독한 관계라는 게 뭔지, 한번 찾아볼까?'

그것은 바로 태호건설의 주 거래처인 'A&C팩토리'. 이 설계사무소의 대표가 태호건설의 부장으로 근무했던 사원이자 태호건설 대표의 조카였음을 알아낼 수 있었던 것이다.

'이 바닥에서 인맥 장사야 흔하긴 하지만….'

정황대로라면 왕십리 복합몰 공사에 대한 설계도, 태호에서 이 A&C팩토리와 하려고 할 게 분명했다. 최근에 태호건설에서 진행했던 프로젝트 중 가장 큰 공사 건이 바로 이 왕십리 민자역사 사업이었으니 말이다. 작은 공사 하나 다른 설계사무소를 끼워주지 않는 태호에서, 이렇게 큰 건을 다른 사무소와 할 리 없었다.

　'그럼 공모에 당선됐던 그 거지 같은 설계가 여기 거라는 말인데….'

　원했던 정보들은 어느 정도 손에 넣었지만, 그중에 아직 문제를 해결할 수 있을 만한 핵심 트리거는 존재하지 않았다. 어느 정도 윤곽이 보이기는 하나, 아직 가장 중요한 부분이 뿌연 안개에 가려진 느낌이랄까? 설계사무소도 결국 태호건설의 일부나 다름없는 곳이라는 사실을 알아냈으니 이제 마지막으로 찾아야 할 것은 바로 이것이었다.

　'결국 내가 찾아야 하는 건, 태호건설이 어떻게 패러마운트의 실무진을 매수했냐는 거네.'

　'매수'라는 표현을 쓴 데에는 당연히 이유가 있었다. 태호건설과 패러마운트가 동등한 입장에서 거래를 했을 리는 없었으니 말이다. 그러기엔 태호건설의 덩치가 패러마운트에 비해 너무 왜소했고, 결정적으로 그렇게 거래를 할 거였으면 애초에 패러마운트에서 설계공고조차 내지 않았을 터였다.

　그래서 우진은 이 비리가 실무자 선에서 일어난 비리일 것이라고 짐작했고, 때문에 패러마운트사의 공식 홈페이지에 게재된 공고문을 다운받아 다시 읽어보았다. 정확히는 이 모집공고를 담당하는 실무부서와 담당자를 알아내기 위해 서류를 뒤져본 것이다.

　'사업집행부 안지홍 팀장이라….'

우진은 수첩을 꺼내 알아낸 정보들을 이리저리 메모하였다. 이어서 그것을 품속에 넣은 뒤 외투를 입고 채비하여, 사무실 밖으로 빠져나왔다. 오늘 우진은 저녁 약속이 있었다. 그리고 아무래도 이 이상의 정보를 수집하기 위해선 저녁에 만나기로 한 '그'의 도움이 필요할 것 같았다.

— * —

우진이 차를 몰고 도착한 곳은 종각역이었다. 천웅건설과 일을 하는 내내 뻔질나게 와야 했던 천웅의 본사가 있는 위치. 오늘도 우진이 차를 댄 곳은 천웅건설 본사 건물의 지하주차장이었다. 오늘 만나기로 한 인물이 다름 아닌 박경완이었으니까. 경완이라면 왕십리 민자사업의 주체인 '주식회사 패러마운트'에도 인맥이 몇 명쯤은 있을 게 분명했다.

"저 도착했습니다, 부장님."

[그래, 1층이냐?]

"옙."

[바로 내려가마. 먹고 싶은 건?]

"오늘은 간단히 먹을 수 있는 거로 하죠."

[네가 웬일이냐? 소고기 굽자고 할 줄 알았더니.]

"소고기는 다음에 부장님한테 거하게 얻어먹어야죠. 최대한 비싸고 맛있는 데서 말입니다."

[하여튼… 이제 엘베 탄다.]

띵-!

그래서 경완의 퇴근 시간에 맞춰 도착한 우진은 그와 함께 종각역 인근 조용한 한식집으로 향했다. 그리고 꽤나 진지한 우진의 표정에, 경완은 흥미로운 눈빛이 되었다.

"승진턱 얻어먹으러 온 줄 알았는데, 그건 아니었네?"

경완의 물음에, 우진이 피식 웃으며 대꾸했다.

"아직 승진하신 것도 아니면서, 김칫국 왜 이렇게 원샷 하십니까?"

"크크, 김칫국이라니 인마. 이미 인사발령은 확정 났어. 대외발표를 안 했을 뿐이지."

"오… 그럼 이제 상무님 되시는 겁니까?"

"아니, 아직 상무는 아니고. 상무보라고 불러줘라, 후후."

"싫습니다. 정식 발령 나시면 그때부터 불러드립니다."

"쳇, 기분 좀 내보려고 했더니."

"사실 '박 부장님' 하고 부르는 게 입에 착착 감기지 않습니까?"

"아니, 별로. 박 상무가 훨씬 어울리지, 으하핫!"

두 사람이 향한 한식집은 꽤 가까운 거리에 있었고, 그 때문에 실없는 농담 몇 마디 하는 사이 도착할 수 있었다. 두 사람이 룸에 들어가 자리 잡고 앉자, 직원이 들어와 능숙하게 밑반찬을 세팅했다. 그리고 경완과 우진은 일상적인 대화부터 시작했다. 물론 우진이 경완을 보자고 한 데에는 명확한 목적이 있었지만, 급하게 할 이야기도 아니었다. 어차피 오늘 박경완과 저녁 약속 이후, 다른 일정이 있는 것도 아니었으니까.

대화하던 중, 오랜만에 마포 사업장에 대한 이야기도 나왔다.

"요즘 마포 클리오는 어떻게 돼갑니까?"

"프레스티지?"

"네. 뭐, 마포에서 제가 관심 가질 만한 사업장이 거기밖에 더 있겠습니까."

우진의 물음에 경완이 고개를 끄덕이며 대답했다.

"기초공사 거의 끝나 가. 별다른 문제없으면, 한 15개월 안에 준공 뜰 거다."

"오, 일정 되게 빠르게 잡혔네요? 어차피 그 일정, 지켜지진 않을 것 같지만…."

"시끄러, 인마. 부정 타는 소리 할래?"

인상을 팍 찡그리는 경완을 보며 우진이 실실 웃었다.

"흐흐, 공구리 올라가는 거 보면 뿌듯하시겠습니다?"

"왜?"

"거기 부장님 댁 아닙니까."

우진이 마포 클리오 이야기를 꺼낸 이유는 부탁하는 말을 꺼내기 전에 경완의 기분을 먼저 띄워주기 위함이었다. 분양 당시 경완은 우진 덕에 50평대 미분양분을 주워 담았었고, 우진이 알기로 그 분양권에는 이미 프리미엄이 9천만 원가량 붙어있었으니 말이다. 하지만 어째, 번지수를 좀 잘못 짚은 듯했다.

"큼, 크흠. 그렇긴 한데…."

"네…?"

"이제 우리 집 아니다."

생각지도 못했던 경완의 대답에, 우진이 어이없는 표정으로 되물었다.

"헐, 설마 팔았어요?"

"지난번에 어쩌다가 부동산 가서 알아봤는데, 피가 7천이나 붙었기에 냉큼 팔아버렸지."

"…."

"투자금 생각하면 거의 더블 먹은 셈 아니냐."

애써 자위하는 경완을 보며, 우진은 고개를 절레절레 저었다.

"제가 최소 세 장 붙을 거라고 말씀드렸던 것 같은데…."

"그건 그냥 예측이잖아."

"그래서 지금 시세가 얼마죠? 7천에 파셨으면 이미 손해 좀 보셨을…."

우진의 팩트 공격에, 경완의 얼굴이 빨개졌다. 경완이 매도한 프리미엄은 사실 7천도 아닌 6,500만 원이었는데, 아직 잔금도 다 치르지 않은 지금 시점에 이미 9천만 원까지 오른 상황이었으니까. 어쨌든 벌었다며 애써 위안해보지만, 배가 아플 수밖에 없는 것이다.

"시끄러! 안 그래도 그거 때문에 요즘 와이프한테 바가지 긁히는 중이니까."

"왜요?"

"와이프는 팔지 말자고 했거든. 입주하고 싶다고."

"아내 분이 현명하시네요. 역시 부동산은 여자들이 감이 좋아."

"넌 남자잖아?"

"전 감으로 안 보거든요. 분석을 하지."

"젠장, 말이나 못 하면…."

"앞으로 부장님, 뭐 팔 때 저한테 얘기하고 파세요."

"팔긴 뭘 팔아. 이제 팔 것도 없는데."

"지금 살고 계신 집 있잖아요. 거기도 한 5천은 올랐죠?"

"으으, 귀신이야. 귀신."

경완은 툴툴거리며 먼저 나온 수육을 한 점 집어 들었다. 그런 그를 보며, 우진은 피식 웃었다.

'사실 뭐, 잘 갈아타기만 하면 지금 매도한 것도 나쁘진 않지.'

성급한 매도로 벌 수 있던 돈이 적어졌지만, 그만큼 빨리 팔았으니 시간을 번 셈이다. 그 시간을 헛되이 보내지 않고 더 좋은 투자처로 갈아탄다면, 결코 손해라고 할 수 없으리라. 그래서 우진은 다시 말을 이었다.

"잔금 받으면 뭐 할 거예요?"

"뭐하긴 뭐해. 아직 생각 안 해봤지."

"청담 써밋 가시죠."

"뭐?"

"영혼까지 끌어모아서 청담 클리오 써밋 40평대 계약하시죠. 그럼 이번의 실수, 만회 가능하십니다."

"그거 조합장이 일반분양 평단가 3,700까지 될 것 같다고 연락 왔는데… 그 값에도 사도 돼?"

"됩니다. 무조건 됩니다. 그거보다 더 싸면 미분양 나오지도 않을 거예요."

"흐음."

우진이 침을 튀어가며 열변을 토하는 사이, 각자 한 그릇씩 주문한 회냉면이 나왔다. 냉면과 같이 나온 따뜻한 육수를 한 모금 마시자, 입에서 절로 탄성이 새어 나온다.

"크으…! 쥑이네."

마치 동년배의 그것과도 같은 우진의 찰진 탄성에, 경완이 헛웃음을 지으며 젓가락을 들었다.

"그나저나, 서우진."

"예, 부장님."

"이런 얘기하자고 갑자기 보자 했을 것 같진 않고…."

후루룩-

회냉면을 한 젓갈 맛본 경완이 다시 입을 열었다.

"용건이 뭐야? 이제 슬슬 본론이 궁금해졌거든."

— * —

배가 고팠는지 한동안 젓가락질만 하던 우진이 다시 꺼내든 첫 마디는 다음과 같았다.

"부장님, 패러마운트 아시죠?"

"패러마운트? 내가 설마 패러마운트를 모르겠냐? 바로 어제저녁에도 거기서 장 보고 왔는데."

"패러다이스 가셨다는 말이죠?"

"그치."

"장 보러 거기까지 갔어요?"

"와이프가 며칠 전부터 노래를 부르기도 했고… 사실 한 번에 크게 장 볼 때는 거기만 한 데도 없잖냐."

패러마운트 그룹은 국내에서 손가락에 꼽힐 정도의 규모를 가진 거대한 유통기업이었다. 박경완이 장 보고 왔다는 패러다이스는 국내에서 가장 큰 대형마트 브랜드였으며, 이번에 왕십리에 짓는다는 패러필드 브랜드는 패러다이스만큼 인지도가 크진 않지만 그래도 가파른 추세로 성장 중인 복합몰 브랜드였다.

'미래에는 업계 최상위까지 올라갈 브랜드기도 하고 말이지.'

그래서 경완은 우진이 패러마운트를 아냐고 물은 것이 의아했지만, 우진이 '아느냐'고 물은 것은 조금 다른 의미였다.

"조금 말이 샜는데… 부장님 패러마운트랑 일해보신 적 있죠?"

"아하, 아냐는 게 그 말이었어? 이게 본론이었구먼."

"네, 그렇죠. 그쪽에 지인 있으시면 소개 좀 받고 싶어서…."

우진의 예상대로 경완은 패러마운트와 여러 번 일한 적이 있었다. 심지어 서초구에 있는 패러마운트의 신사옥이 천웅건설의 작품이었으니까. 사실 우진이 거기까지 알고 물어본 것은 아니었지만 말이다.

"뭔데? 또 무슨 짓을 하려는 건데?"

경완은 젓가락으로 깍두기를 하나 집어 들더니 와작와작 씹어 먹으며 우진을 응시했다. 그가 말하는 모양새에서, 또 뭔가 재밌는 냄새를 맡은 것이다. 우진이 비즈니스 차원에서 패러마운트에 관련된 이야기를 꺼냈다면, 그것은 분명 설계나 시공과 관련된 일일 것이고 그것은 박경완으로서도 아주 관심 있는 분야일 수밖에 없었다.

"무슨 '짓'이라뇨. 그러니까 제가 뭐 나쁜 짓이라도 하고 다니는 사람 같지 않습니까."

"흐흐, 당연히 나쁜 짓이야 아니겠지만 뭔가 대형사고 치려고 하는 놈같이 보여서."

"…."

"아무튼 뭔데? 이유를 알아야 도와주든 말든 할 것 아냐?"

경완의 호기심 넘치는 표정에, 우진은 고개를 절레절레 저으며 잠시 생각에 잠겼다.

"음, 이걸 어디부터 설명해야 하나…."

미래를 아는 양 말할 수는 없는 노릇이었으니, 경완에게 어디까지 어떻게 포장해서 이야기해야 할지 머릿속으로 정리할 필요가

있었던 것이다. 그래서 결국 우진은 90% 정도의 진실에 약간의 거
짓말을 섞기로 했다.

"부장님, 브루노 아시죠?"

"그게 누구야?"

"건축가 브루노 산체스요."

"음…?"

"왜 이번에 용산에 글래셜 타워 설계한 그 스페인 건축가 있잖아
요."

"아, 그분! 그런데 갑자기 그분은 왜?"

"이번에 그분이 패러마운트에서 공고한 왕십리 복합몰 설계 공
모에 들어가시는데, WJ 스튜디오도 그 설계에 같이 참여했거든
요."

"뭐? 정말? 그래서?"

"그런데 문제가 하나 생겼어요."

"문제?"

"이 복합몰 사업에, 시공사가 이미 정해져 있다는 문제 말이죠."

우진의 말을 듣던 경완은 고개를 갸웃하였다. 시공사가 먼저 정
해진 사업장에서 설계공고를 하는 경우도 꽤 종종 있는 일이었으
니 말이다. 그리고 경완의 그러한 기색을 읽은 우진이 한마디를 덧
붙였다.

"시공사로 정해진 그 건설사가 자회사나 마찬가지인 설계사무
소를 하나 밀고 있다면… 뭐가 문젠지 아시겠죠?"

우진의 이야기는 결국 거짓말이라기보다는 앞뒤가 바뀐 문제였
다. 공모 비리라는 미래에 일어날 결과를 알기에 수집 가능했던 자
료를, 마치 원래 알고 있던 사실처럼 경완에게 이야기한 것뿐인 것

이다. 그리고 여기까지 들은 경완은 우진이 무슨 말을 하는지 이제 이해할 수 있었다. 경완은 곰 같은 외모와 달리, 꽤 머리가 빠르게 돌아가는 사람이었다.

"사실상 내정자가 정해진 공모전이라는 거네."

"그런 셈이죠."

"이거 골치 아프게 됐군."

살짝 얼굴을 찡그린 경완은 잠시 말없이 냉면을 들었다. 우진도 경완을 재촉하진 않았다. 뭔가 생각이 많아진 표정이었으니 말이다. 하여 두 사람의 냉면 그릇이 전부 비워질 즈음 경완의 입이 다시 열렸다.

"건설사는 어디야?"

"태호건설이요."

우진의 대답에 경완의 표정이 더 구겨졌다.

"후우. 알 만하네, 알 만해."

"아는 회사에요?"

"알지, 그럼 모르겠냐?"

"…!"

"한 칠팔 년 전만 해도 우리 경쟁사였는데."

경완의 이야기에 우진은 살짝 놀란 표정이 되었다. 지금의 태호건설은 천웅과 비교조차 하기 미안할 정도의 중견 건설사였는데. 경완의 말대로라면 천웅도 이천 년 대 초반에는 그 수준으로 작은 회사였다는 이야기였으니 말이다. 이것은 전생에서도 몰랐던 내용이었다. 전생에도 이천 년대 초반의 우진은 십 대 초중반의 꼬맹이였을 뿐이니까.

'천웅이 진짜 급성장한 건설사였구나.'

경완의 말이 다시 이어졌다.

"일단 무슨 상황인지는 알았는데, 그래서 어떻게 하려고?"

마른침을 삼킨 우진이 천천히 다시 입을 열었다.

"받아먹은 사람을 찾아야죠."

"받아먹은… 사람?"

"태호건설에서 뇌물 먹인 사람이, 패러마운트에 분명히 있을 것 아닙니까."

"흠… 그다음엔?"

"패러마운트 감사팀에 문의 넣어야죠."

"그래서 내 인맥을 통해 실무자를 찾겠다?"

"실무자는 이미 찾았어요. 사업집행부 안지홍 팀장이었나…?"

"그럼 내 인맥은 왜 필요한 건데?"

"어느 정도 그럴싸한 증거를 잡아야죠. 대기업 감사팀에서, 정황만 가지고 문의를 받아주진 않을 테니까요."

우진이 말을 마치자, 경완은 잠시 침묵했다. 하지만 그리 긍정적인 표정은 아니었다. 지금 우진이 제시한 방법은 그리 개운한 해결책이 아니라고 생각했으니 말이다.

"받아먹은 게, 한 놈일 거라고 생각하는 건 아니지?"

경완의 말에, 우진은 멈칫 했다. 그가 무슨 말을 하려는지 알 것 같았다.

"생각보다 곪은 부위가 클 수도 있다는 건가요?"

"맞아."

"음…."

"왕십리 민자사업 정도면, 수백억 이상 굴러다니는 사업이야."

"그렇죠."

"태호건설이 제대로 작정했으면, 최소 이십억 정도는 골고루 뿌렸을걸?"

우진의 원래 계획은 간단했다. 실무자들의 비리를 윗선으로 찔러서, 공모 비리가 일어나지 않도록 만드는 것이었으니까. 하지만 만약 경완의 말대로 임원급까지 어느 정도 받아먹은 상황이라면, 얘기는 쉽지 않게 된다. 증거를 잡는 것도 훨씬 더 어려워질뿐더러, 감사팀까지 먹통일 확률도 높아지니까. 그래서 우진의 머릿속은 더욱 복잡해졌다.

'내가 너무 쉽게 생각했나?'

물론 포기한 것은 아니지만, 좀 더 복잡한 경우의 수를 따져야 하게 생긴 것이다.

"오늘은 좀 20대 같네. 아니, 그래도 20대는 아니다. 30대 정도."

"갑자기 무슨 엉뚱한 소리예요?"

"네 계획에서, 쥐꼬리만큼이지만 순진함이 느껴졌거든."

"…."

"으흐흐, 이런 건 경험해봐야 아는 법이지."

조금이지만 우진의 허술함을 엿본 것이 즐거웠는지, 경완은 실실 웃으며 냉면 육수를 한 모금 들이켰다. 그런 그의 모습에 우진은 다시 한번 고개를 절레절레 저었다. 이럴 때 보면 정말 종잡을 수 없는 아저씨였다.

"그래서 세속에 찌든 부장님의 의견은 뭔데요?"

"뭐, 인마?"

"순수한 20대에게 가르침을 주시죠. 지적하셨으면 이제 솔루션을 주실 타이밍입니다."

"요놈 봐라, 물에서 건져줬더니 보따리까지 털어가려 하네."

"털어가는 건 아니고, 빌려가는 겁니다. 두세 배쯤 큰 보따리로 돌려드릴 테니까 한번 풀어봐요, 좀."

더 큰 보따리로 돌려준다는 우진의 말에 경완은 피식 웃을 수밖에 없었다. 사실 그에게서는 이미 받은 게 훨씬 더 많다고 생각했으니까.

"자 그럼, 서 대표."

"네?"

"이제부터 이 박 상무님의 솔루션을 잘 들어보라고."

"…말씀하시죠."

한 차례 헛기침을 한 박경완이 천천히 다시 말을 이었다.

"어차피 지금 너한테 중요한 게, 뇌물이나 비리를 잡아내는 건 아니잖아?"

"그렇죠, 사실 공모단계에서 공정한 심사만 보장되면 되니까…."

"그럼 굳이, 패러마운트 내부를 쑤실 필요가 있나?"

"그 말씀은…."

"구청이나 국토교통부 쪽으로 타깃을 바꿔보자는 거지."

"…!"

경완이 씨익 웃으며 한마디 덧붙였다.

"대한민국 시민에겐, 민원이라는 아주 좋은 무기가 있잖아?"

아직 경완의 의도를 전부 이해하지 못했는지, 우진은 고개를 살짝 갸웃하였다.

— * —

왕십리 역사의 민자사업은 아무리 민간자본으로 진행되는 사업이라 하더라도 공공성을 가지고 있다. 시민들이 이용하는 역사를 개조하고 상업공간으로 업그레이드하는 사업이다 보니, 공공성이 없으려야 없을 수가 없는 것이다.

그리고 이런 종류의 사업을 진행하는 기업이 가장 많은 눈치를 봐야 하는 단체가, 바로 국가기관이었다. 까다로운 국가기관의 심사를 통과해야만 사업이 무리 없이 진행되니 말이다. 그렇다면 이 국가기관에서 가장 많은 눈치를 봐야 하는 존재는? 바로 시민이다.

"그러니까… 일단 태클을 걸라고요?"

"그래, '내가 성동구민인데 왕십리 역사 공사가 시작되면 출퇴근 길에 너무 불편할 것 같다, 지금도 잘 굴러가는 역사를 대체 왜 공사하려 하는 거냐?' 이렇게 말이야."

경완은 특유의 능글맞은 목소리로 계속해서 말을 이었다.

"그럼 구청 직원은 뭐라고 생각할까?"

"답답해 죽으려고 하겠죠. 사실 역사의 민자사업이 잘만 진행되면, 가장 큰 수혜를 보는 게 성동구민일 테니까요."

"그렇지, 어디서 또 멍청한 진상 하나 굴러 들어왔다고 생각할 거야."

잠시 뜸을 들인 경완이 다시 말을 이었다.

"그렇다고 무시할 수 있느냐? 그건 또 아니거든. 아무리 거지 같은 민원이라고 생각해도, 어쩔 수 없어."

"그다음엔요?"

"아마 설득하려 할 거야. 이 민자사업이 진행되면 얼마나 큰 규모의 복합몰이 생기고, 그로 인해 지역 경제가 얼마나 활성화되며… 등등."

뭔가 조금씩 깨닫기 시작한 우진의 눈이 반짝였다.

"흠, 그렇겠죠?"

"여기서 너는 뭐라고 말할래?"

우진의 한쪽 입꼬리가 씨익 말려 올라갔다.

"사업계획을 구체적으로 보고 싶다고 할까요? 얼마나 지역사회에 도움이 될 만한 건축사업인지, 확인하고 싶다고요. 설계 공모도 투명하게 공시해달라고 하고."

우진의 대답에 이번에는 경완이 놀란 표정이 되었다.

"오우, 뭐야. 머리가 왜 이렇게 잘 굴러가? 벌써 캐치했다고?"

"흐흐, 제가 원래 짱구는 좀 잘 굴리거든요."

"그럼, 그다음에는 어떻게 할 건데?"

잠시 생각한 우진이 다시 입을 열었다.

"아마 공무원은 순순히 안 해주려 하겠죠?"

"그렇지, 이건 아주 귀찮은 일이니까. 이게 본질적으로 따지자면 공공사업의 비리를 척결하는, 범사회적 측면에서 아주 중요한 일이겠지만… 걔 입장에서는 진상 민원인 때문에 생긴 하지 않아도 될 일일 뿐이거든."

"그럼 어떻게 해요?"

경완이 웃었다.

"민원을 또 넣어야지."

"네?"

"아주 민원으로 조져야지. 될 때까지 넣는 거야. 그거 기안 한 번 올리는 게, 민원 수백 통보다는 덜 귀찮을 거거든."

"…"

경완의 이야기를 듣던 우진은 순간 말을 잃어버렸다. 그야말로 무식한 방법이 아닐 수 없었지만, 이만큼 확실한 방법도 없다는 생각이 들었으니 말이다.

"부장님, 천재예요?"

"나? 당연한 걸 물어보냐. 사실 내 아이큐가 150은 넘을 텐데, 귀찮아서 테스트를 안 해본 것뿐이야."

경완의 농담을 들으면서도, 우진은 머릿속으로 빠르게 계획을 정리하고 있었다. 무식한 방법이긴 하지만 어느 정도 노력과 시간이 필요한 방법이었기에, 여유 부릴 시간은 없었다.

"그런데 마지막으로 문제가 하나 있어요, 부장님."

"뭔데?"

"이게, 민원 효력이 씨게 먹히려면 진짜 성동구민이 구청 홈페이지 통해서 민원을 때려 박아야 할 것 같은데… 저는 이쪽 주민이 아니잖아요?"

우진의 물음에 경완이 어이없는 표정으로 되물었고.

"넌 왜 갑자기 머리가 나빠졌냐."

"예?"

"네 눈앞에 성동구민 한 명 있잖아, 바보야."

"아…!"

그의 말을 들은 순간, 우진은 뒷머리를 긁적일 수밖에 없었다. 생각해보니 박경완이 살고 있는 금호동 또한, 성동구에 속해 있는 구역이었던 것이다.

"우리 와이프가 민원 넣는 거 잘하는데… 어때, 알바 한번 시켜볼래?"

자승자박

"야, 알바 한번 해볼 생각 없냐?"

우진의 지인 중에는 성동구민이 몇 명 더 있었다.

"응? 웬 알바? 이미 모형 인턴으로 열심히 굴리고 있으면서."

그중 하나는 바로 성수동에 살고 있는 소연.

"그거 말고, 좀 다른 거야. 짬날 때마다 그냥 가볍게 할 수 있는 거."

"그게 뭔데?"

"너 혹시, 민원 넣어봤냐?"

"민원…?"

WJ 스튜디오가 있는 위치이자 소연이 사는 곳인 성수동 또한, 성동구에 속한 지역구였던 것이다.

"너 동생도 둘 있지?"

"이, 있긴 한데…."

"얼마 전에 수능 끝난 동생 하나 있지 않아?"

"맞아."

"부탁 좀 하자."

"…."

"지금 심심할 시기 아냐."

"친구들이랑 잘 놀러 다니던데."

"용돈 준다고 해. 넉넉히 줄게."

"용돈이라니. 아깐 알바라며."

"알바비는 내가 너한테 주는 거고, 용돈은 네가 동생한테 주는 거지."

소연뿐만이 아니었다. WJ 스튜디오가 완전히 성수동에 자리 잡은 뒤, 직주근접을 위해 회사 인근으로 이사 온 몇몇 직원들까지.

"진태 형, 형도 좀 하자."

진태를 비롯한 대여섯 명의 직원들도 민원에 동원된 것이다.

"갑자기 웬 민원이야. 나 이런 거 태어나서 한 번도 안 해봤어."

"형이 민원 넣을 때마다, 월급이 조금씩 오른다고 생각해."

"조금 혹하긴 하는데…."

"그냥 밥 먹기 전에 한 번씩. 하루에 딱 세 번만 민원 넣자. 어때?"

"흠."

"이번 달 인센티브 10퍼센트 올려드림."

"콜."

그렇게 우진은 제법 많은 성동구민을 확보할 수 있었고.

"부장님, 그럼 부탁 좀 드릴게요."

[오냐, 공모 마감까지 일주일이라고 했지?]

마지막으로 이 계획의 설계자인 경완에게 진행 상황을 보고하였다.

"네."

[그럼 심사는 한 한 달 걸리나?]

"맞아요, 그쯤?"

[그 정도면 충분하지. 와이프한테 얘기해놓을게.]

"호호, 형수님. 믿습니다."

[걱정 마라. 민원에도 클라스라는 게 있거든.]

"클라스요?"

[원래 민원도, 당해본 사람이 더 잘 넣는 법이야.]

"…"

[무작정 물량 공세가 답은 또 아니거든. 공무원 기분을 너무 나쁘게 하면 안 돼. 이게 또 결국 다 사람이 하는 일이잖아?]

"민원학… 개론입니까?"

[크크, 그런 셈이지.]

경완과의 전화를 끊은 우진은 고개를 절레절레 저었다. 왜인지는 잘 모르겠지만, 뭔가 신나 보이는 경완이었다.

'형수님 알바비를 짭짤하게 드려서 그런가?'

딸깍- 딸깍-

대표실 컴퓨터에 앉은 우진은 경완이 준 가이드에 따라 첫 번째 민원을 발송하였다. 그리고 얼굴 모르는 누군가를 향해, 약간의 미안함을 담아 묵념하였다.

'조금, 아니, 조금 많이 귀찮으실 수도 있겠지만… 잘 좀 부탁드립니다. 화이팅!'

그렇게 시작된 민원 설계와 함께, 일주일이라는 시간이 훌쩍 지나갔다.

— ＊ —

태호건설의 상무이사 윤정렬은 최근 기분이 무척 좋았다. 지난 삼 년 가까이 지지부진하던 회사 실적이 올해는 확실히 반등할 근거를 확보했으니 말이다. 그것은 바로, 왕십리 민자사업의 시공권을 따냈다는 것. 이것을 위해 꽤 많은 로비 비용이 들어갔지만, 그래도 총공사비를 생각하면 그 정도는 아무것도 아니었다. 이 공사한 건만으로, 작년 매출 이상을 상반기에만 확보할 수 있게 된 것이었으니까.

'흐흐, 이 건만 잘 풀리면, 내년에는 전무까지도 바라볼 수 있겠어.'

윤정렬이 상무가 된 것은 바로 작년이었다. 그 이전까지 최악으로 치닫던 영업실적을 책임지고 퇴사한 선임 자리에, 그가 부임한 것이 1년 전이라는 얘기다. 하지만 임원으로 승진했음에도 불구하고 3개월 전까지는 그저 살얼음판을 걷는 기분이었다. 사실 상무 발령 자체가 시한부 선고 느낌이었달까.

그때까지는 전년도보다 딱히 나을 것도 없는 수준에서 회사가 굴러가고 있었으니, 이대로라면 그도 옷을 벗어야 할 상황이었던 것이다. 하지만 그때 구세주같이 등장한 기회가 바로 패러마운트라는 회사였다. 패러마운트에 근무하던 정렬의 학교 후배가 사업 TF팀과 정렬을 연결해주었고, 정렬이 그 기회를 놓치지 않고 잡은 것이다.

물론 처음에는 패러마운트의 집행부에서도 조금 난색을 표했다. 아무리 인맥으로 소개받은 회사라 해도, 태호건설의 재무상태나 시공능력 평가도가 그리 좋은 상황은 아니었으니까. 하지만 그 정도 사소한 문제는 돈으로 해결할 수 있었다.

'연봉의 두 배쯤 되는 돈을 현찰로 꽂아주는데… 안 받고 배기나.'

로비 과정에서 남은 부스러기들은 정렬의 주머니에 그대로 들어 갔다. 죄책감 같은 건 없었다. 어차피 결과만 좋으면 된 것 아닌가? 정렬이 아니었다면 태호건설에서 비벼볼 수도 없었을 만한 굵직한 사업권을 따왔으니, 오히려 그 정도는 챙기는 게 마땅하다고 생각했다.

'망해가는 회사 살려놨는데, 이 정도야 뭐.'

회사 내 대우도, 이전과 완전히 달라졌다. 다른 임원들은 정렬의 눈치를 보기 바빴으며, 대표이사는 회사에서 그와 마주칠 때마다 입에 침을 튀어가며 칭찬을 늘어놓았다. 이렇게까지 회사생활이 잘 풀려도 되나 싶을 정도로 탄탄대로가 깔린 것이다. 하지만 그 탄탄대로에 조금씩 균열이 가기 시작한 것은 이번 주 초부터였다. 정확히는 패러마운트 실장으로 있는 후배로부터, 전화를 받은 때부터였다.

"음? 갑자기 그게 무슨 말이야. A&C로 무조건 밀어주겠다며?"

[그, 그게… 죄송합니다, 선배님. 구청에서 감사가 들어왔어요.]

"뭐라고?"

[설계 공모 심사과정을 전부 다 구청 홈페이지에 공시하라고….]

"갑자기 왜?"

[민원이 들어왔나 봐요. 공공성 있는 사업인데, 깜깜이로 진행되는 게 말이나 되느냐.]

"그게 무슨 개뼈다귀 같은 소리야? 공사가 시작된 것도 아닌데 민원이 오는 게 말이나 돼?"

[제 말이요. 이유는 모르겠는데 민원이 들어와서, 지금 저희 본

사 TF팀도 골치 아파 죽겠어요.]

　생각지도 못했던 상황에 정렬은 당황할 수밖에 없었다. 태클이 들어올 것을 생각지 못했던 것은 아니다. 시공사 선정까지야 다른 업체에서 끼어들 여지가 없었다 해도, 설계 공모 결과가 나온 뒤에는 반발이 충분히 있을 만하니까. 하지만 공모 결과가 나오고 나서는 일사천리로 밀어붙이면 그만이다. 대응책도 전부 다 생각해뒀다. 하지만 이 시점에서의 태클은 전혀 상상도 못 한 것이었다.

　'황당하네, 진짜.'

　태클이 걸리려면 누군가에게 불만스러울 만한 실질적 사건이 일어나야 하는 법인데, 아직까지 태호에선 대외적으로 아무런 제스처도 취하지 않았으니까.

　'내부 플랜이 경쟁사로 샜나? 말이 안 되는데.'

　공사가 시작된 뒤에야, 민원이 들어올 수도 있다고 생각했다. 공사판과 민원은 떼려야 뗄 수 없는 관계니까. 하지만 그때는 상관없다. 이미 삽을 뜬 뒤에는, 어지간해서는 엎어지기 힘들었다. 한번 시작된 공사가 엎어지는 것은 시공사의 손해보다도 공공의 손실이 더 큰 일이다.

　'하, 씨발. 어떡하지?'

　머리를 굴려봐도, 뾰족한 수가 떠오르지 않았다.

　"공모 심사에, 구청에서 직접 관여하겠다는 건 아니지?"

　[다행히 그런 얘기까진 없었는데… 공시 올리는 것 자체가 문젭니다.]

　"으으… 그럼 결국 공모 올라온 설계는 전부 다 오픈해야 된다는 거잖아?"

　[그렇죠.]

"A&C 설계가 가장 좋았다고, 어떻게든 우겨봐야 하나?"

[사실 당선이 납득될 만한 퀄리티의 설계가 올라오면 괜찮습니다. 하지만 쉽지 않을 겁니다.]

"왜?"

[이번 공모에 브루노 산체스가 참여했거든요.]

"용산에 글래셜 타워 설계한 그 할배?"

[네, 그 사람이요.]

"미쳐버리겠네, 진짜."

브루노의 이름을 들은 정렬의 얼굴이, 더욱 까맣게 죽어버렸다. 사실 브루노의 실제 디자인 설계 실력보다는, 그 이름이 가진 인지도가 문제였다. 디자인을 떠나 A&C의 설계도에는 상당 부분 공사비용을 뻥튀기시킬 수 있는 설계가 들어갈 예정이었는데, 세계적인 건축가가 공모에 참여했음에도 불구하고 그런 설계를 채택했다는 사실이 알려지면 언론에서도 집중적으로 조명받을 확률이 높아지는 것이니 말이다. 말을 잃은 정렬의 귓가로 다시 후배의 목소리가 들려왔다.

[일단 실무진이랑 얘기 좀 해보고, 다시 연락드리겠습니다.]

"구청 권고, 쌩 까면 안 되겠지?"

[그걸 한번 알아보려고요. 한번 슬쩍 떠보고, 안될 것 같으면….]

"안 될 것 같으면, 뭐?"

[저희도 어쩔 수 없죠, 선배.]

후배의 대답을 들은 정렬은 순간적으로 열이 뻗쳐올랐다. 이미 현찰로 넘어간 돈은 회수할 방법도 없는 상황인데, 후배로부터 무책임한 말을 들었다고 생각했으니 말이다.

"야, 그렇게 무책임한 게 어딨어! 우리가 그쪽에 바른 돈이 얼만데!"

하지만 그렇다고 해도, 돌아오는 건 당연히 냉정한 대답일 뿐이
었다.

[무슨 말씀을 그렇게 서운하게 하십니까, 선배. 일단 저희는 최
대한 노력했고, 사실상 시공권까진 이미 드렸잖아요?]

"후-우…."

[설계비용은 사실 전체 파이의 1할도 안 되는 수준인데… 그걸
가지고 무책임하다고 말씀하시면 안 되죠.]

후배의 이야기 중 틀린 얘기는 없었기에, 정렬은 우선 사과하였
다. 흥분은 문제 해결에 전혀 도움이 안 된다. 일단은 좀 차분해질
필요가 있었다.

"그래, 미안하다. 내가 너무 흥분했네."

[여튼, 결과 나오면 다시 연락드리겠습니다.]

"고맙다, 연락 기다릴게."

[예, 선배.]

뚝-

후배와의 전화를 끊은 정렬은 그 자세 그대로 굳어버렸다. 사실
후배의 입장에선 시공권이 설계 공모보다 훨씬 중요하다고 생각
하는 게 당연했지만, 실상은 그렇지 않았으니 말이다. 정렬을 비롯
한 태호건설에서 A&C팩토리의 설계권에 이토록 집착하는 이유,
그것은 바로 여기에 있었다.

'A&C 나가리 되면… 남는 게 진짜 아무것도 없을 텐데.'

태호건설에서 패러마운트에 뿌린 수십억의 돈. 그 돈을 회수하
고 그 이상의 금액을 남겨 먹기 위해서는, 설계사와 짜고 치는 고
스톱을 할 필요가 있었으니 말이다. 설계비용을 뺑튀기하고, 또 자

재를 빼돌리는 것으로 충당하려 계산해뒀던 백억 이상의 금액이, 눈앞에서 증발해버릴 수도 있는 상황이 된 것. 그 안에서 정렬의 몫만 최소 수억 이상이었으니, 그의 입장에서는 눈이 돌아갈 만한 것이다.

'방법이 없나? 진짜 외통수인가?'

민원을 넣었다는 사람을 찾아가 욕이라도 한 바가지 퍼붓고 싶은 심정이었지만, 그런 감정적인 생각은 아무 의미 없다. 그래서 정렬은 조금 더 위험한 생각을 할 수밖에 없었다.

툭-

휴대폰을 다시 든 정렬은 어딘가를 향해 다시 전화하였다.

"어, 정수야. 난데."

[하하, 정렬이. 오랜만이네. 무슨 일이야?]

"너 혹시, 성동구청 쪽에 아는 사람 있냐?"

[성동구청? 그쪽은 왜?]

"내가 좀 급한 일이 생겨서…."

[글쎄다. 최근에 그쪽으로 발령 난 사람은 없는 것 같은데.]

"상황이 좀 많이 급한데, 괜찮은 사람 한 명만 수소문해서 소개해줘라."

[괜찮은 사람이, 어떤 사람이야?]

"그걸 꼭 집어서 말해줘야 아냐."

[흐흐, 급은 어느 정도?]

"최소 국장급은 돼야 할 것 같은데… 도시관리국 쪽 인물이면 과장급도 괜찮고."

[알겠다, 찾아보고 다시 연락하마.]

"그래, 고맙다!"

정렬이 생각해낸 해결책은 결국, 더 많은 돈으로 더 많은 사람을 매수하는 것.

'남는 게 좀 줄어들어도, 어쩔 수 없지. 손해 보는 것보단 낫잖아?'

하지만 이 순간, 그가 알 수 없는 사실이 하나 있었다. 그것은 바로 지금 그의 이 선택이 정말 돌이킬 수 없는 최악의 수였다는 사실.

— * —

말은 수백 통 이상의 민원을 넣을 것처럼 하였지만, 결과적으로 우진이 넣은 민원은 총 삼십 통이 조금 안 되는 정도였다. 하지만 그 삼십 통의 민원이 가진 파괴력은 상당했는데, 그 이유는 바로 민원에 들어간 정성 때문이었다. 우진에게 알바비를 받아간 경완의 와이프는 정말 프로페셔널한 민원 전문가였던 것이다.

'삼십 통 가까운 민원의 내용이 다 다르고, 그중에 성의 없는 내용은 하나도 없었으니까….'

우진이 보낸 모든 민원의 목적은 결국 왕십리 민자사업 설계 공모를 공시하도록 하는 것이었다. 하지만 목적이 같다고 해도 내용은 조금씩 다를 수 있다. 공시를 원하는 이유도 제각각 달랐으며, 어떤 민원에서는 간접적으로 그것을 유도하기도 했다.

게다가 한 가지 더. 민원을 넣은 창구도 한 군데가 아니었다. 구청뿐 아니라 국민신문고, 국토교통부 등 다양한 기관에 다양한 루트로 민원을 집어넣은 것이다. 최대한 진상이라는 느낌이 들지 않게, 진정성을 담아서. 그래서 어떻게든 기관에서 움직일 수밖에 없

404

도록.

우진은 이런 식으로 민원을 활용할 수 있다는 것을 전생까지 통틀어 처음 알았다. 사실 이번 작업에서 그가 한 거라곤 경완으로부터 받은 텍스트들을 여러 명에게 뿌려준 것뿐이었다. 그래서 의기양양한 목소리로 전화한 경완과 통화하면서, 우진은 감탄밖에 할 수 있는 게 없었다.

[내가 보낸 문자 봤냐?]

"부장님, 스마트폰도 사셨으면서 이제 문자 말고 어플 쓰면 안 됩니까?"

[말 돌리지 말고 짜샤. 이 박 상무님의 위대함을 봤냐고.]

"봤습니다. 민원 보낸 게 이렇게 빨리 답변 오는 거 처음 봤습니다."

[그치? 클라스가 다르지?]

"그놈의 클라스는 진짜… 하지만 인정합니다. 이번엔 진짜 놀랐으니까요."

[흐흐. 보따리 몇 배로 돌려주기로 한 거, 까먹지 마라.]

"근데 솔직히, 형수님이 다 하신 거 아닙니까?"

[아이디어는 내 거잖아.]

"인정…."

[음홧홧.]

전화통에 대고, 마치 3류 만화영화에나 나올 법한 악당 같은 웃음소리를 내는 경완. 결국 경완의 이야기는 생색으로 끝났지만, 이런 생색이라면 기꺼운 우진이었다.

'덕분에 일이 몇 배는 수월해졌으니까.'

하지만 아이디어부터 솔루션까지 경완이 줬다고 해도, 이것을 최대한으로 써먹는 것은 우진의 몫이다. 같은 일을 해도 어떻게 하느냐에 따라, 더 좋은 결과물을 만들어낼 수 있는 법이니까. 그래서 우진은 다시 입을 열었다. 그렇게 더 확실한 결과물을 만들어내기 위해서, 경완과 상의할 부분이 하나 있었으니까.

"여튼, 그럼 공문도 내려왔으니까 이제 조만간 공시 뜨겠네요?"

[아마 일주일 안 걸릴걸?]

"그럼 그때까진, 일단 기다립니까?"

[글쎄, 일단은 기다려봐야 하지 않을까? 왜?]

"한 가지, 괜찮은 생각이 난 게 좀 있어서요."

[괜찮은… 생각? 그게 뭔데?]

잠시 뜸을 들인 우진이 의아한 목소리로 되묻는 경완을 향해 말했다.

"이건 진짜 그냥 제 주관적인 추론인데요."

[왜 이렇게 뜸을 들여.]

"부장님은 태호건설 놈들이, 시공권 어떻게 땄다고 생각하세요?"

우진의 물음에 경완이 어이없는 표정으로 대꾸했다.

[그걸 뭘 그렇게 조심스럽게 말하냐. 당연히 로비지.]

"그렇죠?"

[근데 왜?]

"그럼 그 로비에 들어간 돈은 어디서 나왔을까요?"

[그야 당연히 회사에서….]

"찾아보니까 태호건설, 재무상태 지옥이던데 패러마운트에 현찰 바를 만큼 돈이 넉넉할까요?"

[흠, 하고 싶은 말이 뭐야?]

우진의 목소리가 조금 더 낮게 깔리기 시작했다.

— * —

우진은 왕십리 사업장에서 터질 미래의 사고와 비리에 대해 알고 있다. 그리고 그 사실들을 바탕으로 한 가지 의심을 해볼 수 있었다.

'이대로 태호건설이 물러설까? 그렇게 순순히?'

경완이 생각해낸 민원이라는 해결책은 아주 신통하다는 생각이들 정도로 창의적인 방법이었다. 생각하기에 따라서는 외통수나마찬가지일 정도로 기가 막힌 방법이었던 것이다. 하지만 아무리외통수에 가까운 묘수에 당했다고 하더라도, 태호건설의 입장에서는 설계권을 쉽게 포기할 수 없다.

설계와 시공의 합이 맞지 않는다면, 해먹을 수 있는 돈은 기하급수적으로 감소하니까. 특히나 브루노같이 해외 유명 디자이너의설계가 발탁되기라도 한다면, 정말 조금의 여지도 남지 않는다. 정말 FM대로, 깐깐하게 시공감리를 진행할 테니 말이다. 현장에서구르고 구른 우진은 이러한 사실들을 아주 잘 알고 있었다.

'부실공사로 골조가 무너져서 인명사고가 날 정도로 해먹었던놈들이야. 그 많은 돈을 포기하고 이대로 물러날까?'

그래서 우진은 그들의 입장에서 고민을 좀 더 해봤다. 그리고그 결과, 답은 하나였다. 결국 로비로 모든 것을 해결하려 했던 인간들이 또다시 생각할 수 있는 건 똑같은 수준의 생각일 거라는결론.

'태호건설쯤 되는 회사면, 기관에도 분명 커넥션이 있을 거야.

공모 과정이 공시되는 걸 돈으로 막으려 하거나… 아니면 공시가 되더라도 뻔뻔하게 밀고 나가려 할 수가 있어.'

후자보다는 전자의 확률이 높다고 생각했다. 버젓이 비리가 보이는 공모결과가 공시되었음에도 그대로 공사를 강행하는 건 태호건설이야 감수할 수 있겠지만 패러마운트 입장에서는 피하고 싶을 게 분명했으니 말이다. 패러마운트는 태호건설과 달리 유통 공룡이라는 수식어가 붙을 정도로 거대한 기업이었고, 그런 기업에서 가장 많이 신경 쓰는 부분 중 하나가 바로 기업 이미지였으니까. 돈을 이미 먹은 실무진들 또한 시공권을 주는 선에서 마무리하려고 할 게 분명했다.

'모르긴 몰라도, 9할 이상은 확실할 테지.'

하여 이런 추론들 속에서 우진이 경완과 의논하려는 것은 바로 예상되는 태호건설의 행보를 역으로 이용하는 것이었다. 불붙은 섶을 지고 갈대밭을 건너려는 태호건설의 앞길에, 살포시 기름을 부어주려는 것이다.

[그러니까… 태호건설에서 분명히 공기관에 로비를 하려 할 거란 말이지?]

"그렇죠."

[흠, 쉬운 얘긴 아니지만, 아주 불가능한 얘기도 아니네.]

"바보가 아니라면 무턱대고 로비를 시도하지 않겠지만, 커넥션이 있다면 얘기가 다르니까요."

[그래서, 결론이 뭔데?]

"여기 함정을 파보는 건 어떨까 해서요."

[함정?]

"사실 공시 올릴 실무자는 정해져 있고, 이걸 막는다면 결국 압력이 들어올 루트는 뻔하잖아요?"

[함정수사라도 의뢰하자는 거냐? 그건 불법이잖아?]

"에이, 이건 함정수사가 아니죠."

[그런가?]

"범죄를 유도하고 그 자리에서 체포해야 함정수사지, 이건 범죄를 예상하고 거기서 기다리는 거잖아요."

[음… 듣고 보니 그러네.]

"그래서 말인데요, 부장님."

[말해.]

"천웅건설 통해서, 인맥 좀 빌려주실 수 있어요?"

[프흐흐.]

우진의 이야기를 듣던 경완은 갑자기 실소를 터뜨렸다. 그에 의아해진 우진이 다시 물었다.

"왜 웃어요?"

[아니, 재밌어서.]

"뭐가요?"

[지금 이 상황에서 도움 될 만한 인맥이, 확실히 있긴 있어.]

"오…! 그래요? 그런데 그게 왜 재밌어요?"

[그런데, 그 인맥이 사실 내 인맥이 아니야.]

"네?"

[정확히는 한 다리 이상 건너야 된다고 할까?]

"음…?"

경완이 장난기 어린 표정으로 다시 입을 열었다.

[그 우리 회사 임원 중에 나랑 좀 친한 전무님이 한 분 계시거든?]

"전무님이라면… 김진표 전무님이요?"

[아니, 그분은 지난번에 뵀잖아.]

"그랬죠."

[나랑 친해 보이디?]

"음, 딱히 막 그렇지는 않았던 것 같아요."

[흐흐흐.]

무슨 생각을 하는 건지, 음침하게 웃은 경완이 다시 입을 열었다.

[김 전무님 말고 올해 퇴직하시는 오광혁 전무님이라고 계시는데, 아무래도 이분께 도움을 좀 받아야겠다.]

"오…!"

우진의 입에서 기대감에 찬 탄성이 새어 나왔다. 천웅의 전무급 되는 인물의 인맥이라면, 분명 기관에서도 고위 관료일 확률이 높았으니 말이다.

[너, 시간 언제 되냐?]

"약속 잡아주시게요?"

[빠르면 빠를수록 좋은 거 아냐?]

"당연하죠. 저쪽에선 이미 움직이고 있을 텐데."

[그래서 언제?]

"시간은 제가 맞춰야죠. 새벽 두 시라도 튀어 나갑니다."

[좋아, 그럼 내가 다시 연락 주마. 크크.]

경완과의 전화를 끊은 우진이 고개를 갸웃하였다. 얘기는 잘된 것 같은데 어쩐지 경완의 목소리가 조금 수상했다.

"뭐지? 왜 이렇게 또 신나신 거지?"

하지만 경완의 음침한 목소리에 대한 의심도 잠시, 우진은 곧 다시 머릿속의 계획들을 정리하기 시작하였다.

'진짜 내 생각대로 꼬리를 잡을 수만 있으면….'

처음에는 어떻게든 공모 비리만 막아보려 했던 것이, 어쩌다 보니 이렇게까지 흘러왔다. 어떻게든 공모에서 브루노의 설계를 당선시키고, 태호건설을 밀어내기 위한 계획은 그다음에 다시 짜려고 생각했는데 잘하면 이 한 방으로 두 가지 문제를 동시에 해결해 버릴 수 있게 된 것이다. 그래서 경완과의 전화를 끊은 우진의 입에서 콧노래가 절로 흘러나왔다.

"좋았어…!"

가장 머리 아팠던 일이 잘 해결되고 나자, 다른 업무들도 더 손에 잘 잡히는 기분이었다. 하여 그렇게 기분 좋게 하루 일정을 마친 우진이 퇴근하려고 짐을 챙길 때 즈음, 경완으로부터 다시 전화가 왔다.

[내일 낮, 어때?]

"오…! 좋죠. 저야 새벽이라도 튀어 나간다고 말씀드렸잖아요."

[식당 예약은 내가 할 테니까, 문자 찍어주는 데로 와라. 1시까지.]

— ✳ —

경완이 우진에게 찍어준 주소는, 한남동의 유명한 고급 한우 집이었다. 성인 두 사람이 배불리 먹으면 50만 원 이상도 거뜬히 나올 수 있는, 최고급 한우 오마카세* 전문점. 음식점을 검색해본 우진은 충격적인 가격 탓에 마른침을 꿀꺽 삼켜야 했지만 그래도

---

* '맡긴다'는 뜻의 일본어로, 손님이 요리사에게 메뉴 선택을 온전히 맡기고 요리사는 가장 신선한 식재료로 제철 요리를 만들어내는 것을 뜻한다.

어쩔 수 없었다. 지금이 사실 돈 몇 십만 원 아낄 상황은 아니었으
니까.

'그래, 뭐. 이럴 때 아니면 언제 이런 메뉴 먹어보겠냐.'

하여 우진은 기꺼운 마음으로 약속시간에 맞춰 차를 끌고 한남
동으로 향했다. 사실 오늘이 공모 마감일이었지만 다행히 우진이
해야 할 일은 딱히 없었다.

부릉-!

점심시간이라 그런지 조금 막히는 강변북로를 뚫고, 우진은 약
속시간에 맞춰 음식점에 도착하였다. 널찍한 주차장에 차를 대고
내리자, 조금씩 긴장도 되기 시작하였다. 일단 천웅건설의 전무급
인사만 해도 충분히 거물이라 할 수 있는데 그에 더해 신원을 알
수 없지만 그 이상으로 거물급인 한 사람이 더 온다는 얘기를 들었
으니 말이다. 아마도 우진에게 실질적인 도움을 주게 될, 그 인맥
을 말하는 것 같았다.

'대체 누가 오는데 부장님은 얘기도 미리 안 해주시는 거지?'

그래서 조금은 경직된 표정으로 우진은 조심스레 음식점을 향해
걸어갔다. 마침 경완도 도착했는지, 입구에서 만날 수 있었다.

"여, 왔냐?"

"오셨어요?"

"나도 방금 도착했지."

앞장서 음식점으로 들어간 경완이 이름을 대자, 직원이 친절하
게 두 사람을 룸으로 안내해주었다.

"이쪽으로 오시면 됩니다, 손님."

걸음을 옮길 때마다, 바짝바짝 마르기 시작하는 침. 그런데 잠시
후 룸의 문이 열렸을 때, 경완을 따라 안으로 걸어 들어가려던 우

진은 순간 멈칫할 수밖에 없었다. 룸 안쪽에서 순간적으로, 두 귀를 의심하게 만드는 소리가 들려왔으니 말이었다.

"야, 이 시댕아. 왜 이렇게 늦게 와?"

그것은 바로 백발노인의 칼칼한 목소리였다.

새로운 조력자

우진은 일전에 천웅건설의 대표를 먼발치서 본 일이 있었다. 전
생에서 한 번 그리고 반년 전쯤, 마포 클리오 현장에서 한 번. 그렇
게 고작 두 번 봤음에도 불구하고, 천웅건설 대표 천종걸의 외모는
아직도 뇌리에 선명했다. 물론 그 이유에는 작은 거인처럼 느껴지
는 천종걸의 존재감과 천웅건설 대표라는 그의 특별한 직위도 포
함되겠지만, 가장 큰 이유는 이것이라고 단언할 수 있었다.

그것은 바로 강렬한 헤어스타일. 마치 하얀 눈을 연상시킬 정도
로 새하얀 백발이 자로 잰 듯 잘 정돈되어 있는 헤어스타일은 결코
쉽게 잊을 수 없는 외모였으니까. 천종걸에게서 느껴지는 묵직한
존재감과 잘 어울리기도 했고 말이다.

'마치 전장을 지휘하는 백전노장 같은 느낌이었지.'

그때 우진은 이렇게 생각했다. 천종걸이라는 이름을 가진 저 사
람처럼, 한눈에 뇌리에 틀어박히는 인상의 소유자는 또 없을 것이
라고 말이다. 하지만 우진은 오늘, 그 생각을 조금 바꿔야 했다. 이
번 생은 물론, 전생에서도 결코 본 적 없는 또 다른 백발의 장년(長
年). 이 사람 또한, 천종걸 못지않은 개성을 가진 사람이었으니까.

414

"아, 어르신. 어린 친구 앞에서까지 너무하십니다."

"너도 애잖아, 시댕아."

천종걸과 마찬가지로 새하얀 백발이지만 그와는 완전히 반대로 전혀 정돈되지 않은, 마치 사나운 사자의 갈기 같은 느낌을 가진 헤어스타일.

"저 내년이면 이제 별도 달고 하는데, 이제 애 취급은 그만해주실 때 되지 않았습니까?"

"별? 웬 별? 니가 무슨 장군이라도 되냐?"

"모르셨습니까? 저 이제 상무 답니다."

그에 더해 깊게 패인 눈두덩이와 송충이 같은 하얀 눈썹, 두드러진 광대와 주름진 콧날까지.

"광혁아."

"예, 형님."

"이 시댕이가, 상무라고?"

"그렇게 됐습니다, 허허."

'황종호'라는 이름을 가진 이 장년의 인상은 어떤 면에서는 오히려 천종걸보다도 더 강렬했던 것이다.

"흐흐, 저 좀 많이 컸습니다. 그러니까 이제….."

"싫어, 시댕아."

"네… 알겠습니다."

'시댕아'라는 아주 구수하면서도 찰진 욕을 하는 남자를 응시하던 우진은 저도 모르게 흘러나오려던 헛웃음을 가까스로 집어삼켰다.

'박 부장님이 저렇게 쩔쩔매는 사람은 정말 처음 보는 것 같네.'

경완이 쭈그려 있는 모습은 웃음이 나올 정도로 신선하고 재밌었지만, 지금 이 자리 자체가 그리 가벼운 자리는 아니었으니까. 경완을 윽박지르는 장년의 정체 또한 결코 가벼워 보이지 않았고 말이다. 하여 잠시 눈치를 보던 우진은 잠시 조용해진 틈에 안으로 들어가 두 사람을 향해 고개를 숙여 보였다.

"처음 뵙겠습니다. WJ 스튜디오 대표, 서우진이라고 합니다."

우진은 입을 뗀 직후, 황종호와 허공에서 눈이 마주쳤다. 그리고 먼저 손을 내민 것은 황종호였다.

"반갑습니다. 여기 박경완이한테 얘기는 가끔 들었습니다. 황종호라 합니다."

경완을 대할 때와는 사뭇 다른 정갈한 말투에 우진은 순간 흠칫 놀랐다. 생각해보면 초면인 우진에게 똑같이 대한다는 것 자체가 말이 되지 않는 얘기였지만, 그래도 알 수 없는 위화감이 든 것이다. 그런 우진의 기색을 느낀 것인지, 황종호가 피식 웃으며 말했다.

"나 그리 예의 없는 사람 아니오."

"하, 하핫. 그리 생각지 않았습니다, 선생님. 그리고 편히 대하셔도 됩니다."

황종호와 잠깐 인사를 나눈 우진은 곧바로 옆에 있던 오광혁과도 통성명을 하였다. 그 또한 천웅건설의 중진으로 결코 존재감 없는 인물은 아니었지만, 황종호의 캐릭터가 너무 센 탓에 조금 편하게 느껴졌다.

"천웅건설 전무 오광혁입니다."

"서우진이라고 합니다."

"후후, 저야 서 대표를 모를 수가 없지요. 작년 천웅 매출의 일등 공신 아니십니까."

"그렇게까지는 아니지만… 그래도 전무님께서 칭찬해주시니, 기분은 좋네요."

꽤나 강렬했던 첫 만남과 사뭇 다른 훈훈한 분위기 속에서, 우진은 두 사람 앞에 자연스럽게 마주 앉았다. 그리고 잠시 후, 우진은 드디어 황종호의 정체를 알 수 있었다. 본격적으로 음식이 세팅되기 전, 황종호가 오광혁과 함께 잠시 자리를 비웠고.

"잠깐 담배 한 대 태우고 올 테니까… 고기 제대로 굽고 있어. 알겠냐?"

"여기, 구워주는 곳인데요?"

"토 달지 마, 시댕아."

"옙."

그 사이에 우진이 결국 참지 못하고, 황종호의 정체에 대해 경완에게 물어본 것이다.

"부장님."

"응?"

"그런데 저분, 대체 뭐 하시는 분입니까?"

그리고 그의 정체는 우진이 상상했던 것 이상으로 대단하였다.

"흐흐, 궁금해 미칠 것 같지?"

"예, 제발 이제 좀 알려주시죠."

"전 금융위(금융위원회) 사무처장이자… 전임 기재부(기획재정부) 차관."

"네…?"

"지금은 그냥 백수신데, 무튼 대단하신 양반이야."

"…!"

"정치 생각이 없으셔서 그렇지, 아마 정치권에서도 콜 많이 받으셨을걸?"

"그… 렇겠네요."

황종호의 정체는 바로, 사실상 국내 기관의 경제 관료로서 최고의 자리까지 올랐던 엘리트였던 것이다.

"내가 알기론 기재부나 재경부 장관까지도 충분히 하실 능력 있으셨던 양반인데, 내부적으로 좀 더러운 일을 당하신 모양이더라고."

"더러운… 일이요?"

"나도 자세히는 몰라. 그런 얘기 제대로 안 해주시거든."

"으음…."

"여튼, 오늘 얼굴 도장 한번 잘 찍어봐. 은퇴하셨어도 파워는 현역 못지않은 분이시니까."

우진은 고개를 끄덕이며 냉수를 한 모금 홀짝였다.

'처음 이미지만 봤을 땐, 회귀 전에 마지막으로 뵀던 김지훈 반장님 느낌이었는데….'

전생에 목공현장의 스승과도 같은 인물이었던 김지훈을 잠시 떠올린 우진은 엉뚱한 생각을 털어내기 위해 고개를 휘휘 저었다. 황종호의 이미지가 어찌 됐든, 한 가지 사실은 확실했다. 비록 은퇴한 전직 관료이긴 하지만, 이 정도 파워를 가졌던 인물이라면 우진에게 필요한 도움 정도는 충분히 줄 능력이 있을 것이라는 사실 말이다.

물론 능력이 있는 것과 그 능력으로 도움을 주는 것은 별개의 문제였지만, 황종호의 마음만 움직일 수 있다면 확실히 계획대로 태호건설을 일망타진할 수 있을 터. 그런데 이런 생각을 하던 우진은 순간 한 가지 궁금증이 생겼다.

"그런데, 부장님."

"왜."

"사실상 부장님 인맥도 맞는 것 같은데… 왜 한 다리 건너야 되는 인맥이라고 하신 겁니까?"

"황종호 어르신?"

"네."

경완은 분명 한 다리 건너야 아는 인맥인 것처럼 말했는데, 오늘 눈앞에서 본 바로는 그 또한 황종호의 오랜 지인처럼 느껴졌으니 말이다. 하지만 우진의 그 의문에, 경완은 너무 당연하다는 듯 대꾸하였다.

"야. 넌, 연락처도 없는 사이를 지인이라고 하냐?"

"예…?"

"나 어르신 연락처도 몰라."

"그런데 어떻게…."

"그냥 오광혁 전무님이랑 한잔하실 때마다, 꼭 나를 부르시더라고."

"왜요?"

"내가 고기를 잘 굽는대."

"….."

"그게 벌써 십 년은 됐어."

생각지도 못했던 경완의 대답에, 우진은 순간적으로 말문이 막히고 말았다. 이어서 잠시 후, 피식 웃으며 농담을 던졌다.

"혹시… 오늘은 고기 굽기 싫어서 오마카세로 예약하신 거 아니죠?"

"젠장, 들켰냐?"

— * —

황종호는 확실히 범상치 않은 인물이었다. 비범하다는 말의 문자 뜻 그대로, 종잡을 수 없을 만큼 특이한 인물. 하지만 그것과 별개 로 우진은 경완이 했던 이 말의 의미를 확실히 깨달을 수 있었다.

[지금 이 상황에서 도움 될 만한 인맥이, 확실히 있긴 있어.]

이 황종호라는 인물이 왜 지금 우진의 상황에 확실히 도움이 되 는지, 그 이유를 느낄 수 있었던 것이다. 단순히 관료사회에서 그 가 가지고 있는 파워 때문이 아니었다. 그것도 물론 중요한 요소긴 하지만, 정확히는 황종호가 가진 성향이 지금 우진에게 아주 도움 될 만한 부분이었던 것이다. 그 성향이란 바로, 불의에 아주 민감 한 대쪽 같은 성품. 한창 고기를 먹으면서 대화하던 중, 청담 선영 의 수주전과 관련된 이야기가 나왔을 때 반응만 봐도 알 수 있는 사실이었다.

"하, 진짜 개나리 같은 쉐리들. 속이 다 시원하네."

"사실 그쪽 조합장이 그래도 어느 정도 합리적인 사람이라 가능 했던 일이긴 하죠."

"클린수주? 그래서 그건 누구 아이디어냐? 경완이, 네 거야?"

"아, 아뇨. 여기 이 친구가 설계한 판이죠. 저도 그게 될 줄은 몰 랐습니다, 진짜. 하하."

물론 황종호가 이런 성향을 갖고 있다 해서, 곧바로 우진이 지금 처한 상황을 얘기하고 도움을 청할 수는 없다. 하지만 조금 더 이 야기를 꺼내기가 용이해진 것은 사실이라고 할 수 있었다.

'대화 주제도 은근슬쩍 건축 쪽으로 넘어왔고 말이지.'

거의 종호와 경완 위주로 흘러가던 대화에, 우진이 비집고 들어갈 틈이 조금씩 생겼다는 얘기다. 사실 청담 선영에 대한 이야기가 나오기 전까지만 해도 우진을 대하는 황종호의 태도는 조금 심드렁했었다. 하지만 조합장과의 딜부터 시작해서 우진이 직접 설계한 클린수주라는 판.

거기에 디자인 고급화와 그로 인해 증가한 공사비를 해결하는 영리한 솔루션까지. 이 이야기를 듣고 난 황종호는 우진에게 조금씩 더 흥미를 보이기 시작하였다. 스물둘 아니, 이제 스물셋이 된 어린 나이에 그런 생각들을 하고 판을 짤 수 있다는 것이 종호의 호기심을 불러일으킨 것이다. 해서 한두 마디씩 은근슬쩍 대화에 끼던 우진은,

치이이익-

한참 고기가 맛있게 익어갈 즈음, 결정적인 기회를 잡을 수 있었다.

"그래, 이 얘기들이 전부 사실이라면… 확실히 이 젊은 친구, 부동산 전문가라고 할 만하네."

황종호가 운을 떼자, 경완이 재빨리 우진을 띄워주었다.

"그렇다니까요, 어르신. 제가 건설쟁이들 중에서도, 이렇게 부동산에 빠삭한 친구는 처음 봤다니까요?"

경완의 그 호들갑에 피식 웃은 종호가 다시 입을 열었다.

"그럼, 서 대표."

"말씀하세요, 선생님."

"내 하나, 서 대표의 의견을 물어도 되겠소?"

황종호의 말에, 우진의 두 눈이 반짝였다.

"물론입니다. 어떤 의견이 필요하십니까?"

그리고 이 대화에서 우진은 황종호에게 제법 큰 점수를 따낼 수

있었다.

"내가 몇 년 전, 그러니까 기재부에 있을 때 이야긴데⋯."

대화의 주제는 황종호가 기재부 차관으로 있던 당시, 한창 부동산 가격이 미친 듯이 상승하던 2007년의 부동산 정책들과 관련된 이야기였다.

"흠, 결국 그때 그 정책들에 문제가 좀 있었다는 얘기로군."

"그, 그게. 문제까지는 아니고요."

"돌려 말할 필요는 없네. 잘못된 건 잘못된 거지."

어쩌다 보니 우진이 종호의 머리에서 나왔던 부동산 정책들에 대한 비판을 하게 되었고⋯

"사실 이건, 결과론적인 얘기 아닙니까. 지금이야 그 정책들이 더 큰 폭등을 불러왔으니 실패라고 얘기할 수 있는 거지만⋯ 그때는 그게 최선이었을 수도 있지요."

그 얘기들이 황종호에게 꽤나 인상 깊게 다가왔던 것이다.

"그렇다고 해서 결과가 달라지는 것도 아니지."

"그건, 그렇습니다."

물론 우진의 의견에 그가 전부 동의한 것은 아니다. 정책이라는 것이 그렇게 간단한 논리에 의해 굴러가는 내용은 아니었고, 우진이 종호보다 그에 대한 이해도가 더 높을 수는 없는 것이었으니까. 하지만 어떤 부분에서 우진은 종호가 캐치하지 못했던 포인트를 확실히 짚어내었고, 그것은 황종호의 마음을 충분히 동하게 할 만했다.

"박경완이."

"예, 어르신."

"오늘 덕분에, 재밌는 얘기 많이 듣고 간다."

"별말씀을요."

해서 모든 대화가 끝나고 음식점을 나설 때 우진은 한 장의 명함을 건네받을 수 있었다.

[S대 경제학부 명예교수 황종호]

그 명함을 지갑에 곱게 집어넣은 우진은 저도 모르게 두 주먹을 불끈 쥐었다.

— * —

왕십리 민자사업의 공모 마감일, 공모에 참가한 회사는 총 여덟 곳이었다. 패러마운트 기획팀 메일에 여덟 군데의 설계사무소에서 도면이 날아왔으니 말이다. 그리고 그날로부터 며칠이 지난 금요일. 패러마운트의 기획실장인 윤수엽은 직접 메일을 열어 도면 파일들을 확인하고 있었다. 정확히는 수십 장 이상의 도면과 함께 투시도와 디자인 제안서까지 포함되어 있는, 각 회사의 설계제안 PPT들을 말이다.

'후우, 순서대로 하나씩 열어보는 게 편하겠지?'

도면이 수십 장이 넘는다고 해서 검토에 그렇게 오랜 시간이 걸리지는 않았다. 세부 도면까지 다 검토하는 것은 디자인팀에서 해야 할 일이고, 기획실장인 윤수엽은 투시도와 기획서 위주로 러프하게 검토하면 되니 말이다. 사실 수엽은 원래 설계검토 같은 것을 할 생각도 없었다.

원래대로라면 어떤 설계가 메일로 와 있든, 어차피 A&C팩토리의 것이 채택될 예정이었으니까. 그래서 공모 메일이 도착한 지 며칠이 지난 지금에서야, 파일들을 열어본 것이었고 말이다. 하지만 민원이라는 변수가 생겼고, 그래서 국가기관이 개입하게 되었다. 아주 곤란한 상황이 된 것이다.

'하. 꼬여도 이렇게 꼬일 줄이야.'

결정적으로 수엽이 이렇게 직접 메일까지 열어보게 된 계기는… 바로 오늘 오전, 구청에서 들어온 압박 때문이었다. 설계공시에 대한 공문을 보냈음에도 패러마운트에서 아직 답을 주지 않았다며, 독촉 전화까지 온 것이다. 윤수엽이 답변을 보류하고 있었던 이유는 간단했다.

이런 경우 기관에서 들어온 공문을 못 본 척 며칠 개기다 보면 유야무야 넘어가는 경우도 있었으니까. 하지만 독촉 전화까지 온 이상, 이제 더 비빌 수는 없었다. 여기서 시간을 더 끈다면 아마 더욱 귀찮은 일들이 생기리라.

'후, A&C에서 괜찮은 설계를 보내왔으면 좋겠는데….'

설계들을 검토하는 윤수엽은 앞으로 어떻게 대응해야 할지 머리를 굴렸다. 기관에서 이렇게까지 나온 이상, 공시를 안 할 방법은 사실상 없어져 버렸다. 그래서 경우의 수는 두 가지. 우선 베스트는 당연히 A&C의 설계가 충분히 훌륭할 경우다. 그럼 쿨하게 구청에서 요구한 대로 공시해 올리면 그만이니까. 문제는 A&C의 설계가 나쁠 때인데, 그때는 우선 태호건설에 먼저 얘기하는 게 순서일 것 같았다. 어쨌든 지금 이 시점, 윤수엽과 같은 배를 탄 것은 태호건설이었으니까.

'손절을 할 땐 하더라도, 아직은 아니야. 조금 더 상황을 봐야지.'

수엽은 이번 사업장에서 어지간하면 원래 약속했던 대로 태호건설에 설계권까지 깔끔하게 넘기고 싶었다. 꽤 많은 돈을 받은 이런 상황에서 돈값을 정확히 못 한 경우, 뒤탈이 날 확률이 아주 높았으니까. 물론 윗선의 의견을 거스르면서까지 태호건설의 편을 들어줄 수는 없었지만 말이다.

딸깍 딸깍-

그래서 복잡한 심경으로 메일의 첨부파일들을 다운받은 수엽은 앉은 자리에서 그대로 모든 설계 기획안들을 검토하였다. 그리고 대략 한 시간 반 정도가 지났을까? 수엽은 땅이 꺼질 듯 한숨을 내쉴 수밖에 없었다.

"휴우우…."

역시나 예상했던 대로 누가 봐도 압도적인 디자인과 설계를 보여준 공모작은 브루노 산체스의 것이었으니 말이다. 그리고 한숨을 쉬고 난 뒤에는, 분노가 폭발하고 말았다.

"제기랄, 이딴 쓰레기를 보내고 당선을 시키라고? 이건 좀 너무하잖아?"

심지어 A&C의 설계는 브루노의 설계를 제외하고 보더라도 최하위권에 속했다. A&C에서 보내온 기획서는 전공자가 아닌 수엽이 보기에도 다른 설계사무소의 작품들과 비교하기 민망할 수준으로 허접했다.

A&C의 역량이 원래 이런 정도라기보단, 어차피 당선될 설계 공모전이라 생각해서 대충 작업해서 보낸 게 틀림없었다. 만약 이 작품을 채택하고 그대로 모든 설계를 공시해 올린다면, 패러마운트는 그대로 웃음거리가 될 게 분명했다. 이건 너무했다.

'어떡하지? 답이 없는데… 진짜 손절해야 하나?'

수엽이 그렇게 고민에 빠져 있을 때 그의 휴대폰에 한 통의 전화가 걸려왔다.

[38기 윤정렬]

그리고 그 전화의 수신자를 확인한 수엽은 고개를 절레절레 흔들며 중얼거렸다.

"이 선배도 양반은 못되는구먼."

방금 A&C의 설계를 확인한 수엽은 그 전화를 받기도 싫었지만, 그래도 어쩔 수 없었다. 이런 쪽으로 한배를 탔을 땐, 쉽게 먼저 내릴 수 없는 법이었다.

[통화 가능하냐, 수엽아.]

"예, 선배님."

[월요일에 공모작들 들어간 건 좀 봤고?]

정렬의 말에 수엽은 순간적으로 화를 낼 뻔하였다. 하지만 치밀어 오르는 짜증을 꾹 참고, 거짓말을 하였다.

"아, 아뇨. 이번 주에 업무가 밀려서… 아직 못 봤습니다."

설계를 봤다는 대답을 하면 분명 어땠냐는 반문이 돌아올 것이고 수엽은 거기에 좋은 소리를 할 자신이 없었으니 말이다. 그리고 수엽의 그런 생각을 아는지 모르는지, 정렬의 말이 다시 이어졌다.

[그래, 잘했다. 사실 볼 필요도 없잖아? 흐흐.]

수엽은 또다시 욕이 목구멍까지 차올랐지만 가까스로 참아내었다.

"후우, 그래서 무슨 일로 전화하신 겁니까?"

[성질 급하기는.]

"…오늘, 일이 좀 많아서 그렇습니다. 죄송합니다."

[좋은 소식 가져왔으니까, 기분 풀어라.]

"저 기분 안 나쁜데요?"

[지난번에 내가 실언해서 기분 나빴잖아. 다 알아, 짜샤.]

"아닙니다. 여튼… 좋은 소식이라는 건 뭡니까?"

수엽은 정렬과의 대화가 짜증이 나면서도, 좋은 소식이라는 건 조금 궁금했다. 그가 수엽에게 좋은 소식이라고 할 만한 건, 사실 이번 로비와 관련된 일뿐일 테니 말이다. A&C의 성의 없는 설계도에 기분이 상했지만, 그래도 처음 계획대로 마무리되는 것이 속 편한 결말이었다. 그래서 수엽은 정렬의 목소리에 귀를 기울였고 수화기 너머에서부터 그의 목소리가 다시 들려오기 시작했다.

[선배, 오늘 성동구청 다녀오는 길이다.]

"성동… 구청이요?"

[도시관리국에, 상자 한 박스 꽂아 넣고 왔어.]

"…!"

[그러니까, 걱정 말고 밀어붙여.]

정렬의 말이 떨어진 순간, 정적이 흘렀다. 이것은 수엽으로선 생각지도 못했던 얘기였으니 말이다.

"그러니까 선배, 구… 청에도, 돈을 바르셨다는 말이죠?"

[그걸 꼭 그렇게 한 번 더 설명해야 아냐?]

사실 수엽은 지난 수십 년 회사생활을 하면서, 이렇게 크게 로비를 받아본 것도 처음이었다. 자잘하게 몇백에서 일이천 정도는 챙긴 적이 있었지만, 억 단위가 넘어가는 로비는 처음이었던 것이다. 그러다 보니 공기관에까지 정렬이 손을 뻗치자, 덜컥 겁이 날 수밖에 없었다.

욕심에 눈이 멀어 보이지 않던 천 길 낭떠러지가 이제야 눈에 들어오기 시작한 것이다. 로비라는 건 결국 전부 다 연결되어 있기 때문에 공기관 쪽에서 꼬리가 잡힌다면 줄줄이 굴비처럼 수엽까지 엮여나갈 게 분명했다. 그래서 수엽의 목소리는 조금 떨리고 있었다. 그는 인지하지 못하고 있었지만 말이다.

"위험한 건… 아니겠죠, 선배?"

[공무원이라고 뭐 다르냐? 사람 사는 곳은 다 똑같은 거야, 인마.]

"후우…."

[확실히 먹였으니까, 걱정 마라. 허튼짓하면… 그쪽도 같이 쇠고랑 차는 거다.]

정렬은 그 뒤에도 이런저런 얘기를 더 한 뒤 전화를 끊었다. 하지만 전화가 끊겼음에도 불구하고 수엽은 수화기를 손에 쥔 채 내려놓지 못하고 있었다. 민자사업의 수주권과 설계권만 넘기고 일이억 챙기면 되는 거라고 가볍게 생각했던 일이, 그가 처음 생각했던 것보다 너무 커지고 있는 느낌이었으니 말이다.

'후우… 이거 어떡하지? 이러면 손절 치기도 쉽지 않은데.'

천천히 휴대폰을 책상 위에 올려놓은 수엽의 손이 가늘게 떨리고 있었다. 아무래도 너무 깊숙이 발을 들인 것 같았다.

— * —

성동구청의 도시관리국 국장 서영택은 오늘 출근하여 자리에 앉자마자 이상한 전화를 받았다. 발신자가 이상한 사람은 아니었다. 전화 온 번호 자체가 구청의 내선 번호였으니 말이다. 다만 같은 건물에 근무하면서도 얼굴 볼 일도 없는 감사담당관의 감사청렴팀장이 발신인이었고, 그가 이야기한 말들이 당황스러웠을 뿐이었다.

"그러니까, 팀장님. 조만간 누가 로비를 하러 올 건데… 그 돈을 잘 받아서 잠깐 보관하고 있으라는 말씀이신 겁니까?"

[그렇습니다, 국장님. 보관하시다가, 감사팀으로 가져오시면 됩니다.]

"아니, 로비 거절이 아니라, 받아서 가져오라고요?"

[윗선에서 내려온 지시입니다. 국장님께 피해 갈 일은 없으니… 걱정은 않으셔도 좋습니다.]

서영택은 혼란스러웠지만, 일단 알겠노라 하고 전화를 끊었다. 어차피 내선전화로 통화한 내역은 전부 기록이 되니, 나중에 감사팀에서 다른 소리 할 일은 없을 것이라 생각한 것이다.

'그전에, 로비가 곧 올 거라고? 무슨 예언이라도 하는 건가?'

그래서 조금 의아하긴 했지만, 그는 곧 감사팀과 통화했던 일을 잊고 업무에 집중하기 시작하였다. 최근 도시관리국에 민원이 많이 늘어난 탓에, 할 일이 꽤 밀려있었던 것이다. 그렇게 오전 업무를 끝내고 점심 식사를 위해 자리에서 일어나던 도중, 이번에는 휴대폰으로 전화가 한 통 왔다.

"음? 이 시간에 누구지?"

발신인은 바로 영택의 전 상사이자 지금은 다른 기관으로 발령이 난, 그의 한 기수 선배였다.

[영택아, 요즘 어떻게 지내냐?]

"아, 선배. 저야 뭐, 그냥저냥 살고 있죠. 어쩐 일이세요?"

그리 친했던 사람은 아니라서 전화 온 이유가 의아했지만, 이때까지만 해도 이 전화가 감사팀의 전화와 연관되어 있을 줄은 꿈에도 몰랐던 영택이었다.

[어쨌든 그래서 말인데, 오늘 점심이나 같이 한 끼 할 수 있겠

냐?]

"뭐, 그야 어렵지 않죠. 마침 나가던 중이었습니다. 지금 왕십리 역이시라고요?"

[그래, 다 왔어. 구청 주차장에 차 댈 거니까, 5분 뒤에 나와줘 라.]

"예, 선배."

딱히 친분이 크진 않았어도 반대로 사이가 나쁘지도 않았던 선배였기에 영택은 별생각 없이 그와 함께 점심을 먹으러 나섰다. 그런데 그곳에서 영택은 작은 귤 박스 한 상자를 받게 되었다.

"이거 내가 주는 건 아니고, 아는 분께서 부탁하셔서."

"이게 뭔데요, 선배?"

"나도 몰라 짜샤. 그 안에 명함 들어있을 테니까 이따가 열면 연락이나 한번 넣어봐라."

선배는 자신은 모르는 일이라며 상자를 전달한 뒤 사라졌지만 사실 바보가 아니라면, 이 상자에 뭐가 들었을지 모를 수는 없었다. 점심 식사 중에 선배의 이야기들은 누가 들어도 로비였으니 말이다.

'후우, 진짜 이런 일이 생길 줄이야.'

영택은 받은 박스를 뜯지도 않은 채, 그대로 감사팀으로 가져갔다. 오전에 들었던 감사팀장의 목소리를 생각하면, 이 불길한 물건을 잠시도 지니고 있고 싶지 않았다.

'그나저나 소름 돋네. 대체 어떻게 안 거지?'

감사팀의 타의 추종을 불허하는 비리 감사 능력에, 온몸에 닭살이 돋은 서영택.

"허, 빨리도 오셨군요."

"여튼, 전 확실히 전달했습니다!"

"하하, 알겠습니다."

"그럼 이만···!"

그는 감사팀 사무실에 박스를 놓고, 후다닥 자기 자리로 돌아왔다. 아무래도 영택은 이제 평생 로비 같은 건 꿈도 꾸지 못할 것 같았다.